U0945726

严雪芥 著

青岛出版集团 | 青岛出版社

**图书在版编目（CIP）数据**

入梦金鱼/严雪芥著.—青岛:青岛出版社,2022.5
ISBN 978-7-5736-0149-0

Ⅰ.①入… Ⅱ.①严… Ⅲ.①长篇小说－中国－当代 Ⅳ.①I247.5

中国版本图书馆CIP数据核字（2022）第052114号

RUMENG JINYU

**书　　名**　入梦金鱼
**作　　者**　严雪芥
**出版发行**　青岛出版社
**社　　址**　青岛市崂山区海尔路182号
**本社网址**　http://www.qdpub.com
**邮购电话**　18613853563　0532-68068091
**责任编辑**　郭红霞
**特约编辑**　徐晓辰
**校　　对**　李晓晓
**装帧设计**　蒋　晴
**照　　排**　梁　霞
**印　　刷**　三河市良远印务有限公司
**出版日期**　2022年5月第1版　2022年5月第1次印刷
**开　　本**　32开（880mm×1230mm）
**印　　张**　10.5
**字　　数**　322千
**书　　号**　ISBN 978-7-5736-0149-0
**定　　价**　45.00元

**编校印装质量、盗版监督服务电话**　4006532017　0532-68068050

# 目录


| | | |
|---|---|---|
| 第一章 | 旧日沉船 | 1 |
| 第二章 | 雌雄大盗 | 39 |
| 第三章 | 宝梦舞厅 | 81 |
| 第四章 | 烧掉烟花 | 129 |
| 第五章 | 血腥玛丽 | 176 |
| 第六章 | 鸣枪靶场 | 237 |
| 第七章 | 开向黎明 | 272 |
| 第八章 | 夏日永恒 | 296 |
| 番　外 | 如梦般的私会 | 323 |

目录


第一章 旧宫疑踪 [illegible]

第二章 [illegible]

第三章 [illegible]

第四章 [illegible]

第五章 [illegible]

第六章 [illegible]

第七章 [illegible]

第八章 [illegible]

第九章 [illegible]

## 第一章

# 旧日沉船

黎青梦在搬到南苔县城的第一个回南天，小腿上长了一片湿疹。

她没当回事，早上被痒醒后还以为是小腿过敏，随手抓了两把缓解瘙痒，躺在床上不愿起身。

“该来了……”她抬起视线盯着对面墙上的时钟。指针指向七点四十五分，窗外两种声音同时呼啸——旧型号的动车以及慢悠悠的绿皮火车驶过的声音。

这栋筒子楼的背后就是大片绿油油的农田，中间有一条棕色铁路，铁路上方是白色的高架桥。动车在上，火车在下，每到七点四十五分，它们就会准点在她的窗前交会，发出剧烈的声响。

冬天刚搬到这里时，黎青梦非常崩溃。

她从前住在僻静的花园山庄里，早晨最响的吵闹声是窗户忘关时漏进来的鸟鸣，而不是这种能将梦境粗暴切割的轰响。

她试过戴耳塞，试过将窗户的每一条缝隙都用胶带粘死，试过推开窗户和它们对着大喊：“吵死了！能不能不要再开了？！”这些歇斯底里的行为全没用。

经过从冬到春的折磨，如今她已经能面无表情地把这声音代替闹钟。

不然她怎么办呢，换房子吗？不可能的。

她爸黎朔已经是失信被执行人，也就是人人所不齿的“老赖”。他名下的所有房产都被法院拍卖，其余的财产也已被冻结查封。

但即便如此，他还是有一笔巨额的债务无力偿还。

而这一切都是因为贷款的多人担保制。房地产行业火热的时候，好些下海一起打拼的老哥们儿邀她爸入股。一些私立银行为了完成每年的融资贷款指标，很大方地给他们贷款，几家银行合在一起就是几亿元。

大家共同担保，承担风险，总觉得人多就安全。可事实上，人越多，才越容易打破平衡。

就在去年，他们还未来得及收回投在房地产上的钱，因为银行改变政策紧缩贷款，担保人中有一位爆了雷，还不上贷款，剩下这几个人，包括她爸，陪着他一起完蛋。

这还不是最让人难以承受的——在她家被查封当天，她爸被查出肝癌。

她爸早些年在生意场上的应酬的后果同被引爆的雷一样，回到了自个儿身上。

唯一值得庆幸的是，手术比较成功，但她爸的身体也因此大不如前。他想重整旗鼓，却再没有年轻时的本钱。

黎青梦只得陪着他回了母亲的老家南苔，这儿有一套外公外婆留下来的房子，因为是母亲的婚前财产，才没被法院收走。

南苔是芝麻大点儿的边远小城，胜在山清水秀，还有片内海，很适合疗养身体。但对从来没吃过苦的黎青梦来说，这无疑是一种折磨。

她拖着雪白的大箱子第一次来到这栋筒子楼前，就被沟槽里漫过来的血水吓得面色苍白。

遛着土黄狗的大爷经过，笑着一指旁边的菜市场：“放心，小囡，是猪的。”

她顺着大爷指的方向看过去，挨着马路有一个猪肉摊，刚杀过的猪赤条条地挂着，猪头的眼睛紧紧盯着她，让她做了三天噩梦。

动车呼啸而过后，绿皮火车又慢悠悠地开了一分钟，动静才全部消失。

黎青梦终于从床上爬起来，趿拉着拖鞋去厨房做两人份的早饭。

从前三餐有阿姨照料，午后有烘烤的甜品，晚上有清淡的夜宵，她只负责张开嘴吃就行。有时候她担心发胖，咬一口就扔掉，过分得很。

那时她压根儿用不着像现在这样——把一粒米一粒米淘干净，不小心有几粒逃跑的，她立刻抓回来，在水龙头下冲干净再放回去。

淘米的盆子底部在回南天里发了霉，绿油油的，粘着黑色的斑点，她摸了一手。将粥煮上后，黎青梦忍着恶心感蹲在阳台上清洗霉斑。

昨夜南苔刚下过一场雨，窗户没关严实，瓷砖上到处都是水渍。黎青梦刷着盆底，总觉得这些霉斑并不是被水冲走了，而是伙同蒸汽全钻进她的毛孔里，接着在她体内生根发芽。

她这么想着，小腿又开始痒了。

客厅里传来动静，黎朔有些虚的声音在她的背后响起："在洗什么呢？"

"没什么，粥快好了。"她头也不回地喊，"您去厨房直接盛就行。"

脚步声远去，接着传来一阵隐隐约约的动静，黎朔从厨房端了两碗粥出来，招呼黎青梦过来吃早饭。

她把淘米盆搁在阳台上晾着，走进客厅。

屋子很小，没有正式的用餐分区，吃饭的桌子就摆在电视机旁边，杂物遍地，人走过去的时候就像在玩躲避球。东西多，地方小，他们只能这样将就。

两人在桌边坐下，沉默地用汤匙喝粥。

黎朔没话找话："今儿不上班？"

黎青梦听他有模有样地问起那个工作，好像多体面似的。

她敛下眼"嗯"了一声："调了，明天再去。"

"哦……那今天就好好休息。"

"您才是该休息的那个，今天估计还会下雨，就别去钓鱼了。"

"这儿的雨真多，怪不得你妈嫁过来的时候说喜欢京崎。成天这么下，谁都受不了。"黎朔不知不觉又提到她。

这是母亲去世的第十年，但黎青梦总觉得她无处不在。

因为这些年黎朔时不时会提起她，仿佛她一直没走。每到清明和忌日，黎朔必定会带着她最喜欢的铃兰去她的坟上说说话。

“又快到清明节了……”黎朔瞥了眼挂着的日历。

黎青梦知道他打的是什么算盘，搁下筷子先行否决：“您可别折腾了，难道又要去试那三十个小时的硬座？您的身体根本吃不消好不好？来这里时就有些受不了，您都忘了？”

黎朔仿若一个被训的小孩，自知理亏，沉默半晌，倔强地小声说：“我撑得住。不然你妈在天上会担心的，怎么我今年就不去看她了？”

“……”

“我还得去和她道歉，没有照顾好你。”

黎青梦听到这里，喉头一哽。她压着语气：“您一定要去？”

黎朔毫不犹豫地点了点头，死犟。

吃过饭，黎青梦借口去买画纸和颜料，拿上伞出了门。

门口那条道上依旧流淌着摊位上流过来的血水，但被雨水一冲，散得零碎，哪儿哪儿都是。

她小心翼翼地避开，不经意地走到菜市场的摊位前。撑着的雨棚上还挂着水珠，掉下来的时候噼里啪啦的，黎青梦从雨棚下穿过，被溅到一滴，落到衣领里，黏糊糊的。

她出门还没走几步路，周边的一切就让人焦躁。

她加快脚步，走到冷清的公交站牌旁。大约半刻钟，一辆土黄色的公交车慢悠悠地停在她跟前。

她投币、上车，不意外地收到几道打量的目光。

她今天穿了件黑色长袖，正面看着素净，反面却是挖空剪裁的露背设计。牛仔裤也是，乍看普普通通，但其实在屁股下方的位置撕开了一条缝。

这种穿着在京崎很正常，但在南苔，街头的人十个里面有九个会斜眼偷看她，什么样的目光都有。

黎青梦视若无睹。她知道自己的打扮和南苔格格不入，可自己要的就是这种格格不入的感觉。

若是有一天没人侧目看她，把她同化为这座小城里的人，才真的令她如坐针毡，浑身难受。

公交车停在“南苔车队”的站牌前，黎青梦下了车。

天空下着小雨，她撑开伞，向不远处的车队走去。

门口的中年保安打着哈欠，根本不关心来人，黎青梦轻而易举地走到里头的停车场。停车场内停着几辆长途货车，驾驶座上都没人。

她瞎猫碰死耗子般一辆一辆看过去，天地间只有雨声作陪，很安静。

然而，当走到某个转角时，她忽然听见了……混在雨声中的口琴声。

这里有司机？黎青梦眼睛一亮，朝着声源摸索过去，看见了最远的角落里停着一辆货车。

静止的数辆车中，只有这辆的前风挡玻璃开着雨刷，左右摇晃，像是将坐在驾驶座上的人，一笔一笔刷出来。

他穿着黑色夹克，两条长腿支起来搁在方向盘上仍显逼仄，宽大的手掌几乎将那一小管银色口琴埋没。

对方低着头，唇在口琴边游移，额前的发随意地耷拉下来挡住眼睛。察觉有人在看他，他冷不丁地抬起头。

口琴声戛然而止。

雨刷“哗”的一下刷掉沁下来的雨丝，似乎把男人的脸擦得发亮。黎青梦在这一刻才看清他。

阴沉的回南天，这一路上无论是谁，在弥漫的白雾中都难免显得阴郁。她以为无人能够逃脱。

眼前这人却成了唯一的例外。他在这种混浊的天色下，有一种怡然自得的明亮色彩。

细密的雨滴又悄无声息地覆盖住风挡玻璃，也把男人的脸氤氲得朦胧。黎青梦回过神，走到货车旁边，叩了叩车窗。

安静片刻，男人随意地摇下车窗，把手臂搭在窗框上，自上而下地扫了她一眼，没说话。

黎青梦先行打破沉默的局面：“你好，请问接单吗？”

“什么货？”他终于开口，声音她很不喜欢，一听就是烟抽多了。

“不是货，是人。”黎青梦仰头盯着他，“你们跑长途，车厢里应该能睡人吧？”

“谁？你？”

“我和我爸。”她简单地解释，“他必须去一趟京崎。出于某些原因，他坐不了飞机、高铁，坐火车也买不了卧铺票。如果我们坐硬座过去，我爸的身体不行。如果你拉货要跑一趟京崎，车厢里能腾出地儿让他睡在那里，或许会好一些，也清静。时间我们可以配合，只要在清明节前到就行。”

其实以她爸的身体情况，最好的解决方案是搭一辆房车，但先不提贵不贵，南苔根本没有房车。她只能退而求其次找一辆货车。

他“哦”了一声：“不去。”

黎青梦眉头一皱：“我会付给你钱的。这样除了拉货的钱，你还能赚到外快。”

他神色微动。

“一千，够不够？”

他把玩着手中的口琴，嗤笑道：“你知道去京崎要开多久吗？我一个人，呵，开不了。”

“你的意思是，还得有搭档和你一起开？”

他不说话，回答她的是升上去的车窗，直接把她隔开。

黎青梦捏着伞柄的手一紧，她扭头就走。她不信没有人愿意接这个单。

只是她来得不凑巧，大部分货车出车了，剩下的几辆车上都没人，意味着她得无功而返。

黎青梦绕了一圈，又绕回原点。

那个装模作样的小子还是维持着原来的姿势，破口琴吹得断断续续的。

黎青梦深呼吸，坚定地走过去，抬手又叩了两下门。

他不耐烦地又摇下车窗，黎青梦直接道：“麻烦你下来一下。”

“……”

她坚持：“你下来一下。”

他和她对峙了几秒。大概屈从于对她到底想做什么的好奇心，他耸了下肩头，打开车门，长腿从方向盘那儿一收，整个人跳下来，落在她跟前，像一把突然被撑开的长伞，劲瘦、高大、宽阔。

黎青梦的气势在他身形的笼罩下，顿时矮了一截。

但她不惧这种生理上的压制，趁他下来的空当，抓着车门，扔下伞，“嗖”的一下坐上驾驶座。

他完全没料到她的举动，微微一怔。她张牙舞爪的背影突兀地闯入他的视线。

黎青梦扯过安全带，拧开插着的钥匙，发动引擎，脚踩油门，莽撞地冲了出去，一气呵成。

他来不及反应，被混着雨丝的尾气吹了满脸。

货车在视野里七拐八扭，在失控边缘徘徊之际被险险地拉回来，逐渐平稳，又倏然冲出。她仿佛在驯化一头野牛。

她这是在开货车吗？她开的是过山车还差不多。

但他还是能看出她有些开车底子的。他从有几分惊讶变成啼笑皆非，把玩着手中的口琴冷眼看着，仿佛想看她是否能驯服成功。

绕了几圈后，黎青梦终于得心应手，开回原位。

她降下车窗，两人位置颠倒。

可惜因为身高，她没法儿居高临下，只能平视他：“我有驾照，开过四年跑车。虽然是第一次开货车，但经过实操，我判断不难上手。请问，我够格当你的副手吗？”

他闻言，身子前倾，手臂撑在窗框上，将两人的距离拉近。

黎青梦在他澄澈的眼睛里看见紧绷的自己。

他将额前的湿发捋到脑后，笑了一下，有几分笑她不知天高地厚的意味，开口却是——

“成，先交订金。”

黎青梦终于松了口气。她从身上掏出一张一百元的纸币，纸币左上角有个黑色污点。她从车窗伸出手，把纸币拍到他胸前的夹克口袋上，同时无意中感受到了胸口结实的肌肉。

“我就带了这么多。”

他没接，慢悠悠地道：“两千块。一千块只够一个人。”

黎青梦瞪大眼，只听他优哉游哉地道：“爱去不去。”

她咬咬牙，最终道：“行。”

他这才用两指夹过纸币，慢条斯理地塞进胸前的口袋里，说：“合作愉快。”

黎青梦摆着一张压根儿不愉快的脸擦身离开。下车前，她瞥到了车上的驾驶证。

仓促的一眼，她只模糊地看到一寸照的剪影，大约是他年少时的照片，唇红齿白，气质截然不同。

但照片底下的名字，她看得一清二楚——

康盂树。

黎青梦想到去南苔车队搭车这件事不是偶然的，是在帮人做指甲的时候听到关于车队的事，忽然联想到，也许可以这么做。

两个月前，她破罐破摔地来到一家“幻梦日式美甲美睫”店上班，因为她实在在南苔找不到适合她的工作。

她大学时学的是壁画专业，前年本科毕业，去年刚拿到佛罗伦萨美术学院的录取通知书，一切顺风顺水。她预计八月飞到意大利时，意外接踵而至。

本来她是可以去的，毕竟自己名下也有些资产，法院还封不到她的头上。

但这笔上学的钱，最后全被她拿出来支付她爸的高昂医药费了。她之前还想过申请贷款，但因为她爸，都没申请下来。

所以她爸才会说出那句“我没照顾好你”。

这不是他第一次说这句话。被推进手术室当天，他抓着她的手，害怕再也没法儿睁着眼睛出来，就说了这么一句。

她鼻头一酸，有很多话想说，但抿着唇没有开口。

她固执地认为：有些话如果真的现在说了，就好像默认对方不会再回来听，所以她绝不开口。

后果就是，可能有些话真的此生都没办法再说出口。

好在，她赌赢了。

黎朔的手术顺利结束，身体需要静养。京崎却是个是非之地，有一团乱麻的债务、落井下石的亲朋好友、高昂的生活成本……一桩桩、一件件都很棘手。

他们只能先远离那里，来到南苔避避风头。

但黎青梦没有预料到，南苔会比京崎还要令人窒息。

她打算先找个过渡的工作分担一下家里的生活压力，想了想自己的专业，除了当老师教小朋友画画，似乎没更好的路子。

因为“老赖子女”的身份，她也考不了编制，只能去课外班碰碰运气。

南苔是座小城，全城只有一个像模像样的少年宫，老师自然早已满员。做老师这条路被堵死，她只能想其他谋生的方法。

但黎青梦真的想不出自己还能做什么。在她设想的蓝图里，自己应该在欧洲深造，镀金后再回国开办画展，成为新锐画家，在艺术圈子里混得风生水起。

但在南苔，她的画甚至比不上一张厕纸有吸引力。

四处碰壁的头两个月，她没有任何出门的动力，县城中心只有过时的老式百货大楼，京崎随处可见的商场在南苔只有一家，据说是前几年刚建的，里面的商品都是她从来没听说过的便宜牌子。

她和黎朔就一起窝在筒子楼里，黎朔听戏，偶尔去钓鱼。她就把自己关在房间里，上网搜寻有没有能接画稿的工作，结果收效甚微。

大把空虚的时间里，她正对着能看见高架桥、铁轨和农田的窗户，用画笔记录下动车和火车交会的瞬间，描摹自己就坐在其中的某一节车厢里，头也不回地离开。

冬天快结束的时候，黎青梦之前在京崎做的美甲做饭的时候断了，头发也长到了必须修剪的程度。

她不能忍受外形变得堕落，决心出门一趟好好收拾自己，终于走出了筒子楼的活动范围。

只是路边的发廊显得极其陈旧。她随机走进路边一家开着门的发廊，门口的三色旋转灯转得有模有样，结果进去一看，只有一个座位和一个洗发阿姨。

桌子也不是那种发廊里常见的梳妆台，似乎是阿姨从家里搬来的漆红色雕花旧桌，在墙上粘着块大镜子，伪装成可以理发的样式，桌上铺着皱巴巴的旧报纸，摆着瓶瓶罐罐、出风口缠着黑色发丝的吹风机、用

了一半没封口的花露水……乱七八糟，什么都有。

黎青梦一走进去，正在听黄梅戏的阿姨就热情地把她招呼过来。黎青梦的退意硬生生抵不过阿姨的热情，她被薅到椅子上坐下。阿姨的洗发方式让她震惊了——不应该是躺着洗吗？结果阿姨直接抓着黎青梦的脑袋，拎到水龙头下面，用喷头对着脑袋一顿乱喷。

结果，水全部漫过她的耳朵，一部分流进去，一部分滴滴答答地把她的衣服打湿。

黎青梦全程像戴着痛苦的面具，放弃了让阿姨剪发的念头，吹干头发后就从洗发店逃走了。

她被这一出整得干脆连指甲也不想做时，忽然看见街道对面有家店叫“幻梦日式美甲美睫”。

“幻梦”，还“日式”，这名字搭配得让黎青梦有种绝处逢生的感觉，陡生希望！至少店名里加了“日式”两个字，或许她还是可以抱有一点点期待的？

她试探地来到店前，知道自己想多了。

从玻璃窗外，她可以看清里面统一的粉色调装潢。美甲小妹掀开缀着廉价珍珠的门帘，直接推开门向探头探脑的黎青梦招呼：“小姐姐很面生啊，在我们家做过指甲吗？五十八元款式任选哦，钻要贴多少就贴多少。”

“款式任选，那可以手绘吗？”

“手绘？”

看着小妹迷茫的表情，黎青梦忽然福至心灵，猛地改口道：“你们店还缺人吗？就算不缺普通店员，你们应该也缺会给指甲手绘的人。”

于是那一天，她走进店里，从本来要给自己做指甲，变成亲手给别人做指甲。

面试的过程非常简单粗暴，就是黎青梦现场给老板娘做个美甲。老板娘要求画朵玫瑰花，黎青梦说简单，在她的五指上分别画了花的五种形态：发芽、含苞、盛放、枯萎、凋零。

老板娘喜欢不已，当即敲定让她来店里上班，还送了她一条 LV（Louis Vuitton，路易威登）纹样的发带，说是员工福利。

她仔细一看那个纹样，那个“V”吃胖了，挺圆润的——哦，原来是“LU”。

黎青梦哭笑不得，但总算是有一份工作了，而且是让她的画画手艺有用武之地的工作。虽然这份工作和她的设想天差地别。

她迄今的人生里，明明只有别人服务她的时候。换她去服务别人，就好像泡着澡从已经凉掉的水中起身。她知道自己不得不这么做，再待下去就会感冒。但出水的一刹那，光着身子的羞耻感和寒气依然让人无法承受。

因此她从指甲店离开的那个晚上，心情无比糟糕。

后来，她的手绘指甲也没有掀起多大风浪——来店里的熟客欣赏不了这种风格。

这些熟客大多是附近的打工小妹或者是服务员，比起素净又不起眼的手绘美甲，她们还是更喜欢浮夸的满钻款式。

最常来的一个姑娘，就是隔条街的发廊妹妹。

她在做指甲时总会时不时聊起南苔车队，聊起一个叫康盂树的人。

有一次，给她做指甲的人正好是黎青梦。

黎青梦看她手上的美甲款式是前两天刚做的，劝她道：“你确定要换款式吗？做得太频繁了。”

她毫不犹豫地说：“换啊！给我换个纯红色的，或者豹纹的？总之有女人味一点儿的。”

和她一起来的人笑她：“一看就是康盂树回来了。”

“嘿嘿，我明天去车队找他吃饭。”

“得了吧，你都找他那么多次了，他哪次答应你了？”

“说不定这次就答应了呢？他明明欠我一次的！”

“喊，赶紧醒醒！做他们这行的都不老实，听说跑一条线就换一个女朋友。康盂树不搭理你，根本就是在外面见多了。”

“你别胡说，他连我都看不上，怎么看得上路上认识的人？”

黎青梦正在帮她卸甲，被迫听着她们之间的闺密私房话。

听到这话时，黎青梦忍不住扫了她一眼。确实，她虽然气质一般，但有一张很容易让男人着迷的脸蛋儿。

从前黎青梦在京崎时，有位公子哥儿，丢了魂似的追和眼前这位发廊妹妹容貌相似的女生，结果还没追到手。

而这位长得还更妩媚一些。她倒贴上去，那个货车司机都不要？

那个名叫康盂树的男人，眼光未免有些挑剔——这是没见到康盂树时，黎青梦对他的模糊印象。

但见到康盂树后，她还得在眼光挑剔的形容词后面加两个：唯利是图、没有礼貌！

这种人有什么值得喜欢的？那位发廊妹妹该去治治眼睛了。

从车队离开后，黎青梦驱散被敲竹杠的不愉快，安慰自己：至少回京崎这件事解决了，她爸应该会很开心吧。

她这么想着，回程的心情也轻松很多，一路不顺眼的景色都顺眼了。

只是，这份轻松的心情仅仅维持到了下车。

回家推开门的瞬间，黎青梦脚一软，险些跪在门边。电视机开着，黎朔倒在电视机前的瓷砖上，旁边散落着七零八落的杂物。

眼前的景象，和几个月前的严丝合缝地重叠起来。

于是，她的身体也下意识地重复着当时的动作。她呼吸急促地拨打了急救电话，只不过比起当时六神无主的自己，已经熟练了些。

因为她内心一直隐隐有某种预感。

救护车在二十分钟后赶到了，把黎朔拉到了医院。

经过对黎朔的检查，她的预感得到证实——黎朔的肝癌复发了。

他之前的诊断是肝癌中期，医生说手术后复发的概率是比较大的，一定要小心。所以他们才会选择来到南苔疗养，远离那些烦心事。

他们明明已经很小心了……

黎青梦呆坐在走廊的长椅上，有一种耳鸣般的恍惚感。

接着，她掏出手机，戴上耳机，开始玩切水果的游戏。

汁水迸溅的声音逐渐将耳鸣带来的眩晕感消除，只剩下刀片锋利的脆响。她切的好像不是水果，而是她的鼓膜、她的知觉神经。

那天晚上，黎青梦玩了一个通宵，刷新了自己的历史纪录。

两天后，原本是他们约定前往去京崎的日子，可来到车队的只有黎青梦一个人。

黎朔此时正躺在医院里，这老头儿再怎么死犟想来，已经心有余而力不足。

黎青梦到时，发现驾驶座上的人是一张陌生的脸。

康盂树还没上车。他换了件牛仔服，胸口有一只老鹰，老鹰的翅膀鼓起，因为那儿的口袋里装了包烟。

他正靠着货车的车门，从鼓起的翅膀中掏出支烟，点燃打火机，叼着烟睨她："怎么就你一个人？"

黎青梦还没回答，驾驶座上那人探头道："人齐了不？"

她一愣，看着康盂树："他是……"

"大小姐，你真的以为拿着那个跑车的小车本就能开我这辆货车？"他嗤笑，"多要的一千块是给我同事的，我让他来帮忙。"

黎青梦闷声说："可是这次的单要取消了。"

他眯起眼："你在逗我玩？"

她抿紧唇："失约我很抱歉，事出有因。"

康盂树沉默半晌，吐掉烟，拉开车门前淡淡地瞥了她一眼："随便你。"

驾驶座上的人蒙了，嚷嚷着："怎么回事？她不走吗？"

康盂树轻飘飘地回他："还看不明白？外快飞了。"

黎青梦定在原地，还不走。

康盂树按了下喇叭，意思是让她别挡道。

在他按响第二声后，她终于开口说："给你的订金，我不指望全退，我知道是我的过失。但是……如果可以的话，能退我一半吗？"

她脱口而出时，指甲深深地抠进掌心——五十块钱而已，她居然没脸没皮地问人要回来。

以前的自己一定会觉得这是天方夜谭。问题就在于，今日已与昨日不同。

她爸被查出肝癌复发，这意味着今后的任何一分钱都无比重要。

五十块钱在南苔可以解决一天的温饱问题，可以买满篮的新鲜水果，可以雇一晚的护工……哦，还有……五十几块钱还可以做一套豪华美甲。

车内，康盂树用手指点着中控台，含着意外的目光在车前僵硬的人

影上打转。

他头一偏，按了第三声喇叭，意思还是——闪开。

康孟树自认为不是一个小气的人。他虽然喜欢钱，但没到锱铢必较的地步。如果在往常，别说一半，全部的订金他该退就退，反正也没造成什么损失。

只是谁叫他这回碰上的人，是黎青梦。

在停车场碰面的那次，其实不是他第一次看见她。

早在她搬来南苔的第一个月，康孟树就听说了这个名字。

南苔就这么大点儿地方，城里的人安于现状，城外的人不屑进来，除了他们这种经常在南苔和外地之间奔波的，剩下的就是一摊不怎么流动的死水。

一个新鲜的年轻生命骤然闯入，死水被卵石击中，某人的心思就开始活泛了。

这个“某人”，就是康孟树的好哥们儿，章子。

黎青梦搬来南苔那天下火车，章子刚好也在火车站接人。

他无所事事地等着亲戚从到达口出来，骤一转头，撞见拖着箱子出来的黎青梦。

她细长的脖颈上围着蓬松的狐狸毛领，衬得那张脸冷冷淡淡的，那圈毛领远看像一堆雪，往外冒着寒气。

她的身上套了一件米白色的大衣，衣摆很长，快盖到小腿。

虽然她裹得严实，但露出来的那半截小腿是光着的，脚踝细瘦，蹬着极细的高跟鞋。她不会让人觉得是从拥挤的火车站里出来的，倒像是从城堡里缓步而出的人，浑身写着八个字：只容远观，不可亵玩。

可她越是这样，越让人起心思。

他的视线跟着那半截光裸的腿散入人群，直到被淹没。

章子恍了半天神，连亲戚出来都没发现。

亲戚笑他：“你白日撞鬼了？都叫你半天了。”

他喉头一滚：“哪是撞鬼？是撞上仙女了。”

章子对黎青梦上了心，打听到她是从京崎搬来的，和她父亲一起住进了那栋都没什么人住的老筒子楼，听说他们以前在京崎还挺有钱的，不知道怎么就搬来这里了，估计是做生意失败了吧。大家七嘴八舌地猜来猜去。

他一直想找机会再见她一面，认识一下，只是苦于找不到机会——这姑娘好像不爱出门。

没办法，他干脆守株待兔，闲下来就轮番叫上兄弟，在去那栋筒子楼必经的餐馆吃晚饭。

功夫不负有心人，他等了一个月，终于又见到了她。

而那一晚，他叫上陪自己吃饭的人正巧是康盂树。两人插科打诨，坐在桌边的靠窗位子上吃炒河粉。康盂树觉得口渴，起身去柜台拿了听啤酒回来的时间，章子就消失了。

章子跑到街边，拦住了一个女人。

康盂树换到章子的位置，透过模糊的窗户观察他们。屁股的触感还是温热的，他不太喜欢坐别人坐过的位子，可是这一天，他为了看清她，鬼使神差地坐了下来。

康盂树皱着眉头，晃了下啤酒，慢慢拉开易拉罐上的环。

同一时刻，被章子拦住的人越过他往前走，露出了正脸。

街边失修的红绿霓虹灯一闪一闪的，在亮起来的瞬间，把眉眼照亮，还照亮了她手中迎风招展的“LU”发带。

啤酒罐的拉环被拉到底，扑哧，啤酒沫流了满手。

康盂树迅速收回视线，眉头皱得更深了，望着满手的沫子骂了一句。

这是真正意义上，他第一次见到黎青梦。

片刻后，章子失魂落魄地走进来，坐到康盂树对面，一言不发。

“她就是你最近看上的？”

章子点头。

“被拒了？”

他很不甘心地点头。

康盂树干脆把打开的啤酒推给他：“这没什么大不了的，喝酒。”

“你真是站着说话不腰疼……都是你拒绝别人，又没人拒绝过你。”章子撇嘴，“虽然是你还没给过别人拒绝你的机会。”

章子是真好奇，康孟树有一天会栽在哪个女人身上。

康孟树吊儿郎当地回他："那我给你个找人拒绝我的机会？这样你就高兴了。"

"滚，我现在是真的心碎！"章子一口气把啤酒干了，"这结果不是最难过的，我是没想到她会这么看不起我。"

"那女的说什么了？"

康孟树口中的称呼已经从"她"变成了"那女的"。康孟树为数不多自认为有的优点中，有一项特别突出，那就是不分青红皂白地护短。谁欺负了他的人，他就得从对方身上加倍讨回来。

"我就说我想和她交个朋友，这话也不过分吧？她就说她不会和南苔的任何人交朋友。如果我想和她交朋友，可以，重新投胎，还不能投回这里。"

康孟树点了根烟，骂了句脏话，分不清是在骂黎青梦，还是在骂走眼看上黎青梦的章子。

"算了，好看的妞总会有的，我不为难自己了。"章子抽了抽鼻子，深知康孟树的德行，赶紧找补，"阿树，你也别为难她。"

康孟树从鼻子里哼了一声："瞧你这点儿出息。"

他记着章子的话，的确没有为难她。

他只是扣个订金而已。这已经是他对这种用鼻孔看人的大城市小姐，最温柔的教训了。

黎青梦没从康孟树那儿讨回订金，还被按了三声喇叭，足以在她的人生丢脸时刻里排到前三名。

她就知道，那个唯利是图的讨厌鬼不可能把订金还她的。

小腿又开始痒，而且有几个红点蔓延到了背上。

她意识到这不是普通的过敏症状，可能是某种皮肤病。在医院里看望黎朔的间隙，她挂了个皮肤科的号。

医生粗粗地扫了眼她露出来的小腿，不当回事地道："小毛病，湿疹，涂涂药膏就好了。"

她当即松了口气。

忍过一阵痒意，黎青梦马不停蹄地赶回美甲店开工。

接下来连着一周，她在医院、家、美甲店三点之间来回跑，别人请假调的班她都主动顶上。但没人因此感谢她，她们都觉得黎青梦身上有股讨厌的傲气，这份傲气藏在举手投足之间，好像她顶班是一种施舍似的，她们才不稀罕。

黎青梦也懒得去关心这帮人怎么想。

快下班时的深夜都很清闲，她习惯一个人去斜对面的小卖部买罐旺仔牛奶，拎到旁边生锈的阶梯旁，倚着栏杆小口小口地喝完。

她从前不喜欢这么甜的东西，说不清是口味变了，还是喜欢外包装上傻乎乎的、咧嘴笑着的旺仔，它总让她想起那句广告词：再看我，再看我就把你喝掉。

每当想起这句话，她就会跟着笑。她现在最需要的就是能让她笑出来的东西，哪怕是毫无意义的。

这一天也一样地重复，黎青梦干完了手头的活，店里的人开始三三两两地收拾各自柜子里的东西准备下班。黎青梦不喜欢把自己的东西放进美甲店的员工储物柜，也就没什么好收拾的，跑到对面买了罐旺仔牛奶。

她靠在栏杆上喝的时候，视线漫无目的地移动，捕捉到了深夜街头上一个行色诡异的身影。

那人很高挑，大晚上还戴着墨镜、帽子还有口罩。如果有人穿着这身打扮在京崎，九成是哪个明星。可在南苔……黎青梦想不出来什么人会这样穿。

那个人遮遮掩掩的，居然进了美甲店。

那人这个点还来做指甲？黎青梦放慢了喝牛奶的速度，心想：晚点儿回去，留给别人做吧。如果此时接下这个客人，她怕是要留到最后。

她慢悠悠地喝完，回到店中，掀开珠帘后发现，刚才看见的人尴尬地坐在最不起眼的角落里，没有人上前服务。

黎青梦心下了然：大概这帮人是故意留给自己的——一种幼稚的针对行为。

她看了眼时间，摆出脸色想拒绝，角落里的人却在看到她的脸色后，先一步站了起来，低声道：“没关系，大家没空我就改天再来吧。”

黎青梦一愣……那居然是男声。

她仔细打量了对方一眼，才发现……那居然是一个少年。

他似乎对这种惊异的打量目光并不意外，略低下头，抓起包离开。

“等一下。”黎青梦瞬间转念，“你坐的角落一会儿得关灯，换到这个位置吧。”

她指了指正中央。

“你确定要帮我做？”他顿住脚步，语气难以置信，又小心翼翼。

她语气平淡地道：“我是挺不想帮你做的。”

他的脸上浮现“果然是这样”的表情。

“因为你来得太晚，我快下班了。下次呢，我建议你早点儿来。”

他还没来得及收回刚才的表情，惊愕的神色又一闪而过。他似乎想问些什么，最后又没问出口。

黎青梦却能大致猜到他想问什么，大约就是不觉得他这样很怪异吗？

她一点儿都不觉得他有什么怪异。

曾经的圈子里什么样的人都有，黎青梦早就见怪不怪。况且，她也不愿意下定义，认为这是一种怪异的举动。

可在南苔，黎青梦知道这个少年必会被视作怪胎。连她穿稍微出格一点儿的衣服都能被盯穿，他恐怕会被盯出火，直接自燃。所以，他不得不把自己的脸全部包起来。

难怪刚才她们都不接。比起针对她，她们恐怕更不愿意接待一个“怪人”。

黎青梦搬了个凳子在少年面前坐下，拉过他的双手端详。

“你平常还要上学吗？如果上学，不要做浮夸的款式会比较好。而且今天很晚了，我推荐你做个简单点儿的。”

他沉默半晌，局促地说：“其实什么样的图案都可以……因为只能留这一个周末，不可能留到上学的。我就想过一下瘾。”

“取悦自己这种事，别说一个周末，一分钟也得讲究。”黎青梦认真问，“你有喜欢的图案吗？”

他听得一愣一愣的，不好意思地道：“嗯……船。”

“那我帮你手绘帆船吧。”

“在指甲上画画吗？这么小的地方也能画？”

黎青梦只道：“简单。”

少年的眼神肃然起敬。

店内的人逐渐走光，灯光暗了，只剩下他们俩。

其间，他的手机响过一次。他不方便接，便麻烦黎青梦接通。

若是换个人，他可能就自己姿势别扭地伸手去接了。但他对眼前的黎青梦很有好感——这是一种遇上一个好人的感觉。

黎青梦帮他按下接通键，瞥到微信的备注是“哥”，后面跟着一连串令人头痛的表情。

“你穿成那样上哪儿去了？”随即，一个略显低沉的声音从扬声器中传出来。

黎青梦微皱眉头，总觉得这声音有一丝丝熟悉，熟悉得令人讨厌。

“我在做指甲。”少年小声道，“不是上次那家，我换了一家！”

“换哪家不都一样？”

黎青梦正以为男人要出声训斥少年，大概就是赶紧回来、不要丢人现眼云云，结果却听到他话锋一转：“这家是不是也不想给你做？你把电话给店员，我和她说。”

少年连忙说：“没有没有，我正做着呢。”

男人微愣：“是吗？那你也把电话给她。”

少年为难地看着黎青梦。

她全程听着兄弟二人的对话，慢悠悠地用蓝色和白色的甲油涂在板子上调和颜色，步骤和画画完全没差别。

听到这位仁兄提到自己，她才凑近手机，问：“什么事？你也要预约？”

男人顿了一下，意外地道：“我就免了，给我弟做得漂亮点儿。谢了。”

少年插嘴：“姐姐很厉害的！她会手绘！”

“你给我老实点儿。”男人一下打断他，“地址发给我，结束了我去接你。”

通话结束后，黎青梦随口问：“这是你亲哥？”

少年点头，一脸骄傲的表情：“我哥对我特别好。”

“能看出来。他还来接你。”

“那是因为我上次深夜这样穿出门，差点儿被几个流氓打。”他刚才高昂的语调逐渐低下去，“他们看清之后就骂我是变态，还想揍我。我那天穿的鞋不方便，跑不快，差点儿被追上。”

黎青梦瞅了眼他的小白鞋：“所以这次学聪明了？”

少年哈哈一笑：“对啊，如果再碰上他们，我给他们一拳再跑，他们也追不上我。”

他在被围攻时还能保持乐观。黎青梦忽然有点儿欣赏他了。

“你早点儿和我说，我就帮你做个延长甲，抓人的效果不错。”

当然，她没有这样抓过人，也不喜欢做长指甲，只是恰巧在一次聚会里见过。某个男生的前女友直接找上门，伸出尖锐的指甲在该男生脸上划了道口子。

她轻描淡写地提起这件事，少年惊叹连连：“为什么呀？那个男生出轨了吗？”

她摇头道：“那个男生也和你一样，还在外面说前女友不如自己漂亮，把她给气着了。”

“这也可以吗？”他语塞半天，喃喃道。

黎青梦不足为奇：“很正常。”

“这不是在这里发生的事情吧？我从来没听说过。”

“那是在京崎。”

“你是从京崎来的呀？怪不得我之前都没见过你。”

黎青梦匪夷所思地道：“这儿的每张脸你都能记得？”

“来来去去就那些人。十多年了，不说全部，大部分眼熟。”他垂眸，“南苔比你以为的还要小呢。”

气氛陡然沉闷起来。

两人谈话间，指甲也快做完了，黎青梦帮他涂上封层胶，少年把头埋得很低，想看清指甲上的图案，但因为隔着墨镜，样式还是很模糊。

他踌躇半晌，小心翼翼地问：“我可以把墨镜摘下来吗？”

黎青梦刚想说“那不是随便你吗”，又立刻收住，意识到这句话的深层含义。

大概，他是怕自己的脸被发现，被宣扬出去就完蛋了吧。

她便起身说："我去洗手。"

黎青梦返回时，却发现他没有把墨镜戴上，甚至把口罩也摘下来了。他正激动地伸着十指冲她比画："姐姐，你做得太完美了！我都舍不得只留两天！"

黎青梦的嘴角轻轻扬起笑容。

这是非常久违的被人肯定的满足感。

"下次早点儿来，我就有时间给你画更复杂的。"

今天晚上除了旺仔，多了一件能让她笑出来的事，她加了半个小时班，也算不亏吧。她正这么想着，身后的珠帘被掀动，一个男人的声音在她背后响起："你怎么把口罩摘下来了？"

黎青梦循声回头，看到了一张让她的嘴角迅速下垂的脸。

那人眉峰上扬，穿着军绿色飞行服，抱臂倚在挂着珠帘的门框上，手指上转笔似的转着支烟——那是之前拿车喇叭轰了她三下的康盂树。

他本打算在街头接上人，却在玻璃窗外看见康嘉年把口罩摘了，一时心急进了店。他见到康嘉年口中的店员是她，面色惊讶，随即脸色微沉，闪过担心的神色。

黎青梦即刻把视线移开，默不作声地走到柜子旁把包拿出来准备下班，两边的人都不搭理了。

康嘉年不知道两人之间有过不愉快，还兴致勃勃地说："哥，没事的。姐姐和其他人都不一样，一定不会说出去。"

康盂树的视线随着这句话，落在她的身上。

"康嘉年，你把口罩和墨镜戴上，在店外等我。"他的视线还在她身上徘徊，"我有话和她说。"

康嘉年狐疑地道："你要说什么？"

"当然是感谢了，还能是什么？赶紧出去。"

康盂树把人轰走。昏暗的店内只剩下他和她，气氛剑拔弩张。

黎青梦把柜子门粗暴地一关，抬眼回视："我要锁门了，请你也赶紧出去。"

康盂树没有扭头就走，甚至还朝她逼近两步。

"订金我可以退给你。"他语气强硬，"今天见到我弟弟的事，还请你一定不能说出去。"

“这是收买？”黎青梦嗤笑，“那点儿订金可不够。”

“你还会玩敲诈这一手？”康盂树眉梢一挑，语气嘲讽，“要多少？”

他当真了。黎青梦看着他阴晴不定的脸色，有一种扳回一局的快感。

她沉默着，故意给他制造心理上的压力，然后才慢悠悠地开口：“不需要。是我失约在先，协商不成就算了。我不会企图用这种事拿回我的订金。”

她瞥了眼门外，那个少年正扒在门口张望，见她看过来赶紧闪回拐角处。

黎青梦顿了顿，继续道：“关于你弟弟的事，你的要求非常无聊。他很正常，我有什么必要拿到外面说？”

康盂树的眼神在昏暗的灯光下闪动。

黎青梦说得随意，他突然弯下身，将脸贴近，像在打量她神色的虚实。她被他的动作吓了一跳，条件反射地往门口的方向退了两步，撞到背后的珠帘。

哗啦哗啦——珠子碰撞出暧昧的脆响。

昏暗的灯光下，墙面上珠帘晃动的影子仿若在下雨，空气在不经意间变得潮湿。

身体险些失衡之际，康盂树宽大的手掌迅速伸过来，滑过她细瘦的小臂，紧紧扣住。

她站稳后，皱着眉迅速和他拉开距离，投以一个防备的眼神，仿佛他刚才不是在拉她，而是在推她。

“谢谢都不说？”他抽回手，耸肩，“那把我那句抵了吧。”

说着，他掀开帘子走了。

晃动的珠帘在康盂树离开后安静地垂落，这场细密的小雨逐渐停息。

之后的两天，黎青梦都没去店里上班。

和那一晚的插曲无关，而是黎朔的病情开始反复，她这两天都待在医院里，回去上班这天也无精打采。

然而，她打开店里的储物柜把包放进去时，动作忽然顿住。

空荡荡的柜子里，放着一朵钱花。

她从前收到过无数捧花，有漂亮的、高雅的、罕见的，没有一束像眼前这朵，是用红色的百元纸币折成的，单薄又艳俗。

黎青梦将钱花展开，纸币的左上角有一个黑色的污点，旁边还放了一张小纸片，上面用铅笔写了两个丑丑的字——

还你。

通过那个黑色的污点，黎青梦认出来这个钱花是用她的那张订金折的。

也就是说，这是康盂树放进来的。

也许他是为了提醒她不要说出去，也许是别的什么原因。她不知道他的动机，但总之，最后收下了这张钱。不是贪心，而是她不想再为了这一百元和康盂树有什么多余的牵扯。

她很快就将康盂树抛在了脑后。

直到一个星期的某个深夜，黎青梦快下班了，去对面买旺仔牛奶时，碰到了在门口探头探脑的康嘉年。

他已经卸掉了指甲，身上是规矩的高中校服，背着单肩挎包，清清爽爽的少年模样，让黎青梦不由得想起曾经瞥过一眼的某人的一寸照。

她冲他打招呼："你今天不是来做指甲的吧？"

"对，我刚下晚自习。"康嘉年见她主动说话，这才小心翼翼地开口，"不过我是专门来找你的。"

"什么事？"

"想亲自来谢谢你。虽然我相信你肯定不会往外说，但真的确认后，我很开心，这说明我没看走眼！"

黎青梦不由得失笑："你特地跑过来就为了说这个？"

"不是……"他犹豫道，"姐姐，你画画很厉害，从前是专门学这方面的吗？"

黎青梦听到他提起从前，脸上的笑意淡了："嗯。壁画。"

"哇，果然！那你可以教我吗？我想了好几天，想跟你学画画。"

黎青梦不关心他为什么突然想学画画，毫不犹豫地回绝："不好意

思，我这阵子很忙，抽不出时间。”

康嘉年面露失望之色，又带着希望追问：“一周教我一次呢？”

黎青梦没有回答，径自去了对面的小卖部，回来时手上多了两罐旺仔牛奶。

她把其中一罐递给康嘉年：“抱歉，就当是赔礼吧。”

“没事……”康嘉年接过易拉罐，在手心里来回倒腾，挤出笑容道，“我还要谢谢你呢。你是除了我哥之外，第一个不会戴有色眼镜看我的人。连爸妈都免不了嫌弃我，说我一定是投错胎了。因为我一点儿都不像个男孩子……我说这些，会不会吓到你？”

黎青梦一愣，而后摇头：“不会。”

她的表情和态度没有任何改变，好像她只是听他说了一句“今晚天气不错”这种无关痛痒的话。

康嘉年莫名地鼻子一酸。他需要的，就是这么简单的一个肯定，任何异样的表现对他都是一种刺伤。

可这种平静的肯定，至今他从来没有在任何一个人身上得到过。连他哥一开始都非常震惊。

黎青梦是第一个。

“好可惜啊，我真的很想和你学画画……”康嘉年越发不舍，但还是调整表情，挥了挥手，“那我走啦！拜拜姐姐，我下次再来找你做指甲。”

黎青梦捕捉到他转瞬即逝的难过眼神，抓着罐子的手一紧，她点了下头。

少年倏忽一转身，就在晚风里跑远了。

黎青梦站在原地看着他的背影，反思自己是不是拒绝得太干脆。

虽然眼下焦头烂额是客观事实，但她并非完全不能抽出一两个小时的时间来教他。

她内心似乎更惧怕和这里的人产生某种过紧的联结关系。

不然她到现在为止，不会交不到任何一个朋友。

她搬来这里的头一个月，有个男人突然冲到自己跟前，说要和她认识一下。恰巧碰上她在美甲店应聘完，那种仿佛开始要扎根于此的窒息感争先恐后地冒出来。

因此，她没控制住自己，对那人说了重话，让他想都别想，除非他投胎，再世为人。

她掷地有声地说自己绝对不会在这里待很久的。其实她在说给自己听，不然不知道自己怎么撑下去。

朝夕之间，生活剧变，她就像坐着大摆锤，没有一刻不觉得眩晕。她必须给自己一个支柱和预期，比方说很快就会停止了，再坚持一下。

今天她虽然没有说任何重话，却感觉到丝丝后悔。

因为她在康嘉年身上看到了一种很相似的感觉——他在拼命地寻找和外界的联系。

在康嘉年眼里，她就是那个“外界”。

她在躲避，他在寻找。两者的表现形式不同，但本质是一样的——他们都不愿受困此地。

所以她刚才毫不犹豫地拒绝他的举动，或许正把溺水却在尝试探出水面的少年，又残忍地按回去了。

次日，黎青梦一晚上没睡好觉，白天去了医院，晚上来店里上班时直打哈欠。

所幸晚上客人少，只有两个预约的，是那个熟客发廊妹和她的朋友。

黎青梦给她修完指甲，问她想做什么款式。

她举棋不定，和朋友商量：“你说男人不喜欢大红指甲，不喜欢带钻的指甲，也不喜欢粉嫩的指甲，那他到底喜欢什么呀？”

她朋友翻白眼道：“这不是指甲的问题，就是他不喜欢你。”

她朋友和黎青梦这些听的人，都心知肚明这个“他”大概是指康盂树。

黎青梦甚至想插嘴：这不是你的问题，而是那个男人的问题。

但她不会多嘴，只是发着呆等待发廊妹妹指定款式。

那两人聊着聊着突然止住了话头，齐齐向门口看去。

黎青梦还在走神，直到身后一股很强的压迫感传来。

她一激灵，回过头，视线顺着一双长腿往上，撞上康盂树明亮的眼神。

发廊妹妹惊呼："阿树！你是来找我的？"

他扬手和她打了个招呼："好久不见，你介意我打扰你做指甲吗？"

她连连摇头："当然不会！"

"那你的美甲师，我借走五分钟。"说着，他一把拉起黎青梦，在众目睽睽之下将人拉到了店外。

黎青梦看康孟树和对方打招呼，还以为他真的是来找那位发廊妹妹的。

于是她收回视线，继续走神，却没想到自己突然被大力提溜起来，接着被强势地拉了出去。

反应过来后，她立刻大力把人甩开，语气非常不善地发作："你有礼貌吗？你最该问的人是我吧？"

他直接开口就是一句"对不起"，黎青梦被堵得一噎。

他问："我还你的订金，收到了吧？"

"我说过不用。"

"那你不还是收下了吗？"

"……"

他放软语气："我是因为我弟的事来找你的。"

"他让你来的？"

"不是。"康孟树解释道，"只是聊天的时候，他不小心把来找你当老师的事说漏嘴了。我知道你已经拒绝他了。"

"所以？"

"但是你还没拒绝我。"

"……"

"我弟太笨了，不懂谈判要提到最关键的条件。请你当老师不是平白占你便宜，课时、频率你定，费用也由你来定，怎么样？"

费用，这两个字让黎青梦心头一动。

她本来就有些后悔，此时有她所需要的东西正好摆在她面前，犹如她想从天降落，刚好有人递了把降落伞给她。

黎青梦思索着，问道："你帮他付这笔费用？"

"不然呢？"

“那行。”

然后她极为不客气地狮子大开口，说了一个数字：“按单次算，每次这个价。”

康孟树知道她这是故意报复自己当初要价时翻倍的行为，但是眼下是卖方市场，他没有讨价还价的余地。

黎青梦见他吃瘪的表情，气定神闲地道：“爱同意不同意。”

说完这句话，她有种报复人的幼稚快感。

康孟树蹙着眉思索半晌，暴躁地回道：“成交。”

黎青梦伸出手：“订金。”

康孟树气笑了：得，这茬儿还过不去了是吧？

他在口袋里掏啊掏，掏出一张被揉成一团的二十元纸币。啧，今晚的买烟钱。他有些可惜地看着它，最后还是依依不舍地把它送到了黎青梦的手上。

她慢条斯理地把钱攥在手里，给了他这几次见面以来的第一个笑容。

那神态就像他在路边喂过的一只小野猫，没良心，被投喂的时候温顺得不行，吃饱了，他招呼着“给哥哥过来”，它不听，跑上墙头，耀武扬威地走了。

虽然眼前这只小野猫，他不但没给过一点儿甜头，还把人欺负得够呛。

黎青梦此时倒着往后退，用口型示意了四个字：合作愉快。

见她扭头进了美甲店，康孟树摸出身上的最后一根烟，咬在嘴里，借着咬烟的姿势扬起嘴角，插兜往回走。

而回到店里的黎青梦，瞬间被众多好奇的眼神围攻。

尤其是发廊妹妹，摆出严刑拷打的架势，无比紧张：“康孟树为什么找你？你们认识？”

黎青梦淡定地晃了晃手中皱巴巴的二十元钱胡诌：“他还我钱。”

黎青梦给康嘉年做画画辅导老师的事就这么敲定下来。

在康嘉年的活跃表现下，他们在微信上拉了个三人小群，名字是“画画小分队”。

康嘉年还主动申请加了她好友，而另外一个人则是只在群里发了一个戴着墨镜的黄脸小人表情就没声了。

她和康嘉年在群里商量好时间，一周一次，定在周六晚上，那天康嘉年不用上晚自习。她如果需要去店里，有变动就在群里提前通知。

他们谈到画室地点时，康盂树终于现身，在群里说他来找。

于是第一次辅导，黎青梦完全不知道该去哪儿。

康盂树先来加她的微信，让她下班后在美甲店门口等着。

黎青梦回："你直接发个定位。"

他回："发了你也找不到。"然后他就没发。

黎青梦没办法，下班后走出熄灯的美甲店，视线在杂乱又逼仄的街道上搜寻，一眼就瞧见了等在街拐角的康盂树。

他骑着辆南苔几乎人手一辆的电瓶车，无所事事地坐着抽完了一支烟。

黎青梦也有一辆电瓶车，但因为他会来接，就没骑出来。

见黎青梦出现，康盂树转动把手，车子眨眼间驶到她跟前，又稳稳地停下。这么大一辆车在他手下就像一辆遥控玩具车。

康盂树将把手上挂着的头盔取下来，轻飘飘地扔给她："戴上，上来。"

黎青梦掂着到手的头盔，发现这个好像是崭新的。她犹豫了下，这才戴上。

康盂树以为她上车也要扭捏半天，一回神，人已经侧坐到后头了，双手紧紧握着两边。她身形瘦削，坐下时尽量往后靠，和康盂树之间还隔了条很明显的空隙。

他也没出声非让她抓着自己，毕竟只是电瓶车，只要骑慢点儿就没关系。

于是，深夜的南苔街道，就见一辆小电瓶车慢悠悠地往前驶去。他们一路驶过关张的夜市、躁动的东郦町、寂静的骑楼老街，还在不断往前。

黎青梦不由得疑惑："你到底要开去哪里？"

他不会是私下搞什么人口交易的，伙同康嘉年在诓她吧？黎青梦开始不安地想入非非。

康孟树的沉默加剧了这份不安感，黎青梦颤着声音镇定地道：“你不说，我要下车了！”

他终于开口，声音里带有明显在逗她的笑意：“别闹，很快就到了。”

与此同时，黎青梦隐隐听到了涛声。

车子从骑楼老街“嗖”的一下驶出，视线豁然开朗，是港口。

这个港口连着南苔的内海，零星的渔火在夜风中随着车的行驶摇曳后退。黎青梦不自觉地闭上眼睛，胸口起伏，闻到了海风的味道。

回南天的夜本就潮湿、迷幻、温热，此时又多了一分腥咸的味道。

京崎是没有海的，因此这片内海，大概是黎青梦唯一觉得南苔特别的地方。

但她很少来。她提不起兴趣，总觉得只要是南苔的，有什么特意来观赏的必要呢？她又不是来旅游的，也不是来生活的。

她是来度劫的。

她胡思乱想着，车子不知不觉地停下，停在狭长海岸线的尽头。

这里没有任何灯火，伸手不见五指。可因为她刚才恰巧闭着眼睛，已经适应了黑暗，所以一睁开眼睛，那艘泊在远处的破船就被她看见了。

“来这里干什么？”黎青梦顿时警觉起来，这种环境……完全是犯罪的温床。

康孟树还想逗逗她，见她的神色真的有些慌张，随即收起了那几分散漫的表情，打开手机的手电指向那艘船，认真地说：“它曾经是一艘沉船。”白光在船身上晃了晃，“在海底埋了很多年，前两年才被打捞上来。没有人管它，就这么废弃在这儿，不觉得很可惜吗？”

此时，感受到白光晃动的康嘉年也从船内爬出来，打开手电照回去，和他们打招呼。

“所以我就把这个废弃沉船改造了一番。”康孟树的语气有些得意。

“这就是你说的画室？”

他奇怪地道：“不行吗？”

黎青梦扭头就走。

康孟树在背后嚷嚷：“喂，喂！你确定不进去看看？”

她没搭理他，在黑暗中无语地翻了个白眼，心想：自己真是脑子抽了，为什么要答应他们？

她怎么想都觉得好不靠谱啊。三更半夜，她来港口尽头的一艘破船上教人画画？

“你要走也行，自己回去吧。”康盂树却站在原地胸有成竹地道，“或者你可以留下来，进去看一看，如果不满意，我再挑别的地方，成吗？”

黎青梦这才顿住脚步，皱眉思考着走回去的路程……

康盂树数着三、二、一。黎青梦回过头。

“不用挑别的地方了，就教这一次，教完拉倒。”她说。

黎青梦打开自己的手电，跟在康盂树身后走下阶梯，翻过栏杆，来到海滩上向沉船走去。她感受着脚底下凹凸不平的沙石，海涛声在沉寂的夜里越发清晰。

康嘉年在船头招手，小声提醒：“姐姐，小心脚下。”

黎青梦勉强应了一声，费劲地爬上来，心里头攒了些怨气。

然而这股怨气，在她进入沉船内部之后就消散了。

好梦幻——她匮乏的语言库中一下子只能浮现出这三个字。她感受更多的是想把这一幕画下来的冲动。

最充沛的光线是一盏落日灯发出来的，将沉船内部笼罩在一种温暖的金黄色之中，四周还挂满了一闪一闪的星星串灯。

这是一个同时将黄昏和夜晚留住的方寸之地。

她放眼望去，不算宽敞的长条状船舱里依次摆放着落地镜和落地衣架，架子上挂满衣服。还有一个茶几，上面放着一台老式音箱。然后是一张棕色的复古沙发，沙发前立着两块画板。

最打动黎青梦的地方，在于沉船内部废弃的木板之间有被海水和岁月侵蚀的痕迹，缝隙中奇迹般地长出了几朵小花。

茶几上还有一个小喷壶，是用来浇灌它们的——有人细心地维持着这份生机。

身后，康盂树跟着进了船，随意地道：“这曾经是我和我弟的秘密基地。”

他看向她说："但现在，它也是你的了。"

黎青梦自动把康盂树的话理解为——我们是一条"船上"的蚂蚱，不许把这个地方说出去。

这一个晚上，她开始了在沉船里的第一堂美术课。

她打算从基本的素描开始教起，就地取材以那个小喷壶为参照物，当作这堂课的教学目标。

她开始做示范。

她聚精会神地盯着前方，像一个出剑利落的女侠，三两下就在纸上复制出了一个喷壶。

这只是第一遍。

到第二遍，她开始带着康嘉年画，一根一根线条地拆解。她不时观察康嘉年拿笔的姿势，上手帮他调整，告诉他画到哪边该手臂用力，到哪边该手腕发力。

在她观察康嘉年的同时，某人也在观察她。

康盂树将茶几边的椅子拉过来，两脚伸开，转过身用手臂撑着椅背坐着，下巴就搁在手臂上，歪着脑袋看她。

都说认真工作的男人很帅，那么，认真投入到专业里面的女人也不赖。她有一种自发的气场，让人很难把目光移开。

黎青梦不分神也感受到了这道视线，瞥了康盂树一眼。

他毫不心虚地回视："看什么？我在监督你教学。"

黎青梦问："您还满意吗？"

"凑合。"他懒洋洋地打个哈欠，扭过头开始睡觉。

康盂树一直睡到他们下课，正好送黎青梦回家。

没办法，人是他接过来的，大晚上的他总得负责到底。至于康嘉年嘛，就自己回家，沉船离骑楼老街近，康家就在骑楼老街里头。

两人顺着原路骑回去，黎青梦告诉他地址之后，两人一路沉默。

眼看着快骑到老式的筒子楼下，康盂树才开口，故意提起她刚才那句教完拉倒的话，很欠打地问："那要我和康嘉年说，你下次就不教他了，还是你去和他说？"

黎青梦抿了抿唇。刚才她离开沉船时，康嘉年还神采奕奕地问她自己有没有画画天赋，她诚实地回答“有”。

康嘉年眼睛一亮：“那太好了，说不定我很快就可以上手画人像了。”

康盂树插嘴：“给哥画帅点儿。”

“谁说我要先画你啊？”他看向黎青梦，“我当然要先画姐姐！”

黎青梦内心微动，而后道：“那我等着验收了。”

她收回思绪，对康盂树说：“算了，再教几次也不是不行。”

前头传来康盂树的一声嗤笑，让黎青梦火大地又想收回刚才的话，但她想想还是算了，不跟他一般见识。

那句“不教”本身也是没经过大脑思考的气话，当时她觉得教学环境太离谱。

但离谱的近义词是异想天开、天马行空，这些词又代表着惊喜。

她是想在那里画画的，比起眼前这栋筒子楼，比起那扇只能看见火车不停来往却无法带走她的窗口，她更喜欢那里。

电瓶车到了路灯寂寥的旧街，夜空中有流云将月亮遮住，一切暗了下来。

黎青梦下车，把头盔还给他。转身前，她犹豫了一下，问：“那个秘密基地，你们给它取过名字吗？”

康盂树接过头盔，闻到上头附着一丝淡淡的香味，似乎是一种樱花味道的洗发水味。

他因这淡淡的气味恍了神，慢了半拍，回道：“没有，这也需要名字？”

“那我可以给它取名字吗？”

“说来听听。”

黎青梦的声音在夜风里淡淡的：“被遗忘之地。”

即便是被遗忘之地，在灰败的沉船里也能重新开出鲜花。她承认，今晚这艘意想不到的沉船，突然给了她一些微不足道的勇气。

但她的生活并没有因为沉船这个小插曲有多少改变。除了赚外快，她依旧每日固定去医院住院部照顾黎朔，再去店里上班。

这天美甲店调休，她约好傍晚去给康嘉年上第二次课，白天就一直在医院里守着黎朔。他的肝腹水最近胀得厉害，她得不停地给他按摩腹部，他才会好受些。

黎朔强忍着不说疼，还担心她会手酸。

黎青梦故作轻松地开玩笑，说这比去健身房甩绳子管用。

其间医生把她叫到诊室，谈到黎朔现在的情况，建议还是尽早做手术。

黎青梦一直拿不定主意要不要将黎朔转到京崎的医院去，担心这里的医疗条件可能不够好，但转过去的问题也很多：医疗费高昂，迄今好不容易建立的生活节奏全部打乱，再加上去京崎的这一路，她都会为黎朔出现意外担惊受怕。

因此这一阵子，她一直在纠结这个问题，早上起来一梳头发，一掉一大把。

在医院再次催促之后，她和医生沟通了手术的难度问题。在对方提到把握还是挺大的之后，她决定还是在南苔尽快做手术。

她回到病房，黎朔有些紧张地问："医生说什么了？"

"没什么，就是该考虑做手术了。"黎青梦拍了拍他，"等做完手术呢，我们疗养一段时间就能出院。虽然已经错过清明节了，但我妈的忌日我们还是能赶上的。所以你赶紧好起来。不然今年你一趟都没赶上，她肯定会生气。"

黎朔的表情仍没有放松："可是手术费……"

"我卡里还存着一点儿呢，刚问过，够啦。"她笑着摆摆手离开病房，给黎朔留下一个轻快的背影。

骑着电瓶车去沉船的路上，黎青梦路过街边的自动取款机，停下车，把钱包里的卡插进去，确认了一下卡里的余额。

她目光一滞。

接着，她又把钱包里能翻到的卡都翻出来，一张一张插进去。

随着密码输入，少得可怜的数字在屏幕上跳出，没有任何魔法可以让后面突然多出几个零。逐渐暗下来的夜色里，机器的光线照得黎青梦脸色惨白。

不够，这些钱根本不够。就这样她还考虑把黎朔转去京崎……太可笑了。

就算现在他们在南苔，每天都要花掉不少钱，她不舍得让黎朔和三五个人挤在一间病房，晚上磨牙、打呼噜的人那么多，影响睡眠，黎朔更休养不好。她干脆咬咬牙，开了单人病房。

而这个单人病房的价格在京崎，可能一个床位的费用都不够。

她收回卡，坐上电瓶车，机械地转动把手往前骑。

途中忽然下起了暴雨。南苔总是这样，下场雨就像居民楼里的妇人拉开窗户，突然往下倒盆淘米水那样不讲道理。

她没有停下，反而在雨里越骑越猛，有种孤注一掷的痛快感。

骑到沉船之地时，她整个人狼狈不堪。

这次，沉船里只有康嘉年，他正在无聊地等黎青梦，开着音箱摇头晃脑地自娱自乐。音量调得很大，她下到船舱里他都没注意到。他冷不丁转身，被她这只落汤鸡吓了一跳。

黎青梦衣服上的雨水把木板弄得湿漉漉的。康嘉年瞪大眼说："姐姐，你要不要换套干净的衣服？你不介意的话可以换上我的，不然穿着湿衣服很容易感冒生病。"他指了指那排衣架上的衣服。

黎青梦刚要回绝，听到"生病"两个字，话到嘴边又咽下。

她刚刚确实冲动了，平白拿自己的身体较劲。现下湿衣贴着身体，黏得厉害，她一直这么拖着八成会感冒。她回去换衣服也不行，外面还在下雨。

她只能无奈地道："那就谢谢了。"

康嘉年反而笑得很开心："随便你穿，哪件都可以！架子上挂着的都是我最喜欢的。"

黎青梦忽然明白了："所以这个秘密基地，其实算你的试衣间？"

"对。"他不好意思地道，"在家里穿会被爸妈嫌弃，我哥就直接给我找了这个地方，说我想在这里面穿什么都行。但你觉不觉得……这里很像舞台剧的后台？有些人只能被允许待在这里，而不能上台。"

他"哈哈"地笑着自嘲，说完又意识到跑偏了，赶紧打住："不说啦，你换吧！我去附近给你买个雨披，这雨看样子要下很久呢。"

康嘉年小跑着爬出船舱。他没拿手机，音箱持续放着他的歌单，未灭的屏幕上滚动着下一首歌的名字——《禁果花》。

伴着没听过的粤语歌，黎青梦头一次在这种环境中换衣服，连遮挡的地方都没有，心里浮上一股很不习惯的羞耻感。她特意将落日灯关了，只余一面墙上的星星灯。

衣架上挂的衣服都很大，不太合身，她扒拉了一下，勉强抽出一条可以调节绑带的黑色连衣裙。

虽然到她身上，这条裙子就变成了快过脚踝的长裙，但正好可以遮住她腿上那些因湿疹长出来的红色小点。

她弓下身，把湿衣服脱下。内衣内裤也湿了，但好在有外面的衣服遮挡，没有湿到无法忍耐的地步。

用纸巾把身上的水分大致吸干后，她把头发拢起，草草地扎成一个发髻，但逃出的碎发还是黏糊糊地贴着皮肤。

差不多清理干净身上的水渍，黎青梦小心翼翼地穿上那条黑裙子——穿上前她已经把两边的绑带解开了，不然那胸线得挂到她的肚子上。

她将裙子提到合适的高度，按着一边的肩膀，有些吃力地给肩带打结。

她的神情十分投入，音箱里的歌声也很投入，于是黎青梦压根儿没听到船舱里有人进来了。

康盂树下到船舱里时，并没有意识到正在换衣服的那个人是黎青梦。

朦胧的光线里，他乍看去，模糊地看到了短发和康嘉年的衣服，便默认那是康嘉年。

“你现在换衣服干什么？黎青梦还没来吗？”他大大咧咧地问道。

换衣服的人动作一顿。

接着，他就看见“康嘉年”迅速从衣架上随手抽出一件衣服挡在自己身前，另一只手探出去，在墙上并不熟练地摸索着星星灯的按键，一把将灯光按灭。

恼怒但又极力保持冷静的女声响起：“你瞎吗？出去！”

“……”

康盂树脚步一顿。他下意识地摸了把鼻子，这时已经反应过来躲在船舱里换衣服的人到底是谁。

她的反应已经够快了。转瞬即逝的明暗交错，他还是猝然瞥到了她细瘦的一侧蝴蝶骨，来不及系的黑色丝带滑下去，直滑进黑暗的船舱里。

雪白的背却暗不下去，闪着银白色的光，像想象中从深海偷溜进渔船里的人鱼。她在看见人类后会惊慌地把自己藏起来，鳞片却没藏好，一闪而过。

伸手不见五指的船舱里，两边的人一时都没再出声。唯一的声源是还在下着的雨，以及音箱中的女人正好柔情似水地用粤语唱到要“烧烟花”。

黎青梦的身体在黑暗中轻轻颤抖，她这辈子都没这么窘迫过。

她以为在自己的呵斥下，康盂树应该会立刻离开才对，但他没礼貌的程度超出了自己的想象——

他非但没走，还在那儿戏谑：“我不是故意的。你要是觉得吃亏，那我也脱一下，给你看回来？”

回应他的，是黎青梦从黑暗中砸过来的包。

康盂树的肩膀抖动了几下，他没忍住，大笑出声，没说一句“对不起”，靴子踩着失修的船板往外走。

嘎吱，嘎吱——他就这么出了船舱。

康嘉年回来的时候，在沉船的船头看见了蹲着的康盂树。

他披着个雨披，对着茫茫的黑沉海浪点了根烟。

“哥，你怎么过来了？又来监督？”

康盂树循声回头，将脚边的袋子甩过去。

康嘉年手忙脚乱地接过去——薄薄的塑料袋里是他落在家的钥匙。

“你真是比爷爷还粗心大意。”康盂树叼着烟道，“我今晚要出车，你学完就回家吧，别乱跑。”

“哦。”康嘉年噘着嘴强调，“那我比爷爷还是强点儿的。”

“你还得意上了？”

“……”

“刚才又跑到哪里去了？你不是早就出门了吗？”

康嘉年晃了晃手里的雨披：“青梦姐刚才是淋雨过来的，我怕她回去的时候雨还不停，就去买这个了。”

康孟树小声地说了一句：“怪不得。”

康嘉年忽然震惊：“你刚才不会进去了吧？”

“我刚刚以为那是你呢。”

“是我你也不能乱进好不好？”

康孟树扔掉烟，举起双手投降：“好好，是哥的错。”

康嘉年闷闷地道：“没事啦……”

康孟树看了眼他手里的东西，说：“你就买了这个？其他什么都没买？”

“啊？还要买什么？”

“没什么，你进去吧。”康孟树轻抖雨披，抖下满身的雨水，朝岸上走去。

康嘉年大概明白刚才发生的插曲后，接下来和黎青梦接触时都很小心，生怕她心情不好，自己被牵连。

但是黎青梦没有表现出任何异样，依旧很耐心地指导他画画，还在他递过雨披时说了“谢谢”。

只不过，她的平稳情绪在康孟树再一次现身之后被打破了。

康嘉年莫名感觉到船舱内气压变低，一回头，康孟树拎着白色的塑料袋从船舱的阶梯上下来。

康嘉年很意外，还以为康孟树刚才就去车队了，没想到他还会抽时间回来。不会是自己又落了什么东西，他给送来了吧？

黎青梦装没看见，接着刚才的话对康嘉年说：“你这一块儿太硬了，交界线可以再虚一些……”

康孟树走过来，把袋子扔到沙发上，打断了她的话：“这是预防感冒的，晚上回去记得用热水泡着喝。”

黎青梦没接。

他清了清嗓子：“没别的意思。万一你感冒，容易传染我们。”

黎青梦冷声道：“你的脸皮厚，绝对传染不到你。”

康孟树皱眉：“我哪里脸皮厚了？刚刚我可什么都没看见。”

康嘉年大气都不敢出，听两人你一句我一句交锋，眼珠跟着左右乱转。

“可以，请你，出去吗？”黎青梦咬牙切齿，“打扰我教学了。”

康盂树看了眼时间，不用她多说，拔腿就走。

黎青梦指着沙发上的袋子对康嘉年道：“你哥的东西，你拿回去吧。”

他弱弱地扒拉开袋子看了看，略感奇怪：“里面怎么还有治疗湿疹的药膏啊？”

闻言，黎青梦差点儿把手中的铅笔折断。

他一定看到她的背了！那小子居然还敢气定神闲地说什么都没看见？！

她一点儿都没有因为对方买了药膏而感动，反而有种被占便宜还有苦不能说的憋屈感。

自从家里出事之后，朋友圈就变成一片空白的黎青梦破天荒地发了一条朋友圈，而且只对某一个人可见。

“终于在南苔发现了比连绵不断的雨还要讨厌的东西。”

她还加了个微笑的表情。

五分钟后，黎青梦发现这个“东西”居然还给这条朋友圈点了个赞……

第二章

# 雌雄大盗

第二天，七点四十五分的轰鸣声把黎青梦吵醒时，她感觉头在隐隐作痛，也许是没能避免的淋雨后遗症，也许是她在惧怕今天。

就在昨晚回来后，她躺在这张阴湿的床上，订了一张今天早上十点去京崎的高铁票。

睁着眼睛躺到八点整，黎青梦翻身下床，简单地吃了口面包，收拾了下行李，拎着小箱子出了门。南苔这个小城，去京崎的高铁一天只有几趟，早上只有这一趟，错过就要等下午，她不敢磨蹭，害怕耽误时间。

顺利登上车后，她看着南苔沉闷的景色不断倒退，却没有丝毫雀跃的感觉。这是一趟有去有回的行程，和“离开”这个概念完全无关。更何况她这次去京崎，肩上的任务可不轻松。

但当浓雾逐渐散去，车辆一路向北，窗外的景色换成蔚蓝的天空和空旷的原野，她的心好像也被逐渐打开了，慢慢有了呼吸的空间。

几个小时后，广播播报列车即将停在京崎南站。

黎青梦凑近车窗，两侧的摩天大楼冲进视野的瞬间，她的心脏跳得

比这趟列车还快。

明明只阔别几个月，她却感觉身处京崎是一个世纪前的事情。

车水马龙的街头，刺目的阳光掠过高楼的玻璃窗，在她的脸上留下光点。

黎青梦随着拥挤的人潮走出站台，轻吸着风，风里夹杂着些微柳絮。

同样的月份，京崎却没有见鬼的回南天，气候干燥又凉爽。

这里的每一样都是她熟悉的，也是她喜欢的。

每一个毛孔都在舒张，在迎接这座记录了她所有飞扬和骄傲过往的繁华都市。

黎青梦拖着箱子挤上地铁，这种交通工具对她而言一直都很陌生。以前她不需要坐，后来在南苔根本见不着——南苔压根儿没有地铁。

辗转两条线，黎青梦疲惫地到达订好的宾馆。

这是以前她压根儿看不上眼的连锁宾馆，但经过南苔筒子楼几个月的浸泡，她打开房门后居然觉得很顺眼——至少这里有不会漏水的卫生间，有干燥的被褥，有能看见电视塔的窗户。

她本应该翻出行李快速洗个澡，冲掉身上一路沾染的味道，把自己拾掇得体面些。

但是在看到这扇窗户后，她鬼使神差地站在窗户前发了很久的呆，直到高耸的电视塔亮起满塔的灯。

她居然一直看着这片景色，傻站到日落。

因为耽搁，黎青梦只来得及洗澡，没化妆就挤上了高峰时段的地铁，出地铁后又辗转打了一辆车，前往根本没有地铁和公交可以抵达的僻静别墅区。

该小区需要刷卡才能进，她止步于此，掏出手机，拨出了通讯录里的某个号码。

原来的号码在她当初去南苔的时候就换了，对方接到这个电话，恐怕不会认出是她。

但就因为对方不认识，电话才被接通了：“喂，是谁？”

黎青梦温柔地道：“大伯，晚上好。”

“啊……是你啊。”他的语气冷淡下来，“我在参加饭局呢，不方便讲电话。有什么要紧事吗？不急的话我们改天再慢慢说啊。”

他故意把电话拿远一些，让她能够听清周围嘈杂的声音，证明自己不是在骗人。

黎青梦耐心地道：“不着急，那您大概什么时候回家？我们再聊。”

电话那头的人一顿：“那就说不准了，你是这个号码吧？我待会儿给你打过去啊。”接着电话那头传来忙音。

黎青梦再打过去时，电话里的声音就变成了“您拨打的号码正在通话中”——她被拉黑了。

对此，她已经有了预感，面色平静地站在小区大门边上等人回来。

她用了最笨的办法——守株待兔。

京崎春末的夜晚依旧料峭，她裹紧身上的大衣。将近凌晨，她隐约在凉风中看到了熟悉的车牌号。

车灯晃过来时，黎青梦眼睛一眨不眨地提步冲到车前。

黑色轿车猛地急刹，司机正要破口大骂，后座的男人摆摆手，脸色难看地下来：“哎，没受伤吧？这大晚上的像鬼一样突然蹿出来，把我们吓一跳。”

黎青梦很快地说：“知道大伯忙，可能抽不出时间来聊聊，我就干脆亲自来找您了。”

“也还好，不是说了会给你打回去吗？”他摆出关心的姿态，“你和你爸又搬回来了？”

“他没来。”黎青梦放低声音，“最近我爸……那病复发了，需要动手术。”

“这……”他大吃一惊，眉头紧锁。

“大伯，上次我们家那么难，也没有开口要过您一分钱。这次我实在没办法了，我不知道还可以求助谁，您是我爸除我之外唯一的亲人，我没想拿这个绑架您，帮是情分，不帮是本分，我都知道。如果您最近手头上有闲钱的话……我不是白借您的，加上利息算在我头上行吗？”

她从包里拿出一张空白的欠条：“我都准备好了，绝对不会赖您的。”

面对低声下气的黎青梦，大伯淡淡地叹了口气：“不是我不想帮，

我就这么一个弟弟，我也心疼啊！但是你伯母前段时间也生了场大病，你表哥呢，还在国外惹事，摆平那个也花了我不少钱。谁的钱都不是大风吹来的，大家都有自己的生活啊！”

黎青梦握着欠条的手指不知不觉地收紧，她硬着头皮道：“您再考虑一下，利息我可以再调高一些……”

他从钱包里抽出几张现金，径自塞进黎青梦的包里：“这是我的一点儿心意，你也不用还了。”

他看了眼腕上昂贵的名表，嘀咕道：“哎哟，时间不早了，我明早还有个会议呢。还挺想再叙会儿旧的，可惜了……你今天来得不巧。这样啊，你也早点儿回去休息，有空我会去南苔看你爸的。”

黎青梦木然地看着黑色轿车重新启动，缓缓驶进喷泉涌动的小区。

那道对她关闭了一晚上的厚重大门开启了一下，再度关上。

黎青梦翻出刚才男人塞进来的几张钞票，都不用数，四百块钱。

一种极强的羞辱感席卷全身。她像是叫花子一样被打发走。何必呢？他干脆一分不给，可能她还好受些。

思及此，黎青梦将钞票揉成一团，振臂扔了出去，胸口的郁结之气也顺势跟着抛物线瓦解。但随即反馈回来的，是更大程度的悲哀感——

那可是四百块钱啊！

黎青梦后悔地追上去，蹲下身，把那团纸币一张一张展平，放进包里。

然后，她挺直背脊，取出那张无人在意的空白欠条，认认真真地在数额栏里写下：肆佰元整。

欠款人：黎青梦。

她郑重其事地签下自己的名字。

黎青梦离开别墅区后，肚子咕咕直叫，才意识到自己没吃饭。

她随便钻进路边二十四小时营业的便利店，冰柜里还陈列着卖不出去的便当，正在打折销售。

黎青梦要了最便宜的那份，加热后，坐到窗边开吃。

便当的口感很涩，她根本没胃口，一边艰难地往嘴里塞着，一边低头翻着手机里的微信名单，犹豫着要不要发消息。

当初她很自信地以为，那些“朋友”会伸出援手。从前在群里一呼百应的时候，她从来没想过出事之后会发条消息无人回应。

到第二天，他们才装模作样地回道：“昨晚睡了，怎么了吗？”

她说：“没事。”

哪怕那个时候已经走到穷途末路，她最在意的居然是跳崖前留给众人的背影是不是漂亮，而不是死皮赖脸地低下头颅，求他们一人给一个枕头，扔到悬崖底下好不至于摔死自己。

但如今，她已经跳过一回了，明白跳崖的滋味有多么痛。

很多东西，早在她开口问别人要五十块钱订金，或者更早之前，就已经被抽得干净。

她不再犹豫，开始试着编辑文字消息逐一发出。

“对方开启了好友验证”。

黎青梦一愣：哦，他把她删了。

她再看别的，一个红色感叹号。嗯，这个更厉害，直接把她拉黑了。

发出的消息里，有一半都没能发送成功，而另一半，也没有回复。

无比安静的手机突然振动了一下，黎青梦呼吸一窒，搓了搓手，紧张地拿起来——是条忘记关掉的软件推送。

干涩的便当终于卡住喉咙，她缩在便利店的长椅上，发出剧烈的咳嗽声。

被吵到的店员不耐烦地探头看了一眼，只见那个清冷的人对着玻璃窗，咳得整个人都缩起来，肩膀轻轻抖动着。

第二天清晨，黎青梦提着箱子一大早退了房，来到了墓园。

偌大的墓园里没有什么人，她抱着花，来到母亲的碑前：“妈，对不起，清明节那天你应该很奇怪吧，为什么我们失约了？”

她弓身，把铃兰放在对她笑得灿烂的照片前。

“我们本来想来看你的，为此我还招惹了一个神经病。只不过我爸他不争气，把计划打乱了。是不是他太想你了，所以巴不得去找你？”她故作轻松地开了个玩笑。

“但是我知道，你一定不想让他去的。你多给他托梦，骂骂他，让

他撑住。”她就这样在墓碑前自言自语，却又好像是真的和一个人在对话。

无话可说后，黎青梦忽然安静下来，咬着嘴唇。

她的手里捏着一张字条，上面写着一串电话号码，那是昨晚一个人给她的。

黎青梦怎么也没想到，那些发出去的消息，最后居然真的有一个人回了她。而且回她的那个人，和她并不算熟。

这个人是周滨白的哥们儿，他们之前在一个饭局里见过，互加微信，没说过几句话。

至于周滨白，是在她家出事之前，别人眼里她的暧昧对象。他们是同班同学，也是同一届的优秀毕业生，一切看上去都很登对，但其实黎青梦对他的感觉总差了那么点儿意思。

因此所谓的暧昧，更确切一些来说，是周滨白单方面追了她个把月，她稍微对他有那么一点点心动时，一切戛然而止。

他是京崎人，家境优越，当时若要伸手帮她一把，是轻而易举的事。

可是他装作若无其事。

她猜测，他当然不会是心疼那些钱，追她的时候，送上万的高奢礼物都是家常便饭。而是他一旦伸手，就意味着他要和她这个“老赖之女”扯上关系，那样就太失面子了。

为了漂亮地转身，她干脆先下手为强，将周滨白拉黑，没有找过他一次。

倒是这位周滨白的哥们儿，因为存在感过低而被遗忘。

昨晚她是抱着广撒网的心态发的，无意间也发给了对方。

这个人和周滨白不同，不是什么公子哥儿，他们纯粹是酒肉朋友。他给黎青梦发了个定位，意思是可以去那里找他谈。

唯一的一根稻草，她没理由不接，壮着胆子就去了。

她到达那里时，这人在舞池蹦得正高兴。

黎青梦直奔舞池，虽然是素颜，依然被很多人打量。

她目不斜视地从数道冒犯的视线里闯过，拍了拍那人的肩，开门见山地问：“你有钱借给我吗？我带了欠条的。”

他没说话，将黎青梦拉到了稍微清静一些的角落里，但背后的音箱还是震得整个世界嗡嗡作响。

极度的吵闹中，对方把一张字条塞入她的手中，就接着去舞池中蹦了。侧身时，他扔下一句话："这是我哥们儿，他专门做这种生意。你报我的名字，利息可以少算你的。"

这张字条被她整晚紧紧攥在手心里。

她知道这人是来干什么的了——放高利贷。

所以他才会搭理她。这是一个明明白白的火坑。

"妈，我爸独自照顾了我这么多年，现在换我照顾他了。"她将那串号码输入手机里。

所以即便知道是火坑，我也得义无反顾地跳下去。

黎青梦离开京崎前，还有一件意想不到的事情——大伯又联系了她一次。

他当然不是雪中送炭，而是横扫门前雪。

她爸之前搬家时在大伯那儿放过一箱杂物，他一直搁在地下室，久而久之也忘了。前阵子刚好大扫除才发现，他本来打算扔掉，但她既然来了，就把这箱东西找闪送，送到她手上。

她好奇地打开一看，又失望地合上。

这箱东西里有她爸的东西，比如一堆他之前买的成功学书籍，也有她的一些饰品和衣服，还有一些家里之前的家居用品。

这些东西虽然对于现阶段而言毫无用处，但总聊胜于无。

她把箱子一并抱回南苔，并且从中挑出了一副耳夹，在去教康嘉年画画的时候带过去了。她还将耳夹特地包装了一下，打算送给康嘉年。

"谢谢你那天借我衣服，这是给你的回礼。"

她注意到他的耳朵上没有耳洞，送这个耳夹是最合适的选择。

康嘉年的脸上露出一种无所适从的惊喜表情。他摇摇头，推给她："不用不用，我借你衣服是顺便啊，不用特地送东西给我的。"

"这也不是我特地买的，翻出来的从前的小东西。你收下吧，我不喜欢欠别人人情。"

见黎青梦很坚持，本就动摇的他试着把手伸向盒子，小心翼翼地

道："那我就不客气了……"

他跃跃欲试地跑到落地镜前观赏自己试戴耳夹的效果。

"好看吗？"康嘉年左右摇晃头，耳夹顺势一摇一摆。

黎青梦意外地道："比起我，好像更适合你。"

他受宠若惊地道："真……真的吗？"

"真的。"

康嘉年傻乎乎地笑起来："这是这么些年里除了我哥送我的东西之外，我收到的最合心意的礼物了。"

黎青梦随口问："康盂树会送你什么？"

"他一开始就送我很老套的那些，什么遥控车啦、模型啦，就是普通男孩子喜欢的那些。"康佳年小心翼翼地把耳夹取下，细心地放到盒子里，"但是后来他发现我那些东西不感兴趣。有一天出车回来的时候，他试探地送了我一串手链，是寺庙那种转运珠，不过送的是深蓝色的。我就告诉他'如果你挑个粉色的我会更喜欢'。"

黎青梦"哦"了一声："我还以为是什么。"

"我哥送的东西虽然都不贵重，但是他会用心感受我想要什么，偶尔出车都会给我带些小玩意儿。"康嘉年期待地道，"他过几天就出车回来了，不知道会不会给我带东西。"

黎青梦兴致不高地拍了拍画板："好了，闲聊到此为止，上课。"

之后的几天，她从高利贷处借的欠款到账，终于能把手术的费用交上，可是心情没有因此得到纾解。

因为用了这笔钱，她就得开始思索怎么还上。高利贷那帮人可不是吃素的……

她就像亲手绑了颗地雷在脚边，然后用裤脚遮住，旁人看不见，她却能闻到底下隐隐散发的硝烟的味道。这股味道被南苔的雨一淋，混在一起，几乎令人呕吐。

可她在黎朔面前掩饰得很好，只是告诉他自己去了趟京崎，找过去那些朋友借到了钱。

他忧心忡忡地握着她的手，说那这份人情可就欠大了，等自己病好了，一定要去当面感谢人家。

她拍拍他的手，笑道："那你要先好起来。"然后她像没事人似的离开医院。

在去沉船教画的路上，她干脆自暴自弃地不想去了，美甲店也不想再去。

这些钱就是杯水车薪，能够起到多大作用？她还累得要死要活。

无数个念头在脑海中轮番闪过，但她握着电瓶车的把手没有停下。

身体的惯性驱使着她继续往前。她已经被生活鞭打成了一个陀螺，下意识地转着、转着，如果停下，她怕自己再也转不起来。

走进船舱的时候，黎青梦久违地看到了康盂树。

他依旧拖着个凳子坐在最里面，跷着腿低头在玩手机。

两人自从上次尴尬的事件后就没再碰面，她此时再见到他，心里的那种硌硬的感觉还是存在。于是她干脆装作这个人不存在，和康嘉年打了声招呼。

康盂树闻声，抬头扫了她一眼，也没主动说话。

康嘉年正在沙发上把什么东西装进袋子里，她走近一看，是一包颜料。

这大概就是康盂树出车回来给他带的礼物吧，果然是现阶段康嘉年比较需要的。

黎青梦淡淡地收回视线，说："你把东西收好，我们开始吧。"

"等等啊姐姐，你不去看你的礼物吗？"

"什么？"

"我哥也给你带了礼物。"康嘉年指了指茶几上一个扁平的袋子，"哥，你干吗都不说？！"

康盂树这才阴阳怪气地开口："哦，我以为黎老师看不见我呢。"

黎青梦："免了。"黄鼠狼给鸡拜年，他能送什么好东西？可别又是硌硬她的。

见她没有想要动手去拿的意思，康嘉年好奇地怂恿："姐姐你不看看吗？我刚才要打开看一眼我哥都不让我看。"

康嘉年这么一说，她更加不想看了，这不会是那种整蛊道具吧？一打开就是蟑螂模型，或者是第一个抽出来的人会触电的那种口香糖。

她狐疑地打量了一眼康孟树，他正似笑非笑地盯着她，那神情仿佛在嘲笑她是胆小鬼。

黎青梦神色一冷，不再犹豫，从袋子里把“礼物”抽出来。

她倒要看看他能送出什么。

下一秒，袋子里滑出一份……报纸？

黎青梦再一次愣住。报纸正面是一篇日文写的报道，反面是一片蔚蓝色的天空，很常见的配图。

怎么是份日文报纸？她免不了觉得惊讶：“你看得懂日文？”

他说：“这不是重点。”

“重点是什么？”

康孟树摇头“啧”了一声：“你真笨。”

他慢悠悠地起身走过来，忽然抓住她拿着报纸的手臂，将她踉跄地拉到了船舱外面后才放开手。

他猜到她又要发作，赶紧先发制人地说：“你把报纸举起来，然后打开。”

果然，黎青梦要说的话卡在了喉咙里。她顿了一下，半信半疑地举起报纸。

实在是关子卖到一半，她不弄清楚会难受。

她跟着抬起头，然后将报纸打开——

蔚蓝色天空的那一页，本来是什么都没有的，但在被缓慢打开的瞬间，半道彩虹随之出现。

黎青梦的心不可遏制地一跳。

她呼吸加快地凝视这一小片绮丽的天空，它穿透了南苔阴沉的天色，将她面前的白色浓雾洗刷得五彩斑斓。

“虽然不知道比起雨，你更讨厌的那个东西是什么。”康孟树伸了个懒腰，很随意地道，“但你不是也讨厌雨吗？那我就送你一道雨停后的彩虹。”

不知道从哪一次出车开始，康孟树养成了从外地带回来一些东西的习惯。

似乎是因为每次回来后，康嘉年都会缠着他问：哥，你这次去了什么地方？你有没有拍照片？那里和南苔有什么不一样吗？……乱七八糟的问题一大堆。

他不觉得那些地方和南苔有哪里不一样，对他来说，可能唯一的区别就是路况复不复杂吧。所以他不知道该怎么回答康嘉年的问题，干脆下次直接带个纪念品给康嘉年。

如果是去过的地方，他可能就懒得花心思再买礼物了。

不过这一回他去的是个新城市。送完货的那半天，他就开着空空的货车在路上乱转，思考该给康嘉年带点儿什么。

有些东西买得多了，他都忘了自己是不是买过。

路过一家商店时，他拍了张照片给康嘉年，想问问自己打算买的东西是不是已经买过了。

结果他收到了一张康嘉年的自拍。

“漂亮不？”康嘉年炫耀地问，“这是青梦姐送我的。”

康盂树吃味地回复：“有了姐就忘了哥，行，这回的礼物你别想了。”

说着，他把手机往兜里一塞，还是往旁边的文具店里走去。

店里有几个附近高校的女学生，讨论着追星的话题，康盂树听不懂，却看见了她们手上的彩虹报纸。

他好奇地盯着那份报纸，发现它会变魔术般地出现彩虹。他还是第一次见到。

“这份报纸哪个报刊亭可以买？”他突兀地问出声。

两个女学生还以为碰上搭讪的，但看清康盂树的长相，想走的步伐一停，笑嘻嘻地回答：“这是宣传我们彩虹乐队三十周年的报纸哦，从日本代购的。这里没有卖的。”

康盂树“哦”了一声。

她们等着他以这个作为引子，估计接下来就该问她们其中某个人的微信号。

两个人都很好奇到底是谁中了这张“彩票”，都暗自打开了二维码等待被扫。

结果康盂树“哦”完就没下文了，人却在原地没动。

他心里想的是：这么麻烦的话就算了。

意识里，他却还在不停地预设着自己把这张报纸拿到黎青梦面前的画面。那位骄傲的大小姐会有什么样的反应呢？她会因此而感到惊喜，还是会嘲笑他是土包子，没见过世面，居然会对这种东西大惊小怪？

但他又迅速否定了这些画面，管她会有什么样的反应。他心血来潮只是因为……她送给了康嘉年一份礼物。那么作为康嘉年的哥哥，自己送个回礼也是应该的，仅此而已。

这么想着，他没有转身离开。

对面的两个女生以为他害羞，觉得意外：相对他的外表而言，这人意外地好纯情啊！

她们对视一眼，干脆借着报纸的话题出击："你要是喜欢的话，手上这份可以送你。我们买了很多份。"

面前的男人眼睛一亮："那太好了。送就不必了，我向你们买。"

两人心想：来了，重点来了。

"那也好，先加个……"

"微信"两个字卡在喉咙里，康盂树从口袋里掏出纸币，如愿以偿地买走报纸，留给两个漂亮女生潇洒离去的背影。

他满意地想：礼尚往来，成了。

只是，当这份报纸真的被捏在黎青梦手上的那一刻，他漫不经心的表情一敛，视线如雨丝般斜斜地飘过去，锁定在她的脸上，仔仔细细地捕捉她的反应。

突然睁大的瞳孔、起伏的呼吸、不着痕迹上扬的嘴角，这些细枝末节都昭示着一种隐秘的惊喜心情，虽然黎青梦嘴上什么都没说。

她只是把报纸合拢，淡淡地说了句："哄小孩子的把戏，对我没用。"

康盂树从鼻孔里哼了声，莫名地心情好，没有和她计较。

当天，黎青梦把这张报纸带回了筒子楼。她想了很久它的去处，是楼下的垃圾桶呢，还是电视机旁的餐桌脚下呢……

结果最后，她把它贴到了床边的窗户上。

这样，她看见火车驶过，同时就能看到永不会消失的彩虹。这个让她无能为力的窗口突然之间变得有魅力了许多。

次日，七点四十五分的“钟声”准时响起时，她还迷迷糊糊，一侧头，撞见窗框上方那一小片明媚的天空和彩虹。

无论今天是否真的下雨，但在这一刹那，她的这方天空有个好天气。

黎朔的手术被安排到半个月之后，黎青梦看了下日历，发现那个时间……刚好也是高利贷的第一期还款日。

这几日，她抓破头地想在这么短的时间内该去哪里搞钱。

如果她再去找别人借钱，先不说能不能借得到，拆东墙补西墙终归不是解决问题的办法。

最好的办法，是她真的能赚到钱，把这个窟窿填上。毕竟她一期一期地还钱，紧迫性少一些，还是有余地的。

黎青梦大海捞针般地在网上找信息，又捡起之前的业务，看看是否能接到大额的单子。效果并不理想。

她垂头丧气地在房间里如一只困兽般走来走去，甚至把这座囚笼里里外外打扫了一遍，从早到晚，最后精疲力竭地瘫在床上，一根手指头都不想动。

大脑却没有因此停止转动，还在不停地较劲，想着该怎么办。

手机振了一下，她点开一看，又是上次那个软件的推送，她一直忘记设置关闭提醒。

黎青梦火大地直接将整个软件删除。

她久违地点开朋友圈，那是和她所处之地截然不同的一个世界。

在搬来南苔后，她选择尽量不看那些会触动自己神经的东西。

果然，曾经的“朋友”依然在炫耀着他们灯红酒绿的生活。曾经的同学有的出了国，配图是国外的街景、一杯咖啡，还有九宫格的大师画展照片，尽显充实的研究生生活。

看两眼就更加心浮气躁，黎青梦正想扔掉手机，视线却在某条朋友圈上停下。

这是一条对方转发的画展动态：“新芽——全国先锋派新锐艺术画展将于本周五在素城开展。”

黎青梦点进去一看，这个画展放出了部分参展人的信息，他们都是

当代崭露头角的青年画家。画展现场支持画作的直接交易，是一次集观赏、拍卖于一体的新型画展，正好迎合画展的标题——新芽，先锋，突破传统。

至于转发的这个人，就是策展人之一，李温韦。

一个匪夷所思的计划涌上黎青梦的心头。

她瞥了眼手机上的时间，是周四的晚上十点半，此时距离开展只有不到十二个小时。

同一时间，骑楼老街的某幢南洋小楼里，二楼的房间大开着窗户，米白色的窗帘在夜风中晃荡。

男人坐在棕色的皮沙发上。

关掉灯的房间里，康盂树盯着手机，屏幕的光线照亮他紧绷的下颌线以及微蹙的眉头。

他赤脚踩着毛茸茸的长毛地毯，上身光裸地靠着沙发，背部因为保持一种坐姿久了感到不舒服，稍微调整时，汗津津的背和皮质的沙发摩擦，发出湿滑的轻微响声。

微风、呼吸、节奏……夜晚的一切都按照某种频率进行，直到一个非常突兀的语音通话请求打乱了一切。

手机上，黎青梦的头像猝不及防地跳了出来。

康盂树眼前一晃。

他突然感觉自己瞬移到了那艘沉船里，正站在船舱的入口处，周遭的灯光也如此处般黑漆漆的，但前方有隐隐约约的纯白色雪山。裙摆像水流从她的雪山上滑落，交会的瞬间，他浑身一颤。

康盂树脱力地往后一靠，绷紧的肌肉跟着化掉的雪水松开，紧绷的喉部线条动了一下。

他微眯的眼睛里，哪里还有什么白色雪山和裙摆？那分明是床头那块飘进来的破窗帘。

真正的白色雪山，在他的手机里头，还在持续不断地发送振动信号。

黎青梦焦急地看着手机上未被接通的通话请求，不死心地挂断，重新拨出。

为了那个计划，她必须现在赶到素城，找到李温韦面谈。

但是这个时间点，已经没有去素城的火车了，除非自己开车去。

所以……她再次想到了康盂树。

等待长达好几分钟，直到这个希望也变得渺茫，她无奈地要去想别的方法时，语音终于被接通了。

“喂。”康盂树懒散地应了一声，声线比往常更……黎青梦不知道怎么形容，莫名觉得耳朵有些发痒。

她定了定神，快速说：“我有急事找你帮忙……”

她还没说完，就被他打断了：“最好你是真的有急事，黎老师。”

那语气很复杂，有一股揶揄和淡淡的欲言又止的感觉。

黎青梦简单粗暴地认为这就是阴阳怪气。但她现在有求于人，没计较。

“是这样的，素城你去过吗？”

“去过啊。跑过很多次。”

“那太好了！你现在能带我去吗？”

“现在？我没听错吧？”

“就是现在，不然我也不至于来找你。”

这后半句话听起来十分刺耳。他不客气地道：“大小姐，不要总是这么随心所欲，想一出是一出。我不睡觉跑夜路不是为了做别人的保底选择的，拜。”

“等等！我不是那个意思……”黎青梦咬住下唇，“我的意思是……如果我有选择，不会大晚上来麻烦你，我知道这很辛苦。”

听筒里是片刻的沉默。

黎青梦继续加码道：“我是去谈一笔生意的，如果能谈成，这次路费我不会少你的，比你跑一次货都多，怎么样？”

果然，钱这个砝码对他很好用。黎青梦听见手机那边传来窸窸窣窣穿裤子的动静，还有皮带扣的清脆碰撞声。

她想：大概他刚才已经躺下准备睡觉了吧，睡得可真早。

“半个小时后，车队见。”他吊儿郎当地说，“哦，对了，订金还是得有。”

“像上回一样够吗？”

“不。”

“再多的我暂时没有……”黎青梦语气坚定，“你放心，如果没谈成，这笔钱我也会记着，不会赖你的。”

他欠欠地说：“我指的不是钱。”

“什么？”

手机那端响起打火机的咔嚓声，打火机被按下去，某人不正经的腔调随着烟雾吐出来：“说点儿好听的就行，比如……康盂树好帅。”

嘀——

语音通话干净利落地被黎青梦切断。

半个小时后，黎青梦准时来到南苔车队，还有些忐忑，不知道康盂树会不会来，却发现车子已经开出来了，正在门口等她。

黎青梦赶紧拉着行李箱小跑过去。

驾驶座的门被打开，康盂树从车上下来，拉过她的行李箱，皱着眉说：“你要去多久？还拉行李箱？”

黎青梦把箱子拿回来，小心翼翼地亲手把它放进原本用来拉货的后车厢里：“不去多久，里面是要谈的货。”

康盂树开玩笑道：“你这货不会惹我一身臊吧？”

黎青梦微笑着回道：“你不用惹也够臊了。”

康盂树反应奇怪地摸了摸鼻子，没再呛声，径直坐上驾驶座。

她紧跟着也攀上副驾驶座，一坐上去就感觉到非常舒服。她这才忽然意识到：副驾驶座上有一套齐全的腰靠垫、坐垫和头枕。

奇怪的是，康盂树坐的驾驶座上却没有。

“你跑长途不需要这些吗？”她指了指身下的东西。

康盂树漫不经心地说：“我用不着，嫌弃这些东西软才挪到副驾驶座上的。”

本想抽出垫子给他的黎青梦手一顿，心想：那就算了，正合她意，她可坐不惯这么硬邦邦的车子。

车子启动，黎青梦的视线从车前晃荡的吊坠开始，扫了一眼车内。

她一眼就看到放置在角落里的亚克力盒，里面装了一半已经刮开的彩票。

“这些都是你买的吗？”

他随意地点头。

他还真是财迷，也难怪会一次次答应她用钱作为筹码的交易。

她好奇地摸出一张：“中过奖吗？”

“中过一次。”他瞥了一眼，说，“很巧，就是你手上的那张。”

黎青梦惊异地道：“你骗我的吧？”

他一副“我骗你干什么”的无聊表情，报出了这张彩票上面的号码，09131820270708，果真一字不差。

黎青梦脸上的神色更为震惊。

“我买了好几年，就中了这么一次，记得很牢。”

“中了多少？”应该是个不菲的数字吧，能让他记到现在。

他卡了一下：“五十块。”

黎青梦很想劝他：你没这个命，放弃买彩票吧。

她把这张彩票扔回去，又看向其他的，没有什么特别值得注意的地方了。角落里堆着一箱用来在路上吃的零食，还有容量巨大的水壶，除此之外，引人注目的就是放在中控台上的两本书。

她好奇地拿起来看了下名字，大为不解——《松鼠之家》《我将如何呼唤你》。

这两本冷门到连她都没听过的书，他居然买来拿在路上看？他明明长着一张学渣脸，一副根本不会对书感兴趣的样子。

“你真的看过吗？不会是拿来当泡面盖的吧？”她小声念叨。

康孟树哼了声：“看它也不影响拿它当泡面盖。”

“所以你还是会拿它当泡面盖啊……”

黎青梦将书原样放回去，视线又接着移到了旁边的……牙刷和杯子上。

确切地说，那不算是一个杯子。这家伙居然把用过的可乐罐子留下来，把牙刷直接插到拉环的位置，就算是漱口杯了。

她忍了忍，还是忍不住：“你这样，不会拉嘴吗？”

他单手开着车，空闲的一只手下意识地蹭了下嘴唇：“你还别说，真的被划过一次。”

“干吗不换？”

他不以为意地道：“路上过夜不就是这样？多划几次就习惯了。”

黎青梦不可理喻地摇头：“我要是你，至少先把这个车厢好好地收拾一遍再上路。”

“你现在已经坐上最舒服的软垫了——”他拖长语调，“豌豆公主。”

他一本正经地叫她，四个字念得抑扬顿挫，语气却满是揶揄。

她就像微服私访的公主，一上车就东摸摸西摸摸，看到超出认知的事物就露出一副晴天霹雳般的表情，非常好玩。

黎青梦侧了个身，把脸面向车窗，懒得搭理这人。但深夜的漆黑车窗上，映出的还是康盂树轮廓分明的侧脸。

他神情专注地看着前方，手上的方向盘是他的子民，这片乱糟糟的领域是他的王国。他坐在他的王位上，有一点点困倦的样子，但更多的是自在感。

黎青梦静静地看着车窗半响，意识到自己居然就这么傻地看着他的影子，急忙闭上眼睛。

无人的国道上，只有他们这辆车从远处驶来。远光灯照亮两旁的农田，小蝇虫在莹白的光线下飞舞，车内一片寂静。

康盂树早就习惯了这样的安静氛围。

可黎青梦不习惯，觉得太安静了。除了行驶的声响，就是咫尺之处的，她完全陌生的男人的呼吸声。这让她根本睡不着，脊背一直紧绷着，并且一想到计划成功的微乎其微的可能性，她就更加焦虑。

略感难挨的沉默里，黎青梦绷不住了，开口问道：“你平常就这么开车吗？”

“什么？”

“我的意思是，你不会放几首歌什么的？不然开车会很无聊。”

她之前开跑车的时候，必定会配上快节奏的歌，那样才觉得带劲。

“我不放，一般都听电台。”

“那你可以继续听。”

“你确定？”康盂树用手指点着方向盘，莫名地笑起来。

黎青梦总觉得他笑得不怀好意。

他摇头说：“还是算了吧，我喜欢听谋杀案。”

黎青梦瞬间起了一身的鸡皮疙瘩，整个人都坐直了。

他用余光瞄到她的动作，眼睛不由得弯起来，语气更加夸张："尤其是二十世纪那些连环杀人案，我都听得七七八八了。你要是感兴趣，我都可以给你讲。"

黎青梦干笑道："我不感兴趣。"

康孟树勾起嘴角。

"你听了或许会觉得有趣呢？"他压低声音，慢条斯理地道，"你知道吗？其中有一个连环杀人案件很长时间都没破，因为死者找不到统一的地方，直到后来，一个警察突然发现，他们都会经过一个地方。

"而那个地方，就是他们的死亡起始站。因为凶手是开黑车的，他就在那个地方把他们拉上……"

随着他的叙述，黎青梦的脸色越来越黑，呼吸也逐渐加快。并且，在发觉他似乎在用余光观察她时，她立刻把那种诡异的打量目光和他叙述的案件联想到一起，她的左手搭上右臂，整个人呈防御的姿势。

成功得到自己想要的反应，他终于止不住笑意，笑得半边肩膀都在抖。一个没有任何故事陪伴的夜晚，却是康孟树觉得比之前任何一个都有趣的夜晚。

他收起笑容："好了，不逗你了。"

"无聊！"黎青梦恶狠狠地对他翻了一个白眼。

康孟树轻飘飘地问："现在还紧张吗？"

"啊？"

"我又不是真的连环杀人犯，你刚才睡不着，紧张什么？"

黎青梦惊讶于自己刚才背对着他表现出的情绪居然被他敏锐地捕捉到："我只是坐不习惯……"

康孟树听到她的回答，没吭声，表情有一丝微妙的冷淡感。

她再度背对着他，两人又恢复之前的状态。只是，黎青梦感知到的气氛变得有些许不同。她不再觉得这是一片窒息的死寂，而是很舒服的安静。

于是，康孟树听见了非常小声的一句"谢谢"从黎青梦嘴里说出来。

他差点儿以为自己出现了幻听，皱着眉问："你刚刚是不是说了

‘谢谢’？”

黎青梦含糊地道：“这不是你要的订金吗？好听的话。”

康孟树脸上的冷淡表情还未退去，意外和臭屁的神情又静悄悄地浮上来，混合在一起变得很不自然。

他直接转移话题：“你就这么睡？”

黎青梦转头看他，仿佛在说——不然怎么睡？

他像是觉得她不可救药，摇摇头，拉开车的抽屉，从里面翻出来一个眼罩。

她定定地和眼罩上的悲伤大眼蛙对视两秒，嫌弃地摇了摇头。

康孟树无所谓地又把眼罩塞回去，用幸灾乐祸的语气说：“那你可别后悔。”

那一刻，黎青梦还不太清楚他说的“后悔”是什么意思。

直到第二天，在人还没清醒但眼皮被强光撞击的瞬间，她昏昏沉沉的，终于明白了不戴眼罩睡觉的后果是什么。

眼皮很沉，但又有什么东西在反复跳跃，逼得她不得不睁开眼。

天际线上，金色的炫目阳光让世界都失真了。大地像一块正在熔化的黄油，被第一束阳光零距离叫醒。她完全没睡够，于是下意识地露出厌烦的表情。

康孟树还在开车，见她猝不及防醒来后皱成一团的脸，第一句话就是嘲笑：“我说了你会后悔的。”

“那你猜错了。”她下意识就想反驳他，想了想，却发现自己很难去形容现在的感受。

这是她第一次坐一整夜的货车。虽然全身酸痛，滋味并不好受，但她并不讨厌。

或许是被困在那个潮湿阴暗的筒子楼里的日子有些久了，她期待这种在路上的感觉，期待睁开眼不知道自己在什么地方，周围都是陌生的环境，以及被炽热的阳光包裹着的温暖感觉，很舒服。

黎青梦眯起眼，降下半边车窗，让春天早晨的冷风灌进来。她深吸了口气，还能闻到草丛和泥土的味道。

视线一晃，她突然发现自己面前的挡板是被放下来的。若不是阳光变换了角度，估计她还能再睡一会儿……

这个放下挡板给自己遮光的人，除了他，没别人了吧？明明他刚才还开口嘲笑自己来着……

黎青梦的指尖被阳光直射，泛上一股温热感。

她偏过头去打量康盂树，他回她一眼：“怎么了？”

他的眼睛里有血丝。

注意到这点，黎青梦局促地收回视线：“没什么……我们离素城还有多远？九点前能到吗？”

“一脚油门的事。”康盂树忽然摸了下口袋，“介意我抽支烟吗？正好开着窗户。”

“还行。”还行的意思，就是最好别抽。

可明显两人的理解截然不同，康盂树默认这是可以，迫不及待地从夹克口袋里掏出一支烟放到嘴里，又在口袋里摸索，眉头逐渐皱起。

“你找一下抽屉里有没有打火机。”他对着黎青梦扬了下下巴。

她不爽他命令式的语气，但想到他放下的挡板和他眼里的血丝，忍了忍，默不作声地拉开抽屉，拨了一下里头乱糟糟的杂物：“没有。”

“……”

康盂树伸长脖子，探头过来，视线在抽屉里搜寻，果然没看见打火机的影子。

他的神情逐渐暴躁，在他看到角落里的某样东西时，终于得到缓解。

“那把那个火柴盒拿出来吧。”

这样他也要抽，瘾是有多大？黎青梦将那个火柴盒抽出来，直接扔给他。

康盂树无语地道：“你看我是可以自己点火的样子吗？”

黎青梦惊异地瞪大眼：“你不会想让我给你点吧？”

“不然呢？”

她想也不想回绝：“你想得倒美。”

康盂树语重心长地说：“黎老师，你知道我平常开夜车要抽多少烟吗？”

“我怎么知道？”

“这一整夜，我没有故事听，没有烟抽，能清醒地开到现在，我都佩服我自己。”他把烟拿下来夹在指间，“还不是因为考虑到车上坐着位公主？只是这位公主丝毫不领情，人与人之间的差距真让人心寒。”

“公主”这个称呼被他说得特别讽刺。黎青梦青筋一跳，恼怒地将火柴盒从他那儿拿回来，堵住他的控诉：“我帮你点，行了吧？！”

他住嘴了，重新把烟放进嘴里。

黎青梦深呼吸，压住自己冒上来的火气，抽出一根火柴，略笨拙地在盒子侧边划了两下。

金黄色的初阳里，她手上也冒出了一束炽热得不输它的黄色光芒。

她还没来得及将火柴递出去，康盂树却似乎连这半秒的等待都嫌多，将头侧过来，叼着嘴里的烟来够她手上的火焰。

于是，她一侧头，呼吸就逼近了他压下来的锋利眉骨。

她的手毫无防备地一颤。

眉骨下，那双原本垂下去的双眼微微上挑，视线缠住她的。

他咬着烟，含混地笑：“你抖什么？烧不着你。”

不到早上九点，他们果然如康盂树说的那样，提前开到了素城。

货车开至黎青梦导航的新锐画展场馆，她下了车，将行李箱从货车上万分小心地拿下来。

康盂树降下车窗，喊住准备离开的她：“我去找个地方补个觉，你什么时候完事？”

黎青梦一愣：她没想让康盂树再载自己回去，打算回去时坐火车就好。可他默认的似乎和自己不一样。

她迟疑地问：“你的意思是……你要等我，载我走吗？”

他的语气理所当然：“这不是很正常吗？拉货有始有终是我的职业操守。”

“我不是货！”黎青梦立刻火大地反驳，心里想：或许他是想趁机多敲自己一笔车费。

她脱口而出的却是：“你睡完觉我应该也OK（好）了，你醒了就来这里吧。我们就在这里碰头。”

“行。”他困得哈欠连天，没有说什么废话，一踩油门就利索地将车开走了。

黎青梦也拖着箱子，围着展馆绕了一圈，终于找到了后门，此时这里工作人员进进出出，正在做最后的策展准备工作。

黎青梦没有工作证，也很面生，进出的人不免多看她一眼，怀疑她是无关人员，但对她的气质又拿捏不定，便没有人来搭话或是轰她走。

她伪装出淡定自若的神情，通过后门往展馆里看了一圈，没发现人，便又绕到了通往后门的大道上守株待兔。

她没等太久，一辆黑色商务车果然如她预料的那样开过来。

她做了一个拦车的手势，做好了不会被搭理，需要故技重施的准备。

结果，那辆车却在接近她时真的停下来。自动车门缓缓打开，西装革履的中年男人没有下车，在车上打量她。此人是李温韦。

黎青梦深呼吸，对着车门鞠躬："李先生，您还记得我吗？"

李温韦显然没料到这个意外，愣了一下，回神笑道："这怎么会不认得？黎小姐，你这礼数也太大了。"

"可以耽误您几分钟时间吗？"

"现在？"

黎青梦点头："很要紧的事。"

李温韦沉吟片刻："行，那你上车吧。"

道路对面，一辆货车停在街角，并没有开走。

康盂树开着车窗，正坐着抽烟，烟雾从半开的窗户里飘出。

刚才开走时，他从后视镜里看见黎青梦呆呆地站在路边，便干脆停下来抽支烟，想看她要做什么。

一支烟的工夫，他便看见一辆漂亮的黑色轿车开来，停在了黎青梦跟前。

从这个角度，他能隐隐看见车上坐着一个男人。

康盂树皱起眉头。

黎青梦毫不犹豫地上车，货车的车窗升起，消失在街拐角。

司机在两人上车落座后离开，私密的空间里，只剩下她和李温韦两

个人。

如此一来，本来还犹豫着说不出口的话，黎青梦也厚着脸皮说了出来："李先生，您曾经说过……有机会的话想要替我策划画展，这句话不知道您还记不记得？"

李温韦坐在她旁边的座位上，身体微微侧对着她，似乎是在回忆："好像是这么说过。"

黎青梦松了一口气。

她和李温韦相识，是在她大四的毕业展上。当时她的作品被列为优秀作品，和其他被挑选的作品一起，和研究生师哥师姐们的作品被整合在一起，作为一个大母题，在京崎市的美术博物馆展出。

当时，李温韦就是前来参观的人之一。

他背地里运作着庞大的买手和画廊市场，经常出没于各类画展中，尤其喜欢挖掘新人。据他自己所说，这是一个潜力巨大但尚未开发成熟的市场。

参展首日，黎青梦和其他参展人一起，都在场馆中接待，进行友好的学术交流。

李温韦就是第一个过来向她搭话的人。他开口的第一句就是："你的画太棒了，如果以后有机会，我特别想亲自为你策展。"

黎青梦没有怎么把这句话当真，有太多人恭维她，有真的欣赏的，也有阿谀奉承的，她只是礼貌地说了句"谢谢"。还是李温韦再三坚持，他们才互加了微信。

李温韦主动发过几次微信，她都表现得很平淡。

如今风水轮流转，她打死也想不到自己会主动跑来堵他。

"我有个非常冒昧的不情之请……"黎青梦极力保持语气平淡，仿佛这样就显得自己的请求不是那么荒谬，"我带来了几幅画，不知道您是否方便……插到这次的画展中？"

饶是李温韦见惯了大风大浪，听到她说的话都忍不住觉得惊愕，真的太荒谬了。

"黎小姐，你很幽默。"

听着他明显不当真的语气，黎青梦神色非常严肃地道："我已经把画都带来了。”她指着拿上车的行李箱。

李温韦匪夷所思地审视了她一会儿，也正儿八经地道：“那我直说了，先不论这个操作的可行性。黎小姐，这是商业画展，不是你们象牙塔里的学术交流。你目前只是一个本科毕业生，没有任何镀金的履历，还不够格参加这次青年画家的画展。更别说你还想临时加入。”

“镀金的履历是一种，有人在背后做推手不也是一种吗？资格的运作无非也是资本的运作，这点您比我更清楚。”黎青梦对这个质疑早已在心中想过答案，“那么您也可以推我不是吗？毕竟您当初也说过很欣赏我的。”

“小黎，你真的很可爱。我说这句话的意思呢，就和今天天气不错一样，哪怕是阴天，我也会这么说。”

“所以，您是在恭维我吗？”

“倒也不全是。我认为你的画有可取之处，但不至于好到能让我现在就愿意推你。你还是太年轻了，这点你自己也明白吧？”

明白，她怎么会不明白呢？说出这个请求，她自己都觉得很难堪。

她距离成为真正的艺术家还很遥远，绝不可能是现在。既然她无法立地成神，往自己身上抹上泥巴涂上明黄色颜料，装作金身，也可以瞒天过海。

画家中有部分人就是这样，德不配位，全靠推手。画家圈子鱼龙混杂，有几个人真的能识别金身下是人是鬼，是庸才还是天才？进了庙，大家都一齐跪拜瞻仰罢了。

所以，这样的拼盘画展是最好混的，也是她黔驴技穷的时候才会选择的。

但凡不是被逼到无路可退，她都不会去走这条令人蒙羞且注定会受人挟制的职业道路。

“我知道。如果您愿意帮我这个忙，我这次画展售出的画，一半金额归您。”黎青梦咬着牙继续说，“包括我未来十年，或者更久之后的画作收益，都按这个条件抽成给您，签合同为据。”

李温韦不知不觉间，将座椅的扶手抬了上去，身体完全面向她，大腿朝她凑近。

“你倒是很知道规矩。”李温韦嘴角一扯，“但你以为光靠这个就够

了吗？如果这么轻松就能得到助力，那么多落魄的画家，他们有些人给出的条件更好，直接三七开，他三，我七。二八的也有，功成名就，就算只拿二也比饿肚子强吧？”

“那你想怎么签，一九？”

李温韦伸手摸了下她的后脑勺，露出一种怜惜的神色：“我刚才说，太年轻是你的缺点。但是在某些时刻，太年轻……就是一种令人着迷的优点。”

他说得非常委婉。黎青梦却听明白了，身体猛震，立刻将头一偏。

李温韦不慌不忙地收回手，看了下手表：“马上开展了，今天将你的画插进去是没办法了，但还有明天。今日必定会有画作成交，我可以以一种补进的方式将你的画在明天插进去。前提是，我今晚心情愉快。”

李温韦按了一下按钮，车门徐徐打开，他头也不回地走下车。

一张金色的房卡却被遗落在他的车座上。

康盂树离开后，随便找了个附近的钟点房睡了一下午，醒来时是傍晚六点。

窗外是一种昏沉的明亮天色，日子在逐渐向夏日靠近，天空逐渐开始暗得很慢，但依稀也会让人知道一天又过去了。他跑夜车时常会经历这种醒来的错乱感，每当这个时候，他总会莫名其妙地觉得惆怅，有一种自己不知道接下来该干什么的迷茫感。

通常，他会懒洋洋地赖床片刻，等头脑完全清醒时再起来。

但这一次，他很迅速地起身，冲完凉水澡，仿佛大脑有个指令告诉他此刻必须出门，即便意识还在恍惚。

可等冷水兜头浇下来，康盂树的动作一顿，脑海里闪过后视镜里的那一幕。

他草草地把满脸的水抹掉，拧住水龙头，湿漉漉的手摸到脱下来的牛仔裤的口袋，翻出手机。

“我醒了，还是在你下车的那个地方碰头？”手指在对话框里打下这么一行话，他迟疑着按下发送。

很快，手机一振。黎青梦回了一个字：“好。”

康盂树神色一松，拿毛巾擦干头发，套上衣服，甩着车钥匙脚步轻快地下楼。

收到康孟树发过来的消息时，黎青梦已经在展馆旁边的咖啡店里枯坐了一个下午。面前的美式咖啡里，冰块已经化开，玻璃杯壁上挂着几串仿若在流泪的小水珠。

她浑然不觉地侧着头，眺望窗外很远的天边，一幢拔地而起的高耸建筑。那是李温韦下榻的酒店。一只手缩在口袋里，摸着房卡坚硬的四角。

明明接受不了，但她为什么还是把房卡拿过来了？她在心里诘问自己：难道你已经可以把自己的底线降到这个地步了吗？

黎青梦被这个潜意识吓到浑身发冷。

因此，收到康孟树发来的消息时，她想也不想地发送了一个“好”字，似乎是要极力地把这个念头扼杀掉，以此证明自己根本不能接受。

几分钟后，黎青梦看见熟悉的车停在了店门口。

手机里，康孟树发来两个字：“出来。”

她慢吞吞地拿纸巾擦手，慢吞吞地起身，慢吞吞地拎起箱子。

在这一系列慢吞吞的动作里，她似乎在坚定自己的选择是对的，不应该反悔。

于是，转身的一刹那，她将一直藏在口袋里的手伸了出来，连带着将一直紧握的那张房卡甩在了桌面上，推门而出，把箱子原封不动地放到货车上。

而在她刚放完箱子，准备上车的时候，身后有店员追了上来。

对方气喘吁吁地递上了那张金灿灿的房卡：“小姐，这个好像是你刚才从口袋里不小心掉出来的，别落了！”

黎青梦一时之间不知道该怎么反应。她盯着那张房卡，有种被阴魂缠上的恶寒感和一种命中注定自己无能为力的宿命感。

店员尴尬地伸着手，因为黎青梦一直没接。

店员正有点儿不知所措，黎青梦忽然接过房卡，说了句“谢谢”。

她转身看向康孟树，轻咬了一下嘴唇。而后，她低下头不看他，冷静地说：“我不和你一起走了，但钱我会按照约定的给你。”

康孟树的眼神定在她的口袋上，那张金灿灿的房卡一下子就被藏进

去了。

眼前的情景和早上的画面一结合，很难不让人联想什么。他讽刺地扬起嘴角，连“好”都没回一声，弓起身体将车门合上，扬长而去。

这天晚上，素城下起了雷阵雨。

起先只是很小的雨，接着越来越大。但在五星级酒店的顶层套房内的人，俯视着窗外的雨丝，只会有一种置身事外的安逸感。

这个套房，是李温韦出差来到素城后开的房间。

至于李温韦，并不在房间内。他刚应酬完画展首日的酒宴，在席间收到了来自黎青梦的微信。

她没有言语，就发了一张照片。

照片里有一扇眼熟的落地窗，三十二楼的落地窗将素城的夜景尽收眼底。旁边露出沙发的一角，扶手上挂着一条他的西装裤。

李温韦喜不自胜地收起手机，迫不及待地起身，以不胜酒力的借口提前离场，让司机飞一般地开回酒店。

这不是他第一次做这种事了。这次的画展名单也不是完全清白的，其中就有一名女画家是沾了他的光被他加进去的。

但这是他第一次这么期待可以得手，因为黎青梦是他肖想过但最终没选择下手的对象。

看到她的第一眼，就让李温韦回忆起自己第一次观赏日本版画大师川濑巴水作品时的那种震撼和惊艳心情。

有一幅画是飘着雪，红色的寺庙盖满皑皑的白顶，羊肠小道的尽头，有个打着纸伞的和服女人，清冽、冷淡、朦胧。

就如同黎青梦在初见时给他留下的印象。

说实话，她的画远不如她的人有吸引力。但言谈间的那股傲气，说明这样的人不是能轻易攀折的对象。他也没那攀折的本事，就不花那个力气了。

兴趣淡掉后，他不再关注黎青梦，所以对黎家的事情浑然不知。

他本以为她应该出国了，却没想到会在素城见到她，她还张口就是这么天真的要求。他这才好奇地又打听一番，知道了可供黎青梦骄傲的资本已经尽数倒塌，难怪她会来求自己。

对于她发来照片的这个结果，李温韦毫不意外。

已经被生活攀折的花，现在是最需要灌溉的时候了，不然就得枯萎了，多可惜。

李温韦神经质地扣着车把手，看着车门打开，兴奋地走进酒店。

电梯停在三十二楼，他用备用的房卡刷开房门，触目即是黎青梦站在落地窗前裹着浴袍的背影。

他大感吃惊，同时更加兴奋："你已经洗好澡了？"

黎青梦未回头，淡淡地说："这不就是你要的吗？就别浪费时间了。"

李温韦心痒难耐："等我几分钟，我很快就好。"

黎青梦"嗯"了一声，窗户上映出一张麻木得似乎随便怎样都可以的脸。

他看着那张脸，越发心猿意马，已经幻想着该如何让这张脸产生情绪，屈辱和快乐交杂，那将是最满足男人虚荣心的表情。

李温韦哼着歌，几分钟就迅速洗完，下半身裹着浴巾从卫生间出来。他打开门的一瞬间，屋外漆黑。黎青梦把灯关了，他还以为是某种情趣。

结果等待他的不是软香温玉，而是一个男人从背后袭来的闷棍。

时间退回傍晚六点，雷阵雨还未落下。

空气里已经隐隐有风雨欲来的味道，康盂树驾驶的货车就像被气流席卷的叶子，在马路上乱开，开到哪儿算哪儿。

手机就是在这时候响起的，打电话过来的人是黎青梦。

他看了一眼，无视。

但是对面的人铁了心，打到他不得不接为止。

"还有什么事？"康盂树接通电话时，语气非常差。

黎青梦听到他的声音，闷闷地道："我的行李箱还在你车上。"

康盂树笑了："你确定需要它吗？如果这只是一个掩人耳目的东西，我就不回去了。现在这个鬼天气，我跑回去很费劲。等你回南苔自己来找我拿。"

"你什么意思？我这个东西很重要！你立刻过来！"

"重要？你说它是你要谈的货，但我不觉得有什么货是需要被男人拉到酒店谈的。"他的声音充满讥讽，"就不要装模作样地拿幌子骗人了。别忘了我掂过你那个箱子，很轻。有些事要做，就大大方方的。"

黎青梦听明白他话中的意思——别立牌坊。胸口"轰隆"一声，如火山爆发，她险些失手将手机摔下去。

一时间，他只能听见她粗重的呼吸声。

雨就是在这个时候落下来的。和着噼里啪啦的巨大雨声，黎青梦的声音格外冰冷："里面是我画的画。如果你不相信，可以自己打开看，锁的密码是324。我所谓的生意，就是要把我的画挂到画展上卖掉。但在见到策展人之前，我不知道要付出的是这种代价。"

她反复深呼吸，眼前的雨水把睫毛打湿，视线一片模糊："这样很下三烂、很没底线，我承认，但不代表你可以随口冲我泼脏水。那完全是两码事。你必须向我道歉！"

对面也是"哗啦啦"的雨声，最后康盂树也没有说对不起。他沉默了很久，憋出一句"在原地等我"。

语音通话被切断。

十五分钟后，一辆货车像暴躁的公牛开回了原来的位置。

黎青梦正缩在咖啡店的廊檐下躲雨，但身上还是有被雨打湿的痕迹，是刚才打电话没及时闪开时淋到的。

康盂树咬着烟下车，也没打伞，直接插兜走过来，身上的皮夹克被雨水打得颜色鲜亮。

她此时气消了，懒得非让他道歉。比起这些，她更在乎装着画的行李箱。

见他没有主动把箱子拿过来，她跨进雨里准备朝货车走去，却被康盂树一把拽住，又拽回屋檐下。

他不可思议地道："你卖个画，至于吗？"

"我需要钱，不关你的事。"她把胳膊肘扭了个圈，试图挣开他。

"怎么不关我的事？那钱里还有我的一份。"

"那你还拦我，有病？"黎青梦挣不开手，被气得有些口不择言。

虽然她的攻击在康盂树听来，礼貌得有些令人发指。

他无奈得想笑："我说你笨还真是说对了。别人胁迫你付出代价，你就这么乖乖让人宰？知不知道什么叫反将一军？"

黎青梦一顿，突然被点醒："你想说什么？"

"豌豆公主不愧是豌豆公主，天真得很。就你这样，还敢说自己下三烂？"他摇了摇头，"不对，你是青豆公主，人豌豆才没你那么笨。"

"你到底想说什么？"

康盂树这回蓦地松开手，声音在暴雨中压得很低："我教你什么是真正的下三烂。"

康盂树直接挑明，自己打算玩一出"仙人跳"。

他的方案，是让她引李温韦上钩，趁李温韦没有防备的时候，他从背后将人打晕。接着给李温韦拍一箩筐多姿多彩的裸照。

对付这种有头有脸的人，这点儿把柄就足够捏住他的七寸。

康盂树说得非常轻描淡写，有一种做过很多次的淡定感。

对上黎青梦狐疑的视线，他问："你这是什么眼神？"

"听上去……你很熟练。"

他眼睛一瞪："在这之前我可没做过。"

"那你怎么会想到？"黎青梦神色诡异，"难道你是被做的那个？"

她想起发廊妹妹和朋友的对话。她们说货车司机可是非常随便的，踩雷也不是不可能。

康盂树没反驳，反而很危险地看着她，无言中昭示了这是对他的一种侮辱。

黎青梦背上的汗毛一竖，她强硬地回嘴："你现在明白随便被人揣测的感受了吧？"

"所以我将功补过。"康盂树收回视线，沉声道，"那你也给我听清楚了：我没找过人，从来没有。"

黎青梦没吱声。

他见她没反应，以为她不信，拧着眉头说："被'仙人跳'的是我同事，他那蠢货还被骗了不止一回。所以我才了解这个套路。"

她偏过头："知道和做不一样。你真的敢吗？这是做坏事。"

他听到她这样发问，有些好笑。

他不知道自己是在笑居然是由她来质问自己，还是在笑她有些可爱的说法——做坏事，就好像小朋友在谈论对一件事情的定义。

他用手指敲着方向盘，顺着她的话反问："那你呢？你敢跟着我一起做坏事吗？"

一起，这两个字有种莫名其妙的魔力，黎青梦在听到的瞬间，肾上腺素骤增。

她重新扭过头，盯着他的眼睛："我都敢一个人搭你的车上夜路，还有什么不敢的？"

"你这话说得……难道我面相很像个坏人？"

他忽而将脸凑近，黎青梦应激地缩起肩颈，转过脸说："反正不像个正经人。"

最后两人达成一致，黎青梦还主动提出会给康盂树更多的合作费。

他漫不经心地点头，说："那就谢谢老板了。"

二人商量好后，康盂树开着货车，载着黎青梦来到李温韦下榻的酒店，也就是她在咖啡馆看了一下午的那栋高楼。

他们默不作声地进入金碧辉煌的大堂，刷卡，来到顶楼。

一打开门，黎青梦怔在门口，久违地感到熟稔和怀念的感觉。

在从前的人生里，她常常会跑去开一间五星级酒店的顶层套房，舒服地泡个澡，点一瓶红酒，对着夜景画画。

至于原因，只是她住腻了家里，想换换床。

康盂树的脚步也顿了一下，对他而言，这种体验非常陌生，以至于他下意识地觉得拘谨，但是脸上波澜不惊，没有流露出任何惊异和好奇的表情。

康盂树只是在房间内转了一圈又一圈，仿佛纯粹是为了计划进行勘察，最后得出结论："等下你诱导他去洗澡，我就在他出来的时候下手。"

康盂树指了指卫生间旁边墙壁处的一个凹槽，里面摆了一个大花盆，挪走花盆刚好可以藏人。

刚开始的冲动念头退去，黎青梦现下开始惴惴不安。

康盂树察觉她的情绪，以为她会反悔，说一些比如"我们真的要这么做吗”之类的废话。

他甚至都想好该怎么嘲讽她了。

结果黎青梦开口却说：“你等下戴个口罩吧，虽然是从背后袭击他，但万一不成功，至少别让他看见你的脸。”

她的反应……总是能让他出乎意料。

康盂树“啧”了一声：“这你不用操心。你该想的是他回来后怎么诱导他。”

“我已经想好了。”她把箱子拉到隐蔽处，从里面翻出自己准备的换洗衣物。

“你现在要洗澡？”

“我淋了雨。”黎青梦很平静地说，“况且要想引导一条狗跳入水中，不需要什么语言，只要把骨头扔进去就好了。”

话是这么说，但她内心不如自己表现出来的那么平静。

只是，她的慌乱感完全和李温韦以及第一次做坏事的紧张刺激感无关。

她想的是孤男寡女、酒店房间、脱衣洗澡，怎么看都像某种事情的前奏，也是她从来没有过的体验。

她走进淋浴间，热水把身上冰冷的雨水都冲掉。蒸腾的雾气里，她还在混乱地想：外面的康盂树此时在做什么，一会儿她穿着浴袍出去和他处在同一个空间，自己要怎么样表现才不会尴尬。

磨蹭了半天，黎青梦把自己裹在浴袍里，有种仿佛一丝不挂的不自在感。

她推开卫生间的门，发现外面一片漆黑：“康盂树？”

远处的沙发上传来他的回应：“在这儿。”

“干什么关着灯？”

“我在提前适应黑暗。”他说话的语气很冷酷，好像他已经入戏，把自己当成了潜伏的杀手，她却莫名觉得有些可爱。

她一顿，打消了开灯的念头，发现这样的黑暗似乎消解了想象中的尴尬气氛。

靠近沙发的隔音落地窗外此时闪过一道闪电，无声的、青白色的，将大片夜空照亮，将三十二层关灯的房间照亮，也将沙发上两腿张开、

坐得松松垮垮的康盂树照亮。沙发的靠背比他矮，他的头干脆倒着垂下去，脖子上的青筋被撑出来，那道打亮落地窗的闪电也正好映进他的眼睛里。

“你这个姿势好奇怪，不累吗？”

“还行。”

他一挺腰，起身，黎青梦感觉到他在朝自己靠近。

她难以捉摸康盂树要做什么，直到他的手指忽然扯上她的浴袍带子，拨弄了一下。

她呼吸一窒：“你……”

“语气这么防备干什么？”他嗤笑，“我是怕你还没适应黑暗，好心带你过去。”

说着，他扯着垂下来的浴袍带子往前一抻，就好像那是一条遛动物的绳子。

黎青梦恼怒地把他的手拍开：“免了，我已经能看清了。”

手被拍掉，他转而去摸了一把她未干的发尾：“怎么不吹干？”

黎青梦抬起眼，眼前此时蒙上一层暧昧的雾气。她看着他，咬着唇说：“因为我要让自己看上去像诱饵。”

康盂树不经意地对上她的视线，定定地看了好几秒，脱口而出：“你注意点儿尺度。这副样子让他看见，他可能连卫生间都不去，直接把你给办了。”

黎青梦的脸唰的一下变得通红，她伸手捂住他的嘴，堵住他的胡言乱语：“你从现在开始不要讲话了！”

康盂树举起双手投降，呼吸喷在她的手心里。

她被这股热气烫到，飞快地缩回手，急促地走到沙发边，和康盂树拉开距离。

他反方向推门去了卫生间，出来时手上多了一块浴巾。他也来到沙发边，把毛巾扔到黎青梦的头上。

“擦干。”他顿了顿，“浴袍再往上拉点儿。”

黎青梦没理他的话，把毛巾扔到一边。

康盂树的目光聚焦到她的小腿上，看到那上面的湿疹红点已经扩大成小片的圆，他微蹙眉头：“你没涂我给你的药膏吗？”

黎青梦恼怒地把浴袍往下一拉："你往哪里看啊？别再看我！也别再说话了！"

康盂树无语地转过脸。

窗外又是接二连三的无声闪电，转瞬即逝。

他们都站在落地窗前，中间隔了一小段距离，默不作声地看着夜空，白色的光反反复复地照亮两人的脸。

黎青梦仿佛觉得自己刚才的举动有点儿反应过度，试探地开口说："你觉不觉得闪电很像一个东西？"

"你不是让我别说话？"

"我是让你别说胡话。"

他"嘁"了一声："行，那闪电像什么？"

"血管。"她眨了下眼，"就觉得闪电很像天空的血管。"

康盂树愣了下，从来没有听过有人会这样描述它。

"闪电只是两片异种电荷的云层相遇的产物吧。"他不以为然，"彼此接近时会有巨大的电势差，那些电荷相互碰撞。倒不如说，它是把天空撕裂的伤口。"

"那么雨就是……掉下来的血液吗？"她顺着他的思维，忽然想到雨也可以这么比喻。

康盂树匪夷所思地将头侧抵在玻璃窗上看着她："你的脑子里都是些什么比喻？"

"很奇怪吗？以前在京崎，有闪电的时候很少。有一次我在酒店顶层看到它，突然间近距离看到它的那种感受就是这样。"

她说着，低头看向车水马龙的一条条街道，其中四处乱窜躲避这场雷雨的路人根本连蝼蚁都不如，看都看不见。

"但是走在马路上的时候，抬头看闪电会觉得很吓人。可能这就是顶楼和底楼的区别。我们站在底下，那么雨就是雨，闪电就是闪电，它就是最令人讨厌的一种气象。我们只想着要怎么躲开它们，它们就不会有更多的含义了。"她情不自禁地感慨。说完，她意识到气氛笼罩了一股古怪的沉闷感。

康盂树转移话题，说："你该钓鱼上钩了。"

于是，一个小时后，李温韦成功被她的消息勾引过来，毫无防备地被击晕。

他怎么也想不到黎青梦这种在象牙塔里待惯的乖乖女会有这种后招，因此他们的计划进行得格外顺利。

康盂树嫌弃地将他的浴巾扯开，摆弄着他，拍了很多张照片。

两人趁李温韦还没醒来，匆匆地离开了顶层，黎青梦拎着空荡荡的行李箱——她把画留在了李温韦的房间里。

车子驶上高架，渐渐风停雨歇，只剩雨刷没有被关上，仍在左右摆动，风挡玻璃逐渐清晰。

黎青梦看着后视镜里仍困在雷雨中的素城，视线下移，盯着手机，里面是康盂树刚才发过来的那些裸照。

康盂树给她发的这些照片被打了马赛克，不着寸缕的图片还在他的手上。不知道他是怕她觉得辣眼睛，还是想掌握张底牌在自己手上，免得她赖账。

她踌躇了一路，康盂树看她那副磨叽劲儿，不耐烦地道："你行不行？不行我来。"

黎青梦梗着脖子："谁说我不行？"在他的激将下，她抿着唇，一咬牙，把照片发给了不知醒过来没有的李温韦。

接着，她面无表情地打下一行文字，按下发送。

"如果不想让这些照片在圈内流开，明天十点，我要准时看到我的画挂在画展上的照片。"

康盂树探头确认她有没有发送，瞥见了那行文字。

"为什么还要这么麻烦，直接让他打钱不行吗？万一你的画卖不出去呢？"

"那就是纯粹的'仙人跳'了。"黎青梦摁灭手机，"难道你真的希望我们做一对雌雄大盗？"

她说后半句的时候，忽然涌出一股莫名其妙的冲动和期待的心情，好像在期待对方说——那就做呗，有什么不可以的？

然而，康盂树只是悠悠地关掉已经不需要的雨刷，似笑非笑地道："那还是算了。我要是真找搭档，绝不找你这样的。"

他轻蔑的语气让黎青梦气道："我怎样？"

她自认刚才的每个环节都没有掉链子，只是在最后这环有一点点发怵而已。

车子开到红灯前，康盂树取下嘴边咬着的烟，将过长的烟灰弹到了还装着一半水的水壶里。明明车里还放着烟灰缸，他却偏要污染那个干净的水壶。

他注视着黑色的烟灰在水中下坠。

“会这样。”他说。

什么意思？他怕污染她？

康盂树仿佛听到黎青梦心里的疑问，笑着解释：“你别想差了，我才是那半壶纯净水，你是烟灰。”

“滚……”

回来的气氛和去时截然不同。她说了“滚”字后，康盂树只是笑了笑，不再回应她。她也习惯性地沉默。

车子开了一整夜，在清晨时分开回到南苔。

黎青梦下了车独自直奔医院，确认黎朔安然无恙后才回到筒子楼补了一觉。

她在车上没睡好，但是在筒子楼里也没睡好。白日里动车和火车每隔几分钟就将她的睡眠碾得支离破碎。

最后，她被手机消息吵醒，看见一条微信提示。做坏事的后怕感袭来，她怕得知李温韦的反应。

给自己做足了心理建设，她这才点开微信——

李温韦什么都没说，就发了一张照片给她，是一张挂上了她画的画展现场照片。

黎青梦虚脱般躺在床上，第一次体会到什么叫“黑吃黑”，有一点点心虚、一点点痛快。

而这一点点痛快的感觉，在很快有收藏家联络自己，表示有意向买下其中一幅画时成倍膨胀，完全压过心虚感，演变成庆幸的心情。

她现在甚至不敢想象，如果真的乖乖就范将会是什么下场。大概她就会像把灵魂卖给恶魔的行尸，自此面目全非，不可逆转地活下去。

虽然，她现在做的事也算是把灵魂卖给了恶魔，但恶魔也分三六九

等。若李温韦是道貌岸然的色鬼，康孟树就是不知不觉引诱她的恶魔。

她心甘情愿，并且心怀感激。

钱还没到账，她就开始盘算着是不是该送给康孟树一份礼物。这和她承诺给他的分成无关，纯粹是表达感谢的礼物。

或许还夹杂着别的一些什么，但黎青梦没有深想。

她所想的，就是该送个什么。

从小到大，她只收过别的男生送给她的礼物，从来没有主动想过送给谁，包括周滨白。当时也是他不断给自己送东西，她完全没兴趣回礼。

这对她而言是非常不擅长的一件事。她搜了一遍网上的各种帖子，总觉得不满意，无奈之下她甚至听起了别人的墙脚。

美甲店的顾客们聊天的时候，“男人”总是难以避免的话题，她也许可以从中得到灵感，尤其是那个发廊妹妹和朋友来的时候，总是少不了聊康孟树。可偏偏她最需要她们来的时候，她们反而不光顾。

黎青梦一直盼着她们来，想从她们的嘴里套点儿情报。

这一天黎青梦终于盼到了人，而且发廊妹妹主动点了黎青梦的单。

发廊妹妹提出要求：“你不是会手绘吗？我想在指甲上画个蛋糕，你可以画吗？”

黎青梦点头：“什么蛋糕？生日蛋糕，还是那种下午茶的小蛋糕？”

“生日蛋糕呀！”

黎青梦理所当然地以为是她过生日，要给自己做一个有仪式感的指甲，便想也不想地说：“你过生日吗？那祝你生日快乐。”

她一愣，而后笑得花枝乱颤：“又不是我过生日。我是做给阿树看的。”

“康孟树？”

发廊妹妹小心地问：“你难道不知道明天是他的生日吗？他没叫你吗？”语气中藏着试探的意味。因为她压根儿不信上次黎青梦的说辞。

什么债主？他还二十块钱还专程跑来店里一趟？那根本不是康孟树的作风。

但看着黎青梦茫然的神色，她逐渐放心，可能真的是自己想多了。也许那次他真的是正好路过，顺便还下钱呢？

黎青梦修甲的动作顿了一下，继而她若无其事地说：“他为什么要叫我？”

发廊妹妹放心地笑道：“没事啦，我随口说的。”

黎青梦面无表情地起身，去旁边的架子上挑选指甲油。

身后发廊妹妹继续和旁边的朋友闲聊。

“这次真的是康盂树主动叫你去？”

“不然呢？我都快死心了。”

“这个男人真是贱啊，你不扒着的时候反倒念起你的好了，回过头又来找你。”

“所以你对方茂也别追得太紧了。”

“明天方茂会去吗？”

“肯定会去啊，他和阿树的关系那么好，除非他出车了。”

“他没走，在南苔呢。”

“那你干脆明天一起过来吃饭啊，我们在桥头排档吃。”

“这不好吧？我和康盂树完全不熟。”

“那有什么？你是我朋友，过来吃多正常！”

“你瞧瞧你这口气，已经把自己当人家的女朋友了啊？”

发廊妹妹把嘴一噘：“早晚的事。”

黎青梦听不下去，把指甲油取来，“砰”的一下放在板子上，打断了两人的谈话。她公事公办地道：“打扰一下，先选个底色吧。”

第二天，也就是康盂树的生日，对黎青梦而言依旧是非常普通的一天。

她没去美甲店上班，白天都在医院里忙前忙后，一直到晚上才离开。

鬼使神差地，回家的路上，她骑着小电瓶车刻意绕了远路。这条路，会经过桥头那条满是排档的长街。

此时过了晚饭的时间，满街的排档里吃饭的人并不多，零星的几桌架在路边，康盂树那一大群人尤为显眼。

黎青梦忽然停下电瓶车，把车子停在一边，走到就近的排档边向老板要了一份炒粉干打包带走。

等候的间隙，她低头刷手机，余光却不受控地往不远处瞟。

这个排档虽然和康盂树他们的隔了几个，但大部分人她能看清。

正对着她的那些男男女女她都不认识，背对着她的却正好是康盂树。

确认他看不见自己，黎青梦这才抬起头看过去。

今天真的是康盂树的生日。在他身形晃动的瞬间，黎青梦看到了被他挡住的生日蛋糕，上面满是甜腻的奶油，中心乱七八糟地插着蜡烛。

黎青梦抿了下嘴唇。

发廊妹妹坐在康盂树的左边，很主动地按着打火机把这些蜡烛点燃。接着这群人开始集体唱《生日快乐歌》，声音很大，传到黎青梦耳边。

康盂树低下头，似乎在许愿。

在他吹灭蜡烛的瞬间，身旁的发廊妹妹拿手沾了一点点奶油，恶作剧地抹到康盂树的侧脸上。

众人发出哄笑声，闹哄哄地示意康盂树收拾她。

康盂树抓起一块蛋糕，作势向其中喊得最凶的一个男人嘴上攻击：“你是自己闭嘴还是我把你的嘴巴堵上？”

“得得得，哥，饶了我！”

黎青梦远远地旁观他们的插科打诨，直到身后的老板喊了她一声：“喏，炒粉干好了。”

这一声仿佛将她从荒唐的梦境里叫醒。她迅速回过神，接过炒粉干，把它挂在电瓶车的把手上，默不作声地驶离排档。

她刻意绕远路来到排档，其实不是为了吃这一碗炒粉干。她是想亲眼确认，今天是否真的是康盂树的生日。

如果是，那么她大概会发一句“生日快乐”当作表示吧。礼物来不及买，一句“生日快乐”是她的谢礼，和礼物相抵算了。

但是真的看见康盂树的朋友们帮他过生日的这一幕，黎青梦像是被扇了一巴掌，惊醒过来。

她到底在干什么？明明都没有被邀请，他也没有告知过她关于生日的任何信息，她居然还上赶着求证，想发祝福，魔怔了似的。难道自己想和他越走越近吗？

心底冒出来一个声音：难道你不想吗？如果他真的邀请你来吃这顿饭呢？你会来吗？

我会来吗？

黎青梦把电瓶车骑得飞快，脑海里的画面随着飞驰的车轮铺开——

桥头排档的圆桌边，她也像发廊妹妹那样坐在他身边，按着打火机帮他点燃蜡烛。所有人都在打趣他们，而他仿佛有些害羞似的对起哄的人统统反击回去。

想象中的氛围其乐融融，却吓得黎青梦一激灵，差点儿将电瓶车摔进路边的草丛里。

她绝对不能接受自己那么和谐地插进这幅画面里。

她应该就像刚才，远远地旁观着。一个格格不入的局外人，才是最适合她的位置。

她不要去和别人制造多余的联系，什么感谢，根本就是没必要的。她答应过要给他钱，等价交换，已经足够了。

她把车停在楼下，一口气跑上筒子楼，决心将康盂树送的那张粘在窗户上的报纸撕下来。

但上手的刹那，她还是变了力道。

她犹豫片刻，小心翼翼地把黏合的部位扯开，取下来的依然是一张完整的报纸。

对着报纸发了半晌的呆，最后，黎青梦将它端正地叠成正方形的小块，垫到了摇晃的桌脚下。

同一时间，桥头排档的生日聚餐还在热闹地进行，没有散场的架势。

发廊妹妹，也就是程菡，喝得有点儿多。但她没喝醉，借机趴到了康盂树身上，耍赖说：“你一会儿送我回家好不好？我喝醉了，没办法自己回去。”

康盂树很不给面子地把身体往外一歪，指着不远处刚从公交车上下来的康嘉年道：“我得送我弟回去。”

“他都这么大了，自己不能回吗？你就是糊弄我！”程菡不依不饶，“明明这次你都主动喊我来吃饭了，你这样算什么意思？”

“你忘了吗？我欠你一份人情，你要求我陪你吃顿饭。”康盂树用手指敲着桌子，“说到做到，我这不还上了？”

程菡醉醺醺的表情变得分外清醒。她红着脸站起来，把一次性筷子打到康盂树的脸上，尖声道："我指的是我和你两个人吃饭，哪里是这种的？康盂树，你浑蛋！"

她气愤地转身就走，一边还在和方茂喝酒的小姐妹见状赶紧追上去，两人和康嘉年擦肩而过。

康嘉年刚下了晚自习来给康盂树庆生，没想到迎面就碰上自己老哥被女人大骂"浑蛋"的精彩场面。

他填补了程菡的空位，八卦地捅了一下康盂树的腰："哥，你这样的也不喜欢，那样的也不喜欢，那你喜欢什么样的？"

康盂树摸了摸被筷子打到的脸，无所谓地道："你凑什么热闹？"

"我是关心你好不好？"康嘉年试探地说，"难不成……是青梦姐那样的？"

康盂树好笑地扯起嘴角："胡言乱语什么呢？"

"还嘴硬，除了家里人，我是第一次看你出车回来给别人带礼物。"

"她先给你送的，我作为你哥不得回礼？而且那破报纸值几个钱？"

"就算是这样吧。"康嘉年一顿，"你过生日不叫她，难道不是因为程菡在，你怕她误会？"

"那我直接别叫程菡不就完了吗？你这是什么脑回路？"

康嘉年哑口无言，一脸迷惑的神色。

康盂树拿起面前的扎啤一饮而尽，擦了擦嘴，漫不经心地道："我不可能对她有什么心思的，不喜欢这种类型。"

康嘉年很好奇他的定义："青梦姐算哪种类型？"

"开口闭口都是钱，一个钻到钱眼里的小疯子。"康盂树揉了揉眉心，"还没程菡可爱。"

## 第三章

# 宝梦舞厅

生日宴之后，康盂树这个人就好像从黎青梦的生活中消失了。

她不知道他是不是又去了外地跑货，总之在寥寥两次的沉船教学中，都只有她和康嘉年两个人。

她也没想找康盂树，直到收藏家给她的订金到了账。

按照约定，她需要支付一笔钱给康盂树。于是当天晚上她再一次点开他的微信头像转账给他。

过了一个小时，他收了这笔钱，没回一个字。

这就是时隔好几天他们的再一次交流，没有任何多余的内容。

剩下的钱，黎青梦应该转给高利贷那边，毕竟到了第一期的还款日。但钱还没凑够，这点儿订金只是杯水车薪，何况黎朔刚动完手术，还需要住院一段时间，住院费仍是一笔不小的开支。她便将这笔钱留下来给了医院。

但不知为何，高利贷那边的人只是通知她还款，对于她没有还钱的事并没有催。

黎青梦内心奇怪，猜想：是不是往后顺延，他们可以多拿点儿利

息？但她不敢问，怕问了反而让他们来催。

结果令她没想到，这帮人不催，是根本不在线上催款，因为知道根本催不到。

他们直接来到了南苔。

当陌生的电话打进来时，黎青梦预感到这是高利贷的电话。

她深吸一口气接通，对面的人轻飘飘地道："黎小姐啊，第一期还款日都过去好几天了，你打算什么时候还啊？"

"我还有几天有笔钱会进账，你们再宽限我几天，可以吗？"

"这话我们都听腻了。而且我们不是宽限你几天了吗，你还拿不出钱来？"

黎青梦这才知道，延迟的这几天是他们故意拿捏自己的一种手段，让她更加没有理由拖下去。

"我们刚才去你家转了一圈，没人，你在哪儿呢？"

"我正准备回家。"

"哥几个在吃饭，先来付个饭钱。"那人在挂电话前说，"不来后果自负，别逼我们去你家贴大字报。"

他报了饭馆的地址，就在通往她家的那条路上。

黎青梦匆匆地和老板说了声有急事，从美甲店夺门而出。

她汗流浃背地赶到饭馆，远远地就看到三个男人揉着圆滚滚的肚子，在店外的圆桌边坐着吞云吐雾。

旁边几桌的人似乎察觉他们面生且不好惹，纷纷坐到了店里，显得这一桌尤为扎眼。

黎青梦把车子停在路边。其中一人朝她的方向喷了口烟，说话的声音像含了口痰，听起来非常难受："行，来得还挺快。"

黎青梦开口就说："如果我替你们付这笔晚饭钱，那这笔钱算在利息里吗？"

男人把烟一掐，脸上显出不耐烦的神情："要不是你不交钱，哥几个至于跑到这破地方来？你请个晚饭还啰唆？"

黎青梦的牙关暗自咬紧，她已经能感觉到店内看戏的视线，窘迫感被一股脑儿挖出来，不知道可以往哪里藏。

"好，我请你们。那能不能拜托你们再给我几天时间？"

男人拍腿狂笑："付一顿饭钱你就想有这种好事啊？到底没上过大学的是我们还是你啊？哈哈哈！"

黎青梦调整了下站姿，背对店内，刚想开口，抬眼看到了街对面一张有点儿眼熟的脸。那人好像是早前说要和她做朋友，却被她说还不如去投胎来得有可能的那位。

她还记得他叫章子。

被他撞见这样的场景，脚下原本就摇摇欲坠的冰面彻底四分五裂，黎青梦顿时坠入冰层下的深渊，浑身僵硬，除了难堪还是难堪。

黎青梦避开和他对上的视线，接着对那三个人压低声音，无力地重复道："我保证我一定会还的，真的，再给我几天时间……"

她还没说完，章子忽然走到她面前。

黎青梦一惊。

他挠了挠头，并不太擅长撒谎地说："我说，你去哪儿了，不是大家伙儿约好了吗？就差你了。"

他刻意咬重"大家"两个字，估计是想让那三个男人知道他们还有很多人，并非势单力薄。

黎青梦一时间没接话。她惊讶于他解围的行为，也在犹豫如果接话是不是就会将他拖下水，干脆一边保持缄默，一边悄悄伸手推了推他，示意他走。

这个动作反倒让原本有些动摇的章子变得坚定，更用力地挡在黎青梦身前。

说话的男人拍着桌子嚷道："你谁啊？这女的欠我们的钱，如果你不是来帮她还的就赶紧滚！"

章子略㞞地一缩脖子，开口时底气明显不足，但还是没走："人家不都说了会还吗？你们三个男的围着一个女人可劲儿欺负就要脸了，是吧？"

"你小子是不是找揍？"话音一落，男人们把椅子"嘎吱"一推，纷纷站起来，身板和章子形成鲜明对比。

章子的小腿肚子一颤，他梗着脖子强撑："你们知不知道南苔这地盘谁最厉害？我大哥！你们不打听打听就来？搞笑，还不知道最后挨揍的是哪个倒霉鬼！"

说着，他赶紧把手机塞给身后的黎青梦，小声说："赶紧打电话给通讯录里叫阿树的。"

黎青梦愣住："阿树？"

脑子里冒出一个名字同样带"树"的人，总不会是他吧？

"他打架厉害，我一个人应付不来的，快！"章子仓促地撂下这句话，就和那三个讨债的男人扭打在一起，滚进了旁边的小巷子里。

黎青梦看着手里的手机，害怕拨出去真是那个人，但眼下也没有别的选择了。

对面的人很快接通，懒洋洋地道："章子？"

"阿树"果然是他。

黎青梦拧着眉头，定下神快速地报了地址，说："他让我向你求助，对方三个人对他一个……"

康盂树当下并没听出她是谁，只是觉得声音有些耳熟，注意力全在她的话上。还没听全，他就心道"不好"，立刻把电话一挂，碗筷一搁，从家里夺门而出。

黎青梦还想打过去跟他说清楚，这人已经不接电话了。

不到十分钟，黎青梦就看到街拐角一辆车风驰电掣地冲过来，车上的人穿着黑色夹克，一张脸在风中充满戾气。

他甚至没看见黎青梦，车子擦着她驶过去。到了被撞得歪七扭八的桌椅边，他直接把电瓶车一扔，朝传来动静的巷子冲进去。

黎青梦攥紧手里的手机，一颗心提起来。她探出头暗中观察，打算如果局势控制不住就立刻报警。

她目视康盂树沉着脸走进巷中，随手抓住其中一个男人的衣服，抄起巷子边的垃圾桶，面无表情地往对方的头上扣下去，接着不给人反应的时间，直接一屈膝把人摁翻在地，拳头猛地往鼻梁上砸。男人的鼻血顿时喷出来，沾湿康盂树发白的指关节。

刚刚还是章子被压着打的局势顷刻被扭转。

另外两个男人松开被揍得鼻青脸肿的章子，愤怒地朝康盂树围攻，一个人架住他的一条胳膊，刚被打狠了的男人从地上爬起来，骂骂咧咧地同样往康盂树的鼻子上招呼。

康盂树没给那人机会，手被压制，但腿没有。他抬脚就往那人的肚子上猛踹。

章子缓过劲儿，振奋地加入战局帮康盂树的忙，把架住他的人拉开。

黎青梦眼见康盂树游刃有余地将那三人干翻，一直紧握的手逐渐放松。

章子说的果然没错，康盂树很擅长打架，其实在素城的酒店那会儿，她就能看出端倪。他下手时的力道又准又狠，要不然也不能一下就把李温韦打晕。

可就在黎青梦放下心时，刚开始被打得最狠的那个男人悄无声息地侧过身，摸到地上滚过来的酒瓶子，阴险地从背后往康盂树的后脑勺上猛砸。

一声闷响，酒瓶碎裂。康盂树的动作也随之被打断。

几道殷红的血黏稠地从额头上蜿蜒而下，他晃了晃身形，眯眼看向砸他的人。对方见他没倒下，手上的武器也没了，不禁被这一眼看得方寸大乱。

康盂树无所谓地拿手臂往额头上一擦，血迹在黑色的夹克上看不出来，仿佛压根儿没流过。

他弯腰拾起地上碎掉的玻璃，将锋利的一侧在手指上割了割，看着划出的血痕，确认它的锋利程度后，吮了下血，往地上吐掉，勾起嘴角笑道："行啊，玩真的是吧？来。"

那三人见他狠到不要命的程度，气势上首先输了。

他们对视一眼，非常默契地在冲上去围攻的瞬间，纷纷扭头跑出巷子。

康盂树没追，随手把尖锐的玻璃碎片往地上一扔，没好气地走到一旁扶起章子："这帮孙子是谁？你怎么和他们打起来了？"

章子气喘吁吁地道："那帮孙子应该是放高利贷的人。"

"啊？你借高利贷？"

"不是我。"章子指了指巷口的黎青梦，"是她。"

黎青梦此时在巷口边探着半张脸。她围观了刚才气势汹汹的打架场面，还没缓过神，整个人呆呆的。

康盂树在看到她的瞬间就皱起眉头，一脸"你在搞什么"的表情。

他的视线一直紧跟着走过来的她："刚打电话的人是你？"

黎青梦没应声，把手机递给章子："给你。"这也是她变相回答了康盂树。

章子接过手机，犹豫地说："你要是有困难，我可以……"

"我没有困难。"黎青梦打断他的话，"这次谢谢你。"

"你可真行。"康盂树见她无视自己，冷不丁地出声，"没有困难还去碰高利贷，卖画的钱还不够你花吗？"

黎青梦终于向康盂树看去。

康盂树继续道："你追求有钱的生活没有错，但不要给别人惹麻烦。"

黎青梦依旧一动不动地看着他，她的眼睛在凝视他的这段时间一下都没有眨，以至于眼眶因为长时间静止而微微发红。

康盂树瞧见她有细微变化的眼圈，心头像是忽然被捏了一下，传来一阵带着麻痒的疼痛。他自己都没意识到地皱了下眉，却因此导致他的神情显得更加嫌恶。

章子看着左右两人，云里雾里的，听不懂他们的对话。

黎青梦动了动嘴唇，视线上移，在他的额头上已经有些凝固的血液上扫视。静止的眼睛终于眨了一下，她说："你放心，我绝对不会再找你帮忙。"

黎青梦扭头，疾步往巷子外走。康盂树看着她挺直的背脊，喉头不自觉地发干。只见她的背影忽然顿了一下，她低头在背包里掏着什么。

康盂树意外地看着她又转身，神情倔强地走回来。

只见她把手摊开，把刚从包里掏出来的东西递到了章子面前——是一枚包装很可爱的创可贴。

她对着章子道："你的嘴角破了，得赶紧处理下伤口。"

章子一瞬间觉得有些眩晕，嘴角咧开，忙接过来，紧紧抓在手里大力点头。连方圆三里外的狗都闻到了他散发出来的荡漾气息，汪汪狂吠。

黎青梦这次是真的头也不回地走了。

康盂树看着她消失在拐角的背影，又转过头盯着章子手里的创可贴，摸了摸脑袋上的血，烦躁得特别想抽根烟。

到底谁更需要先处理伤口啊？

从饭馆离开后，章子把康盂树拉到医院处理额头上的伤。他好说歹说让康盂树来拍个片子，免得有脑震荡没及时处理，留下什么后遗症。

康盂树倒是无所谓，架不住章子唠叨，也怕回去被念叨，老实地去了医院做检查。

等待结果的时候，两人躲到天台上抽烟。章子手里还攥着那张破创可贴不舍得用。

康盂树眼见心烦，把烟灰弹过去说：“得了，难道还要把它供起来？”

章子笑得有些恶心：“这不是普通的创可贴，这是我的春天！”

康盂树吐了个烟圈：“你不是不喜欢了吗？人家就给你这么个东西你就招架不住了？”

章子没辙地耸肩：“你这个爱情小白菜根本不懂。我跟你说，爱情这玩意儿，是熄不干净的。”

“我看你是压根儿没熄过吧，不然怎么就跑那里去了？”

“这不是之前我在那儿蹲了一个月，跟老板都混熟了嘛……现在我去那家店吃饭老板都给我打折。我又不是专程去蹲她的。”

“是吗？”

“当然是啊！我只是……只是看见那张脸就死灰复燃了，更别说她还主动对我示好！”

“这叫示好？”

“那不然呢？就一个创可贴，她给我了，可没给你。”

康盂树爆了一句粗话。

章子嘿嘿地笑着：“没事，作为兄弟爱情的陪衬，你不亏。”

康盂树沉默地将烟按灭，又迅速点了一支。

章子忽然想起那段语焉不详的对话，疑惑地道：“对了，你和她认识？卖画是什么事？”

“没什么。”康盂树言简意赅，“就是帮了她一个忙……也不算帮忙吧，她给了钱的。”

“你也好意思收人家的钱？”

“我不收钱帮她，图什么？”

章子一愣，干笑道：“是哦，是该收。”

康孟树很快抽完了第二支烟，没什么兴致地说：“下去吧。”

“等等！”章子还趴在天台边上，头往下探，整个身体都快下去了。

“我好像看见黎青梦了！”他指着底下快速走进住院部大楼的身影，“那不就是她吗？衣服也一样！”

康孟树顺着章子指的方向定睛看过去，那人还真是黎青梦。他立刻问：“我没来前她也被打了？”

章子摇头：“没有啊，要真那样我肯定跟他们拼了。再说，她受伤也不至于去住院部吧。”

康孟树靠在天台边，高楼上的晚风吹得夹克上的拉链叮当作响，将空中的雾气吹散，也将他脑海中的迷雾吹开了一部分。

“如果坐硬座过去，我爸身体不行……

“失约我很抱歉，事出有因……”

那两次黎青梦话语中的草蛇灰线隐隐地浮现，指向一个呼之欲出的事实。

康孟树一言不发地抿紧嘴唇，飞快地跑下楼梯。章子呆呆地叫着他，也紧跟着往下跑。

两人出了急诊大厅，来到住院部的一楼。康孟树跑到咨询台，表情严肃地脱口而出：“这里是不是有个姓黎的男人住院？”

护士无语地道：“你问的是哪个姓黎的？”

康孟树捅了下章子的腰：“你知道她爸的名字吗？”

“好像叫黎……黎朔吧。”

护士查了下电脑，点头说：“有。”

“他得了什么病？”

护士警惕地看了康孟树一眼：“你什么都不知道，来干吗啊？”

章子圆话道：“我们是他女儿的朋友，他女儿一直不跟我们说她父亲的病情，我们是关心，没有别的意思。”

“那你们问他女儿去吧。我们无可奉告。”

康孟树没有继续追问。其实在问到黎朔的确在这里住院时，他心里大概就确认了刚才的猜想。

两人走出住院部，章子吞吞吐吐地道：“所以黎青梦借高利贷，是不是为了凑医药费？”

没等到康盂树回答，章子看向他，发现他的脸色前所未有地难看。

章子还以为是刚才打架的后遗症，担心地道：“不舒服了？”

康盂树摇头：“我没事。”

“别逞强啊！”

“嗯。”康盂树压低声音说了句，“逞强的可不是我。”

“什么？”

康盂树没解释，留给章子一个沉默着去拿报告的背影。

住院部顶层的病房里，黎青梦刚守着黎朔睡下。

她怕放高利贷的人跑了后气不过，会摸来医院找她爸的麻烦，赶紧跑来医院守着。但那帮人可能也被打怕了，暂时收敛了，没有找过来。

但她也不能一直守在这里，不解决这笔钱的问题，他们就是个定时炸弹。

黎青梦一到早上就给买画的收藏家的助理打电话，询问合同的进程。对方表示会尽快走流程，最近法务休假，好多合同积压着，不止她这一份。

画款今天肯定到不了账，黎青梦挂了电话，走投无路地点开李温韦的微信头像。

两个人的对话截止在上次她威胁他，对方甩了张画展的照片，并且帮她谈下了一个收藏家，条件是让她录屏自证把她和康盂树手机里的照片全部删除。

她照做了，照片也确实删掉了。

但其实这无法保证照片就能删干净，她可以撒谎说其实还存到了电脑里。

如果卑鄙一点儿，她完全可以以这个理由再去要挟李温韦借钱给自己。

可这样未免也太过分了……黎青梦对着手机迟迟无法打字，觉得如果真那样做，自己也太无耻了。即便他是有缝的蛋，她也不应该再做那只苍蝇。

又或许，缺了那么一个人轻飘飘地对她说“一起做坏事”，形单影只的她就缺少了提刀的勇气。

黎青梦盯着屏幕犹豫不决，微信界面上突然跳出了一个新的好友申请，像是死海里突然被投入一颗石子，打破了僵局。

她诧异地点开，申请人的理由那栏写着“我是章子”。

黎青梦怔了下，点了通过。

章子火速发了一个打招呼的表情。

她客气地回：“你好。”

章子的一条语音发来：“出来吃早饭吗？有件事想顺便和你商量一下。”

“什么事？”

“等你过来讲吧！”章子发了个定位，就在医院门口的一家早餐店。

黎青梦看着这个定位，已经预感到他可能知道了点儿什么。

叮嘱完护士不要告诉任何陌生人黎朔的病房号，黎青梦快步走到医院门口的早餐店。店内人不多，靠里的位置坐着章子。他伸手朝她打招呼。

她走到桌边坐下，视线落在他的嘴角上：“你没处理吗？”

他摆摆手：“这点儿小伤不碍事。你先点点儿东西吃吧！”

他把菜单推到她面前，黎青梦摇头道：“我没什么胃口。你有什么事要和我说？”

章子没说话，继而从口袋里掏出了一张卡：“这张卡里有笔钱，密码是050220。”

“你这是什么意思？”她把视线落在那张卡上，难以置信地发问。

“借给你呀！”

他的举动让黎青梦完全不知所措。心底的诧异、愧疚、羞耻等情绪统统缠绕在一起，逼得她急促地喝水，掩饰这种心情。

章子见她没吭声，忙说：“我知道你说你现在没困难不是真话，谁会没事去借高利贷呢？你先把高利贷还上吧，欠我总比欠高利贷好，对不？”

黎青梦没点头，也没摇头，咬唇看着那张卡。它非常有诱惑力地摆在那里，但是……

“我不能收。”

她低三下四地求过那么多人，亲近的、生疏的，那么多人，没有一个愿意施以援手。不然她也不至于去借高利贷。可突然间，一个曾经被她排斥的人对她表现出这么大的善意。她完全不知道该如何承接，或者说该不该承接，这背后是不是又有什么不怀好意的念头？比起感动，她更多的是觉得害怕。

章子仿佛看出她的顾虑，继续说：“其实我是知道你发生什么事了。你爸爸住院了，对吗？”

“你怎么知道？”

“我昨晚陪阿树来医院检查，不小心看到你了。”章子担忧地道，“如果你不还钱，高利贷那帮孙子肯定还会找上门来的。他们说不定还会找到医院，到时候会不会把你爸的病房砸了也很难说。”

“……”

提及黎朔这个死穴，黎青梦握紧双手，知道章子说得完全没错。

长久的沉默后，她一字一顿地道：“我给你写欠条。我还有一笔画款马上到账，那钱到账了我可以立刻还你。”

“成。”

黎青梦烫手般地将卡缓慢地收进口袋，低下头：“第一次见面的事，对不起。”

听到她道歉，这下换章子无措地拿过杯子喝水，不知所措地道：“哎哟，没事，我早就不放在心上了。”

黎青梦摆出握手的姿势：“重新认识一下，我姓黎，叫黎青梦。”

章子把手缩到大腿上使劲搓了搓，把汗搓掉，这才轻轻握上去。

黎青梦拿着卡离开早餐店。过了一会儿，门口风铃响动，康盂树插着兜走进来，拉开椅子坐到章子对面。

“她收下了吧。”看章子笑得那么恶心，康盂树已经确定了。

“给，这是她刚写的欠条。”章子把字条递给康盂树，“应该你收着的。”

康盂树没接：“你拿着一样。”

“这怎么能一样？毕竟是你的钱！”

就在昨晚，两人从医院出来后，康孟树摸着后脑勺上的纱布，状似随意地提起："你不是想帮她吗？我觉得你再把人约出来吧。好好跟她说一说。"

章子愁眉苦脸地道："算了吧……"

"怎么了？"

章子无奈地道："之前和她说的时候太冲动了，忘了卡里就剩下三位数。"

"……"

两个男人沉默地骑了一路车，先到骑楼老街，章子正要挥手说"拜拜"，康孟树说着"等一下"，开门进了院子上楼。

过了五分钟，康孟树走下来，扔了张卡给他。

"这是……"

"密码是050220。里面有六位数。"

章子瞠目结舌地道："什么意思？"

"我借你的，你去借给她。"他顿了顿，"不要说这笔钱是从我这儿借的，不然她肯定不收。"

章子的脸上出现狐疑的神色："阿树，你攒这笔钱不容易吧？你确定要借给我？"

"这笔钱现在还派不上用场，放着也是放着。"

"那这一次，你图什么？"章子盯着康孟树，突然问出了一个无比犀利的问题。

康孟树踢着路边的石子，伸手去摸口袋里的烟，才发现这短短一个晚上，一包烟已经抽光。

他避开章子的视线，望着二楼晃动的白窗纱，笑着说："能图什么？当然图兄弟的爱情顺顺利利了。"

黎青梦在自动取款机上插卡，看到里面的数字之后，止不住地惊讶。

从前，她不会认为这笔钱很多。但这些天被生活鞭笞，再加上南苔的物价和工资，她渐渐明白，能攒下这些钱……非常不容易。

而对方居然愿意把这么辛苦攒下来的钱轻易借给她。黎青梦握着吐出来的银行卡百感交集，当晚主动给章子发了一条微信消息，虽然只是简单的两个字：谢谢。

章子回了个龇牙的表情，隔了小半天，又发了一条微信消息：“你知道南苔有个啤酒节吗？很好玩的，如果没听说过，我可以带你去！”

她现在哪里有玩的心思？她对这个啤酒节根本不感兴趣。但是她知道章子醉翁之意不在酒。

她如果答应，可能会让他遐想。她如果不答应，就是过河拆桥，半点儿人情都不会做。不然人家凭什么把钱借给她呢？大家都是有所图的。确认了这一点，她反而放下心。

权衡之后，黎青梦还是回了两个字：“哪天？”

章子发来了准确的时间，是周六的晚上。黎青梦一看这个时间，恰好和教画的时间冲突，刚松了口气准备回绝，就收到了康嘉年的消息——

“姐姐，周六的画画课能不能改天呀？周六晚上我们大家约好了去啤酒节！”

这下子，她唯一可以用来拒绝的正当理由也没了。

黎青梦最后无奈地回复章子，说可以去。

他发了个小狗转圈的表情，说要来接她，被黎青梦谢绝。她虽然答应和他去，但在这些细枝末节上，非常明确地表达自己只是把他当朋友看待，不想给他错觉。

周六这天晚上，她完全没收拾，洗了个澡就出了门。

结果她到了现场发现，大家都拾掇得挺有模有样，不说审美怎样，能看出来大家都精心打扮了。

相比之下，她就显得过于随意，为了遮挡蔓延的湿疹把自己包得很严实，几乎没化妆，只抹了番茄色的口红让气色看起来没那么差。

啤酒节比想象中还热闹，在小县城的十字形广场中心举办，围绕着一座古旧的喷泉，纵向的左右两条街道上全是贩卖杂货的摊位，横向铺开的是一个个啤酒摊，摊子两边围满了小城的青年男女，互相碰杯聊天。

黎青梦站在角落的雕塑旁，低头给章子发消息：“我到了，你在哪里？”

她抬起头，迎面看到了熟人——康嘉年。

康嘉年也看到了她，兴高采烈地挥手示意。

黎青梦心头一跳，看了一圈他的身侧，在确认没有康盂树的身影之后，才挥手回应他。

康嘉年走在一群人的最后面，见状直接跑到她跟前，眉飞色舞地道：“姐姐你居然也来了！一个人吗？要不要和我们一起？”

他指了指不远处的同学。那帮人还在往前走，根本没发现康嘉年已经掉队了。

黎青梦笑着摇头：“不和你们年轻人混了。”

“什么呀？你也很年轻啊！”

这时，黎青梦的手机振动，章子叫着她名字的声音也不远不近地传来。

黎青梦指了指那个挤过来的人影：“真不用，我朋友来了。”

“章子哥？”康嘉年诧异地看着来人。

“哟，嘉年，你也来啦！”

章子春风满面地拍了拍康嘉年的肩头，又即刻转向黎青梦，从手中的一筐啤酒中抽出一瓶递给她：“我刚才去买酒耽搁了，你没多等吧？”

黎青梦接过他的啤酒，摇头说“没有”，又很客气地说了句“谢谢”。

康嘉年的眼神诡异地在两人中间转悠，他欲言又止，最后只说：“行，那你们好好玩。”

康嘉年走之前，章子问他：“你哥呢，来不来？”

“肯定不来吧，你又不是不知道他讨厌最后那段。”

康嘉年和他们道别，在人群里费劲地搜寻他的同伴——他们已经扔下他挤进了人群。

黎青梦接着康嘉年的话问：“最后那段怎么了？”

“就是大型‘蹦野迪’现场啊！”

“什么？”黎青梦的脸上浮现出相当微妙的神色。

他们要在街头……蹦迪？

章子小心翼翼地说："而且还会互喷啤酒。你放心，到时候我会保护你的！谁喷你，我十倍喷回去。我在水族馆工作的，喷水是我的强项。"

"你在水族馆里喷水？"南苔水族馆困难到需要工作人员扮演海洋动物吗？她脑子里冒出这个可怕的想法。

"没有啊。哈哈哈，我说快了。就是我经常要在闭馆后清园嘛，所以老拿水管喷来喷去的。"他暗示，"你要是感兴趣，我下次带你去水族馆看看。"

黎青梦尴尬地笑了两声，没接茬儿，打算最后提前走，免得被啤酒喷到。

只是最后的活动来得猝不及防，两个人还在有一搭没一搭地闲逛，广场上的喷泉忽然涌出水流。

这似乎是一个众所周知的信号，所有还在摊位边流连的男男女女挤向广场中央，两边摆放的巨型音箱里传出迪斯科的动感音浪，众人化作音浪里的一朵朵浪花，在喷泉下和流水一起涌动。

时节已到五月，夜晚仍有些微寒意，但今晚大家能感受到的只剩下燥热。远处的山头有过早的微弱蝉鸣，黎青梦原先还能隐隐听到一些，被声浪一盖，就成了最不起眼的和声。

黎青梦觉得自己就好像是那只被盖住的蝉，眼前的景象很欢闹，她却觉得索然无味，尤其是酒精开始上头，她觉得很困。

她拉了拉章子的袖子，用手势示意自己要走。

章子面露遗憾之色，不过还是点点头，大声说："我送你出去！"

他们刚好卡在四边形的死角里，身后没路，要走出去必须穿过广场。

进入广场的人群中央，黎青梦更真切地感受空气中的躁动因子，喷泉上挂着的串灯照亮此起彼伏的、跳跃的脸。

其中，程菡和朋友们就是挤进去跳得最忘我的那一拨。

小姐妹跳着跳着，拍了程菡一下，指着远处一个戴着鸭舌帽，明显在人群里高一截的人影嘟嘴道："喏，那个是不是你男人？他这次怎么难得地来了？"

程菡看见她指的人果然是康盂树，心跳猛地加快。

“他才不是我男人。哼，我和这人没关系！”说着，她一甩头，目光却没出息地往他身上跑。她瞥见康盂树靠着摊位仰头慢喝啤酒的姿势，凸出来的喉结一下一下地滚动，腿不知不觉地软了。

她气得一跺脚，还是挨过去，仰头娇声道：“阿树，你这次怎么来了？”

康盂树垂眼瞥她，又转过头看向人群说：“无聊啊。”

“无聊就一起来蹦嘛！”她试探地去拉他的手。

康盂树不着痕迹地躲开，扬了扬下巴：“你知道我不喜欢太吵的，不进去凑热闹了。你自己去玩吧。”

程菡看着抓空的手。尽管他拒绝的言语已经算温柔的了，她心头还是止不住觉得失落，愣在原地。

就是这短暂的愣怔时间，身后有人胡乱地朝着程菡泼酒。

康盂树手疾眼快地把人往跟前一拉，程菡刚才落脚的地方一空，多出一摊泼下来的湿漉漉的酒液，荔枝味的，甜腻的味道在夜里黏稠地散开。

差一点儿，就该是她被泼湿了。虽然后背还是被隐约带到了一些，但如果他没有拉这一下，她会更狼狈。

康盂树对着那个方向不耐烦地喊了一声：“瞎泼什么？”

程菡面色潮红地仰起脸，盯着他颌骨分明的下巴，心头一动。她抓着康盂树的牛仔服，忽然倒退，借力顺势把他往广场的方向扯。

康盂树毫无防备，被拉得往前踉跄两步，闯进人群。

他勉强在混乱的音浪中站稳，皱着眉刚要撇开程菡，视线一跳，落在了程菡身后。

章子正挡在黎青梦跟前为她开路，他们周边也有乱泼啤酒的人，因此章子为了防止她被泼到，和她挨得很近。

黎青梦感受到人群中似有若无的视线，不经意地抬头，眼神和康盂树的在空中交会。他们终于看见了对方，也看见了对方身边状似亲密的人，下意识地都把目光移开。

黎青梦醉醺醺地走出两步，脑子里还残留着刚才发廊妹妹抓着康盂树的牛仔服的画面。

她不受控制地想要回头再看一眼。忍了忍，在走出第三步时，她装作不经意地偏过头，又看向刚才的方向。

康盂树也在同一时间转过脸。

视线在音浪中相撞，迪斯科的鼓点砰砰作响。

两人接连被人群推搡，一切都在晃动，可酒精的气味似乎是一种胶水，将他们晃动的眼神牢牢交织，稳固地交缠在一起。

先转开视线的人是黎青梦。

一瓶啤酒从身后泼到了背上，透过裙子浸湿皮肤，凉意直冲神经。她如梦初醒般地意识到自己在看谁，慌慌张张地转过身，快步走出人群。

章子见她居然被泼到，而自己连是谁泼的都没看清，更别说反击。

他懊恼地瞪了一眼四周，大声嚷嚷："刚刚谁泼的？站出来！"

不远处的康盂树直接挤过来，夺过章子手中的啤酒，对着某个男人开泼。

"阿树？"章子这才看到他。

康盂树抽空回头应了一声，说："那小子泼的。我看见了。"

"敢泼我！"被泼中的男人气得又从筐里拿出啤酒反击，一时间啤酒在空中呈抛物线乱泼，这一小片区域成了重灾区。

康盂树被泼得最惨，牛仔服上沾满了白花花的沫子。他摘掉鸭舌帽，甩了甩头，后脑勺上的纱布都湿了一小块，但脸上的表情浑不在意，还带了一点儿报复成功的快感，有一种……谁叫你泼了我的人……这样的感觉。

程菡在远处看着这一幕，忽然生出这样的感想。

就在刚才，他见她被泼到一点点，还凶了对方一句。她以为这就是他所谓的"护短"了。她在那一刻想：我肯定是特殊的。

可原来，他真正的护短是这样子的。他明明讨厌被泼到，为此可以一次啤酒节都不来。但在看到那个人被泼到的时候，他居然可以甩手就上，被泼成这样也无所谓。

没有对照的时候，程菡还可以骗骗自己。但是现在，她知道自欺欺人没有意思了。她收回了想要跟过去的脚步，就此停在原地。

察觉这种异样的人不只是程菡，还有章子。他诧异地看着满脸啤酒

的康盂树，手上的动作不知不觉也停住了。

唯独黎青梦一无所知。她实在不懂这帮人怎么就突然泼成一团，莽撞又无序，却带着一股莫名其妙的野生动物一样的自由，尤其是当她看到因动作最猛而被围攻的康盂树被泼成落汤鸡，抑制不住地觉得好笑。

但她想到这人是怎样看自己的，脸色又猛地一沉，嘴角紧绷。

章子从人群中出来，走到她身边，神情异样地说："没被吓到吧？我送你回去。"

黎青梦摇头："我可以自己回去。今晚玩得很开心，谢谢你。"

章子奇怪地没有再坚持，点点头："那好，你到家了记得说一声啊。"

黎青梦本来还想和康嘉年打声招呼，但环顾四周没发现人，低头给他发微信说自己走了，这才转身离开。

章子看着黎青梦的背影消失在街角，回身挤进人群，把康盂树拉了出来。

两人退到人少的啤酒摊，康盂树低头嗅着自己身上的牛仔服，脸上浮现出一种作呕的表情："不行，我得赶紧回去洗洗。"

章子叫住他："阿树。"

康盂树回头："怎么了？"

章子晃了晃手上的半瓶啤酒："至少陪我把没泼出去的喝完吧。"

康盂树脚步一停，绕回来又从摊上捞起一瓶，和章子的碰在一起："喝呗。"

"你今天怎么会突然过来？"

"在家里无聊啊。"

"哦……我还以为是我跟你说我约她出来了，你关心我来看看呢。"

"你倒提醒我了。"康盂树仿佛才想起来，"你们今晚玩得怎样？你牵到手了吗？"

"牵了。"

康盂树捏着瓶身的手指不自觉地一紧，空着的手慢悠悠地竖了大拇指："可以啊。"

"骗你的。"章子观察着他的反应，自然没错过他当下无措的那个瞬间，"阿树，你是不是也对她有心思？"

“你在说什么？”康盂树夸张地甩着酒瓶，“小心我泼你啊！”

“你看，我跟你开玩笑的，你的反应这么大。”章子故作轻松地揶揄，缩在口袋里的手拨弄着一个东西。那是刚才他护着黎青梦出去时，从她身上掉下来的胸针。

他把胸针从口袋里掏出来，斟酌了一下才说：“对了阿树，明天你送我去趟美甲店吧，这个东西是她的，我得还给人家。”

康盂树皱眉：“你当我闲啊？自己去。”

“我那辆电瓶车的刹车好像坏了，明天我得去修。你这点儿忙都不肯帮兄弟一下，不是还说图兄弟爱情顺顺利利？”

康盂树心不在焉地看着人头攒动的广场，眼睛里有乱乱的流光飞舞。

他眼神闪烁地道：“行吧……”

黎青梦在啤酒节上喝得不少，但在独自回筒子楼的路上，路过小卖铺又买了好几罐。

她仿佛嫌自己不够醉，又仿佛是想喝断片，将这并不愉快的一晚彻底忘记。

是的，不愉快。她对目睹的那一幕不愉快，更对在意那一幕的自己不愉快。一切都糟透了。

最后喝了多少她记不清了，总之这是她来南苔以来喝得最不克制的一次。

之前黎朔在家，她纵使心烦也不敢多喝。而黎朔住院之后，她一直忙得和陀螺一样，操心于拆东墙补西墙地弄钱。

今晚的不愉快经历也许只是一个契机，让她可以彻底放纵自己的契机。康盂树没什么大不了的，他才没那个本事扰乱她的心绪。

一定是这样的。

喝到最后，黎青梦一边打酒嗝一边对着封闭的窗户号啕大哭。所有累积的压力、遗憾、误解和委屈借由醉酒爆发。

无人的老房子里，她哭得像一只孤魂野鬼，日出一到，所有情绪才怕光似的散去。

因为她得擦干眼泪去医院，接着去上班。途中，她收到章子的微信，说是她的胸针落下了，来找她还，顺便再吃个饭。

黎青梦揉着眉头，有种骑虎难下的尴尬感觉。她回复道："不用了，我去找你拿吧。"

"没事，我过去顺路。你在美甲店吧？"

黎青梦没立刻回。刚好有顾客进来，她收起手机假装认真工作，脑海里想的其实都是该怎么回复。

她感激他，非常愿意以朋友的身份相处，但这样接二连三的邀约不是朋友之间该有的。看来，自己表现得还是不够明显，需要认真说清楚。

她终于做完手头的活，同时也在心里打定主意。她去里间洗手，打开对话框发送了一个"OK"。

此时，店外隐隐约约传来珠帘被很多人掀动的声音。

一次性来了这么多客人？黎青梦想着，甩掉手上的水珠，匆匆忙忙地走出去。

看清来的是谁，她整个人像被"一二三"定住的木头人，显而易见地僵在原地。

进来的有男有女，好几个人，清一色穿着带名牌 Logo（标志）的衣服，唯独其中一个男人穿得似乎相当朴素，身上没有任何大牌的标志。但黎青梦知道，那是因为它们全是高级定制，独一无二的。

这个男人就是周滨白。

两人对视，黎青梦从他的眼中看到了一丝毫不遮掩的诧异神色。

周滨白旁边的女人挽着他的手臂，同样惊讶地上下扫视黎青梦："天哪，梦梦，你真的在这里工作吗？他们说你在南苔我都不相信，更想不到你居然……"她一副不忍说下去的表情，仿佛对黎青梦"自甘堕落"的模样感到痛心疾首。

说话的人是当时圈子里一起玩的，叫谷诗柳，外号"石榴"。黎青梦表面上和她关系不错，但总能感觉到她很喜欢和自己暗中较劲。

只要自己穿过的衣服，隔两天石榴必然会买同一系列的其他款；自己去过的餐厅或者展览，过不了几天一定会在朋友圈看到石榴也去打了卡……诸如此类的事情一而再，再而三地发生，黎青梦就知道不是巧合。

至于现在，连差一点儿被她经手的男人，石榴也不吝于接盘。

黎青梦不着痕迹地扯了下嘴角，尽力把脸上的表情调整到波澜不惊："好久不见，你们怎么会来这里？"

"我们放春假啊……"石榴猛然收住话头，"也是，你没去留学，对这些不熟悉。"

其他人偷笑，周滨白这时才开口说："最近国外不太平，我们就回国玩了。想找个地方旅游，听说这里最近有啤酒节，就来看看。"

黎青梦看向他："那你们组团来美甲店是玩什么？"

"我们听说你在这里，自然是作为朋友来照顾你的生意了。"石榴插话道，"他们本来还怕你难为情，不想来。但我觉得，人都到这个时候了，还怕什么难为情？给你点儿帮助不比什么都重要吗，对不对？"

黎青梦捏着掌心，竭力平静地问："所以你要做指甲？"

石榴坐下前看了眼店里的沙发，抽出纸巾擦了擦才坐下，道："做指甲……那倒不用，我就卸个指甲吧。也不能让滨白他们等太久，毕竟大家都是陪我来的。"

黎青梦应了句"好"，转身去拿卸甲用的工具。

她一转身，却遇上拦路的周滨白。

"别拿了。"他跨出一步，阻止她去拿工具的脚步，看向她身后坐着的石榴："不是说好就来看一下吗？"

石榴的笑容僵住。半天，她才恢复语气道："我给她带点儿业绩比不痛不痒的问候强吧？还是滨白你怜香惜玉的老毛病犯了，不舍得啊？"

周滨白语塞，其余几人皆是看好戏的眼神。其中也包括店里的员工们，她们偷偷地围观着一切，像在看一出烂俗的电视剧。

黎青梦往旁边走了一步，绕开周滨白，言简意赅地缓和了眼前的尴尬局面："卸甲很快。"

她从始至终保持着一种平静的表情，因为她努力在心里告诉自己：如果连自己都看不起自己，拼命地露怯，只会让别人更加看不起。

替人做美甲，在这帮人眼中确实不是一个体面的工作，在她从前的价值观里也是这样的。

可事实上，服务别人并不等于低人一等，况且美甲还是一门技术活。所以她坦然地做着手上的工作，摆出没什么大不了的姿态。

尽管，指甲暗中抵着手心，已经掐出了很深的凹痕。

周滨白表情复杂地退开一步，说去抽烟，推门走到店外。另外两个男生跟着他出去，店里只剩下女人们。

她们目睹黎青梦取完工具坐下。美甲凳比沙发矮一截，她和石榴坐成一低一高的姿势。

石榴居高临下地看着她，慢悠悠地伸出一只手："难为你能在这里住得下去，太委屈你了。听说……你之前去了趟京崎，到处借钱，怎么不来找我们？甚至之前都没听你说过。"

黎青梦沉默了片刻，面无表情地回答："现在是工作时间，不太方便叙旧。"

"你还真是爱一行干一行，现在很有服务精神嘛！"石榴眯眼笑道，"行，那我们就聊点儿工作方面的。指甲别给我修得太短。"

"可以。"

"还有，力道轻一点儿，我的手比较敏感，和那种给别人干活的人的手是不能比的。"

黎青梦没再应声，抿紧唇，将护手霜涂上她的手指，一根一根，仔细地揉干净。

玻璃窗外，抽烟的三个男人能清楚地看见里面的情况。

其中一人一边问周滨白要打火机，一边好笑地问："'修罗场'啊！周公子，现在心情如何？"

周滨白淡笑："女人啊，就喜欢争这种无谓的面子。"

"里头那个，真不心疼？"

他不否认，只说："有'正宫'要哄，惹毛了那位，接下来几天得折腾死我。"

"可是你当初不是更喜欢黎青梦吗？"

"喜欢啊！这不，惦念了几个月，又忍不住过来看看。"周滨白的语气颇为遗憾，"你也不是不知道我家里，要让我妈知道我和她好上，出国的卡都得给我冻结了，那怎么成？"

"光看得到吃不到又有什么意思？"

“现在有挡箭牌了，谁说私下吃不了？”周滨白觑着黎青梦弯下去的细瘦脖颈，“这个状况才好吃，轻松没负担。”

三人心照不宣地笑了。

周滨白又往里看了一眼，留在店内的两个女人正在角落里，掏出手机悄悄对准黎青梦卸指甲的背影。

他不太高兴地说：“你的人是不是在偷拍？”

“放心吧，她就是拍着玩，不会伤你的小心肝儿。”

周滨白给了个警告的眼神：“你是不是傻？视频流出去，别人就都知道我们来这儿了，别那么高调。”

“啧，原来你是怕偷吃被发现啊……行行行，我一会儿一定让她删。”

他们谈话间，街角有引擎声传来。

周滨白不经意地回头，发出巨大声响的男人已经急速地骑着电瓶车过来。

昏黄的夕阳下，他背着光，一身军绿色的飞行服在风中鼓起，擦过周滨白身侧时，眼神像京崎的柳絮，轻飘飘地飞过来，但落在身上又像是一把飞镖。

周滨白不喜欢这种迎面逼近的压迫感，下意识地蹙眉。

然而男人根本没将他放在眼里，视线直接掠过他看向玻璃窗里。

在看清窗内的景象时，他猛地摇动把手，把车子停下来。

周滨白这才看清，原来他的后座上还载着一个人，只是因为开车的人气场太强了，以至于后座的人被忽略了。

此时这个被忽略的人出声嘟囔：“阿树，这里面是在干吗？拍宣传片？”

男人微眯眼睛，在察觉石榴对着镜头，不动声色地用手指指着黎青梦之后，火大道：“拍什么宣传片！这角度的宣传片卖给什么网站啊？”

周滨白惊愕地看着那个叫阿树的男人长腿一跨下了车，视线在店内店外一扫，蓦地向他们走来。

他的身形竟比他们三个都要高出一点点，周滨白被迫微微仰起头。

“喂，里面的女的是不是和你们一起的？”他非常不客气地施压询问。

周滨白打量了一眼他身上的衣服，虽然和自己的一样没有任何Logo，但一看就是地摊货。

㞞下来的姿态猛地硬挺几分，他板着脸回："对，有什么事吗？"

"现在、立刻，让她们把偷拍的视频删了，然后道歉。"男人轻描淡写地说着话，冷不丁地伸手一弹，将周滨白指间夹着的烟弹掉，烟灰擦过价值不菲的卫衣面料，落在限量版球鞋的鞋面上。

周滨白还来不及发怒，就听见他继续冷淡地说："不然，我不介意进去亲手砸女人的手机。"

黎青梦听到店外突然传来骚动，抬起头去看，神情难掩惊讶。玻璃窗外背对着她的那个身影……分明就是康盂树。

她不知道他此时的神态，也听不清他说的话，但他周身那股凶狠的戾气毫不收敛地传过来。

接着，五个男人齐齐地往店内走来。

珠帘噼里啪啦地响，领头进来的周滨白脸色难看。他身后跟着的两个男人走到角落里，和拿着手机的女人们交头接耳。那两个女人不情愿地拿着手机，低头操作了一番。

章子走进来后直奔他们，摊手说："手机给我们检查一下。"

"凭什么啊，过分了吧？"

见他们不肯交出手机，章子脸色一沉："凭什么？凭你们根本没删吧？"

黎青梦一头雾水，出声问："发生什么事了？"

最后走进来的康盂树冷冷地开口："这帮人不知道出于什么目的在偷拍你。"

黎青梦面露惊愕之色。

石榴上下打量着康盂树，从简短的对话里听出了他们有交情，笑道："梦梦，这是你在南苔结交的朋友吧？他可能误会了。我们也是朋友啊，特地从京崎过来看你，拍一两张照片留念是很正常的事。"

黎青梦盯着她："所以你们真的在偷拍我？"

"不能叫偷拍啊，你刚刚在工作，还那么认真，我们不想打扰你而已。等你弄完了，我们当然会告诉你的。"

一番话说得天衣无缝，让人发火都不知道如何发起。

周滨白顺势说："对，我刚刚也嘱咐她们先删掉。你这位朋友直接不分青红皂白地让我们现在就删，把场面弄得那么尴尬。这地方的人都是这样的？"

章子见这货居然倒打一耙，忍不住撸袖子要上前理论，被康盂树摁住。

他的视线幽幽地环视一圈，最后停在黎青梦身上："他们从京崎过来看你？"

黎青梦顿了顿，道："他们是来南苔旅游的。"

"哦，旅游啊……"康盂树点点头，"那不能对我们南苔有误解。刚刚是我冲动了。"

大家都不懂他怎么突然话锋一转，包括黎青梦。

她以为他一定会一脸酷样地继续不给他们好脸色，就像他当初对自己那样，却没想到他轻易开口退让。

周滨白的脸色稍霁。他语气稍缓地道："没事，既然都是青梦的朋友，大家的出发点都是好的，只是作风不同引起了误会。"

康盂树扯了扯嘴角："我们的作风其实很热情好客。你们刚来南苔吧，我们正好晚上约了黎青梦要去吃饭，要不要一起？带你们吃点儿地道的。"

章子和黎青梦都露出一脸迷惑的表情，不理解他为什么要叫上这帮人。

周滨白表情犹豫，石榴却很开心地回答："那太好了，我们中午吃的饭真的特别难吃！"

黎青梦赶紧掏出手机暗中给康盂树发消息："你干吗叫他们？你没听出来我的画外音？"

她说了他们是来南苔旅游的，意思就是和她算不上朋友。

康盂树摸了下振动的口袋，仿佛知道是她的手笔，视线晃过来，嘴角勾起一抹意味深长的笑，仿佛在说：你等着看吧。

不想去的人还有周滨白，他也正低着头给石榴发微信："你瞎答应什么？"

石榴飞快地打下一行字："那两个人明显关系不一般，她找了个乡

下人，你不觉得很搞笑吗？有笑话干吗不看？”

周滨白一愣，收起手机时，看向康孟树的目光里多了几分复杂的审视意味。

黎青梦提前下了班，一帮人转到章子常去的那家排档，挑了路边的大圆桌落座。

石榴看着街边飞扬的烟尘，怀疑地道：“这店里的菜真的能吃吗？不会拉肚子吧？”

康孟树充耳不闻，直接扬手叫来老板点菜。

周滨白清了清嗓子：“你不需要征求下我们的意见吗？”

康孟树反问：“你是本地人吗？本地菜叫什么你都说不出来，你点什么？”

周滨白被戗住，头一次生出自己作为京崎人反倒被小地方的人鄙视的荒谬感。他眉头一跳，牙痒痒地道：“我的意思是，忌口之类的意见。”

“你不会这也吃不了，那也吃不了吧？”

康孟树语气轻蔑，仿佛在说：你算什么男人？

周滨白讪讪地回：“没有啊，我都能吃。”

其实康孟树早就想到忌口的问题，在来的路上就发微信给黎青梦，问她这帮人不爱吃什么。

她以为他是出于周到才这么问，结果一看他点的菜，全是这帮人不爱吃的。菜每上一道，这帮人的脸就绿一分。

黎青梦已经察觉康孟树想做什么，但内心并没有因此痛快。她有一种如坐针毡的尴尬感和不适感，低头又给康孟树发消息：“我们换一桌吧，让他们自己吃。不要玩这些了。”

康孟树没注意手机，还在故作惊讶：“不会吧，你们都不爱吃？”

石榴表情一抽：“你可真会点菜。”

“对不住，没想到地雷踩得这么准。”他把菜单往她那里一推，“没事，反正这些菜也花不了你们多少钱。再点一轮呗，你们亲自点。”

石榴瞪眼道：“不是你们请客吗？”

“我只说带你们来吃啊！”康孟树也瞪眼，和她比谁的眼睛大。

“……”

康盂树接着说："不是吧？你们特意从京崎过来看朋友，这么多人不请一个人吃饭，还要一个人请你们一桌子人吗？"

黎青梦无奈地伸出脚，在圆桌下轻踢了一下康盂树。

他这才看了她一眼，黎青梦用眼神示意他看手机。

两人的"眉来眼去"被周滨白捕捉到。周滨白脸色一沉，借机试探道："我们当然可以请青梦。但你们跟着一起上桌，我们以为你是她的男朋友，要当东道主请我们。"

两人异口同声地回应。

康盂树："不是。"

黎青梦："我们怎么可能是？"

话音一落，在座的人脸色各异。

周滨白微妙地点头说："原来如此。"

黎青梦察觉康盂树嘴角挂笑地看了她一眼，眼里却没有什么笑意。

康盂树淡淡地道："所以啊，我干吗要请你们？"

周滨白微笑着摆手："那是我误会了，当然我们请更合适。"

石榴非常不满意这个答案，视线在两人之间逡巡，套话道："那你刚才怎么那么焦急地替她打抱不平？"

章子帮腔："这位大姐，你是唯唯诺诺的京崎男人见多了吗？我们南苔男人一向这么见义勇为。"

在场的京崎男人们："……"

康盂树不怎么走心地呵斥："说什么呢，章子？不要地域歧视，京崎人和京崎人根本不一样。"

章子配合地虚心问："是吗？"

"比如某些京崎女人，蠢到会问出这种问题，替人打抱不平就一定有猫儿腻，不知道是她自己蠢还是遇上的男人太垃圾。"康盂树一本正经地道，"在只认识黎青梦的时候，我还以为京崎女人都是她这样的，至少智商正常。"

虽然从他口里，黎青梦听到自己只是被评价为"智商正常"，但这段话实实在在地让她出了一口下午的恶气。

看着石榴由红转青的脸色，她不得不承认自己爽到了。明明相形见绌的是自己，但在康盂树三言两语的掌控下，反倒是那群高高在上的人

被踩在了脚底，抬不起头。

她默默地收起手机，终于觉得自己似乎有了一点儿胃口吃下这顿异常难挨的“鸿门宴”。

石榴他们没有另外点餐，随便扒拉了几口便决定走人。

但在结账时，周滨白一看价格，一言难尽地问：“怎么会这么贵？”

石榴也惊呼：“这都可以吃顿米其林了！”

康盂树懒洋洋地把玩着打火机，没说话。

章子和老板对视一眼，老板随即站出来解释：“你们挑的都是海鲜，现杀现做的。注意看菜单，时令价，现在这些都很贵的。”

果然，他们对比了下菜单，发现康盂树点的都是菜单上没有明码标价的菜色。

虽然这点儿钱算不上什么，但他们一看就是被做局了，况且还被讽刺了一通。他们什么都没捞到还倒贴钱，真是和吃了屎一样恶心。

黎青梦也疑惑地探出头看了眼价格，被吓到了——好几千块钱。她明白过来：恐怕是章子他们事先就和老板串通好了。

石榴还想争辩，周滨白拦下她，说：“好了，要不是你执意过来，就没有这一出。”

她一听这话，火气“噌”的一下蹿上来：“是我执意要过来的吗？我只不过故意试探你，没想到你那么迫不及待地要过来。到底是谁执意？是谁旧情难忘啊？”

旧情难忘。这四个字一出，所有人的表情都很诡异。

周滨白沉声压过她：“你别胡说！早就过去了。”

“要是真过去了，你刚才在饭桌上试探她有没有男朋友是什么意思？你真当我不清楚你心里那些小九九吗，周滨白？”

她尖声甩下这句话，扔下众人离开。

剩下的人纷纷追上去，周滨白把钱付了，看了黎青梦一眼，欲言又止地走了。

章子吞吞吐吐：“他还是……是你的前男友？”

黎青梦脸色难看地摇头：“没有，没交往过。”

至于康盂树，仿佛对这些破关系漠不关心，招手问老板：“哎，他给的钱没有少吧？你都没数就让他走了啊？”

“啊，对，我赶紧数一数！”

桌边的手机一振，黎青梦看见一条微信消息弹出来。

消息来自石榴：“我刚说的那些你别当真，以为周滨白还真念着你呢？你现在这副样子也只配和南苔的诈骗混子混在一起。刚刚那些钱我们就当是做慈善了，拜。”

黎青梦看着这条消息，心脏剧烈地一缩。巨大的屈辱感瞬间将她淹没，压得她低下头，肩膀轻轻发抖。

其他几人没察觉她突然转变的异样表现。老板已经数完钱，确认没少，把一部分钱分给章子，挤眉弄眼地道：“约定好的，给。真是帮冤大头。”

章子“嘿嘿”地笑着说：“还是阿树高明，想的这招绝啊！”

康盂树不以为意，从中抽了些钱放进口袋，指了指黎青梦：“其余的你和她分吧。”

两人转头，看见她还垂着头。

黎青梦察觉集中的目光，把手机按灭，目光对准康盂树：“这钱我一分都不会要。”

“随你便。”

她脱口而出：“你觉得这样很酷吗？我三番五次提醒你别做多余的事，你都假装没看到，自顾自的，有意思吗？”

原本挺和谐的气氛瞬间冷场。康盂树的脸立刻冷下来，他反唇相讥：“有意思啊！刚才我看你的表情就挺有意思的。”

“那是限于骗这笔钱之前。”黎青梦的胸膛上下起伏，她着实气狠了，口不择言，“你能不能不要总是做这种坑蒙拐骗的勾当？不择手段地敲钱，还说我追求有钱生活。搞笑，那个人难道不是你自己？”

两人中间还隔着章子，随着她机关枪地吐出一长串话，康盂树把章子拨开，伸手扣住她的椅子下端，连人带椅蛮横地拉到自己跟前。

塑料凳子在地面上滑动，刺啦声混着她短促的惊叫声。

康盂树面无表情地捂住她的嘴。

黎青梦惊怒的眼神中带上一丝畏惧之色，和他看不出情绪的眼神极近地相缠，胸腔比刚才看到石榴的微信时起伏得还要剧烈。

他的牙关明显地动了动，捂住嘴巴的手下移，转而扣住她的下巴，

抬起来。他仔仔细细地端详她，眼睛微眯。

“这张嘴这么会说，刚才怎么屁都不放一个？”

黎青梦呼吸停滞，在他的目光下，仿佛连毛孔都停止翕动。

“柿子挑软的捏？”康盂树气笑了，“哦，不对，确切地说，那个烂柿子是你舍不得捏，管他软不软，是吧？！”

没有等黎青梦回答，他毫无预兆地松开手，起身踹开椅子走了。

她却保持着被他挟制的坐姿僵在原位。

夜风呼啸，章子把康盂树踹倒的椅子扶起，重新坐下，把捂了好久的胸针递给她。

“差点儿把正事忘了。”他装作无事发生的轻松语气说道。

黎青梦敛着眼睛接过，小声说了“谢谢”，起身准备走，本该在今晚和他说的话眼下似乎不适合再讲。

章子却急促地开口：“其实你真的说错了。”

“什么？”

“阿树并不是坑蒙拐骗的人，我和他认识那么久，几乎没见过他使坏。”

“是你对他的滤镜太厚了。”

“如果真是我有滤镜，他又怎么会把那么大一笔钱借给你呢？”

黎青梦停住离开的脚步，惊疑地转身：“你在说什么？那不是你的钱吗？”

章子叹了口气，捏开一个毛豆使劲嚼啊嚼，下定决心说：“其实，那是阿树这些年的存款。”

黎青梦从摊位离开，回到家就一动不动地躺在筒子楼里逼仄的小床上，觉得非常疲惫。

这一天发生了太多的事情，每一分钟都有海量的信息砸过来，其中最重量级的，必然是章子最后揭开谜底的那句话。

原来那笔钱是康盂树借给她的，他不声不响，不让她知道。

为什么呢？他是出于对她的可怜吗？还是他为了给兄弟撑面子？

她不得而知。

唯一可以确定的是，自己不假思索地加在他身上的指责的确是不恰当的。但那一瞬间，她控制不了自己。

轰隆，轰隆——

窗户外隐约响起的夜班火车的动静打断了黎青梦繁杂的思绪。这是路过边远小城的最后一趟车，这之后就不会有噪声，她能睡个好觉。

但今晚，黎青梦一直盯着空荡荡的窗户，怎样也睡不着，好像那窗户上缺了点儿什么似的。

过了很久，她突然翻身下床，在客厅里梦游般地走了几个来回，停在吃饭的桌子旁，蹲下身把桌脚下垫着的那张报纸慢慢挪出。

借着月光，她蹲在地上用手指将折叠起来的报纸一点点铺平，将它重新贴在窗户上。

黯淡的月光下，多出一道半透明的彩虹，整个夜晚重新变得漂亮起来。

黎青梦抱膝坐在床上，不知不觉地就这么凝视了一整晚。

回神时，她发现彩虹下面的背景已经转成了耀眼的白色。

此时已经是早上了啊……

她迷迷糊糊地抓起手机看时间，发现昨晚有一个陌生的号码发来短信："我是周滨白，明早我们就走了。有机会的话，我想当面跟你道个歉，无论是今天发生的还是之前的……如果可以的话，回复我一下。"

黎青梦看着这条消息，思考的却是昨天晚上排档里康盂树的话。

她舍不得捏，对吗？

怎么可能对？他们根本就毫无关系。

她扯了下嘴角，扯出一个自嘲的笑容，眼都不眨地将这条短信删除，把号码拉黑。整个人又躺回床上，望向那道彩虹。

她舍不得的……只是自己那点儿残破又可笑，敏感到毫无意义的自尊心罢了。

隔几天去沉船教画的路上，黎青梦路过水果店，咬牙买了一个大榴梿。

榴梿是她最喜欢的水果，但自从家里出事搬来南苔，她就再没吃过。

虽然榴梿在南苔的价格比起在京崎，低得让她觉得不可思议。但横向比较其他水果的价格，榴梿依然算是贵的。所以黎青梦忍住了买它的欲望。

可是今天，她买了一个。

康嘉年看到黎青梦抱着这个大榴梿到船舱里时，还以为今天要临摹榴梿。

她含糊地说："这不是今天的模特，只是我突然想吃。"

"姐姐喜欢吃榴梿啊？"

"这是我最喜欢的。"她犹豫了一下，问，"你喜欢吗？"

"我还可以！"

其实她真正想问的是康盂树喜不喜欢吃。但话到嘴边，她还是没继续问下去，只是点点头说："那就好，这么大一个我自己也吃不下。"

"谢谢姐姐啦。"

于是，两人在结束教学之后，决定把这个榴梿打开。

黎青梦从包里掏出防身的水果刀，用来开这个榴梿。康嘉年凑过头来，很新鲜地看着说："我还是第一次看人剥榴梿呢，之前买的都是块状的，一整个太贵了。"

"那很可惜，榴梿必须得买一整个才好。"

"为什么呀，哪里不一样吗？"

"榴梿最有意思的就是把它打开的过程。"

康嘉年从来没开过榴梿，对此不太理解："过程怎么了？感觉还挺麻烦的……"

"你看看就知道了。"黎青梦熟练地用刀子划开榴梿的果皮，使劲一掰，露出雪白的、空荡荡的内核……

康嘉年瞪大眼睛："怎么回事啊，怎么什么都没有？"

"还是有一点点的……"黎青梦苦笑着把内壁上两块很小的榴梿肉刮下来，"在这里。"

"你是被坑了吗？"

黎青梦摇头："摊主不知道的。榴梿就是这么一个类似于赌石的东西，在打开之前，不会知道里面有多少果肉。"

"赌石？"康嘉年的脸上写满了"什么是赌石"的疑问。

黎青梦噎住，换了个比喻：“开盲盒，这么说你能明白吗？”

“哦……好像能。”

黎青梦接着又把掰开的二分之一掰出一半，而这一部分的果皮很薄，里面居然藏了一大瓣饱满的榴梿果肉。

康嘉年“哇”了一声：“这里面还暗藏玄机呢！”

“不把它全部掰完，谁也不知道到底有没有买亏。”黎青梦笑着解释，“这种未知的感觉是不是很有意思？”

她把那块饱满的果肉递给康嘉年，继续往下掰。

康嘉年一边说着“谢谢”接过，一边继续盯着她的动作，忽然说：“我知道为什么有意思了。它不是一成不变的，接下去的每个瞬间都是意外和新奇的。”

“你理解得很准。”

“因为我在这点上和姐姐的看法是一样的。”康嘉年敲了敲榴梿的外壳，“我讨厌一成不变的东西，可是我身边的所有东西都是一成不变的：一成不变的人、一成不变的观念、一成不变的生活。”

黎青梦看着他略显苦闷的表情，安慰他：“等你考上大学，你就可以离开这里了。”

“那还有两年呢，好久啊……”康嘉年长长地叹了口气。

“既然一个人走不了，为什么不试着说服爸妈，干脆全家搬走？”就像她和黎朔搬来南苔一样。

“很难的，我们世世代代都生活在这里，早就习惯南苔的一切了。爸妈想纠正我，但连带我去看医生都不敢，怕捅出去丢人。”

康嘉年说这些事时，仿佛在叙述一个无关痛痒的人的故事。

“后来他们觉得我是真的不能被掰过来，怕哪天街坊们觉得我们一家都是变态，爸妈吵架说要不搬走算了。我在门外偷听到的时候高兴得不行，几乎每天都是笑醒的，期待一睁眼，我妈已经在家里打包东西了。我甚至还想过直接把衣服穿到街上，让大家都看到我是谁，逼爸妈赶紧搬走。”

他讲到这里，眼角眉梢仿佛还残留着当时的快乐心情，只是很快随着回忆的转折黯淡下来。

“但是，其实只是我妈的气话罢了。我们都知道根本走不了。”

黎青梦耐心地倾听着。

“我爷爷有阿尔茨海默病，有时候在南苔出门都能走丢，有一次整整一个晚上没回来，最后你知道他去哪儿了吗——”康嘉年好笑地捂住肚子，“他跑去人家发廊看小妹妹去了。幸好我奶奶走得早，不然也得被他气死。”

黎青梦也情不自禁地发笑，原本沉重的事变得诙谐。

“最后是程菡姐送他回来的。哦，你可能不认识。”康嘉年一顿，“总之就是我们认识的一个姐姐，我哥还因此欠了她一个人情。”

黎青梦不由得想：这是不是那个喜欢康盂树的发廊妹妹？

康嘉年继续道：“所以说，我们根本不可能搬去其他地方。”

黎青梦不知不觉代入他说的那个处境，滋生出被困住的、感同身受的心情。

她只能笨拙地安慰他：“其实外面的世界也没有你想的那么完美。”

“可是南苔和京崎，你只能选一个地方待着，你会选哪里？”

黎青梦哑然：“这不一样，我是在京崎长大的，自然对那里更有感情。”

“可是我也是在这里长大的，我不这么觉得，就是很渴望去外面。”康嘉年笑了笑说，“姐姐，你知道区别在哪儿吗？区别就在于，你一开始出生的地方，其实就是世界的中心了。”

他说得夸张，但意思就是如此。

“我一直觉得我哥会去当货车司机，多少和我有点儿关系。因为现阶段我没办法离开，他说他就代替我走出去看看，再回来把拍的照片和发生的趣事告诉我，给我带点儿小东西。”

听到康嘉年提起康盂树，她不自觉地把耳朵竖得很高，精神更加集中。

“真的吗？……因为你就决定自己的职业，难道他没有自己想做的事吗？”黎青梦完全不能理解。

“我也这么问过我哥，他说无所谓。”康嘉年托腮摇头，“我很多时候看不懂他。就像……他明明跑过很多地方，还是觉得南苔很好、很安逸。我真的不懂。”

黎青梦听完这两句，心里沉甸甸地觉得难受。她生出了和康嘉年一样的情绪：不明白。

但她明白才奇怪吧。他们本质上是完全不一样的两种人，怎么会明白对方呢？她难受得毫无道理。

黎青梦边听边剥开最后一瓣榴梿，挖出好大一块肉。她开到最后，这个榴梿因为这瓣肉算是回本了。

她却没有从前那种中奖的快感。

她没有动这块最好最大的肉，连着壳子正面朝上装进袋子，推给康嘉年："这块你带给康盂树吧。"

"啊……我不确定他爱不爱吃啊，没见过他吃。"康嘉年犹犹豫豫地说，"要不然姐姐你自己带给他？"

黎青梦迟疑地收回袋子："没事……我自己吃吧。"

"哎——还是我带给他吧。"康嘉年撇撇嘴，赶紧把袋子抢下来。

康嘉年拎着榴梿肉回家的时候，康盂树正要出门。

康嘉年赶紧把人拦下，露出神秘兮兮的表情说："有人托我给你带的。"

康盂树捏住鼻子："这味道……榴梿吗？"

"啊……你很讨厌吗？"

"废话，不然你以前吃榴梿的时候我早来跟你抢了。"

康嘉年撇嘴："那你不要了？"

"你自己吃吧。"康盂树绕过他走下楼梯。

康嘉年趴在栏杆上往下喊："你也不问问这是谁送给你的？"

他不感兴趣地摆手。康嘉年对着他的背影继续喊："是青梦姐！"

康盂树的脚步没停。他好似没听到，干脆地消失在一楼转角。

他这会儿出门，是和车队的方茂约好了去挑礼物。

车队有个同事的孩子满月，一个星期后同事要摆满月酒。大家不带点儿礼物去不合适，但又不知道带什么，干脆约着一起买个差不多的。

方茂就是康盂树说当时京崎有个活儿，拉来一起开车结果被黎青梦放了鸽子的司机。他比康盂树大三岁，他们平时偶尔会搭档跑长途，所以关系不错。

两人约在夜市入口碰头，康孟树到时，方茂正在一家就近的摊位前摆弄一个针织的小领子：“哎，小树，你说我们要不要买这个？”

康孟树指了指牌子，无语道：“这是买给小猫小狗拴在脖子上的。”

“哦。”方茂悻悻地把东西放下，发愁道，“幸好把你叫来了，我是真不会买东西送人。”

康孟树忽然无端笑起来：“那有什么？有人比你还不会送。”

“谁？”

“没谁。”康孟树突然意识到自己在笑，收敛了下表情，含糊地说，“走吧，去里面看看。”

两个大男人并肩往里面走，对挑礼物这件事，方茂知道康孟树得心应手，把人叫来后就当甩手掌柜，全让康孟树挑，他就跟着。

康孟树停在一个图书摊位前，抽出一本卡通图书翻了翻，道：“给孩子买这个也挺好的。”

方茂摸着下巴寻思：“是不是有点儿早？小孩儿也看不懂。”

“还行吧，买书是最不容易出差错的。”

“你说的也是。”方茂点点头，凑过来翻书，“那咱俩一人买本不一样的？”

“行，你买哪本？”

方茂随便抽出一本：“童话书嘛，哪本都行！”

康孟树看清他手上的书名，再度露出无语的表情——《丑小鸭》。

“我建议你还是换一个吧。”

“哦，也是，哈哈。”方茂品了一下，也觉得贸然送出这本书像在骂人。

他又抽出一本：“《白雪公主》总可以吧？夸小宝宝是公主！”

“嗯，但这个故事是讲爱情的，我觉得送亲情的更好一点儿。”

“这是你格局小了。这可不光讲爱情，本质可是励志故事！”方茂觉得挺好，“落魄公主不惧迫害，重新回到属于她的宫殿。故事内核其实是《肖申克的救赎》啊，多高级！”

方茂没别的爱好，除了美色就是看电影。开车路上看不了，他就会外放国产片，因为听不懂外语。如果他闲着不开车，那其他人基本就能在电影院或者音像店逮到他，一逮一个准。

康盂树原本漫不经心地听着，慢慢失神。

方茂伸出手在他跟前晃了晃："嘿，你在听我说话吗？"

他眨了眨眼，心不在焉地点头："我听得很认真，你说……公主会重新回到属于她的宫殿的。"

白雪公主会回去，那青豆公主会吗？

几天后，黎青梦一直殷切盼着的合同终于走完流程，卖画的尾款终于打到了账户里。

她不知道该把这笔钱还给章子还是康盂树，最后还是先联系了章子。

章子过了很久才发来消息说自己最近不在南苔，出去旅游了，让她直接联系康盂树。

她看着这条消息，仿佛终于有了一个可以正当找他的理由。

他们之间的关系在那一晚之后就变得很僵，连她拜托康嘉年送去的榴梿肉也没有丝毫回音。所以这一次她还是没直接和康盂树联系，教画画结束，状似随意地提起："康盂树现在有空吗？"

"啊？怎么了？"

"你能不能问问他，方不方便现在来趟沉船？我在这里等他，有正事。"

"哦——好！"

康嘉年麻利地跑到船舱外打电话，过了一会儿探进半个头，比出"OK"的手势："我哥马上就来，那我先回去了啊！"

"谢谢。"

沉船内只剩下她一人。

康家离这里并不远，大概十分钟他就能过来。而这短暂的十分钟，成了黎青梦最难熬的十分钟。她在沙发旁站起又坐下，逐渐觉得船舱内的空气很沉闷，走到甲板上透气。

但刚跨出去，她就看到船头站着一个黑漆漆的背影，两手撑在船杆上，一只手的指间夹着烟，袅袅的白烟混在湿润的海风里。

"你来了怎么不进来？"黎青梦抿了抿唇，盯着他的背影问道。

康盂树侧过一半身子，晃了晃手：“想抽完再进去。”

“哦……”黎青梦沉默了一会儿，从口袋里掏出一张卡，递过去，“关于那笔钱的事，章子已经告诉我了。这里面是卖画的钱，多出来的部分就当作是利息吧。”

她低下头，白鞋踩着甲板上的沙子，末了，很小声地说：“谢谢。”

康盂树没接，腔调很欠地回道：“是知道我爱钱，故意给我加利息吗？那我真谢谢你了。”

黎青梦递过去的卡僵在半空中。她自知理亏，但也没将“对不起”说出口，只是又将手往前伸了一寸。

康盂树侧脸吐了个烟圈，视线却在她的身上。他依旧不接。

“不拿吗？”她终于抬起头来和他对视。

康盂树反倒收回视线，看向远处的黑色大海，突然发问：“接下来的高利贷你还没还完吧，你打算怎么还？”

“这不关你的事。”

他扬起嘴角：“我就是好奇，如果你不用‘坑蒙拐骗’的手法，短时间内你该怎么筹到一大笔钱。”

康盂树故意咬重“坑蒙拐骗”四个字，显然还在对她的那番话耿耿于怀。

黎青梦眉头一皱，深呼吸之后，急促地大声说：“对不起！我说对不起行了吗？！”

康盂树愕然，似乎没料到她的反应，夹烟的手指摸了下鼻子。

他顿了一下，说：“什么行不行的？我根本没在意上次的事。”

黎青梦忍不住想翻白眼。

一句憋了好久的“对不起”说出来后，心里总算舒爽了，行动也开始流畅，她直接上前两步，要将卡塞到他的口袋里。

康盂树单手包住她的手，制止她的动作，盯着她道：“你还没回答我的问题呢，你打算怎么还？”

黎青梦往外抽手，没抽动：“到底和你有什么关系？”

她不是不想回答，而是康盂树问得太犀利了，她回答不出来。

因为她也不知道，接下来的钱该从哪里变出来，只能走一步看一步。

“你根本没想好吧。”他从她慌乱的表情中看出端倪。

黎青梦此时有些恼怒，不知道他到底为什么抓着这个问题不放。难道因为她误解惹毛了他，所以他就要一报还一报，逼出她最窘迫的样子吗？

可明明最先被误解的人是她啊，她甚至连一句“对不起”都没等到。

想到这里，黎青梦逐渐停止挣扎的动作，一股不知从何而起的委屈感泛上来，胸腔变得酸软。

康盂树看到她垮下来的脸，即刻露出无措的神情：“你……”

黎青梦感觉他的力道变轻，迅速抽回手，把银行卡往甲板上一扔，说了密码，扭头就走。

康盂树立刻把她堵在阶梯那儿，不让她下去。

“让一下！”她去推康盂树的胸口，他纹丝不动，任她推搡。

他伤脑筋地抓耳挠腮：“我没说完呢……如果你没想好的话，这笔钱你暂时不用还给我，去还高利贷。我……我是想说这个。”

黎青梦推他的动作停住。

他烦躁地揉了一把脑袋，继而压低身体，朝她看过来：“姑奶奶，没哭吧？”

黎青梦扭过脸，比刚才还大声地道：“谁哭了？！”

“那就行……”康盂树悻悻地退开，捡起甲板上的卡塞回她的手中，神色严肃，“这笔钱是我给康嘉年存的，给他做手术用。但那个手术最早也要到他成年后再做，所以现在还用不上，放你那儿就当存在银行了。”康盂树耸肩道，“嘉年应该会愿意的，他那么喜欢你。”

虽然他没明说是什么手术，但黎青梦也猜到了。

注意力被这番话吸引到了别的方向，她跑题地问：“已经确定要做了吗？”

“没有……其实我没和他谈过这件事。这笔钱也是我自己存的。但如果到时候他想做，我就可以支持他做这个决定，总比口头上说‘好’有用吧。”

黎青梦怔怔地看着他，说这话的康盂树，有一种过分的可靠感。

“所以三年后你一定记得还给我。”康盂树把话锋转回来，“我相信

你三年后一定能成为有名的画家，然后连本带利地还给我，对吗？”

这话说得很巧妙，好像她不收下，就是在质疑自己的未来。

黎青梦被激得立刻点头：“我当然会！”

康盂树弹掉烟灰，伸了个懒腰道：“成，那就这样说定了。我等着你尽快回到宫殿——青豆公主。”

他最后又恢复不正经的样子，说完从船头直接跳下去，手插口袋离开了。

走出两步，他又回过身，一边倒着走一边喊：“还有——下次别送我东西了，你送东西的水平太次了。”

次日，康盂树和方茂拿着礼物准备去喝满月酒，大家先约好在车队碰头。

结果康盂树发现，自己车门外的后视镜上挂着一个白色的塑料袋。他冲周围喊了一声：“谁把礼物错挂在我车上了？”

没人回答。

康盂树郁闷地打开袋子一看究竟，里面不是什么贵重物品，而是一个崭新的杯子，奶白色的，带着一个把手，握起来很顺手，杯壁上还被人手绘了一个图案，是一道彩虹。

康盂树揭下底部贴着的便利贴。贴纸上，娟秀的字迹写着——

放易拉罐下岗吧，用这个刷牙不会拉嘴。

到这里，他已经完全猜到了这是谁的手笔。

仿佛她是在因为昨晚他对她说的“你送东西的水平太次”赌气，说这句话不对。

只要她愿意，就可以送出很贴心的东西。

方茂比康盂树晚来，到达时就看见康盂树坐在车里，整个人笑得非常恶心。

“笑什么呢？和花似的，彩票中奖了？”方茂知道他有买彩票的习惯，上一次见到他笑成这样就是迄今唯一中奖那次。

相比那次，他今天笑得更放肆……难道是中大奖了？

方茂搓搓手上了康盂树的车，八卦地道：“是不是中了个大数啊？”

康盂树轻晃脑袋：“没有啊，我最近没买彩票。”

“那你怎么这么开心？”

“哦，我刚刷完牙，觉得牙特别白，所以多笑笑。”说完，他又露出牙在那儿笑。

神经……

见方茂无语，康盂树又追问：“你不问我为什么要刷牙吗？”

“你为什么要刷牙？”方茂没辙，顺着他的话问。

“没什么，可能是换了个新的杯子吧。”

方茂这才注意到那个崭新的奶白色杯子，它已经取代了粗糙的易拉罐，里面静静地插着牙刷，还被挪了个位置，摆放得很显眼。

他欣慰地道：“你小子总算把那个扔了，我早看那个破罐子不顺眼了，说你好几次，你都不听。”

“然后呢？”

方茂蒙了：“然后什么？”

“你怎么不问我杯子是哪里来的？”

方茂彻底放任自己成为一个复读机：“杯子是哪里来的？”

他满意地回答：“别人送的。”

方茂机械地道：“你是不是又要说——为什么不问我哪个人送的？”

“不。”康盂树趴在方向盘上，直直地盯着杯子。

“这是秘密。”

黎青梦在沉船上听到康盂树说自己送东西的水平太次的时候，的确被激起了不服气的心理。

但某种意义上，他说得完全没错。这是她第一次送东西给男生，出发点就是把自己喜欢的也捧到别人面前，赌对方也会喜欢，但这只有二分之一的概率。

她没有赌赢，康盂树并不喜欢榴梿。

那再送呗，她不信自己会再次失手。更何况……她手上还拿着他的钱。他帮了她第二次，她理应再好好表达感谢的。

黎青梦看着黑色的海面，闪烁的巡航灯让人想起那一晚两个人去素

城时的场景，漆黑的国道上打着的两束远光灯。

货车……

她在记忆里搜寻着货车上的摆设，忽然就想起了那个拉嘴的易拉罐。

有了！她蹦下沉船，骑着小电瓶车飞驰向夜市，在摊位上挑选了一个简洁的奶白色杯子。

把杯子拿回来后，她又觉得有些单调。

她托腮盯着杯子，拍了拍脑门儿——再来个独家定制不就好了？

大半夜的，她又把作画工具搬出来，计划在杯子上手绘一个图案。

她全部完成后，已经到了凌晨。她画图案很快，就用了几分钟。费时间的是到底要画什么，她花了很久去想：充满艺术感的？接地气的？酷的？

最后黎青梦转头看见了他送给自己的那张彩虹报纸，提起画笔，在杯子上描摹下一道彩虹——

你曾经送我的，我用别样的方式再送给你。

黎青梦对第二次送出手的这个礼物还是相当满意的。

然而，她收到了康盂树用微信发来的一个问号。

她皱着眉头，也反手一个问号甩回去。

康盂树直接一条语音发过来："杯子是你送的吧？"

"对。"

"不是说了不用再送了吗？"

她点开这条语音，听清楚他说什么后，心毫无预警地往下一沉——这是和自己的期待完全背道而驰的反应。

黎青梦抿紧唇，在对话框里打下"那就退给我"，又斟酌着删去。

康盂树一直盯着手机界面上的"对方正在输入中"，却半天都没有看到新的消息发过来，不由得勾起嘴角。

最后，她发过来一条："这不是礼物，只是你借钱给我的利息变现。"

他甚至都能想象到她的黑脸，乐出了声。

嘴巴快于大脑，在他自己都没反应过来时，一条语音已经发给了她。

黎青梦看着康盂树发来的语音，非常不想点开，但手指还是挺老实地点开了。

康盂树残留着笑意的声音在她的耳边响起："利息变现？那这点儿可不够啊！"

"那多少才够？"

他甩过来一个定位："晚上八点，有空的话到这里来。"

康盂树甩过来的定位在东郦町，那里有一溜儿的 KTV（练歌房）、小酒馆还有舞厅，是夜晚的南苔除夜市和排档外最热闹的地方。

黎青梦不知道他约自己去那里做什么。在好奇心的驱使下，她按照约定到了东郦町的牌楼下。

虽然她来南苔已经有个把月了，但是第一次正儿八经地来东郦町。

平时她的活动轨迹就只在医院、筒子楼和美甲店之间，后来又多了一个沉船。东郦町这种娱乐场所，早就被隔离在她的生活之外。

她到达牌楼下时，已经比约定的时间晚了十五分钟。

下班后她去了趟医院，又特意在紧巴巴的时间内回了趟筒子楼，把穿了一天的衣服换下来，在衣柜里挑了半天才选好衣服，还补了妆。

不仅如此，出门前她还磨蹭了一小会儿。她审视着镜子里故意显出身材的打扮——一字肩的螺纹针织衫、包腿的高腰牛仔裤、细高跟鞋、大圈的耳环，别别扭扭地想要重新换一身，手掀起一半衣服又停下。

她告诉自己，并不是因为要去见康盂树才这么打扮，而是……而是因为去的地方是东郦町。

上次去啤酒节她就穿得格格不入，这一次得穿得像样点儿。

对，只是因为这样。她挎上包，这才心安理得地出了门。

康盂树倚靠着牌楼，看着黎青梦穿着高跟鞋走来，站在他跟前，眼神一闪道："我还以为你不来。"

黎青梦拨了下头发："能抵点儿利息，我为什么不来？"

康盂树耸肩道："那走吧。"

"去哪里？"

"陪我跳一支舞。"

“你是让我陪玩吗？”黎青梦停下脚步，“我以为你有什么东西要让我买单。”

“现阶段我也不缺什么。”他插着兜，老神在在，“再说了，为快乐买单不是买单吗？”

“那我把钱给你，你自己去。”

“一个人跳舞的快乐就不叫快乐了，至少得有个观众在。”

黎青梦皱眉：“那是你的事，我不去那种乌烟瘴气的地方。”

康盂树也跟着皱眉：“你都没去过，怎么就把舞厅说成是乌烟瘴气的地方？你这叫偏见。”

黎青梦一哽，发现自己竟然没办法反驳这句话。

“就在转角了，你看一眼再下定论。”他又用这个话术，似乎笃定她不会讨厌。

黎青梦走过拐角看了看，想找出证据佐证自己的观点。

康盂树口中的这家舞厅在这条街上的确算冷清，门口没有攒动的青年男女，招牌上“宝梦舞厅”四个字上挂着的霓虹灯坏了一大半，只有“梦”字还亮着。

康盂树在背后道：“这其实是家面向中老年人的舞厅，分早午场和晚场，所以一般早午场最热闹，晚场就没什么人了。”

黎青梦疑惑地问道：“你是中老年审美吗？”

康盂树哈哈一笑：“我是经常陪我家老爷子来，他喜欢来这里交‘女朋友’，结果第二天连人家的名字都不记得了。”

“哦……”黎青梦恍然，“康嘉年和我提过，是你爷爷吧。”

“他还真是什么都和你说。”康盂树点点头，在背后轻轻推了她一把，“进去看看。”

她被动地跨进这家宝梦舞厅，前厅是一条黑漆漆的走廊，两边酒红色的木质墙板上挂着九十年代的探戈舞海报。

长廊的尽头是垂下来的红色丝绒幕布，合得很严实。

康盂树缓步走在她身后，懒洋洋地说：“幕布后面就是舞池。”

“好奇怪的构造。”其实这里也不是奇怪，而是老派。

康盂树解答了她的疑惑：“因为这里以前是一个小剧场，但没什么人来，所以把这里改成了舞厅。”

黎青梦走到幕布前，隐隐听到了从中传来的二十世纪的流行金曲。

已经走到这里了，她干脆地掀开帘子，看见了昏暗的舞池。

舞池并不大，也不吵闹。天花板上安着几个变换颜色的射灯，只是这射灯的颜色让人不敢恭维，又红又绿，照亮底下旋转的、稀稀拉拉的男女。

她定睛一看，这些人果然上了年纪。穿着 Polo 衫（网球衫）的中年男人和裙子上印着牡丹花的中年女人深情款款地抱在一起，还有一些跳累的坐在舞池外围，跟着老歌摇头晃脑。

最年轻的……居然就是站在门口的他们。

黎青梦好奇地多看了两眼，就被康盂树一把拉进来："要看就进来看。"

他似笑非笑地扯着她在休息的长凳上坐下，只有他们两人的情况下，他摸出一支烟问："我可以抽吗？"

黎青梦没发表意见，他便任性地点上了。

歌曲到了下一首，黎青梦说："你不去跳吗？"

康盂树摇头："还没到点。"

"什么点？"

他慢悠悠地弹了下烟灰，故意卖关子。

黎青梦侧过头去看他，像是逼他现在就回答，他侧过脸和她对视，笑了下："急什么？现在告诉你，你不就走了？"

香烟的稀薄烟气散开，红色射灯不偏不倚地照亮他的半边轮廓，像半边脸着了火，燃起的光晃到了黎青梦的眼睛。

她惊慌失措地转开视线，眨了下眼睛，仿佛还能看见那惊心动魄的火光。

康盂树伸手过来，在她眼前打了个响指："喝酒吗？"

"随便。"她的思绪还陷在上一秒。

康盂树起身去冰柜里拿了一打啤酒回来。黎青梦惊讶地道："喝不完吧？"

他大言不惭地道："反正是你买单。"

"……"黎青梦主动伸手去拿酒，为了不浪费这笔酒钱。

一瓶酒见底的时候，她擦了擦嘴，看了眼时间，说："我该走了。"

“我还没跳呢。”

“谁让你不跳？”

“还没到点。”

“所以到底是什么点？”

“舞厅九点就关门了，还有半个小时。马上你就知道了。”

他还是不坦白，但不得不说，这招成功地勾起了她的好奇心。

反正也不差这半个小时，她重新坐下来，开了一瓶新的啤酒。康盂树又忍不住点了一支烟。

之后两个人都没再讲话，沉默地喝着酒，看舞池里的人一拨进去，一拨出来，一对对的花蝴蝶满场乱飞。到最后，大家都跳累了，舞池渐空，只有红绿色的光点随着天花板的射灯在地板上旋转。

黎青梦忍不住猜想：他是不是舞跳得太烂，不好意思在有人的时候展示，所以装模作样到最后再上去？

距康盂树所说的时间还剩十分钟时，他终于起身离座。

她以为他终于要上场开跳，却发现他只是去厕所，估计是喝得太多，脚步还有点儿虚浮。

毕竟桌上的啤酒除了两瓶是她喝的，其余的全被康盂树喝了。

可他去厕所并不是尿急，进去后就叼着还没抽完的烟对着模糊的镜子整理衣领，把有点儿翘的地方压下去。

听到外面的舞池里，最后一首歌到了尾声，康盂树默念：“来了。”

黎青梦眼见歌都放完了，人却还没回来，心里不禁犯嘀咕：他不会是醉倒在厕所了吧？

下一秒，音乐彻底停止，整个舞池的射灯全灭了。

舞厅打烊了？这也太随意了，舞厅居然连顾客走没走都没确认就这么粗暴地关灯。

她愣住，摸出手机给康盂树拨语音通话。振动声在她旁边响起——他根本没拿手机。

出于无奈，她起身摸索着朝厕所的方向走去，打算在门口喊下他试试。

然而，她走到一半，空旷的舞池突然又开始响起音乐。前奏的鼓点一下又一下地敲击耳膜，黎青梦往四周看了一下，依旧没有开灯，但音乐照旧在播放。

“这是宝梦舞厅的传统。”康盂树的声音冷不丁在她身后响起，“每一天营业结束后，都会放一首黑灯舞曲。大家摸着黑跳完一支舞，尽兴回家。”

只是如今很少有人会待到晚场的最后，但这个习惯依旧延续着，就像这家守旧的舞厅一样。

黎青梦吓得直拍胸口，迅速回头，康盂树的身形在黑暗里影影绰绰。

“所以你就是在等这个？”

“对。”他拉住她的胳膊，“有兴趣一起来跳吗？反正你都起来了。”

黎青梦立刻摇头：“我才不要。”

“已经没人了，再说也看不见，你不用怕丢脸。”

“明明是你怕丢脸吧！不然干吗等到现在才跳？”

“那你就更不用怕啊，听你这么说，对跳舞还挺有自信？”

“反正我不跳。”

康盂树轻笑：“你怎么比我家老爷子还不中用？”

黎青梦无话可说。康盂树不再劝，径自放开手去了舞池。

她在黑暗里听到他的脚步挪开，一步、两步，第三步，他蓦地转回，重新抓住她的胳膊，一把将她拉进舞池。

“喂！”她惊怒地大喊，声音被音乐盖过。康盂树得逞地笑着，吊儿郎当地道：“只有我一个人跳很傻啊！”

黎青梦无力地推他：“知道了，我会过来，你别拉着我。”她慌慌张张地甩开他的手，退开一步。

康盂树轻声说“OK”，松开手，身体随着音乐舒展轻晃。

宝梦舞厅的歌都不激烈，以抒情金曲和慢摇迪斯科为主，最后放的这首慢摇曲黎青梦没听过，是一个女人口齿不清地哼着：

“有一个影子，从我胸口穿过，来来去去。
想一把攥紧，在我手心，却怎么也抓不住……”

她局促地盯着黑漆漆的地板，双手抱胸，根本不知道从哪儿跳起。

“你怎么戳在那儿？”康盂树从旁接近她，抓住她的手在空中小幅度地挥了挥。

“你跳你的，管我干什么？”黎青梦丢脸地想抽回手。

康盂树却不给她机会，“啧”了一声：“你这样不行，我带你跳。”他说着，手扶上她的肩膀，让她跟着自己的节奏晃。

黎青梦感觉他喝多了，因为这个动作实在很逾矩。两个人贴得太近了，和刚才在舞池里做伴依偎的那些舞伴没差别。

康盂树却好像没觉得不对劲，反而更往她身上靠。

弥漫的酒和烟草的味道钻进鼻腔，手心沁出汗，语言系统忽然失灵，她勉强地挤出两个字：“很重。”

康盂树低声说：“我走不太稳。你怎么那么晃？”

他果然喝多了。她结巴着和这个醉鬼理论：“是你自己在晃，不是我。”

春夏交接的天气，黎青梦在没有冷气、没有风扇，也没有窗户的舞池里被逼出了一身汗。她抵着他的胸膛，还在顽强抵抗。

舞池里的这首歌，后半段单调地重复着那两句歌词，很适合跳舞，也让人模糊了时间的概念，就好像他们被困在这个时间的黑洞里循环。灭灯的宝梦舞厅延伸成无尽的宇宙，两个因为某种引力靠在一起的渺小星体不停地旋转、旋转，高跟鞋和靴子踢踢踏踏的声音，和心脏的律动不谋而合。

在无数来来去去的舞步中，康盂树被催眠一般，仿若无意地欠下身，脑袋耷拉下去，下巴摇晃着、摇晃着，如一阵风，“啪”的一下，枕上她的颈间。

他落下去的刹那，脖颈连着头皮一麻，她推着他的手指僵硬得毫无力道。

其实她已经不是在推他，而是抓着他，不让自己从危险的边缘掉下去。

他高挺的鼻梁若即若离地在她出汗的皮肤上游移。他轻嗅着她的气息。

而后，他梦呓一般地问：“什么味道？很香。”

第四章

# 烧掉烟花

窄小的淋浴间，水汽把玻璃染湿。

花洒源源不断地放着水，黎青梦呆站在水中，擦着自己的身体。

她机械地洗完头，抹完护发素，接着要去按压沐浴露时，动作一顿，思绪飞回刚才的宝梦舞厅，康盂树漫不经心地问自己："什么味道？很香。"

她慢了一拍回答："没什么，就是沐浴露的味道。"

他无意义地重复了一遍："是吗？很香。"

她便接着说："但你身上很臭，烟味好重。"

然后歌曲结束，舞池内大灯亮起，亮如白昼，逐渐和浴霸的灯光重叠。

黎青梦眨了下眼睛，回过神，鬼使神差地用双手捧着那一小捧沐浴露凑到鼻尖闻了一下，原来是山茶花的淡香，她之前都没注意过。

她将晶莹的粉色沐浴露在掌心搓开，贴上脖子，慢慢往下，滑到肩头，动作不知不觉地停住。

她闭上眼睛，歪着头，像一只猫，下巴挨着锁骨轻蹭。她把侧脸

贴上肩头，更低地压下脑袋，微微转过头，陷进颈窝，轻轻深吸了一口气。

除了弥漫的山茶花的淡香，鼻端还萦绕着……那个人停留在这个位置时残留的味道——那股烟草味。

它怎么也无法被水冲刷掉，深深地烙印在皮肤上。

睫毛颤抖，她冥冥中感觉自己面前真的站着一个人。

他的手指带着常年摸方向盘的薄茧，贴到她的锁骨上。接着他伸出一根手指，将她因为水汽贴在颊边的发丝拨开。

她的呼吸变得急促。

接着，她仿佛听到那令她很讨厌的声音轻笑一声："那么敏感？"

于是，原本紧绷的身体真的随着这句话开始发抖。

那根粗糙的手指更放肆地顺着脖子滑下去，摸索背上那道深深的凹陷，最后停在尾椎骨的位置，这里是凹陷的终点。再往下，是深渊的起点。

她的脚趾蜷缩起来。她大口喘气，睁开眼睛。

面前什么人都没有，只有被水喷得一塌糊涂的白色瓷砖。

黎青梦忽然意识到自己在干什么，赤裸的皮肤上泛起疙瘩，脸色通红，一头扎进哗啦作响的水中把沐浴露冲掉。

水顺着锁骨流过尽是红点的背，流到小腿，那片湿疹的创口还没好，在紧身牛仔裤包了一整晚的情况下变得不堪入目，面积似乎又扩大了一些。

她急匆匆地出了浴室，拿来药膏把腿上的创口仔细抹了一遍，又对着全身镜费劲地涂抹后背。

看着后背，想起刚才幻觉中的一切，她咬紧下唇，狠狠地拍了下自己的太阳穴。

不知道为什么，今晚那些红点带来的瘙痒感比以往的夜晚都要强烈。

骑楼老街的南洋小楼内，康盂树也正在家里洗完澡，裹着浴巾，裸着上身出来。

康嘉年正从一楼走上来，看到他，忍不住翻白眼道："哥，说多少遍了，洗完澡穿件T恤行不行？”

康孟树懒洋洋地回答：“行行行。”神色非常清明，眉间还挂着未擦干的水珠，和眼睛一样清亮。

康嘉年在他身边轻嗅：“你又喝酒了啊？”

“这么明显？”

“酒味很重啊！”康嘉年无语道，“你少喝点儿吧，幸好爸妈睡得早，被他们撞见，你又要被说了。”

“我喝的那点儿算什么啊？”康孟树不屑，低头闻了闻自己，“除了酒味呢，还闻到什么没有？”

“不就是你身上那点儿破烟味吗，还有什么？”

康孟树神色一紧：“破烟味……烟味有这么难闻吗？”

“当然了，每次一看你抽烟我就跑。”

康孟树若有所思。康嘉年觉得他今晚真是奇奇怪怪的，笑容满面，飘忽地回家，一进门就躲在浴室大半天，这会儿才出来，又问自己莫名其妙的问题。

康嘉年内心嘀咕，但在听到他终于对自己的抽烟问题开始反省，赶紧趁势鼓励他：“不过哥，你既然意识到就别抽了，抽烟有害健康，你不抽最好了。大家都开心。”

“你以为我不想戒吗？”康孟树揉了揉眉心，“我开夜车，尤其是长途的，不抽烟真的会死。然后你就会听到你哥撞车了。”

“呸呸呸！赶紧呸掉！”

看着康嘉年皱成一团的脸，康孟树无所谓地哈哈直笑。

第二天康孟树睡到日上三竿才起来，如果不是记得手上有单子要在今天出发，他还可以睡到更晚。

出发前，康孟树看着桌子上的烟犹豫许久，拿起又放下。最后，房门一关，那包烟还是静静地躺在茶几上。

他决定从现在开始戒烟试试。

康孟树觉得自己一定做得到，结果车子没开出多久，烟瘾就犯了。

车子已经上了高速公路，他抓心挠肝地买不到一包烟，不得不继续忍耐。他开始狂喝水，试图消灭那种欲望，这比鼻子痒时忍着不打喷嚏

还要煎熬。

忍到天黑时，路过服务站，他停下来简单地吃了晚饭，看着便利店货架上的烟，手指在口袋里不断抽动，最后握成拳头。上前和后退之间，他扭头，两手空空地上了车。

在推开便利店门离开的一瞬间，康盂树心里充盈着一股巨大的成就感——

我这自制力真厉害，说不抽就不抽。

他不知不觉地勾起一个笑，臭屁地把车子开得飞快。

下半夜，只有寥寥车辆的高速上，他连续打着哈欠，习惯性地摸向口袋，只摸出一个打火机。他撇撇嘴，摁开熟悉的电台，主播说着今晚要给听众朋友讲一桩二十世纪的连环杀人案。他没有烟提神，听案子成了刺激神经的唯一途径。

残酷的案子听到一半，头越来越沉，猛地往下一点，康盂树惊恐地睁开眼，意识到自己刚才打了瞌睡。至于电台里讲了什么，他已经不知道了。

他这样开下去不行。和康嘉年开的玩笑归玩笑，开车时的安全还是要注意的，他总不能为了点儿钱撞车，把命搭上。

康盂树打着方向盘把车子开出高速公路，驶入一条可以停靠的公路，打算暂时歇一歇。

这条公路靠近一片海滩，没有车过来。他把货车停下，关上电台后，天地间一片安静，只有远处隐隐约约的潮汐声。海的对面似乎是一座城市，但也睡着了，没有多少光线。

连月亮都没有的无聊晚上，这种时候，太适合点上一支香烟。

没有可以解闷的东西，他在车里东翻西翻，试图能翻出一支被遗落的香烟——这个时候戒什么烟?

可是很遗憾，他连一支烟都没摸着，倒是翻出了一支口琴。

他看见这支口琴的第一秒，眼前不由自主地闪过那个雨天，同样还有一道被雨刷一下一下刷出来的清丽人影。

那人漂亮得和周围格格不入，撑着黑伞，白鞋上沾着泥。

然后，他们进行了人生交叉后的第一场对话——

“你好，请问接单吗？”

“什么货？”

“不是货，是人。”

那场对话清晰得他能倒背如流。

他烦躁地合上抽屉，摸到手机下车，在路边蹲下又站起，简单地活动着快坐僵的身躯。

罕见地，有一辆车从前方驶过来，无情地打个照面，昏暗的车灯照亮斑驳的白色斑马线，留下摸不着的车尾气又离开。空旷又黑魆魆的沿海公路上，又只余他这辆车，打着远光灯，把他靠近的影子拉得极长又极寂寥。

他早已经习惯了这种孤独感。但在这个困倦的晚上，不知道是不是只是因为少了一支香烟，这种仿佛什么东西被抽走的空虚感甚至压过了困意，逼迫得他坐立难安。

他按开手机，莹白色的屏幕光线将黑暗中一张忐忑的脸照亮。

他有一种比烟瘾还要难以忍耐的冲动——他想找个人说说话。

于是，刚才在眼前浮现的人又在第一时间习惯性地出现。他又想起了和这人有关的回忆，和她一起去素城那次，也是在这样寂静无人的夜里。

那好像才是他真正意义上，抽烟以来第一个没有碰过一支烟的夜晚。

好神奇，当时的他是怎么忍下来的？是因为另一种第一次的新鲜感取代了烟瘾吗？

因为那也是第一次，通常只搭过大老爷们儿的夜车的副驾驶座上居然坐了一个女人。那还不是普通的女人，而是一个……很难相处的、娇贵的青豆公主。

康盂树看着微信里这位青豆公主的头像，手指像回到服务区的便利店，犹豫不决。

这一次，他拨出了语音通话。他以为她不会接，现在是凌晨两点，所以他才大着胆子拨出去。

可是，手机没振动几秒，对面的人接通了。

康盂树愣着没开口。一种意外、无措混合着惊喜的复杂情绪将他层层裹住，以至于他不知道该说什么。

于是，拨出语音的是他，先开口的人反倒是她：“你这么晚打给我是有急事吗？”

黎青梦似乎是被这通语音通话吵醒的，嗓音还能听出有些沙哑。

康盂树听着她睡得挺舒服的声音，胡搅蛮缠地说：“你知不知道我都快困死了？”

对面的人沉默了……

片刻后，她清醒后的声音冷冷地传过来：“你困关我什么事？你困就去睡觉啊！”

“我在出车。”康盂树疲惫地说，“很困，但没有烟抽。”

“你烟呢？”

“戒了。”他漫不经心地说，“因为某人说这个味道不好闻。”

对面又是一阵沉默。

康盂树摸了下嘴角，手上拨弄着无用的打火机，觉得自己好像困到神志不清，乱说话了。

他正想说“我开玩笑的”，黎青梦说：“那需要我陪你通宵聊天吗？”

手中，打火机的火苗在把玩中倏地亮起，刚好随着她这句话，“啪”的一下，将他周围点亮了。

康盂树怔了半晌，笑着说：“不用，你去睡吧。”

说完，他不给黎青梦时间反应，一把将通话挂断了。

海潮扑着海岸，刚刚还只是隐约可闻的声音，不知道为什么在这通仓促的语音通话结束后变得很清晰。

哗啦，哗啦啦——它有节奏地扑上他的心头。

他回到车里，扯开一包湿巾胡乱擦了下脸，呼出口气，重新发动车子，驶离沿海公路，开向原定的路线。

车辆越来越少，但这种空旷感好像也不见得有多空了，心中那些不知道被什么抽离的部分正在被一点点填满。

他不经意地看向车内的后视镜，镜子里映出一张嘴角翘得可以挂油瓶的傻脸。

这谁啊，怎么这么蠢？康盂树一瞪眼，表情收敛，尴尬地清了清嗓子。

他点开电台，深夜的案件已经讲完，在放歌。他不喜欢听那些时下的网络口水歌，按开自己的手机歌单，清一色的张学友的歌。

他刚点到某首歌，手机忽然一振，黎青梦的微信头像蹦出来，提示对方打过来一通语音通话。

他吓了一大跳，靠边停下了车。

手机还在振动，康盂树内心隐隐有预感：这通语音通话不会持续很久，也许就像刚才他拨出的那样，只有几秒。

因此，给他犹豫的时间也就只有这几秒。

为什么犹豫呢？他也不知道。只是下意识要去按接听键的手似乎在空中被什么阻止了一下，他才接通了语音通话。

这回换黎青梦不说话了，听筒里传来她翻身的动静，被单和身体摩擦，发出轻微的沙沙声。

他叩了叩方向盘，先开口道："怎么了？"

"你把我吵醒了。"但是语气里又没有控诉的意思，"所以我睡不着。"

"哦，那真是对不起。"他的语气里也没有愧疚的意味。

"你这次去哪里？"

"苏安市。"

"我没去过。"

"我之前去过一次。"康盂树似乎因找到一个她未涉足过而自己无比熟悉的领域，精神振奋不少，"也是小地方。不过这个地方还挺有趣的。"

"哪里有趣？"

"它街上有一个旋转木马。"康盂树回忆道，"不是那种专门的游乐场，就是走着走着，忽然看见尽头有一个小的旋转木马，和周边的马路餐厅都不搭，也没有人玩，亮着灯停在那里。可能那里以前是游乐园，其他的都拆了，唯独没把这个拆走。"

"嗯……"黎青梦听后，说，"这个感觉很像欧洲的小镇，街道上也会突然出现一个旋转木马，我还坐过，四欧元一次，很便宜。"

她言语间不知不觉带上怀念的语气，明明还是去年经历过的事，但她现在想来，已经很遥远了。

他摸了下耳朵说："四欧元换算成人民币是多少钱？"

“三十块钱左右吧。”

这便宜吗？康盂树咋舌，含糊地道：“还行吧。”

她仿佛听出他不认同的语气，发了一张照片过来。

照片里，黎青梦坐在刷着红漆的旋转木马上，木马顶端是仿中世纪的哥特式圆顶，马身的形状也特别梦幻，仿佛一只独角兽。

至于黎青梦……她穿着拉风的工装，戴着墨镜，飞扬的嘴角和飞驰的木马一样，在快门下定格出残影。

原来这就是从前的她。

手机那头的她还在解说：“这个旋转木马是不是很漂亮？三十块钱很值的。”

康盂树把照片放大，屏幕里只剩下她。

他的手指点着她笑容肆意的脸，阳光下刻意染过的金发跳脱又逼人。

“嗯，很漂亮。”他说。

多么无忧无虑，和现在的她判若两人。

现在的黎青梦，反倒像驮着她的那匹马，偶尔会佝偻起来，不知疲倦地转着。但是她表面上又把自己装扮得很梦幻，从不说不快乐。

他莫名有这样的感觉。

康盂树的眉头蹙起，心脏有种被轮胎轧了一下的震动感。

手机里传来翻身的声音，她极轻的叹息声传来：“好想再去坐一次。”

但不知道是什么时候了。这句话她没有说出口。

康盂树回她说：“你很快就能去了。”

“啊？”

“睡着做个梦啊，说不定就梦见了。”

“你很无聊。”

康盂树干笑两声：“至少你还去过啊。我都没去过，想做梦，连素材都没有。”

“无所谓啊，反正你也不能睡觉。”

电话里，他不爽地“啧”了一声。她终于扳回一局，轻笑了下。

康盂树哼道：“算了，你快睡吧。再过一会儿天就要亮了。”

马上就要到夏天，太阳就要接近北回归线，因此白天一天比一天长，日出也越来越早。

黎青梦却执意说："我还不困。"说着，她很不明显地打了个哈欠。

"……"

康盂树无言地抿了下唇。那种胸口被当作靶子，忽然被一个飞镖射中，扎进肉里的麻痒感又来了。

接着两个人又聊了些有的没的，说了什么，康盂树都有些记不清了，就像是在听电台时主播在那边叽里呱啦，脑海里只在意那股快逼死人的困意。他和黎青梦聊天的过程中同样如此。

他脑海里都是她的身体和被褥的摩擦声、她的呼吸、她的笑……这些细碎的声音在过滤一切字句后被提取出来，在神经末梢翻滚。

他们聊到最后，手机不知何时已经恢复了安静。通话还在继续，那端只有规律的呼吸声。

"喂……青豆？"他很小声地叫着擅自给她取的外号，果然没有得到回应。

她睡着了啊。

康盂树失笑，在按下红色按钮前，他看着屏幕显示超过一个小时的时长，神色微怔。

这是他们之间第一次这么长时间的通话，通话时间的起始点，02:43。这也是他长这么大以来第一次和一个人聊这么久的天。

这可真是不可思议。

然而若要让他回忆起来他们到底聊了什么，他又说不上来，漫长的时间里都是废话。

他鬼使神差地把这个界面截下来，存进相册，这才挂断通话。

天空真的如预料的那般，已经有了发亮的趋势。最远的天际线出现了一片昏暗的蓝，大概是睡醒的太阳往黑色的洗脸水里倒入了它喜欢的蓝色颜料。

康盂树举起手机，想把这片复杂又迷人的天色拍下来发给黎青梦，证明他们确实居然快聊到天亮。

只是……像素不好的手机屏幕里依然黑黢黢的，根本拍不出肉眼看见的细腻天色。

“什么垃圾手机？”他看着拍下来的一片黑色，烦躁地嘀咕着，越看越来气，把手机扔到一边的副驾驶座上，眼不见为净。

于是到最后，这张照片没被发出去。

黎青梦醒过来的时候，已经是中午了。

设置的闹钟没有将她叫醒，她从床上尴尬地起来，匆忙收拾了一下就赶去医院。

原定的班只能调到晚上，所幸老板娘在这方面管得不严，只要店里活不多，人手够就行，答应了她晚上再去。

手忙脚乱的中午过去，黎青梦坐上开往医院的公交车，这才静下心来去细想昨天晚上的事。

她睡眠很浅，尤其是这段时间，手机都离耳朵很近，以防黎朔有什么事医院打电话过来。

因此昨晚半夜手机振动时，她眼睛都还没睁开，误以为是医院的电话就接了。但对面的沉默让她感觉不对劲。她半眯着眼睛看向亮起的屏幕。

这一看，睡意去了大半。

康盂树为什么会打语音电话给她，还是在深更半夜？

想起自己上次也是在很晚的时间突兀地打给他，但那是事出有因，那大概……他也有什么棘手的事拜托她吧？

这么想着，她率先开口问出，却得到了一个意料之外的答案。

好像……他只是闲着无聊才打给她的，随后又那么快挂断。

这人怎么回事？

看着这通仓促的通话记录，黎青梦想装作若无其事地翻篇，继续睡，但闭上眼，总有手机振动的幻听。

她只好重新睁开眼睛，焦灼地翻来覆去地翻朋友圈、翻微博，翻遍了所有能翻的软件，泄气地又回到最开始的聊天界面，对着康盂树的头像发呆。

手指装模作样地在语音通话的选项上演练，她并没有真的想拨出去的意思，结果手指突然一滑，真的按下去了。

虽然……她也说不清是不是真的手滑，好像只是借着这么一个动作，她才有勇气打出去。

这半个夜晚，他们聊了很多，又好像什么都没聊。

她没想到会冲动地将从前的照片分享给康盂树，这根本是不必要的，好像想拉着他参与自己之前的人生。

但是那个人关注的重点是——四欧元到底是多少钱。

黎青梦回忆起这句话，头靠在车窗上，情不自禁地笑起来。

她笑着笑着，目光投在手机界面上，看到自己不知不觉睡着后被他切断的语音通话，界面就停在这个系统消息上，笑意戛然而止。

他后面没有给自己发任何消息，也没有一句“晚安”。

她忍不住猜测：自己贸然打过去的举动是不是很招人烦？第一次说不定也是他不小心打错了，所以他才这么快挂断。

她转念一想：自己干吗在意他发没发晚安？

昨晚的一切只是失眠的意外产物，人在失眠的时候总会失常的。

可能现在自己还陷在睡眠不足的后劲中吧……

她把手机塞进口袋，额头抵着窗户轻轻撞了两下。

然而，刚塞进去的手机忽然振动起来，一条消息发进来。

黎青梦仍保持额头抵着窗的姿势，懒散地翻出手机，随意地向下一瞥。

看到是康盂树发的消息，她不自觉调整了下姿势，坐直了些。

他给她发了一张照片。

那是一张自拍，他举着手机，背景是一部分旋转的木马。

他的眼睛因为笑容眯起，又或是太困的缘故，弯弯的，一派天真的模样。

他背后的大概就是他口中，苏安市街头的那个旋转木马。

黎青梦想着该怎么回复，差点儿坐过站。

慌张地跑下公交车，她懊恼地滑开屏幕，打了很多字，最后只回了一句：“干吗？”

康盂树的语音通话打进来。

“我不是说了吗？你很快就能去的。如果你想来，我可以带你来这里。门票还只要……”

他顿了一下，似乎在换算。

“只要……六毛欧元！”

康盂树说到“六毛欧元”的时候，黎青梦是真的忍不住笑出了声。

他说：“这才是真的便宜。”

她附和：“国内当然便宜了。”

但是她说出这话后，后知后觉地反应过来，这话莫名有点儿别的意思，让人听上去不太舒服。

康盂树沉默了一下，说：“那当然比不上你的那个什么欧洲小镇。”

她张开嘴，卡了壳。其实她只是想说“我的意思是汇率区别”，却又觉得没有解释的必要。

他们的对话到此戛然而止。

回南天正式结束的时候，黎青梦的湿疹还没好。

生活和身体不像时节可以那样自如地切换，她还是维持着这种不知道具体哪一天能进入盛夏的日子向前走着。

但世界的夏天早一步到来了，美甲店的客人对于指甲的颜色要求变成了要鲜亮一些，对面的小卖铺把看板上的粉笔字换成冰棒，傍晚藏在草丛中的蝉鸣声大到可以唱出一支进行曲，从无数的细枝末节中，夏天都在宣告自身的存在感。

这是黎青梦要在南苔度过的第一个夏天，她在没有冷气的夜里热得睡不着觉。

这种感觉还挺新奇。她以前在京崎出入各种地方：家里、车内、商场、展馆……每一处都把冷气开成北极，冻得她针织外套不离身。

夏天在她的印象里就是呼呼的冷气，怎么会有这样燥热、潮湿和沉闷交织的夜晚？老房子没有空调，从京崎带来的家具里也没有风扇。

黎青梦把窗户开到最大，穿着吊带短裤躺在没来得及换成凉席的床单上，只能把被子踢到角落里，以为这样就能稍微好点儿。

干躺了大半宿，她终于对这份热意投降，衣服也懒得换，直接套一件遮挡的外套长衫，胡乱扣上鸭舌帽，骑着小电瓶车准备去夜市买一台风扇回来。

但今天的夜市尤为热闹，她停好车时，发现某个拐角，排队的人堵得水泄不通，其他逛街的人只能绕着走。

经过此处时，突然的好奇心作祟，她也伸长脖子往里瞧，好像是一家新店开业。

正在张望时，黎青梦忽然听见队伍里有人在叫她：“姐姐！”

她闻声看去，康嘉年正在队伍里冲她招手。

黎青梦一愣，头微微偏过去，看到了旁边某人一头乱发的后脑勺。

康盂树也跟着侧头看向她，敷衍地招了下手，又把头转回去继续排队，快得没有给她回应的时间。

黎青梦撇了撇嘴，走过去同康嘉年打招呼：“你们在排什么？”

“VR（虚拟现实）！”康嘉年兴致勃勃地道，“我早看网上有人说VR很刺激，但是南苔一直没有。这还是第一家呢，所以大家都来了。”

“哦……”黎青梦露出没什么兴致的表情。

她早两年在京崎刚开始风靡VR时就体验过了，这无非是视觉游戏，雷声大雨点小，还容易头晕。VR风潮早在京崎刮过去，却隔了这么久才刮到这里……她不知道该说什么好。

“那你们排吧。”她挥挥手要走。

康嘉年又问：“姐姐你来买什么吗？”

“嗯，买风扇。天气太热了。”

“啊，那你一个人扛不回去吧。要不这样，”他一拍手，“我们很快就排到了，你和我们一起玩呗。然后一会儿我哥帮你把风扇扛回去。”

被点名的康盂树有种推拒的意思：“她不一定想玩。”他意味深长地看了她一眼，“人家肯定早就玩过了，不新鲜。”

这一眼，却激起她的叛逆心。

“我是玩过啊。”她站定，“可谁说玩过就不能再玩？”

康嘉年瞬间喜笑颜开：“那就这么定了！”

他把黎青梦拉到自己跟前、康盂树身后，形成夹心饼干一样的姿势，防止其他人看见她这个插队者有意见。

于是轮到他们三个进去时，也是这样的顺序，她被夹在中间。

VR馆并不如黎青梦想象中那样高级，至少不如京崎那样，场馆很次，里面像小电影院一样，分成一排排的座位，正好前面一拨走掉，空出三个位子。

馆内的小哥站在机器前调试，调出一个画面，指着上面说：“你们

可以一起，一百块钱可以玩三个，两百块钱可以玩八个，每个片段三到五分钟。”

康嘉年看得眼花缭乱，犹豫道：“我们要不先试看三个？”

其他两个人没意见。

康嘉年建议道：“那我们三人一人选一个吧。”

他选了一个大家点得最多的《侏罗纪公园》，黎青梦也选了一个很热门的《环游城市》。轮到康盂树时，他反其道而行之，问小哥哪个项目人选得最少。

小哥点了点角落里封面上带血的眼睛：“这个是恐怖的，《恐怖之眼》，点的人少。但吓人程度还好吧，一点点。”

康盂树很自信地说：“那必然是我的风格啊，就这个了。”

“你确定吗，哥？你平常恐怖片都不敢看。”

“我看的时候你不知道而已。”他搭着康嘉年的肩，用余光瞄着黎青梦说，“你要是怕的话，就抓住哥的手。”

康嘉年把他的手拨开：“谁要坐你旁边啦？”

他把黎青梦拉到中间坐下，自己坐到一边，把黎青梦另一边的位子留给康盂树，落座后还偷偷朝康盂树挤眉弄眼。

康盂树用口型朝他说“多事”，一脸没有选择余地的表情在她旁边坐下，他落座后又转向他们看不到的方向，嘴角莫名地翘了一下。

小哥把连着座位的眼镜拉给他们，说准备好就可以戴上。黎青梦最快，干脆地戴上，他们俩还对着眼镜研究一番，试图看出这和 3D 眼镜有什么不同。

三个人都准备好后，小哥说：“那我放了啊。”

然后，黎青梦就看到自己眼前出现了一排黑漆漆的英文，正是《恐怖之眼》。

一上来就这么刺激吗？虽然她对恐怖片和恐怖游戏没有那么抵触，但一上来就这么猛，还是不自觉地感到紧张。康嘉年更是直接“哇”地叫出来：“啊啊啊啊！这个黑漆漆的屋子是什么啊？我在坐牢吗？”

黎青梦和他的视角是一样的，四周是一片类似于监狱的四方空间。她知道 VR 的视角是三百六十度的，可以随意转动观察，于是左右看了看，除了空气里弥漫着灰扑扑的尘埃外，似乎也没有什么恐怖的元素。

直到她抬起头。

一个眼球从撕裂的眼眶里掉下来，缠在垂下来的黑发上，挂在天花板上安静地盯着她。

黎青梦一哆嗦，顿时觉得这份“惊喜”不能独享，于是很平静地说：“游戏的天花板做得好逼真啊，我抬头才发现。”

随后，她如愿以偿地听到康嘉年再度爆发尖叫。

黎青梦注意着左侧康盂树的动静，没听到什么，心想：他的胆子是真的挺大，她还以为他刚开始是在虚张声势。

康嘉年崩溃地道：“姐姐，你是不是故意的？”

黎青梦一本正经地道：“没有啊，我是真觉得天花板不错。”

康嘉年开始实时解说：“哇啊啊啊！这个女人跳下来了，我可以逃吗？救命，我怎么动不了？”

她回道：“因为你只能操控眼睛啊。好了，可以出房间了。”

她和康嘉年聊得热火朝天，但康盂树还是很沉默。

黎青梦突然冒出一个奇怪的猜想……

“康盂树，你猜这个门后面会有什么？”

他终于开口：“啊？不知道啊，随便什么我都不怕。”

黎青梦无语地道：“可是我们眼前根本没有门啊，只有走廊。”

康盂树：“……”

康嘉年反应过来：“哈哈哈，不是吧，哥，你刚刚全程闭着眼睛啊？”

康盂树恼怒道：“闭嘴。”

康嘉年回击道：“你要怕就说嘛，可以抓姐姐的手。”

“我怕什么？我刚刚眼睛不舒服，不想打扰你们玩，现在睁开了。”

康嘉年狐疑地道：“真的睁开了吗？那现在我们面前是什么？”

康盂树沉默了一下，然后才说：“这是什么鬼地方？”

“哥，你现在才真的睁开眼吧？”

黎青梦则冷静地回答：“这里是存放尸体的太平间，里面应该也有女人的。我友情提醒你们一下，她应该很快就出来了。”

她话音刚落，那个不知是人是鬼的东西握着刀又从天花板上跳了下来，正好落在他们的面前。

康嘉年的叫声几乎穿透 VR 馆：“她要杀我吗？！”

黎青梦因为早有准备，只是心头微微紧缩，还能保持镇定。下一秒，她只是轻微收缩的心脏却开始猛跳起来，比刚才加起来的一分钟所受到的惊吓都要剧烈。

她放在座位扶手上的手，突然被左边的人握住了。

他的手掌很大，手心很烫，薄茧的触感和曾经想象的一模一样。

真要命。康盂树低低地骂了一声，似乎是在懊恼自己吓得乱动结果碰到了她的手，很丢脸地把手抽了回去。

后面的一分钟，黎青梦愣愣地睁着眼，再恐怖的画面都无法覆盖刚才两只手交叠的触觉。

一切都发生得那么短暂，只有几秒钟。

康嘉年已经叫得嗓子快哑了，但是叫喊声没有引起黎青梦或者康盂树任何一人的反应。他不禁怀疑：“你们两个是不是都害怕得把眼睛闭起来了啊？！”

黎青梦这才回他：“没有，我看到我进到房间，女人从外面关上门。水从外面淹进来了。”

康嘉年大呼小叫道：“完了，这游戏的结局不会是把我们淹死吧？”

黎青梦没说话，深深地吸了一口气。她吸气的动作，仿佛真的被 VR 带动全部感官，浸泡在一池无法挣脱的深水里。

VR 体验结束后，三人从体验馆里出来，康嘉年的表情依旧兴奋。

他对全程都很淡定的黎青梦又多了一层崇拜滤镜，感叹道：“你真的不怕啊，太牛了，胆王！”

黎青梦谦虚地道：“也没有，我之前玩过这种的，所以比较习惯。”

“那也比我哥出息多了，我哥肯定下次也不敢。”他嘲笑康盂树，“哥，每个项目按三十三块钱算，你起码浪费了三十块钱。”

康盂树强撑道：“胡扯，最多十五块钱。我后面还睁眼了，也没像你一样哇哇乱叫。”

说着，康盂树心虚地看了一眼黎青梦，大概是怕她捅出来他吓到胡乱抓她手的事。

但黎青梦什么都没说，指了指旁边：“我该去买风扇了。”

康嘉年拉住她："说好了呀，我们帮你搬！"

他捅了下康孟树，康孟树这才"嗯"了一声。

黎青梦还是很坚持地说不用，自己可以。

结果摊位上没有小风扇，全是那种长柄的，体积大。她看着头皮一紧，但记着自己刚才的话，交完钱一声不吭地独自扛起装着风扇的箱子。

康嘉年赶紧上前搭把手，唯独康孟树还在原地磨磨蹭蹭。

康嘉年着急地道："哥，你干吗呢？"

他摸着鼻子："她不是说自己可以吗？"

康嘉年无语了。

黎青梦面色平静地道："嗯，真的没关系。你们回去吧。"

她示意康嘉年放手，康嘉年犹豫了下，放开道："你一个人回去真的没问题？"

黎青梦笑笑："我不至于这点儿东西都扛不动。"

她挥手告别，提着它慢吞吞地走到自己的小电瓶车旁。

她比画了下位置，电扇要放上去有点儿勉强。她的电瓶车是迷你型的，前面放脚的地方塞下它，她的脚似乎就无处安放了。

要不她打个车回去，然后再来拿车？早知道，她就不骑电瓶车过来了。

黎青梦皱眉盘算着，地上的风扇突然被人拿起。

康孟树单手拎过风扇，放到自己刚骑过来的车上。他的电瓶车和摩托车差不多大，轻松地就塞下了电风扇。

"你这样算了吧，还是我帮你拿过去。"他一锤定音，径自跨上电瓶车，直接带着她的电风扇跑了。

"……"

黎青梦只能赶紧跟上，给他带路。

康嘉年被打发自己回去，剩他们两人一前一后地朝筒子楼骑去。到楼下时，康孟树也没说话，很干脆地把车一扔，扛起风扇上楼。

"喂……"

黎青梦没有想让他上去的意思，他却已经通过三楼的窗台，向下张望道："你家几楼？"

她妥当地停好车，仰头回：“五楼。”

等她气喘吁吁地爬上五楼，康盂树已经抱臂靠着门快唱完一首歌了。

“缺乏运动。”他点评道。

黎青梦撑着门平复呼吸：“工作需要，我只能每天坐着。又不是我想的。”

她以前倒是有跑健身房的习惯，但搬来南苔后就放弃了健身。一是她没有那闲工夫，二是南苔这儿的健身房……不提也罢。

康盂树低头唰唰唰地滑着手机，接着她感觉自己放在屁股兜里的手机跟着狂振。

她一点开，有好几条他转发的链接，清一色都是——

“久坐一族，你的锻炼方式对了吗？”

“每年久坐致病，该如何锻炼？”

“久坐的运动建议。”

康盂树晃了晃手机：“我开车也要久坐，这几个是我收藏的，很不错，你有需要可以参考。”

“好，谢谢。”她收起手机，动作缓慢地去掏钥匙。

康盂树见状说：“我就不拿进去了，走了。”

她还在纠结该不该让康盂树进去，他已经替她做了决断。

黎青梦掩住内心一闪即逝的失落感，又莫名地松了口气，似乎知道这是最好的点到为止的分寸感。

她点头，又说了句：“谢谢。”

“谢康嘉年去吧，他非逼着我过来送。”康盂树不以为意地耸肩，说着转身下楼。黎青梦看着他的衣角消失在楼梯拐角，收回视线抱着电风扇进了家门。

她拆开箱子，按照说明书上的图片示例组装风扇叶，摊主卖的时候说非常简单，但其中有两个螺丝她愣是没明白怎么装。她折腾了大半天，在热得和蒸笼一般的房间里汗流浃背。

最后，她实在没办法，拍下那两个螺钉，想来想去，发给了康嘉年：“你还记得那摊主有提到这两个螺钉是干吗的吗？说明书上好像没写。”

康嘉年没回，估计是没看见。

手机从掌心里脱离，她躺在冷冰冰的水泥地上，任后背的肌肤和地面相贴，以此获得一丝凉意。

大脑短暂空白，她突然间什么都不想做，什么见鬼的风扇，什么见鬼的夏天。

黎青梦失神地盯着天花板，不知道过去多久，门外的敲门声将她拉回人间。

她惊愕地爬起来，起了戒备心："谁？"

"是我。"康盂树无奈的声音响起，"康嘉年跟我说你搞不定组装。我刚走了一半的路呢，就被他轰来帮你。不然他不让我进家门。"

门内传来窸窸窣窣的动静，门被打开，汗湿的黎青梦站在门后，后脑勺的头发被压得扁扁的，前额的头发一撮一撮地贴在额头上和鬓边，确实相当狼狈。

她抿了抿唇，摊开手心里的两颗螺钉："我不知道这个该放哪里。"

康盂树叹口气，拨开她往里走："我看看。"

黎青梦连忙把说明书递给他。

他嗤笑着说用不着这个，蹲下来对着组装到一半的电风扇敲敲打打，把她刚组装好的部分又拆卸下来，三下五除二地拿过那两颗螺钉，放在了正确的位置上。

黎青梦无措地在一旁看着，眼见自己毫无用武之地，转身去厨房倒了一杯水。

她出来时，康盂树也组装完了，扛起崭新的风扇说："你这个是不是要放房间里？这里吗？"

他指着一扇开着的门。

"啊……是。"她下意识地点头。

看着康盂树把风扇拿进她房间的刹那，她大惊失色地忙说"等等"，想把人拦下来。

然而，她晚了一步。

康盂树举着电风扇，视线在扫着可以摆放的空地时瞥过窗户。

房内没有开灯，客厅打进来的灯光还有窗外的月色，足够让他看清自己送她的那道彩虹，被端正地贴在床边。

身后，黎青梦已经冲了进来，一把跑到窗边，拉上窗帘。

渺小的彩虹瞬间被白窗纱挡住，但残影还在他眼前流连。

黎青梦故作镇定地道：“风扇我自己会找位置放，你回去吧。渴的话桌子上有水，我刚倒的。”

康盂树说着“好”，把风扇放在客厅的灯光投进卧室的光亮处，插上电，按开按钮，风扇叶呼呼旋转。他接着说了句“好像没问题了”，转身往外走。

黎青梦停在原地，盯着房间的墙面上随之映出的风扇叶投影，滚动的黑色影子像无声的走马灯。

他应该看到了吧，那张报纸……

虽然她把它贴在窗边没什么别的意思，但至少代表她好好地保存起来了。可她在收到的那一刻还在他面前假装对这张报纸很不屑。

她真是太丢脸了。黎青梦掩住脸，懊恼地晃着脑袋。

“对了——”康盂树的声音再次传来。

她迅速拿下手，看见他靠在她的房间门口，颀长的影子插在走马灯中间。

她轻轻吞咽：“还有什么事？”

康盂树微眯起眼，突然不说话了。

这种突如其来的沉默莫名加剧了她的紧张感。

“到底……”

“怎么了”还没出口，他径直朝她走来，停在她身前一寸处，蹲下身，捏住她的小腿。动作一气呵成，他就像盯准猎物后决定出手的猎人，不让猎物有抽离的时间。

被握住的小腿肉不受控制地小幅度痉挛，就好像有人在她的身体里藏了一块芯片，而他的手指是触动的开关，只要他贴上来，她就会为之颤抖。

她拢紧长衫，一边把自己的腿盖住，一边试图往里收腿。整个人往后挪了一步，背脊哐一下贴上窗框，金属的窗框硌上蝴蝶骨，疼得她龇牙咧嘴。

他蹲在阴影里，拧着眉抬眼：“别乱动，我是看你的湿疹。”

“没什么好看的。”

“刚在夜市就注意到你这腿了，怎么会烂成这样？我给你的药膏你没用吗？”

“我去看医生了，医生给我开了药膏。”

她的言下之意：我没必要用你的。

他不屑地道：“你说人民医院那个皮肤科的秃头吗？他给哪种皮肤病开的都是同一种药膏，我买的那个才是真的有用的。”

远处的电风扇维持着出厂设定，自动摇着脑袋，从左边转到右边，燥热的空气随着这股风掀动白色窗纱。

抬头的姿势让康孟树正好看见窗纱下若隐若现的彩虹，以及靠在彩虹旁脸色微微窘迫的黎青梦。

她的手指抠着旁边的墙壁，他的手里还能感觉到软软的腿肉在轻微抽动。

这副姿态，好像他把她欺负得多狠似的。

明明他是在关心她。

那他要不要真的欺负一下？这个念头激得他背上的汗疯狂地往外冒，理智正在蒸发。

他蓦然松了手，慢慢起身。

黎青梦并没有因为他的松手而放松，这就像你以为游戏已经到此结束，按下退出键，但其实这只是存档。你知道他按下的是存档键，接下来的可能就是乱来。

风扇开始从右边转向左边，风溜走了，这里更加闷热。于是她闻到自己身上的汗味以及山茶花的香味，还有一种神经末梢像根引线即将被点燃的硝烟味。

眼球随着他的动作跟着一点点上移，她目睹着他动作迟缓地起身，手伸向窗台，似乎是想借力起来，却形成将她圈拢的姿势。

她被单手围困，他撑着窗台的手臂上有蔓延的经络，似即将炸开的引线。

近在咫尺却一直悬而未碰的脚尖，终于因为这微妙的挪动，砰，撞上。

烟花烧起来了。

脚尖撞上的那一刻，死寂到连呼吸声都不存在的房间里，动车从高架上呼啸而过，轰响声震耳欲聋。

那声音像是什么游戏提示，有人按着大喇叭说：这次游戏其实根本没有存档键，请谨慎操作。

康盂树猛然抽回手，摸上自己的后脖颈，整个人姿势扭曲地错开一步。

他慌乱地说："手有点儿酸。"

她不知所措地"嗯"了一声："辛苦你了……"

"多大点儿事，走了。"他仓促转身，离开前还被门口的椅子腿绊了一下。

客厅里传来踉跄的脚步声、椅子腿和地面尖厉的摩擦声，然后是大门关上的动静，不大的房间彻底安静下来，只有风扇依旧呼呼地响。

黎青梦仍怔怔地背靠着窗，脑海里一遍又一遍地过着刚才的情景——

他起身的动作、靠近的模样……以及再接近一步，就如同他们相贴的脚尖一样，即将贴上的嘴唇。

刚才的时间宛如逢魔时刻，她灵魂出窍，一切都差点儿乱了套。

她开始后知后觉地庆幸有那趟讨厌的动车。它总是扰人好梦，这一回也同样扰乱了"好梦"，但严格意义上来说，这是一次冲动的"春梦"。如果没有人打断它……

黎青梦晃着脑袋走到风扇前，席地而坐，闭上眼睛，满身的燥热感终于在冷风下逐渐消散。

黎朔的情况慢慢好转，医生说再观察一阵子，如果稳定下来，黎朔就可以出院。

这是几个月来唯一的好消息。黎青梦在去沉船教画的路上都止不住笑，结果一到沉船，发现康嘉年也笑眯眯的。

她忍不住问："你也收到什么好消息了？"

康嘉年没错过她话中的"也"字："姐姐也是吗？"

"嗯，一个很好的消息。"

"那真是好事成双。"康嘉年嬉笑道，"我这次期末考了年级第十。"

黎青梦惊叹："可以啊，小学霸。"

"嘿嘿，所以才去了 VR 馆，爸妈请客，我哥还沾我的光呢。"

黎青梦听到康盂树的名字，表情变得不太自然，扯开话题："那你们现在放暑假了吧？可以趁暑假多练练画。"

说到这一茬，她忍不住联想起了记忆里的上一个暑假，是她正认为自己的人生充满无限可能，最意气风发的时候。

她以优秀毕业生的身份从美院毕业，拿到国外顶尖艺术学府的录取通知书，整日像只花蝴蝶那样流连在各种局中，朋友们美其名曰为她道别设宴。她现在想想，其实自己只是一个为寻欢作乐的众人买单的冤大头。

然而，黎朔当时已经出事，但还硬扛着不让她知道。

因此她得知后就格外愧疚，不敢想象黎朔独自承受了多大的压力，而自己还没心没肺地往外撒钱。

所以她也"一报还一报"，自作主张地背着他没有登上那班飞往佛罗伦萨的飞机。

她决心要陪爸爸渡过难关，不屑独自逃生。

纵然午夜梦回的时候，她总会梦见自己登上了那班飞机。

它载着她去了梦想之地。下午两点，她会在佛罗伦萨古老的街头游走，随意支个画板写生，广场上有鸽子，路人经过时会随手撒一些面包屑，满地的白鸽便开始乱飞，飞上教堂的穹顶，天空湛蓝。

她醒来后，胸口总是盈满一股失落感。她翻着手机上那些曾经为留学存下来的照片，会下意识地念着"Firenze"，那是佛罗伦萨的意大利语，读音很接近"翡冷翠"。

比起"佛罗伦萨"，她更喜欢用"翡冷翠"称呼它，显得更贴近这座鲜花之城。而且翡冷翠听起来有一种水晶般脆弱华丽的美感，总让她联想到一场流光四溢的幻梦。

对如今的她而言，那也确实是幻梦。

她短暂地走神，完全没注意康嘉年又说了什么，直到他伸出手在她眼前晃了晃。

黎青梦恍然开口："嗯，怎么了？"

"姐姐你还没说你发生了什么好事呢！"

“哦……”她笑了笑，“我爸快出院了。”

康嘉年十分意外。

黎青梦才反应过来：康盂树没有把这件事告诉他。

他懊恼地道：“啊，是什么病呀？”

“肝癌。”

随即，康嘉年露出了震惊的表情。

黎青梦平静地道：“不用这么惊讶，已经做完手术，快康复了。”

他大松口气：“那就好！是在人民医院住院吗？我改天去探病！”

“可以啊，那你得抓紧了。”

看黎青梦还有心情开玩笑，康嘉年也表情一松。

“对啦，我打算叫一帮同学来家里看露天电影，算是庆祝啦。姐姐你也来吧，我们一起庆祝叔叔康复。”

“露天电影？”这还真在她的体验盲区里。从前家里有那种小型家庭影院，她连外面的电影院都很少去。

“我哥去年从外面搞了一台二手的投影仪，可以在天台的墙上放电影。效果可好了！”康嘉年大力推荐，“到时候我们在阳台上烧烤，一边吃一边看。”

提到康盂树，黎青梦内心一跳。

她下意识地摇头：“不用……我……可能到时候没空。”

“我还没说什么时间呢！”

黎青梦抿唇：“是吗？那是我听差了。”

“姐姐什么时候有空？我按照你的时间来安排！”

见推托不掉，她也不想拂他的好意，况且是大家一起看电影，不是两人单独相处……应该没关系吧。

她迟疑地开口：“后天可以。”

“好，那就这么定了！”康嘉年兴高采烈地拍板。

回去后，康嘉年迫不及待地去拍康盂树的房门，让他把那台投影仪翻出来。

上一次他拿出投影仪还是去年夏天，这都过一年了，他哪里还记得放在哪儿？

“你又要组织那破观影会啊……”康盂树头痛地道，“自己找吧。”

他甩手坐回沙发上，事不关己地继续低头看手机。

康嘉年无语地探头一看，他正在网上跟人激情斗地主。

“哥，你别玩了，帮我来找一下啊。”

康盂树置若罔闻，看见对面的人往他的头像上砸水桶，顿时火起，以迅雷不及掩耳之势开始向对面反扔水桶、鸡蛋、番茄、砖头……挤得满屏都是。

好好的一个休闲卡牌游戏，愣是被他玩成了射击游戏。

康嘉年见他不理，决定使出撒手锏：“哦，对了，这次我还邀请了青梦姐。”

康盂树手一抖，把刚要扔出去的砖头点成了玫瑰花。

他把手机往旁边一扔，骂了一声。

康嘉年嘻嘻笑道：“你说，这次放部什么电影好呢？”

康盂树翻了个身，用后脑勺对着他，无所谓地道：“放什么都行。”

“恐怖片也行？”

“随便。”

康嘉年无语了，走过去踹了下他的腿：“哥，你真对人家没意思吗？”

“这事你要问几遍？”

“行，你就死鸭子嘴硬吧。枉我还给你制造那么多机会！要不是看你是我哥，我才不把青梦姐配给你。”

康盂树扭过头看着他，面无表情地说：“你这话什么意思？我不配？”

“你要是不在意，那么激动干什么？”

“我不高兴被损，行不行？”

康盂树径自退出未打完的这局游戏，把手机揣进兜里，甩上门扬长而去。

他骑车到桥头排档，翻遍手机想叫个人出来喝酒，手滑到章子的名字一顿，又往上滑走，翻了半天，想想此时有空的大概就是也没有出车的方茂。

一通电话打过去，方茂刚看完一场电影，听到喝酒，立刻直奔排档。

方茂到时，康孟树已经把菜都点好了，跷着腿坐在桌边，神色恹恹的。

“稀奇啊，烟也没抽，见你发呆。”他拉开椅子在康孟树对面坐下。

康孟树回神，道：“我最近戒烟。”

方茂神奇的脑回路开始运作：“你是要保护牙齿了？又换牙刷杯又戒烟的。”

康孟树无语：“我的牙齿还需要保护？”他龇牙，白晃晃的八颗牙齿闪着方茂的眼睛。

“那你怎么突然想起戒烟了？”

“珍爱生命。”

“那我先祭奠我寿命的一分钟。”方茂从口袋里掏出一根烟，慢悠悠地点上，故意刺激他。

康孟树看得牙痒痒，扯开话题说：“你刚看的是什么电影？”

“没什么，外国片，你不感兴趣的。”

“谁说我不感兴趣了？”

“我以前每次叫你看电影你都说没兴趣啊。”

“这不是突然有兴趣了嘛！”他扭扭捏捏地问，“如果，我是说如果啊，那些喜欢艺术的人都会看什么片子啊，是不是文艺片？”

“我又不学艺术，我咋知道？”

“你看电影没认识些电影发烧友什么的？”

方茂吐了一口烟圈，整个人笑得晃动：“还‘电影发烧友’，你这用词太老土了吧。”

康孟树被笑得红了脸：“总之就是那么个意思！”

方茂琢磨道：“大概吧。”

“那你有什么好的文艺片推荐吗？”

“你要看啊？还是算了吧。”方茂很不给面子地摇头，“我说一堆，你回去看不了几秒，浪费我的感情。”

康孟树不乐意地道：“不是我要看。去年你不是给我一台你自己的投影仪吗？我弟又要叫他同学来家里看了。”

“哦？你还要操心他们看什么，可真是长兄如父。”

“我提前给他们进行艺术熏陶。”康盂树一本正经地说道，“最好冷门点儿，别是个人都看过的那种。”

方茂笑道：“行，就要装自己格调高呗。”

康盂树点头，又拖拖拉拉地补了一句：“最好和爱情扯上点儿关系。”

方茂狐疑地道：“这适合给他们看？”

康盂树心虚地拨弄着一次性筷子上的木刺，清清嗓子说：“怎么不适合？越年轻越喜欢看。我这叫开明。”

黎青梦下班后从美甲店出来，差点儿忘记了今天是和康嘉年约好要去他家里看露天电影的日子。还好康嘉年没忘记提醒她，又发了一遍他家的定位。

康家的位置就在骑楼老街，离沉船不远，她闭着眼睛都能走顺那条路。

那个家她却是第一次去。

那是康嘉年的家，同样也是康盂树的。对于这个康盂树从小长大的地方，她其实非常好奇到底是什么样子的。或许这也是……她答应来看电影，自己都不想承认的一个原因。

黎青梦按照地址骑进骑楼老街，一拐弯就看见了康家的南洋风小楼。

这天黄昏的天空非常漂亮，色彩有层次地从天际线开始蔓延，这是最伟大的画家都调配不出的最高级色调，而白色小楼就静静地矗立在这样如画似梦的昏黄、粉彩、淡紫中。

正对黎青梦的一面墙上爬满了绿色的爬山虎。一楼的院子里静悄悄的，院落的篱笆门开着，里面空无一人，只有一株漂亮的玉兰树上传来蝉鸣声。

她停好车，给康嘉年发消息说自己到了。

不多时，隐约有下楼的脚步声传来。她探头进去，看见了下来的康盂树。

因为天气炎热，他只穿了一件白色的工字背心，身材把这件背心撑

得很满，牛仔裤松松垮垮。他一边下楼一边还在低头系腰带。

黎青梦立刻装作没看到，把头缩回去，盯着地面上的玉兰花瓣。

“来了？”他的声音在篱笆后响起，黎青梦若无其事地回头，看见他撑着矮一头的院门，垂眸注视着她。

她“嗯”了一声。

“进来啊，傻愣在门外干什么？”

得到屋主的允许，黎青梦这才抬脚进院子，问道：“康嘉年在阳台上？”

“嗯，他在招呼同学，所以派我来接你一下。”

“哦。”

他低头看她手里的袋子：“还拿了饮料？”

“这是一种礼貌。”

人家邀请她又是烤肉又是看电影，再加上第一次登门，她不提点儿东西根本过意不去。

他不以为意，关心的是：“那带酒了没有？”

“带了。”

康盂树冲她比大拇指，转身带她上楼。

她跟在他的身后，极力克制自己的视线不要乱转，但还是免不了乱飞。

他们踏过院子，一楼是一条走廊，地面是那种最典型的南洋风瓷砖，每块小瓷砖上都画着米白色和青黄色的花纹。黎青梦忍不住想：光着脚踩上去一定很舒服。

走廊通到里面的客厅，但她还没看清楚，康盂树就领着她上了楼。

她有些紧张地问：“家里只有你和康嘉年在吗？”

如果她撞上他爸妈……

康盂树仿佛看出她的顾虑，懒洋洋地道：“你放心，我爸妈他们看康嘉年考得好，一开心，抱团旅游去了。家里只有我爷爷在，他吃完晚饭了，在屋子里睡觉呢。”

黎青梦松了一口气，继而失笑道：“奖励不应该是带着康嘉年去旅游吗？”

康盂树耸肩：“他们就是找个由头出去玩。以前也是，我考得好，他们就说吃顿大餐奖励奖励我，结果买了青蟹回来，他俩一人分一个蟹身，我爷爷吃蟹钳，康嘉年吃蟹腿……”

他讲到这里一顿。

“那你呢？”她努力回忆螃蟹的构造，试图找出还没分完的部位。

结果他嘴角一抽：“我负责帮他们剥。”

黎青梦“扑哧”一下，笑出了声。

他们走到二楼时，天台上的烧烤气味已经顺风飘下来。

黎青梦吸了吸鼻子：“他们这就烤起来了？”

“烤完，等天色暗了，就能一边看一边吃。”

“这样……”

言谈间，两人终于拾级而上，到了天台。天台是一个宽阔的平层，除了原本就有的晾衣架、凌乱的绿色植株，此时还有人搬上来好多凳子，中间是玻璃茶几。

等天色渐暗，他们把楼梯间的门一关，身后的红砖墙面就可以当作天然的荧幕。

此时天台上挤满了青涩的脸庞，大家正在手忙脚乱地烤肉，叽叽喳喳的，很吵闹。

但这种吵闹声并不烦人，只会让黎青梦感慨地想：年轻真好。

康嘉年被挤在烧烤人群的最外围，给中心的人递烤串的材料。他见黎青梦和康盂树上来，笑容顿时变得明媚，跑过来将她介绍给众人：“这是教我画画的姐姐，你们可以喊她青梦姐。她是从京崎搬来的，画画特别厉害。”

她听到康嘉年对她的介绍，有些不太自在，但没表现出来，把手中的袋子递过去。

“你们好。这是给大家带的。”

康盂树抱臂站在她身后，见她把袋子递出去，瞬间也跟着动起来，大手伸进她的袋子里，单手捏出三罐啤酒。

“啤酒都是我的。”他仿若一头护食的狮子，凶巴巴的。

有男生调侃说：“康嘉年，这就是你提到过的姐姐啊？她刚走来，我还以为是盂树哥的女朋友呢。”

他刚说完，就听见有个女生跟着半真半假地嚷嚷：“还好不是，我

还等着以后嫁给康盂树呢！”

顿时，众人哇哇起哄。

康盂树笑了笑说：“就算我假装你爸给你签卷子，对你有恩，你也不必以身相许。”

大家又是一阵哄笑。

黎青梦也跟着扯起嘴角笑了两声，不是因为好笑，而是心中刚响起的警铃随着康盂树的话消失。

康盂树说着“我去搬投影仪”，又下了天台。除了康嘉年，黎青梦和其他人压根儿不熟，并不习惯这种场合。她独自走到天台边，越过快被风吹干的被单，将远处的海岸线尽收眼底，隐约还能看见他们的“被遗忘之地”——那艘沉船。

她心想：难道他们就是这样发现那艘船的吗？

“给。”黎青梦正在猜想时，康嘉年从身后递给她一串刚出炉的烤串。

“谢谢姐姐带来的饮料。”他笑着说，“只有你带了东西过来。”

黎青梦接过肉串，指着那群热火朝天的人：“你不用管我，去和朋友们玩吧。”

“‘朋友’吗？”康嘉年呢喃着这个词，有些低落地说，“也许比起我，我哥和他们更像朋友吧。明明我也挺努力想融入大家，但总是会不知不觉地被他们忽略。”

其实她在刚进来的时候，就敏锐地发现了康嘉年似乎和那些人之间的气场微妙地不合。她想起自己从前交的那些狐朋狗友，忍不住劝他：“其实你看他们现在玩得那么好，又有几个是真心把对方当作朋友呢？朋友不是一起享乐那么简单，真正的朋友是能够接纳你的困境和不安的人。如果不能接受，那你也不必再对他们示好。这是一个双向选择的过程。”

康嘉年倾听着她的话，若有所思：“那我是不是应该……”

他还要说些什么，康盂树拎着投影仪上来，大家一窝蜂地围过去，这个关于朋友的话题也被迫中断。

大家兴致勃勃地围着康盂树问：“我们看什么片子啊？”

康盂树淡然地吐出一个片名：“《地球最后的夜晚》。怎么样，没看过吧？”

有人问：“这是文艺片吗？”

“对。”

“不要啊，没耐心看文艺片——”男生哀号，“我想看好莱坞大片或者古惑仔！”

“赞同！”

男生一呼百应，大家都强烈要求换片。

“独裁者”康盂树非常无情地镇压，沉声道：“你们能不能有点儿出息？成天看些打打杀杀的，多学习一下哥，就喜欢看这种有文化内涵的。”

说到后半句，他还不自觉地加大音量，远处的黎青梦都能听得一清二楚。

然而，她压根儿不关心他们到底要看什么，她的肚子此时正在隐隐作痛。

不知道是不是因为不习惯吃烤串，她没吃两口就觉得不舒服，现在肠胃更是翻江倒海……看来她必须得去一趟厕所了。

但她又不好意思在康盂树的家里上厕所，于是压低声音问身边的康嘉年：“附近有没有公共厕所？”

他很快明白黎青梦的顾虑，回道：“姐姐可以去一楼客厅那个，我们家人不常用，客人来的话正好用。”

她比个“OK”的手势，在他们商量到底要看什么片子时，悄然起身跑向一楼。

问题解决之后，黎青梦拉开门，被吓了一大跳。

客厅的沙发上有一个头发花白的老头儿，端正地坐着看电视，却把电视机调成静音了。

这难道就是那位传说中患了阿尔茨海默病，跑去发廊看美女，又去舞厅找“女朋友”跳舞的康家老爷子？行为是够古怪的。

回天台必须要经过他，黎青梦纠结眼下的场景该如何应对，康盂树就从楼梯拐角处现身了。

谢天谢地，她从来没觉得康盂树来得这么是时候。

他喊道：“还没好吗？电影要开始了，就等你一个人了。”

黎青梦连忙指了指沙发上的人，小声道：“我该怎么打招呼啊？”

“你等下。”

康盂树一皱眉头，上前把电视关了，蹲下来对着康老爷子说：“爷爷，刚刚不是让你去睡觉了吗？你怎么又跑下来了？”

康老爷子迟钝地将视线挪向康盂树，开口：“你还敢管我了？！我是你老子！想看多久电视就看多久！你给我上床睡觉去！”

康盂树习以为常地辩解：“爷爷……我不是你儿子，我是你孙子。”

在旁边目睹这一幕的黎青梦觉得好笑又心酸。

康老爷子定睛看着康盂树，捧起他的脸仔仔细细地看，嘟囔道：“你就是我儿子康成邦啊！你当我瞎了吗？”

康盂树懒得再纠正，想着赶紧把人安顿好，楼顶还有一群小崽子：“是是是，只要你乖乖回房睡觉，我就是康成邦。”

康老爷子眉头一皱：“怎么就你一个人啊，我儿媳妇呢？”

康盂树一愣。

黎青梦还在一边看爷孙俩一唱一和，看到康盂树愣住的表情，实在憋不住想笑。

但她马上就笑不出来了。

康盂树悠悠地转头，对着黎青梦一扬下巴：“儿媳妇……不就在那儿站着吗？”

康盂树的话音一落，康老爷子随即看向黎青梦，眉头一皱，张口就骂：“你当我老糊涂了啊？！混账东西！这么漂亮的囡囡怎么会是我儿媳妇？你居然敢给我在外面乱找女人！”

黎青梦登时哭笑不得：这什么跟什么？

康盂树也一个头两个大，不知道该说老爷子是清醒还是更浑了。

他好说歹说一顿哄，总算把爷爷哄回房间。等他关上房门，迎上的就是黎青梦仿佛写着“兴师问罪”的脸。

她盯着他：“让你刚才胡说八道。”

“迫于无奈啊！”他揉了揉眉心，“我爸我妈以前吵架吵得凶，我怕说他们不在老头就以为他俩离婚了，更哄不回去，我头痛。”

“是这样吗？”

“没考虑到你在意这个，我向你道歉，口头上占了你的便宜。”

“算了……”黎青梦垂下眼。她清楚自己并没有多少被冒犯的不悦感，只是觉得……此时应该表现出一些不舒服的模样才是合理的。

她转移话题道：“你爷爷他一直都这样吗？没有正常的时候？”

“很少，他大部分时候会乱叫，把我叫成我爸，或者把康嘉年叫成我，又把我爸叫成康嘉年。是不是听上去很滑稽？”

黎青梦抿了抿唇，知道这其实一点儿都不滑稽。

康盂树故作轻松地笑着说：“真怕有一天他反过来叫我爷爷。”

黎青梦听着他这个似乎很搞笑的玩笑，心头反而堵得慌。

康盂树忽然问她：“你和你爷爷奶奶亲近吗？”

黎青梦微愣，摇头说：“我爷爷和奶奶都走得很早，我对他们没有太多的记忆了。”

“那我还挺羡慕你的。”康盂树的视线挪向别处，看向院子里的花，“比起我爸我妈，我其实和我爷爷更亲。我从前在外面闯祸捣蛋，我爸妈会训我，但老头子不会。他只会把我护到身后，撸起袖子和别人叫板。他当时最常挂在嘴边的一句话是——我孙子只有我能训，其他人别想瞎欺负。

“我以前睡不着的时候，他还总给我讲故事，讲的都是他以前当兵时候的事。他背上还有枪子儿留下来的疤，好几处。他说男人无论何时都不能掉眼泪，除非真的难过到快死了才可以。我就牢记我爷爷的话，从来不掉眼泪。但康嘉年动不动就哭，每回都把他气得半死。”

康盂树说到这里，笑了起来。

“但后来其实我有偷偷看到老头子流过眼泪，是某天家里全员大扫除的时候。我爷爷从房间里翻出一枚胸针，那是我奶奶生前最喜欢戴的，后来不知塞到哪里了，我们送她走的时候就没把胸针别到她的胸前。

“然后那个下午，我爷爷就握着那枚胸针一直发愣，吃晚饭的时候眼睛还很红。不过康嘉年猜测老头子只是想逃避大扫除。”

他说起那句猜测，失笑地摇头。

“他其实很想你奶奶吧……”黎青梦听他描述胸针这个细节，尴尬

地道，“我还以为你爷爷就是一个……很老不正经的人。”

毕竟康嘉年曾经说过，他连失踪都会跑去发廊看年轻小美女，简直把“不正经”刻进了基因里。

“谁说不是呢？他本质上还是个好色的糟老头儿。”康孟树不客气地损道。

两人和“糟老头儿”就隔着一道门，黎青梦小声道：“你也不怕他听见。”

“听见也没事，第二天他铁定就忘了。”

话题莫名又绕回原点。虽然他只是说了只言片语，但黎青梦已然感受到两人之间藏在这些字句中深厚的羁绊。再回头想起刚才他和康老爷子互动的那一幕，她只觉得说不出地难过。

那个他爱的亲人还在眼前，但又仿佛不再是那个当初看着他长大，会每时每刻都庇护、偏爱他的人了。

两人面对面，却被硬生生地分隔在两个平行空间里。

光是代入想一想，她都觉得那种感觉非常绝望。

黎青梦喉头滚动，慢慢地道：“我挺佩服你的。如果是我，不一定能承受这些。”

康孟树被突如其来的表扬惊到，不好意思地摸了下鼻子，奇怪地道：“你爸的病，你不都扛过来了吗？而且那个只有你自己承担。要说不容易，我觉得你才不容易吧。”

黎青梦长久以来逞强的假面被他轻易戳穿。

好似在孤立无援的荒野里，有人举着火把来到她跟前，给她点亮了一小片光，命运的洪水猛兽便被挥到了角落里。

她有些无措地低下头，压抑住从刚才就汹涌的酸意，摇头说：“不一样的。”

“怎么不一样？”

“总之就是，我不一定能做到像你那样温和。如果我爸得了这个病，我说不定会控制不住发脾气，怪他怎么可以忘记我。”

康孟树“哦”了一声：“那这样的心情我也会有。但你知道吗？其实这个病最痛苦的不是家人，不是我们，而是老头子。”康孟树微微叹息，“他如果知道曾经他最爱的孙子被他这么无视，回过神来一定会自责到掉眼泪的。”康盂树看向康老爷子的房门，“所以我反而希望他就这样气人下去。永远不必叫对我的名字，保持这样没心没肺的快乐就可以了。”

两人不知不觉地聊了很多。天台边，康嘉年探出半个身子，喊道：“你们怎么还不上来？”

他们齐齐止住话头。

康盂树对楼上的人应道：“来了——”接着，他对黎青梦道：“先不聊了，电影该开场了。”

她轻轻点头。

他们回到天台，天色已暗，正是适合观看的时间。

刚才她眺望的海岸线亮起一排渔火，另一个方向上是连绵的青色山脉，一根根电线杆带着电线延伸在昏暗的天空下，没有尽头。

这幅画面是不可能在京崎见到的，辽阔又有野性，却又美得仿佛被精心设计过。

她对康盂树说：“你觉不觉得这个画面的基调很像《关于莉莉周的一切》？”

她听到他说喜欢看文艺片，理所当然地以此比喻。

康盂树脸色一紧：《关于莉莉周的一切》是哪国的片子？反正听着不像中国的。

他若有所思地沉吟：“嗯……”

他险些出洋相之际，昏暗的红砖墙面上映出一个标志，电影正式开始，救了他一命。

大家都已经入座，翘首以待，剩下视野最不好的后面一排，离烤肉架还特别近，未熄的炭火隐隐散发着余温，于是就被留给了姗姗来迟的黎青梦和康盂树。

他们刚坐下，康盂树只穿个工字背心都被那股热气烤得受不了，瞥了眼身旁的黎青梦，她穿着长裙，上身还是长袖的防晒服，把自己包裹得严严实实。

“已经没太阳了，你要不要把你那个外套脱了？”康盂树稍微歪了一半身子，像个不倒翁似的凑近她问。

黎青梦反而把衣服裹得更紧一点儿，想也不想地说：“不用。”

“随你便。”他坐直身体，嘴上咕哝，“也不怕中暑。”

她不是不怕热，而是身上的湿疹更严重了。

那些小红点儿如果不在初期被控制，最后扩散成一小片一小片，像支流般汇聚成湖泊的时候，好起来就很缓慢。她现阶段就是如此，而且那成片的创口还会流脓水，比康盂树之前看到的还要恶心。

所以她哪怕现在热到要爆炸，也硬生生忍住了脱外套或者把裙子撩起来的冲动。

而且其实她忍耐久了，这种体验反倒非常新鲜。

没有电影院会是这样的。它本该有柔软的皮质沙发、冻到胳膊会起小疙瘩的冷气、一杯源源不断地冒到最后不再起泡的可乐。

然而现在呢？咸腥中带着擦过被单的柔顺剂味道的海风、硬实且没有靠背的塑料凳、快将人背部烤红的热气，而且最重要的主体——荧幕本身很模糊，二手投影仪还时常卡顿。

如此野性又不加修饰的露天电影，用“粗糙”二字就可以全部概括。她对自己当时冒出的好奇心理感到好笑。

但为什么自己没有想走的念头，屁股还稳稳地坐在硌人的凳子上？这部电影并没有多好看，而且她还觉得挺无聊。

有如此观感的并非她一个，前面的同学们也忍受不了影片沉闷和故弄玄虚的氛围，陆续有人站起来活动，趴到天台边聊天或者干什么，场面变得闹哄哄的。

唯独身边的康盂树非常认真，两只眼睛炯炯有神地盯着屏幕。

他看起来还真是不像爱看这种片的人，黎青梦实在没想到。

康盂树看似投入，其实内心已经憋了十万个为什么。憋无可憋，他摸出手机偷偷给康嘉年发微信：

“这俩男的在车里干什么啊？没看明白。

“这台词说的是人话吗？

“不明白怎么就是地球最后的夜晚了，没有外星人来攻打地球吗？不是末日还能叫地球最后的夜晚？”

康嘉年不堪其扰，直接回复了一句：“我也不知道，要不我把你的问题转发给青梦姐，请她帮忙解答一下吧？”

康盂树回他一个炸弹、一把刀子和一个鄙视的表情，没有再发问题过来。

看到一半时，康嘉年的这些同学没有耐心继续看，临时决定去打电动游戏，大家呼啦啦起身。

康嘉年是组织这次观影的人，坐在原位，脸色有些尴尬。

康孟树皱着眉头要说什么时，有一个人喊康嘉年：“嘉年，一起去呗？”

康嘉年微愣，而后扬起笑脸，起身向他跑去。

康孟树默默止住想说的话，朝康嘉年扬手说：“记得早点儿回来。”

“哥和青梦姐不跟我们一起去吗？”

康孟树不忘自己的人设，严肃地道：“电影还没看完。”

“哇，孟树哥真是看得进去，厉害。”

康嘉年听到同学略显崇拜的语气，想到微信上那一连串的问题，嘴角一抽。

黎青梦看了康孟树一眼，鬼使神差地说：“我就不去了，想把电影看完。”

康孟树听到黎青梦的回答，内心油然而生一种类似中标的得意感——

她果然喜欢看这种电影。

最后这帮小年轻如台风过境，留下满地垃圾离开了。

天台明明空旷了许多，他们却觉得这是最拥挤的时刻，只剩下她和他，相隔不到半米，并肩坐着。

手心被热气烘烤着，出了黏腻的汗。也许到了忍耐这份热气的极限，也许是害怕突如其来的心慌感觉，她看着前面空出来的位置，起身坐到了第一排，离他最远的地方。

第一排正好架了一台电风扇，呼呼地吹着并不凉爽的风。

她满意于自己无比自然的换位行为，忽略了电扇正在吹起她的裙角。小腿的肌肤在夜色中若隐若现，如果在认真看电影的人绝对不会发现。

而康孟树显然不属于这个行列。黎青梦换到前排后，他连伪装都省了，视线不知不觉地定在了她的背影上，自然也没有错过这个细节。

电扇的风将裙摆吹起来后，他冷不丁地站起，不声不响地往楼梯那

儿走去。

黎青梦没在意，以为他是去上厕所，扫了圈空荡荡的天台，紧绷的神经刹那间松懈下来。

只是楼梯间的门一开，她看到康盂树回来，神经又慢慢绷成直线。她假装毫无波动，仰头看着屏幕，余光却瞟着他的走动路线。

康盂树居然没有越过她回到最后一排。她预感到他要靠近，维持的淡定心情开始摇摇欲坠。

他果然如预感中一样，拐弯停在她跟前。

黎青梦抬起头说："你挡住我了。"

"哦。"他蹲了下来。

她更加莫名其妙："你要干吗？不回座位看吗？"

康盂树一挑眉，伸手将她的裙摆撩到大腿上，捏住腿肉上无所遁形的创口，嫌弃地道："还能干什么？给你的小烂腿上药。"

康盂树从口袋里摸出一管药膏，就是他刚才下楼去房间里拿的。

他说着风凉话："我说过只有这个管用，你看看你涂医院开的，现在变这样了吧。"

黎青梦在当下迅速把腿往后撤，从他手中抽离。

"你还躲。"他很强硬地握住她缩到凳子腿后面的脚踝，轻而易举地拽出来，并不粗暴，却又让她无法逃脱。

脸皮一瞬间红到滴血，她觉得被冒犯。可是这种冒犯的举动又是为了她好，让她发作都没底气。

她只能转变策略，不和他硬碰硬，放软语气说："行，我知道了，你把药膏给我吧，我回去就用。"

康盂树充耳不闻，直接拧开盖子，挤了一点儿在手指上，往她小腿上看着像是腐烂了的肉上涂抹。他的手指上有常年开车磨出的老茧，粗糙的皮肤贴着软肉，在创口的最外圈打转。

创口的形状像一片深色旋涡，而他的手指正随着一片风暴坠入旋涡中心。

药膏冰凉，效果也立竿见影，她几乎即刻感觉到它作用在皮肤上的麻痒感，并且在他手指的指挥下，原本只有一的痒度直接飙升到十。

因此，她忍耐到太阳穴都在紧抽，却还是不小心泄出哼声。

停在她腿上的手指一顿。康盂树捏了捏她的肉，大概以为她只是受不了药膏的刺激，低声说："忍一下。"

黎青梦咬住嘴唇，谨防再次发声，更用力地往外伸着腿："够了……我自己来！"

康盂树终于松开了手。

他直接由蹲姿往后席地一坐，手撑着地面，视线还是在她的腿上徘徊。

"药膏就像我刚才那样抹就可以，早晚各一次。这管是我妈之前用剩下的，没多少了。你回头按照这个包装再去药店里买，记住了没？"

黎青梦说着"啰唆"，赶紧将裙摆放下去，挡住他的视线。

结果他又费劲地蹲起把裙子撩开。

"你要流氓吗？"黎青梦恶狠狠地瞪他，垂下来的发丝掩住了绯红的耳郭。

康盂树又笑着坐回地上，慢条斯理地解释："你别忘了，刚涂过药膏，想全蹭到裙子上？"

黎青梦咬牙："无所谓。"

她执拗地又把裙子放下，盖住皮肤，一副哪怕蹭脏裙子，把它扔掉都无所谓的架势。

她介意的不是像被揩油的小女生那样露出皮肤，而是这样不堪的皮肤并不该示人，尤其是在康盂树面前。

他却用行动表明了不在乎。即便他刚才是用嫌弃的口气说要给自己上药，嘴角还是轻轻上挑的，那种伪装出来的嫌弃表现，比坦荡的温柔举动更让她无法忽视。

此时此刻，她感觉自己就像一幅颜料未干的画作，被他一把掀开了画布。而这个不遵守规矩的过路者，好奇地伸了一下手。

于是他们谁都没想到，一个手印就这么被摁上了。

她不习惯这种侵入的痕迹，觉得懊恼、后悔、恐惧。完美的画面被打碎，无法再回到往日的无瑕状态，算不算一种毁灭？

她不再是被自己支配的作品……这怎么可以？

黎青梦低着头胡思乱想时，康盂树依旧坐在地上，头往后仰，瞥了

一眼墙上的电影画面。

“放完了……”他心不在焉地说，“你刚刚看到结局了吗？”

“没有……”她也心不在焉地回答。

康盂树“哦”了一声，用下巴示意她把旁边的啤酒递过来。

“就不倒回去看了吧。”他装了一整晚，还是在这一刻投降，“其实我压根儿一点儿都没看懂。”

黎青梦倒是看懂了，只是谈不上喜欢。

“有哪里需要我给你解释一下吗？”

他迅速说：“用不着。”

两人沉默下来，各怀心事。

康盂树拉开啤酒罐的拉环，咕咚咕咚地饮下半罐，忽然微仰起脸，盯着她。

“如果，今晚是地球最后的一个晚上，你会想做什么？”

这个问题突如其来，黎青梦怔住了。

某个很可怕的答案随着刚才的纠结心情呼之欲出，为了否定这个答案，她不假思索地脱口而出：“当然是买张机票离开这里了，我总不能死在这种地方。”

康盂树的表情一僵，他有些冲地发问：“这种地方是哪种地方？”

黎青梦抿唇：“和我没有任何关系的地方。”

他脸上的表情瞬间变好了一些，却在他回味之后更加不好。最后他“嗯”了一声，问：“所以你想死在京崎，魂归故里？”

黎青梦摇头：“我想死在翡冷翠。”

他的暴躁心情经过两次堆积终于快喷出来，但他还是点着头强行压住，装作毫不在意地说：“哦。”

顿了一秒，他没压住：“翡冷翠是哪里？”

“在意大利。”黎青梦耐心地解释道，“它的原名是佛罗伦萨，翡冷翠这个名词很生僻，你不知道很正常。”

康盂树沉默了。难道有人不知道佛罗伦萨属于意大利，就不正常了吗？

那他的确不正常。

关于意大利，他只知道威尼斯，因为地理课他都不爱听。哦，他还知道西西里。方茂和他念叨过《西西里的美丽传说》，说那部电影的女主角贼性感美艳。

那种失去语言的感觉又回来了，如同当初他们在语音通话时说起旋转木马，黎青梦提起欧洲小镇，可他只坐过苏安市的小破木马。

别说欧洲，他连国门都没出过。那里太远了，远到他连在梦里都不会去。

康盂树拨弄着啤酒罐上翘起的环，语言匮乏地发表对那座城市的感想：“真远。”

黎青梦眺望远处海面上的渔火，恍惚地说：“确实远。你不好奇我为什么要挑那么远的地方吗？”

“哦，为什么？”他机械得就像一个被触发关键词的机器人客服。

黎青梦能感受到他的兴致不高，偏偏还要说出来，更像是说给自己听：“如果一切顺利的话，这个时候我已经在那里了。佛罗伦萨美术学院的 offer，是我本科的时候就心心念念的东西。我喜欢那所学校，也喜欢那座城市，它保留了欧洲文艺复兴时期的灵魂。说真的，如果要选一个地方死，我一定会死在那里。我的骨灰要撒在领主广场上，或者阿尔诺河里。”

旁人可能会觉得这番话听起来很矫情或者做作，却是她的肺腑之言。

康盂树彻底沉默了。

原来，他们该是两条完全不相交的平行线。

如果一切顺利，她去有阿尔诺河的翡冷翠念研究生，而他继续在南苔开货车，到达最远的地方就是她已经缺席的京崎。

他们完完全全不会相交。

现在这又算什么呢？是她口中一切不顺利的结果吗？

“挺厉害嘛，还考上研究生了。”沉默半天，他发自肺腑地恭喜。

他是高职学历，在他眼中，国外的研究生，啧啧，那是真的厉害。

她还会说那边的语言吧？那么复杂的语言她都能掌握，而他连英语都说得结巴。他不是学不会，只是不爱学。他感兴趣的东西不是这些。

但他对什么感兴趣呢？他自己也不知道。比起自己，其他人感兴趣的反而是他更关心的——康嘉年渴望去外面，爷爷害怕寂寞，爸妈希望

日子稳定。他努力去关照这些就已经花费太多精力了。

康孟树漫不经心地联想这些有的没的，啤酒略苦的后味在嘴巴里散开。

黎青梦对他的“恭喜”苦笑着摇头：“已经没用了。”她垂下眼睑，语气是极克制的遗憾。

康孟树冲她举了下啤酒：“机会多的是，你有这个能力考过去。总有一天只要你想去，就可以到达那个地方。”

接着他仰头，将啤酒一饮而尽，啤酒的沫子流了一下巴。

他粗暴地抹掉，心想：这酒的滋味不太行，越喝到后面越苦，下次再也不买了。

黎青梦听到他的安慰，并没有被慰藉。她已经说不清自己是知道这种安慰的话太苍白，眼前的无望景象更沉重，还是说其实她内心的渴望已不如当初那么强烈，所以她听到后也没有预想中开心。

她只是默认般地点点头，转移话题道：“那你呢，你会做什么？”

康孟树像是在思考，手指捏着喝空的啤酒罐子，一不小心，将罐子捏扁了。

他随意地把罐子扔到角落里，两只手又撑回地面，整个人大幅度仰过去，望着夜空。

“我没什么特别想做的，可能还是坐在这里吧，再放一遍《地球最后的夜晚》，应景。”他抬手指了下夜空，笑了笑，“也许还会等到载你去翡冷翠的飞机飞过我的头顶。到时，我就在底下大喊一句——”

他故弄玄虚地一下收住，不肯再往下说。

黎青梦迅速皱起眉头，好奇地催促道：“喊什么？”

“现在说就不好玩了。”康孟树不正经地说，“等真到地球最后那个晚上，你会听见的。”

“你在耍我吗？”

“没有啊，我很认真。”

“地球最后的夜晚最起码也要几十亿年以后。”

“我知道啊，这点儿常识我还是有的。别忘了我还知道雷电的原理呢。”

黎青梦已经确定他在耍自己了。

要真的到那时候，她去哪儿听见？耳朵都变成原子，被分解好几轮了。

他根本就没想过要说什么吧，只是有些乐于看见她抓心挠肝、好奇又无法得知的样子的恶趣味罢了。

这个爱捉弄人的讨厌鬼。

因为康盂树无厘头的玩笑，原本有些压抑的气氛轻松许多。

黎青梦不再纠结那个根本就没有的答案，起身说：“电影放完了，我也该走了。”

康盂树拍拍手从地上起身，直接道：“我送你回去。”

“不用了，这条路线我还算熟。”她指的是从沉船回到筒子楼，所经过的路线差不多。

康盂树坚持：“我也不算送你，正好顺路吧，我去电动厅抓康嘉年，免得他玩过头。”

黎青梦嗤笑：“别是你自己想玩。”

两人把天台清理完毕，一起迎着夏夜的风骑车驶出骑楼老街。

两辆电瓶车离开海岸线，风中的湿气并没有减少，空气被道路两边的房子夹得很闷。

一场夏夜的暴雨正在悄无声息地酝酿，而他们还浑然不觉。

最先感受到要下雨的人是康盂树。他不像黎青梦般规矩地戴着头盔，几滴雨落下来的时候，他立刻就反应过来下雨了。

但不需要康盂树提醒，这场雨一开始下得稀稀拉拉，转瞬气势汹汹。

要说这世界上最喜怒无常的是谁，不是男人或是女人，而是老天爷。

黎青梦的头盔被雨水击打得砰砰作响，老天爷开始在她头上打地鼠了。

这么大的雨势，他们根本没法继续骑。两人匆匆地把车停到一边已经拉下来的卷帘门前，一头扎进旁边的摊位上躲雨。

这个摊位原本也是露天的，摊主正在匆忙地支雨棚，刚支完，他们就冲了进来。

摊主和他们大眼瞪小眼，挤出一句："来都来了，要不要唱首歌？"

黎青梦愣住了，扫了一眼摊子，才发现是个街头的移动KTV。棚内搭着简易的装置，两个音箱上面摆放着两块牌子，一块写着"五块一首，十块三首"，另一块写着"不论唱得好不好，摊主一定给捧场"。

黎青梦第一反应就是尴尬地摇头。康盂树无所谓，反正等雨停也是空等，不如唱首歌消磨时间。他自觉唱歌不算难听，不慌不忙地问："在哪儿点歌？"

摊主忙把一个小方盒递过来："跟手机一样在上面搜就行。"

黎青梦悄悄探头，好奇心又开始作祟。康盂树用余光捕捉到，一把将点歌机递过来："想唱？"

她立刻摇头："我就是没见过这种点歌的，有点儿好奇。"

"既然好奇，不如亲自体验一下。"

一旁的摊主也见缝插针地鼓吹："我们家的音箱特别好，唱出来有自动美音功能！"

黎青梦听到"美音功能"哭笑不得，不由得辩解："我唱歌不跑调的。"

"那你还扭捏什么？"康盂树直接将点歌机塞进她怀里。

摊主笑眯眯地鼓动她："这样吧，相逢就是缘，你们唱两首我也算你们五块。"

这俩人一唱一和的，把她架上去下不来。

黎青梦犹豫地摁开点歌机，心想：唱一首就唱一首吧。

只是机器和她作对，她想唱的歌搜不到，看来今天这首歌注定唱不成。

她失望地把点歌机还给康盂树："还是你唱吧，没有我要找的歌。"

摊主忙说："怎么会呢？我这里面曲库特别全！流行金曲、网络热歌应有尽有啊！你是不是不会操作？我帮你搜！"

他热心地拿过点歌机，问她："歌名叫什么？"

黎青梦欲言又止，最后摇头说："真不用，我搜过了。"

摊主还是当她脸皮薄，催她："没关系，你说。"

她转头用眼神向康盂树求助，然而他仿佛觉得她和摊主的互动挺好玩，抱臂作壁上观。

架不住摊主劝说，她转过脸，无奈地道：“*Bloody Mary Girl*（《血腥玛丽女孩》）。”

“哦，英文歌啊……应该有，可能有。”摊主点歌的动作一顿，他抬起头，“这怎么拼啊？”

黎青梦早预见这个结果了，摆手：“所以不用了，我已经搜过了，确实没有。而且这也不是英文歌，是日语歌。”

“日语歌啊……”摊主语气微妙地建议她，“咱中国人唱什么日语歌？你换首中文的呗。”

“我平常不怎么听中文的。”

摊主露出一个言尽于此的微笑，满脸都非常明显地写着：行，你这女的够装的。

康盂树并没有露出这样的神色，平静地打断他们，说：“别磨蹭了，我先唱吧。”

他拿过点歌机，很快地点了一首歌。

黎青梦看向两个音箱正中间的小电视屏，画质粗糙的屏幕里出现一行圆圆的字——离人。

接着，年轻时候的张学友出现在画面里，蓝色立领的上衣和牛仔裤，单手拎着包甩向后背，另一只手插着口袋，慢慢地从林荫道上走来。

前奏是轻柔缓慢的钢琴，婉转悠长的口哨声穿插其中，在这个朦胧的雨夜里回荡。

繁体字的歌词在底部铺开，随着四个白色小点闪烁消失，康盂树学着张学友的姿势，一手握着笨重的话筒，一手插兜站在她跟前，唱道：

“银色小船摇摇，晃晃，弯弯，
悬在绒绒的天上。
你的心事三三，两两，蓝蓝，
停在我幽幽心上……”

他模仿张学友的唱腔，故意咬字不清不楚，声音居然还有点儿像。抽烟多的嗓子唱起这种忧郁情歌，真的有一种愁肠百结的味道，尤

其当间奏的口哨声响在落雨的夜里，很容易让人恍神。

一曲完毕，摊主啪啪鼓掌，果真如牌子上写的那样。但表情非常诚恳，他是真的觉得好听。

黎青梦也觉得好听，但没表现得那么明显，顾左右而言他："你喜欢张学友？"

康盂树没说喜不喜欢，突然一下变了脸色，摆出一张很臭很欠揍的脸，脖子前倾，对着空气说了一句："吔（食）屎啦你？"

这赫然是张学友在《旺角卡门》里的那句经典台词。

"扑哧……"黎青梦被他的模仿逗笑了。

康盂树恢复正常的表情，跟着笑了笑："我喜欢一些老歌，他的歌听得最多。"

她顿了顿，说："嗯，确实很好听。"

康盂树听不出她这话是在夸他还是在夸张学友。

她继续说："你要不要再唱一首？摊主不是说了五块两首吗？不要浪费。"

"不唱了。"他望了一眼摊外，"好像不下了。"

雨棚还在滴滴答答地往下滴水，是这场突如其来的暴雨的余韵，但雨本身确实已经止息。

"走吧。"他放下话筒，交完钱，先一步走出摊位。

黎青梦的眼神追着他的背影出去。她突然觉得这场雨来得讨厌，走得也讨厌。

她默不作声地追上去，和康盂树一起推车。

下过暴雨的夜晚，阴沉的南苔被冲刷得格外干净。挡在头上的云朵散去，洁白的月光铺满整条狭窄的街道，也把人影拉得很长，斜斜地落在路边被拉下来的卷帘门上，显得他们挨得特别近。

但其实她走得稍慢，两人隔了好几步。

比起他们，两个人的电瓶车反倒是真的亲密无间地挨在一起，因为刚刚停得仓促，两辆车的龙头交叉着。

康盂树小心翼翼地往外拉自己的车，车身被带动时轻微摩擦，还是不免碰到她的。于是，她的车子仿佛一个被轻薄的女人，在寂静的夜里惊声尖叫，把两个人都吓了一跳。

黎青梦手忙脚乱地取消锁定状态，伸手把车子从反方向拉出来。

两辆车的车头被拽开，拽着车头的两双手却在这个过程中，左手背贴到右手背，短暂地碰了一下。

平常，康盂树绝不会对这种意外触碰有多余的感想，但不知为何，刚才相碰的刹那，他心里忽然很难受。

就好像他看见那两条代表他们的平行线具象化成这场大雨，线条掉落，迫使两辆电瓶车贴近。

所以他们理应不会牵到一起的手，才会意想不到地触碰。

但他们相碰的前提，是知道他们要去分开彼此的车，因为他们的目的地截然不同。

康盂树思绪纷飞，怔怔地停在原地。黎青梦掉转车头，回头看向他。

远处的农田里，雨后的青蛙此起彼伏地乱叫，除此之外是一片令人窒息的寂静。

两人鬼使神差地沉默对视了几秒钟，黎青梦先开口说："那我回去了。"

"嗯，我往那边走。"康盂树指着街道那头。

他们挥挥手，两道映在卷帘门上的影子各自往不同的方向散开。

## 第五章

# 血腥玛丽

康孟树骑着电瓶车前往电动城，车子穿过夜色下的树影，晚风吹过时，树上藏着的雨水淅淅沥沥地滴到脖子后面。

只是被滴到的人浑然不觉，神游一般骑到目的地。这个点，街头的店铺都关得差不多了，电玩城是为数不多热闹的地方，尤其是放暑假，许多男生成群结队地扎在这儿。

康孟树本想在其中搜寻康嘉年，视线扫过某个人时，突然顿住。

前阵子去外面旅游的章子此刻聚精会神地坐在一台游戏机前，贼上头地和人对打“街头霸王”，一手疯狂按键，一手往外摇手柄，杀红眼的架势。

康孟树不声不响地走到机子旁边，抱臂看他打完一局，结果很不幸，章子几乎是被人按在地上打。

章子爆着粗口重重地拍了下机子，旁边和他比试的男人气定神闲，故意气他说：“怎么回事？我这手指热身还没做呢，你就输了？”

康孟树也认识说话这人，只是不熟，也不懂他俩怎么就对上了。

章子一张脸阴沉着：“再换一个！”

“换什么？这不都比遍了，你还想换哪个？”对方很不屑。

章子气得身子直抖，想反驳却无话可说，肩膀忽然被人按住。

他一回头，是沉着脸的康盂树。

康盂树对上那个男人，抓了把挡住视线的头发，又扭了扭腕关节，俯身撑着机子选了个人物，侧过头，对着那个男人一挑眉：“我代他来一把？”

男人撇了撇嘴：“来就来啊，照样把你打趴下。”

章子还没回过神，屏幕上康盂树选的旗袍女人咿呀着就把对面的彪形大汉一招击杀。

康盂树捏着摇柄的手上全是青筋。他见到结果后，轻轻松开摇柄，露出一个笑容，却看得人不寒而栗。

今天的康盂树看上去心情非常不好，不，应该说史无前例地不好。

章子从没见过这样的阿树——就好像是连康盂树自己都不明白这份困顿情绪的出口在哪儿，于是竭力装作平静，却越显得像一只不动声色的困兽。

章子有些担忧，懒得和那人再掰扯，反正康盂树也帮自己争回了脸面，拉着他就到了电玩城外面，抽出根烟递给他。

康盂树的眼神闪烁几秒。他接了过来，放在嘴边。

打火机点燃烟头的瞬间，他深吸一口，朝空中长长地吐出一口气，呢喃道：“这感觉才对。”

章子没听明白：“对什么？”

“我前几天戒烟了。”他自嘲道，“现在想想，真是有病，戒什么烟，我就这浑样。”

章子皱了皱眉：“你都是浑样了，那我不就是连样子都没了？”

“少胡说，你就是性子软一些。”康盂树咬着烟，话锋一转开始发难，“你回来了怎么都没和我说一声？”

“我今晚刚回来，就被那货薅到这里来比试了。”

“你俩结仇了？”

“他前女友你知道不？”

康盂树回忆了下：“好像知道，没什么印象了。”

章子吞吞吐吐地说：“她找我过两天看电影。”

康盂树表情一震："她看上你了？"

章子不好意思地点头："但那男的还想复合，纠缠她无果就来找我了。说要比试，幼稚。"

康盂树皱起眉头，抽了半支烟，缓慢地说："那你是不是也想和她发展？不然你不必来。"

章子"嗯"了一声。

两人一时间都没再继续往下说，因为这不可避免地会牵扯到另外一个人。

但章子知道他的潜台词是什么，直白地挑破："你是想问我对黎青梦还有没有心思吧？你放心啊，人家不喜欢我，我就不在一棵树上吊死了。为一棵树放弃整片森林不是我章子的作风。"

康盂树意兴阑珊地抖了抖烟灰："关我什么事？我没有担心，哪里来的放心？你自己想通了就好。"

"我是想通了啊，可我觉得你还拧巴着。"这一句话，让烟灰抖偏了，飘到康盂树的虎口上。

他后知后觉地感到痛，把烟灰扫落，嘴上嗤笑道："你卖什么关子呢？"

"阿树啊……"章子叹了口气，"你以为上次我的车子真的拿去修了吗？我是故意让你送我去找黎青梦的。啤酒节那天晚上我们聊天，我就看出来你对她有点儿不一样，所以想再找个机会确定一下。"

"你确定什么了？"

"你说呢？后面我就没再找过黎青梦了。"章子拍了拍康盂树的肩头，"这些年我从没看过你对哪个女的这么上心过，你千万别因为顾及兄弟憋着。我喜欢的女的多了去了，但兄弟没几个。而你不一样，喜欢的女的比兄弟少，就那么一个。我可不得让着你点儿？"

康盂树沉默良久，夸张地甩开章子的手，有些心虚地说："少操月老的心了。"

章子松了口气，终于能把憋在心里许久的话摊开来明明白白地讲："那你们进展到哪步了？"

"哪步都没有。"

"都说你别顾及我了！"

“我说了没顾及你啊。没骗你。”他摁灭烟，“只是你从开头就确定错了而已。”

章子“呵”了一声，这人嘴硬到这种程度，真是让人长见识了。

康盂树掐灭烟头：“不聊这些，你看到康嘉年没有？”

“有啊，和同学一起来的吧？刚好像听到他们在吵架，然后他就自己跑出去了。”

康盂树“哦”了一声，没把少年之间的吵闹放在心上，想着康嘉年应该会回家，和章子道别后就骑车回了骑楼老街。

然而这一整晚，康嘉年都没有回来。

康盂树昨晚回来时看见康嘉年的房门紧闭着，喊了两声没人应，以为他已经睡了，就没管。

第二天他起来，喊康嘉年起来吃早饭，也没人应声。暑假嘛，康嘉年睡个懒觉也理所当然。

可直到中午，康嘉年居然还没从房里出来，康盂树就觉得不对劲了。

他用备用钥匙开了门，床铺整齐，完全不像昨晚有人睡过的样子。

他神色一凛，立刻给康嘉年打电话，没人接。

压下心头不妙的预感，他一边陪老头子吃午饭，一边给能联系到的康嘉年的同学打电话问康嘉年是不是在对方家里。

但这个可能性也很小，一般康嘉年去同学家也会提前说一声。

果然，大家都说康嘉年不在他们那里。

康嘉年联想到章子说他们昨晚吵架的事情，旁敲侧击地问昨晚他们吵什么了。

个别人支支吾吾的，说其实也没吵什么，他们就在玩那个投篮游戏，康嘉年分数垫底，可能觉得自尊心受打击吧。

康盂树皱起眉，说了声“知道了”，把电话挂掉。

趁老爷子午睡，他骑着电瓶车先去了沉船，结果在沉船也没见着康嘉年。

这里也没人，康盂树对他的下落真的没辙了，只能满大街地毯式搜索。

午后的日头很毒，把小城的水泥地烤得发烫，知了狂叫。这种天气店铺都没几个开着门，街头人烟稀少，一眼就能看到头，他找起来倒也方便。

不出一个小时，他几乎将小城转遍，依旧没找到康嘉年。

汗都能拧出一桶，康盂树束手无策之际，又猛然想起一个被自己遗漏的人。

他掉转车头，车子向某个方向疾驰而去。

黎青梦拎着空的保温桶从住院部出来时，就看到一辆熟悉的电瓶车从拐角现身。

车上的人汗流浃背，袖子撸到最上方，露出两团鼓鼓的肱二头肌。

他一个急刹车停在黎青梦面前，语速很快地问："康嘉年有没有联系过你？"

黎青梦一头雾水，查看手机，没发现康嘉年给自己发消息，摇头。

康盂树挫败地摁了下太阳穴。

"出什么事了吗？"

康盂树烦躁地说："他从昨晚就没回家，联系不上。"

"我打给他试试。"黎青梦的语气不急不缓。康盂树听着她的声音，就像是后背有道凉风吹了过来。他的烦躁感不知不觉消了一半。

她给康嘉年打了电话，预料之中没有被接通，又转而给他发了一条消息，没有焦急的语气，也没有责备的意思，而是很关切的一条："如果遇到什么不开心的事情，可以告诉我。"

黎青梦收起手机："如果他回复我了，我第一时间通知你。"

康盂树说了句"谢谢"，又拧动把手，往别处驶去。

他离开后的一整天，黎青梦都在注意手机的动静，特地把平常开的静音模式调成了声音提醒。

直到第二天下午，康嘉年真的回复了她："姐姐……你能不能转给我点儿钱？我回去立马还你！"后面还带着一个大哭的表情。

黎青梦立刻拨了个语音通话过去，康嘉年没接。

她捕捉到这句话的关键词——回去，也就是说他现在不在南苔？

"你在哪里？我好判断转给你多少钱。"

对话界面上显示的一直是“对方正在输入中”。

半晌，康嘉年发了张照片过来，是一张站在站台上的自拍。

站台的背后映着数幢高楼的灯火，将黑色的夜空照得宛如傍晚。康嘉年的手指正点着站台上的地名。

黎青梦对着这张照片……居然没感到意外。这大概也是为什么，康嘉年会给她发消息吧。

康嘉年紧接着说：“千万别告诉我哥啊，你就跟他说我没事！”

黎青梦回了个“OK”。

紧接着她戳开康盂树的微信，给他打语音电话，对面的人秒接，急匆匆地问：“有消息了？”

“嗯。”她权衡半晌，在心里对康嘉年说了一句抱歉，“他跑去京崎了。”

康盂树当即在手机那头爆了句粗话。

黎青梦赶紧说：“康嘉年不让我告诉你，你先假装不知道，不然他估计连我的消息都不会再回。”

康盂树无语地道：“你问他在京崎的哪个地方？我去抓他回来。”

黎青梦一边在和康盂树通话，一边在和康嘉年噼里啪啦地打字联系，问康嘉年住在哪里，打算住几天。

康嘉年机敏地察觉她似乎在套话，只说这里物价比他想象中高好多，他的钱不太够。

黎青梦给康嘉年转了一笔钱，没把转钱的事告诉康盂树，只说：“你也不用太焦虑，就当他自己去旅游了。”

“如果是真的准备齐全，去旅游也无所谓。”康盂树语气沉重，“他是和同学吵架了，保不齐是出了什么事。他才十六岁，都没成年，这么冲动地跑到京崎，我怎么可能不担心？得赶在爸妈回来前把人找到，免得他们也担心。”

黎青梦一顿，这才知道背后还有这么一出。

“但是你跑到京崎也没用，那里太大了。如果康嘉年有心想一个人待着的话，你也是白跑。”

“我知道。”康盂树沉吟半晌，不太好意思地说，“所以……我能拜

托你帮个忙吗？”

黎青梦隐隐预感到他要说什么：“你是不是想让我和你一起去京崎找他？”

康盂树默认。

“现在你是唯一能和他沟通的人，虽然你问他也不肯说在哪儿，但如果你也去了京崎找他，他不会坐视不理的。再加上你对京崎比较熟……”

黎青梦直接打断他：“不用多说了，我帮你。”

他帮过她这么多次，于情于理，这次她都不会坐视不管。

她直接道：“车站见。”

接手的护工来照顾黎朔之后，黎青梦和美甲店的老板娘请了假，和康盂树在车站碰头，买了最近一趟去京崎的动车票。

整趟列车没有多少人，座位上的乘客也是上一站的人。

他们这节车厢里的人更少，出的票却很诡异，刚好一个是 C，一个是 D，被过道隔开。

康盂树看着她旁边空出来的座位，脚下踌躇，还是坐到了过道的另一边。

他隔着过道，别扭地说：“谢了。”

黎青梦也在自己的座位上坐下，摇头说：“没事，我就当顺路回去看看。”

康盂树揉着眉头，黎青梦瞥了他一眼，安抚道：“你不用压力那么大，京崎的治安还是挺好的。”

他摇头说：“我是觉得我有挺大的责任。”

“不是他和同学吵架吗？”

“那只是导火索吧。康嘉年初中的时候就想去京崎旅游。但每次暑假我都忙着跑货，没空。我爸我妈不舍得花那个钱，就在周边转转，康嘉年又不稀罕去。”康盂树无奈地道，“如果我早点儿陪他去，也许他就不会那么任性地出去了。”

“这样吧……那这次你找到他，可以顺便陪他在京崎玩两天，京崎好玩的地方有很多。”

他不置可否："先找到人再说吧。"

接下来漫长的车程中，两个人都没有再开启话题。从旁人的角度看，他们就是两个根本不认识的人。黎青梦戴着耳机，一直看着外面闪过去的风景。康盂树则是闭着眼睛补眠，睡了一路。

动车抵达京崎时，已经是晚上十点。

两人都没有行李箱，轻装下车，黎青梦问："我现在告诉康嘉年？"

"行。你先别说我也来了，就说你自己来的。"

黎青梦会意地点头，给康嘉年直接发了个定位。

康嘉年瞬间回了三个惊讶的小黄脸。

"姐姐，你来京崎了？！"

"嗯。现在你能告诉我你在哪儿吗？"

"我哥是不是也来了？"

黎青梦背过康盂树，再次发挥"阴阳人"技能，回道："对。但是他现在情绪非常稳定，你不用担心。"

康嘉年发了个愧疚的表情："给你们添麻烦了。"

"所以呢，你现在最好的补偿就是给我们发个地址，我们先会合，怎么样？"

康嘉年果然如康盂树预料的那样，磨磨蹭蹭地给她发了个定位过来——红蔷薇情侣酒店。

黎青梦看清定位的名字，整个人愣了好一会儿。

康盂树一边嘴上念叨着"他招了没有"，一边探头过来，表情也是无比震惊："康嘉年到底在搞什么乱七八糟的？！"

黎青梦嘴角抽了抽，先说："过去看看吧……可能只是名字听上去不正经而已。"

两人火速打车到了定位的地址，一路上康盂树用手指点着大腿，一副已经心焦到快起飞的样子。黎青梦也有些紧张，生怕康嘉年真的误入歧途。

当两人远远地看见宾馆的招牌时，康盂树的眉头都快夹死苍蝇了。

那块招牌低调又绮丽，区别于独栋宾馆的招牌，横置在大厦八楼的玻璃窗外，周围绕着一圈暗红色的霓虹灯。

其他楼层也打着各式的招牌：按摩、台球、采耳……总之，这幢大

厦就是鱼龙混杂的产物。

大楼的入口也很隐蔽，在最左边。两人走进去后，冷灰调的感应灯亮起，昏暗的光线照亮尽头的电梯间。

康盂树大踏步走过去，粗暴地连按按钮，电梯不紧不慢地从上面降下。

黎青梦低头给康嘉年发消息，问他具体的房号，但康嘉年没有回。

“叮——”电梯到了底层。

两人一前一后地走进去，楼层按键的标志旁几乎每层都有各家店的指示标，他们要去的“红蔷薇”正是在第八层。

以防康盂树把电梯按坏，她赶紧先按下楼层。

康盂树一边抬头紧紧盯着上跳的数字，一边问她：“康嘉年住哪个房间？”

“还没回。”

“那我去问前台。”

“你这样根本不可能问得出来。”黎青梦略显无语，“人家还以为你是便衣警察呢。”

关心则乱，这四个字放在康盂树身上再适合不过。

他深吸一口气，冷静下来说：“那怎么办？”

“先等等康嘉年的消息吧，顺便观察下这个店的情况，既然他发了这里的定位，就肯定在这儿。”

谈话间，电梯停在八楼，门一开，一个随处可见的前台随着打开的电梯门一点点出现。

这样看上去还挺正常……黎青梦神色一松。

前台的女服务员听到电梯响，从手机屏幕前分出目光，扫了眼两人，说：“包时还是过夜？”

两人面面相觑。

服务员见他们都不出声，不由得感到疑惑，露出了一点儿戒备的神色：“你们是……”

黎青梦看了眼手机，康嘉年还是没发消息，语音也没回。

她抬起头，说：“包时吧。”

康盂树诧异地瞥了她一眼。

她压低声音：“不然你要在前台干耗着，还是去楼下傻站着？就当休息一下了，也免得前台的服务员起疑。”

康孟树脸色不自然地“嗯”了一声。

黎青梦要掏身份证，服务员已经把房卡甩出来了：“房间都在九层，坐电梯上去。”

“不用身份证吗？”

“你们是第一次来吧，我们这里不需要，交押金就行。觉得方便下次记得再来。”

这句话一下子又隐隐透露出这个地方确实不正经。

最后两人交完押金拿上房卡，上了九楼。

这一次电梯门打开时，一切果然不一样了。

电梯正对着长廊，铺着陈旧的暗红色地毯。长廊两边都是房间，门口分别挂着一盏昏黄色的走廊灯，房门上还有名称：“玛格丽特”“激情海岸”“龙舌兰日出”……每一间都是一杯鸡尾酒的名字。

至于他们的房间，叫“血腥玛丽”。

Bloody mary。

黎青梦看着这个名字一怔，联想到自己最常听的那首 *Bloody Mary Girl*，血腥玛丽女孩，有种冥冥之中被大概叫“命运”的东西串联起来的奇妙巧合感。

她和康孟树都傻站在门口，都不想去做推门而入的那个人，仿佛门后有将他们一网打尽的野兽。

最后还是黎青梦若无其事地刷了房卡，进了门。

她才知道，刚才的走廊比起门后的景象是小巫见大巫。

整间房被粉刷成暗红色，房间正中央的水床冲进眼帘，大概占据了这间逼仄房间的二分之一，床头开着两盏粉红色的灯，连床幔也是红色的，但不像那种婚床的喜庆感觉，而是一种艳到极致的靡丽模样。

黎青梦僵在门口，开始后悔。她刚才被装潢普通的前台骗到了，还以为这就是那种比较廉价的酒店，名字起得暧昧些好吸引顾客。

结果……还真是这种房间。她在这里休息根本就是如坐针毡，还不如去楼下傻站着。

康孟树慢一拍进门，房门在他进来后自动合上，发出轻微的“咔

嗒”声。

她如同听到一声惊雷在耳边响起，下意识地轻抖了一下，迅速转身。

他有些好笑地瞧着她：“怎么反应这么大？”

接着，他越过她扫了一眼，嘲讽的笑容僵在嘴角，内心爆出一句脏话。

怎么他遇上黎青梦的事总是奇奇怪怪的？他出生以来仅有两次和女人开房，都是和她。他们第一次搞了“仙人跳”，第二次又会搞出什么？看着这个满是暗示意味的房间，康盂树真的有点儿慌。

为了掩饰突如其来的心慌，他胡扯道：“这个颜色看久了，眼睛不痛吗？”

黎青梦也心慌意乱地脱口而出：“可能酒店是想让人速战速决吧。”

速战速决？什么速战速决？

康盂树愣住，看了过来。

黎青梦反应过来自己说了什么话后，立刻掐了一把手心，整张脸迅速泛红，红晕从耳垂泛到鼻尖。

惹人不快的红色幽光此刻反倒成了她该感谢的庇佑之光，掩住了这份如潮水般漫上的窘迫氛围。

她赶紧低头看手机，扯开话题：“康嘉年还没有回。”

康盂树还愣愣地说：“哦……”他停了一下，语气恢复正常，“再等半个小时，如果康嘉年还不回，我就一间间敲门过去，反正总共也就这一层。”

仿佛是为了呼应他的话，隔了一堵墙，有声音开始隐约传到这头。

黎青梦觉得这一幕搞笑又尴尬，回了他三个字：“你确定？”

康盂树：“……”

两人此时一前一后地挨着门站着，距离不算很近。但在这个暧昧的声音中，这点儿不算暧昧的距离也覆上一层难以捉摸的意味。

黎青梦拉开距离，即刻往门内走去，想用故作轻松的姿态去打消一切不自在的感觉。

只要心里没鬼，她怕什么呢，对不对？她这样告诉自己。

但前提是，得心里真的没鬼。

而她心里的鬼昼伏夜出，这个深夜已经到了鬼气暴涨的时候了，她却还天真地以为可以自控。

黎青梦转身往屋内走去时，康盂树站在门口没动。

他神色不自然地道："你在这里休息一会儿，我去楼下买包烟。"

她下意识地接了一句："你不是说戒了吗？"

"失败了。"康盂树言简意赅地回答。接着，黎青梦就听见门口传来房门开合的动静，整个房间安静下来。

无论他是真的戒烟失败，抑或只是找个离开的借口，这都不重要了。

听到门被合上的瞬间，她在脑子里放了一个信号弹，表示危机解除。

她长长地舒了口气，紧闭的每个毛孔都在大口呼吸。

这种熟悉的窒息感，让她想起曾经和非常讨厌的男生待在同一个屋檐下的经历，但两者可是天差地别。

在和那个男生待在一起时，她难受到想让对方即刻消失，恨不得拿个枕头捂死对方。

但把对方换作康盂树，她好像多难受都不想让他走，即便下场是把枕头捂到自己脸上，快把自己憋死。

这算走火入魔吗？没有人能回答她。

康盂树匆匆忙忙地走进电梯，望着向下跳的楼层，心脏跳动的频率随着数字向下递减。

九、八、七……最后到一，他险险地吊着的那口气才勉强恢复正常。

他走出大楼，听着街道上车流涌动的声音，才有种自己逃回人间的错觉。

而刚才那个地方是什么呢？那是《聊斋志异》里半夜凭空拔地而起的小楼，人进去就会魂不附体吗？

他为脑子里突然冒出的比喻感到好笑，又转念唾弃落荒而逃的自己太没出息。

明明他看过的小电影不计其数，那些声音算什么？根本不痛不痒的。

可在那个红色的房间，听到声音的那一秒，他用余光瞄到黎青梦的发旋，忽然浑身的热气往身下涌。

他再待下去，对彼此都很危险。

现阶段，他的的确确需要一些别的东西分散注意力。康盂树摸了一把额前的乱发，准备沿街找个便利店买包烟，却在途中碰到一家卖电子烟的商铺。

南苔是没有电子烟的，他对这种东西也只是有耳闻，没抽过，不知道好不好抽。

但据说，电子烟的味道与普通的烟有区别。

正巧，店主正悠悠地拿着一支电子烟吞云吐雾，疑惑地瞧着门口的男人凑近来闻他吐出来的烟雾。

“你干吗？”他不会大晚上遇到变态了吧？

康盂树自言自语道：“真的和烟味不太一样啊……”

店主翻了个白眼：原来是没买过电子烟的小土鳖。

“第一次抽吗？我抽的这个叫冰镇蜜柚，清凉又甜，你要不要试试我的这个？”

康盂树看了一眼陈列柜，里面摞满了像扑克牌包装一样的长方形盒子，五颜六色，上面印着各种口味：“橘子汽水”“草莓雪冰”“多汁葡萄”“冰魄蓝莓”……这些看着像是冰棍的口味，也太小清新了。

“这些都是什么？”

“烟弹的口味，你可以多买几包回去轮换着抽，看看最喜欢哪种。”

这个古怪的男人思考半晌，出乎店主意料地问：“那有抽出来是榴梿味的吗？”

康盂树走后，房间里只剩下黎青梦一个人，但她也不敢去坐那张看起来弹性很好的水床，拉开一边的椅子坐下。

彻底走进房间之后，她才发现床边的桌上放着一个鱼缸，水里有一个蓝色的小灯管，临近水面的地方还接着一根白色灯管，照亮正在其中游动的一尾金鱼。

它也是红色的。

这间别名为“血腥玛丽”的房间就如同她看过的克日什托夫导演的《红》，任何的意象都与红有关。恰好，她今天穿的单鞋也是红色漆皮的，在光下像重新上了一层颜色，更显得浓重。

于是，新买了电子烟冷静回来的康盂树，看到的就是这样一幅仿若电影镜头的画面。

黎青梦环抱着双手，坐在放置鱼缸的桌旁，稍微俯下身子，下巴抵着胳膊，出神地望着旁边不安分的金鱼。

她的两条腿叠在一起，腿肉被裹得严实，但单鞋有些松，翘起来的那只脚上的鞋跟不知不觉地掉下来，只剩脚尖还挂着鞋子，露出一截细白的脚踝。

那脚踝正随着金鱼游动的节奏上下晃动，泄露着她的紧张心情。

他的视线逐渐往上，移到她的脸颊上，映着鱼缸里红、白、蓝三色混合的灯光，显得那张脸有股惊人的迷离气质。

康盂树触电般移开视线，心虚地晃到了金鱼身上。

啧，刚才的烟全白抽了……他在心里冲自己发火。

黎青梦听到脚步声，侧头，闻到了他身上裹挟的一股味道。她吸了吸鼻子，面露诧异之色。

“你不是去买烟了吗？怎么好像……”她闻着像榴梿味。

康盂树听到她的疑问，刚才抽烟时那股味道冲进肺里的恶心感一闪而过。他滚了下喉结，轻描淡写地说：“电子烟。味道不难闻吧？”

黎青梦一愣。

他突然觉得自己问的这个问题特别蠢，赶紧转移话题：“这种房间里还养鱼？鱼不会得针眼吗？”

她好笑地回答：“他们可能是被金鱼只有七秒记忆的说法骗了吧，觉得被它旁观也不要紧。”

“金鱼只有七秒记忆是假的吗？”

“假的，它们其实可以记得一样东西很久很久。”

“是吗？”康盂树插着口袋，靠近鱼缸，仿佛这尾金鱼引起了他极大的好奇心。

他开始跟它对话：“那你会记得我吗？”

黎青梦透过鱼缸，看着对面接近的康盂树，产生一种很新奇的视角。

他弯下腰，脸被鱼缸挡着，莫名地有同样身在水中的错觉。

带着蓝色荧光的水将他锋利的轮廓柔化，那尾金鱼从他的嘴巴游到眼睛边，又绕过他高挺的鼻梁，她的视线便不由自主地跟随那尾金鱼转，借着观察它的运动轨迹看得心安理得。

然而，另一个人刚好也是这么想的。

他借着金鱼的摆动，当它正好游弋到她的下巴处，呼吸微微一窒，往上抬眼，任欲望拍岸。

他自以为顺理成章，却刚好撞上她的眼神。

两人眼中不清白的想法隔着这尾金鱼，被轻巧地捕捉到，但这份不清白的念头恰巧被困在这个鱼缸里，他们都可以说服自己，那只是水面折射的错觉。

因此，他们怔了一刹那，之后都没有移开视线。

这就像在那个摩肩接踵的啤酒节上，他们纠缠在一起的目光。只是那时没有任何可以拿来当借口的遮挡物，所以他们都没有继续那段纠缠。

但是今晚，在这个也许这辈子都不会来第二次的房间里，他们都可以问心有愧地假装下去。

黎青梦同样感受到康盂树看似看着金鱼，实则越过它肆无忌惮地扫过来的眼神，脚趾蜷缩了一下，单鞋没被钩住，从脚上滑了下去。

她就这么赤着脚，停止了摇晃的动作，和他对峙。

他的眼神从她的眼睛上移到被灯光打得泛红的鼻尖上，嘴唇上有一块被咬坏的皮，翻出的新肉在红光下更显得血腥。

她也不甘示弱，视线从他的眼睛滑过鼻梁，移到耳郭上一粒极淡的黑痣上，再是喉结上，映着幽蓝色的光，他的一切都显得格外冷酷。

最后，两人的视线双双上移，停在对方的眼中。

他身上那股有些香甜又腻人的烟味在空气中发酵。

如果情欲要被具象成一种味道，那么就是她现在感受到的——都是有害的尼古丁，却包裹着一层糖衣，卸掉人们的防备，勾得人赴死下坠。

电光石火间，黎青梦的脑海中瞬间播放起了刚才想到的那首 *Bloody Mary Girl*，迷幻的摇滚音乐在神经里混响，随着鼓点填补外部空间无比寂静的氛围。

这是只属于她和他之间的高峰时间，冷光与暖光交叠，他们的眼神在同一条高速公路上相撞、拥堵，大有耗费整个长夜的劲头。

打破这份胶着状态的，是黎青梦的手机信息提示音。

她如梦初醒地瞥了眼手机，小声说："好像是康嘉年回复了。"

康盂树眨了几下眼，抽离的情绪刹那回神。他退开两步，有些心虚地道："说了在哪个房间吗？"

"在'深水炸弹'。"

"知道了。"康盂树乍听到这个名字还有点儿无语，立刻动身往外走去，黎青梦怕两人吵起来，也赶紧跟上去。

他们走到挂着"深水炸弹"名牌的门外，大门已经隐隐开了一道缝。

康盂树想即刻推门进去，黎青梦拉住他，轻轻摇头，然后在门上叩了两下："康嘉年，你在里面吗？"

里面传来康嘉年的声音："我在！"

"我们可以进来吗？"

康嘉年弱弱地应了一声。

黎青梦推门而入，这间房间和他们的"血腥玛丽"不太一样，因为叫"深水炸弹"，整间房被粉刷成深蓝色，和水床倒是很贴合。

康嘉年就谨慎地坐在水床边上，一看见黎青梦和康盂树两人走进来，立刻滑跪："对不起，哥！我错了！我不该离家出走！对不起，姐姐！还麻烦你跑过来一趟！"

他语速极快，噼里啪啦地说了一串。黎青梦表示不在意，康盂树黑着脸，手上把玩着刚才买的黑色电子烟。

看着康盂树的脸色，康嘉年越发惴惴不安——自己第一次做出这么出格的举动，康盂树会这么生气也正常。

"哥，你消消气……"他硬着头皮给自己求情。

然而康孟树开口问：“你那帮同学怎么你了？我听说你们吵架了。”

康嘉年一愣，同样愣住的还有黎青梦。

“你不是一个会随便离家出走的人，哥知道。你有什么委屈直接说出来，哥帮你出头。”

原来，让康孟树感到生气和焦躁的一直都不是康嘉年。

黎青梦还想着等会儿他如果要教训康嘉年的话，自己该怎么劝阻，还是说不要插手比较好。结果，康孟树给了一个“犯错”的人最大的包容心，还直言康嘉年的错误也是有原因的，说出来就行。

她情不自禁地侧头去看康孟树。虽然她无法在心里衡量这种全盘接收的包容心算不算正确，他是不是也应该适当批评一下康嘉年？但正确与否真的那么重要吗？

人越长大，就越难得到偏爱了。

她也是得到过这种偏爱的，只是如今那个人还躺在南苔的医院里，身体羸弱。以后的日子，需要她去偏爱他。毕竟她已经是个大人了。

大抵这就是成年人的世界，她该背负的东西越来越多，能够随心所欲去做的事情就越来越少。

是啊，你不能再随心所欲。你要记住，你身后可没有为你收场的人了。所以一些事情……你需要三思而后行。

黎青梦在心里默念，慢慢将视线从康孟树身上转开。

康嘉年在她走神的时候也在沉默，三个人一时间谁都没有说话。

最后，康嘉年才解释道：“其实也没什么大事。当时我们去电玩城玩，大家玩投篮的时候我是最后一名，他们就开玩笑说我怎么干什么都像个女的。其实以前这种话他们也不是没有说过，听听就算了，但那晚我就没忍住，就问他们：像个女的又怎么了？”

康嘉年的目光转向黎青梦：“我没忍住也是因为姐姐你对我说的，如果他们连这点都不能接纳，那样算朋友吗？我总是强行让自己融入他们，那样太累了。”

黎青梦恍然：难道是自己无心说的一句话导致了他们吵架，又导致了接下来康嘉年离家出走？

这也太像多米诺骨牌了，而她竟然是无意间推下第一块牌的那个人。

康孟树也没想到，脸上闪过意外之色。

康嘉年似乎觉得自己的话里有歧义，急忙摆手："我没有怪姐姐你的意思！我是觉得你说得对。在他们叫我一起去玩的时候，我在想也许他们是真的把我当朋友的。可他们又那么说我的时候，我才没忍住，想问问他们到底有没有把我当朋友看。

"结果你们也看到了。我到最后还是没勇气把我的真实想法告诉他们，我不敢。"康嘉年的声音低下去，"我来这里也没什么，就是想散散心，这学期我们几个本来说好要在暑假一起来京崎玩的。但现在我不想和他们一起来……就自己冲动地跑出来了。"

"你为什么不告诉哥？"

"如果我告诉你，你肯定第一时间会去找他们麻烦的。"

康孟树磨着牙："这顿教训免不了，哥回去就替你去揍他们。"

"千万别，这样理亏的反而成了我。"康嘉年拼命摇头，"至少现在，我觉得我没做错事。我的性格也不是他们可以随便开我玩笑的理由，对不对？"

他说到后面，语气有些茫然。

康孟树上前一步，轻拍了下他的脑门儿，蹙着眉道："不然呢，还是那帮嚼舌根的玩意儿对了？因为一帮蠢货让哥担心，你唯一不对的点在这里。"

康嘉年的表情逐渐放松，他坚定地点点头："嗯！"

黎青梦冷不丁地说："既然来京崎了，明天我带你们玩一天吧，这里我熟。"

康孟树和康嘉年都意外地看向她。

"明天我带你去商场买衣服怎么样？你可以穿任何你想穿的，不用戴口罩把脸遮起来，想笑就笑，想大声叫就大声叫，反正这里没有人认识你。"

听到黎青梦的提议，康嘉年整个人呆住了。半晌，他小心翼翼地说："可以吗？"

"为什么不行？"黎青梦说得斩钉截铁，"就这么定了。"

康孟树的目光闪动，他踌躇道："你不急着回去吗？已经挺麻烦你了。"

黎青梦不甚在意地回他："不差这一天。而且我在这里还有事情没处理，正好趁这次一并解决了。"

"那也行……"他抿了抿唇，将康嘉年从床边提溜起来，突然回过神："对了！我还没问你怎么住到这种鬼地方来？！"

康嘉年缩起脖子支支吾吾："我的钱包连着身份证在动车上被偷了，总不能去睡大街吧？刚好这里不用身份证……所以我更加不敢跟你说了……"

康盂树实在是无语了，就知道康嘉年在外面肯定会出点儿什么问题。

所幸康嘉年只是丢了身份证。他刚开始看到这个酒店的地址，紧张得以为康嘉年被拐到这里偷卖器官。

康盂树来气："下次再发生这种意外记得报警，再办个临时身份证！这小偷……"

他似乎顾虑什么，把破口要骂的话又吞了回去。

康嘉年哪里还敢说什么，连连点头说着"知道了"。

康盂树松了口气："行了，今晚先凑合在这里住一晚，明天早上给你去办临时身份证，再换个地方住。"

两人从康嘉年的房里出来，又来到前台，把刚才开的那间钟点房改成包夜的，让黎青梦住，康盂树又给自己单开了一间。

前台的女服务员听到他们要两间房时，眼神在康盂树和黎青梦两人身上打转、。

康盂树的脸蓦地一红，他恶狠狠地瞪了她一眼，让她别瞎看。

黎青梦没错过这个小插曲。她难得看到康盂树露出这么可爱的窘迫表情，忍不住笑出了声。

康盂树的余光一直注意着她，于是她一笑，立刻被他抓包。

他磨着牙，表情一变，手突然搭上她的肩头。

黎青梦被吓了一跳。

康盂树慢吞吞地道："笑什么？别以为我今天就放过你了。拿好房卡去房间里等我。"

黎青梦差点儿心脏骤停。

那句话"砰"的一声在耳边炸开，她眨巴着眼睛，满脸都是"你在说什么”的惊愕表情。

他压低声音，凑过来耳语：“我是营造你不是一个人睡的假象，怕这里不安全。”

黎青梦不知道这话几分真几分假，他是真的为她好还是故意恶作剧，拖她下水。

但这不重要了，无论如何她都打算以牙还牙。

黎青梦摸了摸发烫的耳垂，捏着房卡，在服务员帮康盂树开另一间房时先一步进了电梯。

电梯门快关上时，黎青梦忽然叫了一下康盂树的名字。

他闻声回头。

她眨了下眼睛，道：“那你快点儿来。”

康盂树一愣，电梯门“啪”地合上了。

这下轮到他的心脏差点儿骤停。

黎青梦回到“血腥玛丽”房间后，时钟转到凌晨两点时，才隐约开始有睡意。

这是她人生里的绝无仅有的绝佳体验了，在一栋鱼龙混杂的情侣酒店睡觉。、。

隔壁吵闹的时候，黎青梦翻来覆去，最后侧躺着，视线正好对上桌边的鱼缸。

房内的灯已经熄了，但鱼缸里那个蓝色的小灯管她没关，任它在房间里幽幽地散发着光芒。

于是，整个房间都是暗的，只有蓝色的水还有金鱼，在这个昏暗的房间里发出些许黯淡的光。

她的脑子逐渐变沉，仿佛自己就躺在一片静静的湖泊里不断下沉。

那个晚上，她模糊地做了一个非常漂亮的梦，漂亮到什么程度呢？大概就是她恨不得把自己掐醒，趁还有记忆时赶紧画下来的程度。

但很遗憾，她深陷在那个梦境里，一直没有醒来。

到早上被闹钟吵醒时，黎青梦已经不太记得自己梦到了什么。

脑海里只捕捉到几个模糊的片段，在深深的透明水底，画面卡顿地

闪过。她在回忆的过程中似乎看到了康盂树的脸以及她自己，她长了一条奇怪的红色尾巴。

这种想不起来的感觉很糟糕，也很无助。就好像你爱上了一个人，但在意识到的时候他已经离开了，你找不到他曾经似乎也爱过你的痕迹，唯独被爱过的那种感觉依然清晰。

黎青梦放弃了回忆昨晚到底做了什么梦。她抓过手机，眯着眼睛看向微信群，她和康嘉年、康盂树的三人小群被康嘉年改了个新的名字，叫作“勇闯京崎小分队”。

康嘉年早在一个小时前就在群里通知大家他已经起床，并且在他们都还在睡的时候抽空去了趟派出所，把临时身份证补办完了。

接着，他又发了一张楼下面包房的图，@两个还没起的人，问他们要不要带早饭上去。

黎青梦没客气，回了一条：“我要鸡蛋三明治，谢了。”

康盂树没动静。

康嘉年发了个翻白眼的表情：“我哥是真的猪！”

被嘲讽的康盂树在半个小时后终于醒了，直接在群里发了一张图回击。

黎青梦点开一看，乐了，图里是坐在客厅沙发上睡着的康嘉年，嘴巴微张着，嘴边疑似有一道口水的痕迹，活像个二傻子。

康嘉年怒回了一串刷屏的感叹号，紧接着也反手发了一张图：“是你逼我的！”

黎青梦看清图上的内容后，拿着口红正在上妆的手一歪——

照片里的康盂树居然剪着寸头，面无表情地套了一条深V的黑色小礼裙，胸肌还若隐若现的。

救命。

她瞬间在群里发了无数个爆笑的表情包。

康嘉年狞笑道：“这是我姐康芋淑，漂亮吗？”

康盂树：“……”

康盂树：“给你三秒撤回。”

康盂树：“三。”

康嘉年撤回了一条消息。

黎青梦："@康盂树，我不知道原来你才是隐藏最深的那个人，这么久以来憋得很辛苦吧？你可以早点儿告诉我的。"

黎青梦："这样，一会儿你俩挑套姐妹装，咱们'三姐妹'快乐出行。"

康盂树没回。

黎青梦笑得趴在桌上身体直颤，难得见康盂树这么彻底地吃瘪，他居然直接偃旗息鼓了。

然而，康盂树直接杀到了她的门外。

房门被叩了两下，他压着嗓音叫她："出来。"

她笑容一僵，紧张地道："有事？"

"你要的鸡蛋三明治。"

"哦……"黎青梦松了口气，急匆匆地跑去开门，他的视线落在她的唇边。

她全然忘了自己刚刚笑到口红画歪的事，看到康盂树的第一眼，那张照片开始重现。她急忙咬住嘴唇，免得自己笑出声。

看着她忍俊不禁的神色，康盂树黑着脸说："不许笑，那个是因为某个惩罚才穿的，你赶紧给我忘掉。"他强调，"我是硬汉！大丈夫！"

"好的，康芋淑。"黎青梦哪里肯这么简单地放过他，偷偷地用平仄声的变化偷叫了另外一个名字。

康盂树沉默。

毫无征兆地，他突然抬起手，吓得黎青梦以为他恼羞成怒到要给自己一拳。

但显然不是，他伸出手扣住她的下巴，拇指往上，轻轻蹭了一下。

黎青梦只感觉到他粗糙的指腹在唇边流连了瞬间，又立刻收了回去。

她不免慌神："你干吗？"

他晃着拇指上的口红印，没好气地道："笨不笨？都涂出去了。"

她赶紧低下头抹了抹嘴边。

他哼道："都已经给你抹掉了。"

康盂树此时已经拿回了这场对话的主动权，气定神闲地反将她说：

“不用谢我，毕竟是姐妹。”他笑道，“对吗，妹妹？”

妹你个头。黎青梦被他叫“妹妹”的一瞬间，鸡皮疙瘩都起来了，脸色局促。

她忽然问：“你有我大吗？”

康盂树被问得一愣，语塞：“你这张脸一看就比我小啊！”

“那不一定，你年纪多大？”

“你先说。”

“那你哪里来的自信比我大？”黎青梦嗤笑他，“说不定你还得叫我姐姐。”

他呵呵笑道：“那你倒是说你几岁。”

“二十四。”

“不巧。”康盂树嘴角一勾，“我前阵子也二十四岁，但谁叫我已经过完生日了呢？我现在可是二十五岁了！”

黎青梦脸色一黑。

他得意扬扬地道：“你今年的生日过了吗？”

“你问这个干什么？”

“这决定了我是大你几个月还是大你一岁多。”康盂树笑得越发可恶，“总之，这声哥哥你是叫定了。”

黎青梦一把拿过鸡蛋三明治，“啪”的一声在康盂树面前将门摔上。关门前，她还听到他嚷着：“你还没说你的生日过没过啊！”

三个人把行李寄存在了地铁站，顺势进入了站内连通着的商场。

黎青梦没有带他们去自己平常去的那些奢侈品店挑衣服，那已经不是她能逛得起的店了。思考之后，她选择了一家快时尚品牌。

陌生人自顾自地挤在里面，服务员也不会来硬性推销，说些有的没的，是比较舒服的挑衣环境。

这家快时尚品牌是知名的连锁企业，在京崎遍地都是，但在南苔根本找不到。

以前黎青梦是根本不会踏进这种店的，只是在很久很久没买过新衣服的驱使下，她原本只是“陪买”的心态也开始蠢蠢欲动。

康嘉年已经一溜烟地跑到店里，没影了。

但她转念一想，现在自己身上还背着债，哪里有买衣服的资格？一下子，所有的念头都冷却下来。

康盂树站在门边，看着旁边没动的她，扬了扬下巴："你不逛吗？"

黎青梦冷淡地摇头："不了。"

"也是。"康盂树想说的后半句话是——这些衣服你应该看不上吧。

但他忍住了，只是瞅了眼她身上这件衣服的 Logo。

刚刚在进入这个商场时，他就看见了有相同 Logo 的店铺，占据一楼硕大的店面，气势逼人。

迎宾的柜员满脸写着"生人勿近"。也的确是生人勿近，门口放置着栏杆，刚才有人想进去就被拦在门外说"稍等"。

他不懂这种一块破布料卖五位数的地方，怎么还有人排队上赶着去？他们和他妈听说菜市场打折才会去排队一样。

这是否意味着，在这些人眼里，这些五位数的东西和菜市场的大白菜是一样的？他默默地在心里画上等号。

她以前就是出入这种地方的吗？

康盂树摸了下鼻子，不自觉地想起南苔的老百货大楼。

不夸张地说，那个地方，是他从前的梦中情楼。

小时候的夏天，家里还没装上空调的时候，他喜欢在打完篮球的橙色傍晚特意绕一段远路经过那里。空气湿热沉闷，但他只要经过楼前，冷气就会呼呼地吹来，尤其是脚踝的部分，像一脚踏进冰水里。

大楼旁边那时还开着家炸鸡店，香味和冷气混在一起，勾得他肚子直叫。

当时不只他，所有受不了那种酷热的人都会在门口徘徊，或者进去逛逛，买些有的没的，东西也便宜，花不了多少钱。

它没有栏杆拦着，谁都能来蹭，是最最有市井气的地方，却是他从前出入过的最高级的地方了。

康盂树收回思绪，特想抽支烟。和黎青梦比了个手势离开服装店后，他本想跑到商场外面没人的巷子里抽。

但是经过某个标着"吸烟室"的房间，他停住脚步。

从前，他非常不喜欢这种地方，把几个犯烟瘾的人关在一起，外面隔层玻璃，好像他们是什么大型观赏动物。虽然这种圈地行为被叫作

“文明”，是进步的体现，但他就是不喜欢。

在这之前他从来都觉得无所谓，野蛮人就野蛮人吧，他就喜欢在太阳底下无拘无束地抽。

可这个念头和刚刚脑海里的思绪交融在一起，让他突然觉得很难堪。

康盂树掏出电子烟，推开了吸烟室的磨砂门。

两个人都走开后，黎青梦独自站在原地刷了会儿手机，特意点开朋友圈看了一眼。

不知道是不是因为身在京崎，她才有勇气点开好久没看的朋友圈。就好像……有一种自己还和他们在同一个地标，似乎也意味着在同一个水平线上的错觉。

果不其然，他们的生活依旧多姿多彩，但奇怪的是，这次她的心情很平静。

手指淡定地往上刷了一会儿，她反而陡生一种无聊感。

那些照片无外乎就是美术展、音乐厅、高级西餐厅，诸如此类的地方。

他们一定没有去过“红蔷薇”，也一定不会来这种连锁快时尚店淘货，黎青梦替他们觉得可惜。

因为这些衣服比她想象中要好很多，有一种超出预料的惊喜感。从前她一直没踏入过，现在随意扫一圈，就看中了好几件。

当然，也有可能是因为自己憋了太久，铜块都能看成黄金。

她正在走神时，康嘉年已经换好了一件衣服出来，样式和她第一次碰到他时穿的那件差不多。

“怎么样？这件适合我吗？”他转了一圈，衣服的下摆跟着飞转。

黎青梦赞许地点头：“挺好啊。我发现你挺偏爱这种款式的。”

康嘉年嘿嘿笑道：“因为这种板型能遮住我的大骨架。”

“你还可以继续看看，你哥出去抽烟了。”

“他果然开始不耐烦了，不用管他。”康嘉年不以为意，“姐姐呢？你挑中什么衣服没有？”

黎青梦摇头：“没。”

“是吗？我看你刚才一直在盯着那件衣服看。”他指着刚才她一直在跟前徘徊的衣服，恍然大悟，“哦，是不是你穿不惯？”

黎青梦挺想装腔作势地说“是”，但在坦然的康嘉年面前，自己的伪装就显得很做作，很没必要。

她诚实地说：“不是。我就是很久没买衣服了，觉得也没有买的必要。”

弦外之音是——能省则省吧。只不过她说得非常委婉。

康嘉年似懂非懂地点头。

很快，康盂树抽完烟回来，康嘉年也敲定了自己身上穿的这件，直接让康盂树买单，就穿着这身继续在商场里逛。

三个人打算在这里解决午饭。他们打算简单地吃一点儿，就在地下一层找了一家小店。

等上菜的间隙，黎青梦去了厕所，只剩下康盂树和康嘉年。

康嘉年掏出从南苔带来的宝贝胶片相机递给康盂树，让康盂树把他和整个背景一起框进去拍。他以前只能在沉船里自拍，难得可以在光天化日下拍一张照片，内心无比雀跃。

但是，他很快想起康盂树的拍照水平，把相机抽回来，换成手机递过去。

康盂树不满地道：“干吗？”

康嘉年冷冷地道：“哥……你的构图水平我不太相信，先拿手机试试，不然浪费底片。”他又不放心地嘱咐一句，“你别光卡着我的脸，带点儿后面。”

康盂树说着“知道了知道了”，神色认真，但康嘉年一看拍出来的照片，鼻子还是气歪半截。

他无奈地摇头：“哥，你真的没救了！你这样子根本套不住任何女人的心，一点儿都不‘会’。”

“什么是‘会’？”

“就是让女生怦然心动的能力。”

康盂树嘴角一抽：“不感兴趣。”

“行，又开始装酷。我还是等青梦姐回来，让她给我拍吧。”康嘉年暗自翻白眼，“对了，我们要不要给妈买一件啊？我突然想起来……”

康盂树戳穿他："你是怕回去被骂，想买东西堵她的嘴吧？"

康嘉年嘴硬道："没有啊！是这家店的衣服真的不错好不好？连青梦姐刚才都一直盯着一件衣服看。"

康盂树皱眉："她会喜欢？"

"怎么不会？那件衣服是挺好看的啊！"康嘉年调出手机里的照片。他刚刚偷拍黎青梦发呆的样子，刚好将衣服一起拍下来，"你看，是不是还不错？"

康盂树看了一眼，问："那她没有买？"

康嘉年摇头："她好像有点儿不舍得下手。"

黎青梦不舍得下手，听上去好像很匪夷所思，但刚才康嘉年从她的话里解读出来的意思就是如此。

康盂树诧异地道："你确定？"

康嘉年干脆直接复述了一遍黎青梦的原话。

康盂树无意识地用手指叩着桌面，忽而道："我也觉得该给妈买一件。"

康嘉年愣了下：怎么话题又扯回去了？

康盂树径自站起来，对他道："我自己去买就行了。"

黎青梦回来时，发现座位上只有康嘉年一个人。

"你哥也去厕所了吗？"

康嘉年撇嘴："他给我妈买衣服去了。你说他那个审美，能挑出什么来？不懂他为什么非要自己去。"

黎青梦状似随口接了一句："他之前没给女朋友买过衣服之类的吗？"

康嘉年啼笑皆非地把刚才康盂树拍的照片拿给黎青梦看："如果我哥有过个女朋友，就不会是这种惨绝人寰的水平了。"

接着，他看着黎青梦对着这张照片，忍不住地勾起嘴角，眉眼弯弯，笑意宛如波光粼粼的一池春水。

康嘉年羞窘地说："这照片拍得真的这么丑吗？"

黎青梦轻轻摆手，低头喝水，压住嘴角让自己都莫名其妙的笑意。

但是她很清楚一点：这份雀跃的心情……和照片无关。

黎青梦伸手接过康嘉年的相机说：“我来给你拍吧。”

“好！”康嘉年就眼巴巴地等着她说这句话呢。

黎青梦鼓捣着他的相机，好奇地说：“这个不是数码的吗？”

“不是！它是有底片的，之后得去暗房洗出来。”

“暗房啊……”真是一个古老的名词，“我都不知道京崎哪里有暗房。”

“没事，可以回南苔再洗，有好几家呢，我都很熟！”

康嘉年说出口的时候，黎青梦愣了一下，突然发现——原来南苔也有压过京崎一筹的地方。

那就是——它是陈旧的。

这份陈旧感，让它仍慢一拍地保留了一些被时代逐渐淘汰，却会让人惋惜的东西。

黎青梦帮康嘉年拍照的同时，康盂树拎着和刚才的服装店相同牌子的包装袋回来了。

他一落座，康嘉年就迫不及待地伸手去翻袋子，想看看他挑了件什么样子的衣服回来。

康盂树却一把将袋子扯到自己背后：“看什么？买都买了。”

康嘉年悻悻地作罢，以为他是顾忌黎青梦，不想让自己的审美被“公开处刑”。

他们吃过午餐，商场内也逛得差不多了，康嘉年提议换一个地方。

黎青梦说可以，刚想在群里发一些地标景点让他们两个商量，康嘉年却很有主见地说已经想好去哪儿了。

“我想去姐姐的大学看一看。”他很向往地说，“过两年我也要上大学啦，到时候我也想考来京崎……不知道姐姐你想不想回去看看？你不方便也没关系的。”

康盂树整个上午都没有什么兴致，听到康嘉年的建议，懒散的神情才一变，浮上几分认真的神色。

黎青梦微微一怔，然后点头说：“好啊，没什么不方便的。”

三个人便坐地铁朝她的大学进发。

南苔没有通地铁，地面的交通只有公交车和人手一辆的电瓶车，因此康盂树和康嘉年两个人都不是很习惯搭地铁。即便康盂树在外面跑，

也几乎都是自己开车，很少有需要搭地铁的时候。

两人在机子上笨拙地鼓捣半天，还是黎青梦帮忙搞定的。

其实她也不习惯，但比起这两个人，还是要稍微熟练一些。

工作日的地铁依然人来人往，呼啸而来的列车吹起灌满冷气的风，满载的车厢在他们面前打开车门，拥挤的人群像一片黑压压的蘑菇出现在他们跟前，真是可怕的人肉森林。

黎青梦硬着头皮往上挤，过程中忽然感觉周围松开了一些。

康盂树凶神恶煞地把旁边挨过来的男人挤开，手松松地扶着栏杆，强势地挡在她面前。他像这个蘑菇群里拔地而起的黑树，挺拔又鲜明。

她望着他的背脊，陡然生出一股安定感。就如同雷雨天自己身在温暖舒适的沙发上，任何暴风雨都被一面明镜似的窗户严丝合缝地拦住。

而此刻，同时上车却被人流冲到一边的康嘉年已经被挤得快要窒息，新买的假发都差点儿被挤掉。

康盂树可真是亲哥啊！康嘉年抱紧完全被忽视的自己，被挤得欲哭无泪。

大学也已进入了暑假，但校门还开着，方便留校的同学们，还有个别的展览和讲座要在暑假期间借用大学的场地。

黎青梦抬头望着门口烫金的字，虽然才离开校园几个月，那种归属感似乎就已经消失了，变得空落落的。

校园内出入的人她都不再认识……幸亏她不认识，不然又将引来装模作样的关心，然后那些人转头就开始议论和嘲讽。

“学校好大啊……”康嘉年一踏入这里，就开始感慨。这和他几步路就能走到头的中学完全不一样。

他呆呆地仰头望着广场中央的喷泉和雕塑，总觉得自己是来到了一座中世纪的花园古堡。每一处都充满了艺术气息，这让他走路都有些束手束脚。

康盂树碰了碰黎青梦的肩头，忽然说：“这个地方和你说的那个翡翠冷是不是挺像的？”

“是翡冷翠……”

“哦，差不多吧。”

“差很多。”黎青梦无语地道，“翡冷翠那边还要漂亮很多很多。”

“还要更漂亮啊……”他的表情波澜不惊，他似乎对这种西式的建筑群十分不感冒，神色顿时比刚才在商场里还要显得无聊。

“哎——这个上面的是不是姐姐？”康嘉年此时停在一楼长廊的橱窗前，指着上面的某张照片。

那是优秀毕业生的橱窗展示栏，一般会保留两届，所以她穿着学士服的照片还挂在上面。

康盂树凑近看了一眼：“还挺人模人样的。”

“优秀毕业生——”康嘉年大呼小叫，那股骄傲的语气仿佛拿到这个称号的人是他。

康盂树瞥他：“你鬼吼鬼叫什么？”

康嘉年仿佛恨不得掏出个大喇叭：“那可不？我是优秀毕业生的开门大弟子！”

他俩的对话让黎青梦耳朵发红。她赶紧挡住那张照片，道：“没什么好看的。往前面走吧，前面就是图书馆。”

康嘉年的注意力顿时被转移。

黎青梦认真地道：“如果你想走艺术这条路的话，我以前在里面看过的书可以推荐给你。”

康嘉年大力点头：“好！那我们快过去！”

两人说话间，被冷落的康盂树还在看着那个公告栏。

只不过，他的视线定在另外一张照片上。照片下方的小字写着名字：周滨白。

康盂树当然记得这张脸。前段时间他还在南苔敲了这个公子哥儿一笔钱，为此和黎青梦闹得很不愉快。

他还记得那个同行的女人说的话，这两人似乎有过点儿什么。两张照片一上一下地挨着，这么看，他们确实合该发生点儿什么，挺登对，不意外。

康盂树盯着公告栏，在两张照片前的玻璃上，还映着他这团模糊的轮廓。

三人顺着走廊往前，走到底就是图书馆。

他们走到门口，却被管制栏拦下。黎青梦才意识到，自己已经没有学生证可以自由出入了。

她整个人尴尬不已。

门口的管理员阿姨扫了他们一眼，目光定在黎青梦身上，忽然说："没事，进来吧。"

"啊？"三人都很意外。

阿姨扶着眼镜淡定地道："你以前老泡在这儿，我对你有印象。进去吧，反正暑假也没什么人，你们偷偷的啊，小点儿声。"

"太感谢了。"黎青梦忙不迭地应声，其余二人也赶紧附和。

康嘉年小声说："姐姐，我现在真的信你是优秀毕业生了，毕业了阿姨都还能记住你。"

康盂树跟看外星人似的看了一眼黎青梦。

图书馆这种地方在他的学生时代就是睡觉胜地。但很显然，黎青梦跟自己的使用目的截然不同。

他是真的看不得那些书，一碰就头晕眼花。比起看的，他更爱听。

三个人被悄悄放行，走进因为放暑假而没什么人的图书馆。

康盂树一望见这些密密麻麻的书籍，那种头昏脑涨的感觉立刻冒出来。

黎青梦瞅了一眼他双手抱臂的样子，好像稍有不慎碰到那些书就会暴毙，嫌弃得过分好笑。

她领着两人走到记忆中的位置，踮起脚抽出好几本书，递给康嘉年："这些是我看过有印象的，你可以在旁边翻一下，有感兴趣的可以记下书名回去买新的。我再帮你找找其他的。"

"好！"康嘉年依言将书抱到远处的桌子边，小心翼翼地拉开椅子开始看。

黎青梦见康盂树还是没动，忍不住说："我以为你会跟过去睡觉。"

他用眼神示意她刚才踮起来的脚："再往上一层的书某个小矮子就拿不到了，我可不得在这儿搭把手吗？"

"用不着。"她听到"小矮子"三个字很不爽，但又因为他关注到那么小的一个细节默默留下来而有些触动，说出的“用不着”三个字也软绵绵的。

康孟树嗤了声，靠在书架边上，眼神一直紧跟着她，一发现她有踮脚伸手的趋势，立刻快她一步，将书架上的书拿下来，再得意扬扬地递给她，乐此不疲。

而且他拿完书后，还会特意拿到眼前看一眼书名，再递给她。

黎青梦用口型对他无声地比了两个字：幼稚。

康孟树用口型回她：矮子。

两个人大眼瞪小眼，书架后排突然传来书落地的声音。

他们不以为意，毕竟图书馆里还有别人，大概是谁不小心拿书时带出其他书了吧。

黎青梦下意识地循声透过缝隙看了眼远处，但在看清那是两个交叠的脑袋后，突然意识到他们是在做什么——

他们根本就是躲在里面偷偷接吻，撞到了书架，把书碰掉了。

她被烫到似的收回视线。

这种事她以前也经常碰见，因为图书馆的建筑构造导致某些角落非常隐蔽，情侣们就很爱来寻求刺激。她几乎见怪不怪。

可这次，不知道是不是因为很久没有撞见过，她久违地感觉到尴尬。

康孟树却没看见，他的角度正好是个视觉盲区。因此，他还对她突然顿住的样子感到有些奇怪，催她：“你还找吗？”

“找。”她收回思绪，故作淡定地点头，下意识地伸手去拿书。

这一回，康孟树依然故技重施地要来抢功。

黎青梦感受到他从身后靠近，伸长胳膊来抢书，几乎将她完全覆住。他的身体分明没贴到她，却又靠得很近。

她忍不住恍惚，设想那对情侣如果亲吻完，偶然瞥见他们，是不是会以为他们也是学校里某对恩爱的小情侣，正吻得难分难舍？

于是，她刚才瞥到的画面里，那两张被挡住的脸，在她的脑海里慢慢幻化成她和康孟树的脸——

她被康孟树抵在最隐蔽的图书馆角落里，脚下散落着书，满地狼藉。

接吻的水声像海潮，他边吻边含混地笑着说："阿姨不是叫你要小点儿声？"

紧接着，阿姨的声音果然响了起来，逐渐逼近，她呵斥："谁在里面做坏事？"

…………

黎青梦被这声音吓得回了魂。

她侧过头，看见阿姨喊着这句话，正往刚才那对小情侣所在的书架方向走去。

黎青梦长长地松了口气，脸却在回神后火速地烧起来，迅速蔓延到耳尖。

康盂树还为此添了把柴。他已经从刚才的动静中知道了那边的人在干什么，一回头看见黎青梦的神色，弯下腰凑近观察她，将她的羞窘神色尽收眼底。

他以为她这样是因为撞破人家偷情，坏心眼儿地道："这就害羞了？"

黎青梦咬了下嘴唇，脸色滴血地随手抽出一本书，"啪"的一声打上他的嘴唇，把他的脸同自己隔开。

黎青梦匆匆离开书架，把刚才找到的书全部给康嘉年，表情不自然地道："这些应该差不多了。"

康嘉年朝那边探头探脑，好奇地问："那边在做什么坏事啊？"

康盂树随即走过来，轻拍了下他的后脑勺，淡定地道："不是你们小孩子该关心的事。"

"我哪里是小孩子了？"

"都没成年，不算小孩子吗？"

"嘁……"康嘉年小声说，"不说我也猜到了。"

黎青梦咳嗽了一声："差不多就是你想的那样。"

他继续追问："那两个人现在被发现了会怎么样啊？"

"不会怎么样，现在是暑假期间，估计警告一下就算了吧。"

"哦……"康嘉年惊叹，"上了大学真好啊！"

康盂树这回重重地拍了一下他的脑门儿："你上大学要是敢这么胡

来，洗干净脖子给我等着。”

康嘉年小声道：“州官不放火，也不许百姓点灯。”

康孟树微笑着做了个闭嘴的手势。

黎青梦全程没听他们的对话，也不敢和康孟树对视，随手拿过一本书开始翻，低着头一言不发。

康嘉年注意到她不对劲，犹豫地说：“姐姐，你怎么了？”

她心一抖：“啊？什么我怎么了？”

“那个……你书拿倒了。”

“……”她的嘴角抽了两下。

康孟树观察着她的反应，忍不住皱起眉。

她非常不对劲，他刚才以为她可能只是单纯地因为撞破别人的好事而难为情。但她到现在还这么心神不宁，就不太正常了。

大概是她在这里也有过什么类似的回忆吧……和那个周滨白。

黎青梦察觉康孟树看自己的眼神忽然变得古怪，不由得问：“看什么？”

“没什么。”他转过头。

“别在这里了吧。”黎青梦现在看到这里浑身不自在，一秒钟也不想多待，“我带你们去画室看看。”她顿了一下，忍不住想起他们三个人的那艘沉船，失笑说，“这回是正儿八经的画室。”

她口中的画室是自习画室，是除图书馆外她在大学里待得最多的地方。

那里的穹顶很高，因此空间特别开阔，整面墙上全是一尘不染的玻璃窗，正对着学校里绿茵茵的草坪。有很多人会在草坪上躺着看书，三两个坐在一起聊天或者野餐。她习惯观察这些陌生人，做一些练习的画作速写。

他们来到画室时，因为还在放暑假，这里比刚才的图书馆还冷清。

黎青梦忽然想起自己留在画室的那卷画纸和颜料，当时还没用完，离校前就放在了柜子顶端，不知道还在不在。

她说着“等一下”，然后搬了个凳子过来，爬上凳子在柜子顶端翻找。

当真的翻出积灰的画具时，她久久地站在椅子上没有回神，仿佛自

己还没毕业，只是午睡了一场，做了一个混沌的梦。

梦里，世界天翻地覆，但她醒来后一切恢复原位。于是她轻轻地打个哈欠，伸下懒腰，拿起手头的画笔，在绿草如茵的下午继续她心无旁骛的生活。

然而——

“姐姐？”身后，康嘉年的呼唤把她从真正的幻觉中拉回来。

她迅速收敛失态的表情，若无其事地晃了晃手中的东西：“我去年留下的东西都还在。”

康嘉年很捧场地说：“哇，这不就跟我穿件旧衣服突然从口袋里翻出来一百块一样爽？”

黎青梦笑了，提议说：“机会难得，要不要在这里给你画一幅？”

“啊……给我画吗？”

“对，给你现在的样子留个念。那么漂亮，只有我们三个记得太可惜了。”她说，“反正我突然也很想画画。”

康盂树说：“挺好啊，画呗。你回去裱起来，挂在床头。”

“那不行，妈看见会揍我的。她又会说自己心脏病要犯了。”

康盂树一本正经地摇头：“不会。就你今天化的这样子，妈都认不出来你。”

“……”

于是，一场速写就这么被临时决定。黎青梦把画纸铺到公共的画架上，让康嘉年随意找个位置坐下，就提笔开始画。

康盂树也随意地坐着打哈欠，就这么看着他们。

黎青梦抽空对他说：“你要是无聊，可以去转转。”

“不了。”他懒洋洋地道，“没多大意思。”

“随你。”黎青梦不再管他，将注意力集中到了眼前的画纸上。

画笔在纸上唰唰作响，阳光暖洋洋的，画室的空调又温度正好，非常适合睡觉，康盂树在一边看得接二连三地打哈欠。他快头点地时，画室的门被推开。

站在门外的是一个女生，背着包，估计是大二或大三的暑期留校生，没有化妆，邋里邋遢地就来自习画室了。

她扫了一眼里面的三个人，原本没有什么表情，但在扫到康盂树时眼神微亮。

紧接着，她疾步走到康盂树跟前，语速极快地说：“同学，你现在有空吗？”

康盂树看着自己这副样子，说没空好像非常没有说服力。但他还是很理直气壮地说了：“没空。”

黎青梦从女生一进来，精力就开始分散。她表面上还是不动声色的，但在无人看到的画纸上，一根线条已经反复加深了好几遍。

她用余光注意着旁边的那两个人，见女生表情一僵，接着不死心地说：“我没别的意思，我是觉得你的肌肉线条太漂亮了，还有你的五官比例都特别好！反正你坐着也是坐着，我能画一下你吗？我是来征得你同意的。”

康盂树听后，无所谓地道：“随你。”

女生的眼睛一亮，然后她掏出手机说：“那我们加个微信？我画完把照片传给你好吗？”

嚓一下，那根被反复加深的线条终于画出了原定的轨迹。

黎青梦竖起耳听着康盂树的回答。

他说：“不是你要画我吗？我要你的画干什么？”

女生干笑道：“这样吧，等我先画完，说不定你会喜欢呢？”

黎青梦闻言，将余光收回来，擦掉刚才的痕迹，画得更加投入，下笔的速度比刚才快了很多。

不一会儿，她收起画笔说：“画完了。”

康嘉年意外地道：“啊？好快。”

黎青梦含糊地说：“还行，这次比较有手感。”

康嘉年探头一看，看着画板整个人呆住了。

他以为……黎青梦只是给自己简单地描摹一下样子，没有想到在这么短的时间内，她还二次创作了。

画面里，他穿的是昨天见到他们时的那身衣服，完全是少年的模样，铅灰色的，坐在画室一隅，阳光洒在他的身上，拖出一条长长的影子，才是他今天的这身打扮。

影子比本身还要鲜活，黎青梦特地上了明亮的颜色。

康嘉年抱着这幅画，紧紧地贴在胸口上：“谢谢。”

喉咙有些发干，他看着这幅画，有种落泪的冲动：“我很喜欢。”

黎青梦收拾着东西，笑道：“喜欢就好。”

康盂树起身也拿过画看了一眼，康嘉年献宝道：“姐姐画得真的很好。”

康嘉年词汇贫乏，只会翻来覆去说着“很好”两个字。

康盂树看着看着，表情严肃。

黎青梦收拾的动作一顿，她观察到康盂树的表情，故作无所谓地对康嘉年调侃道：“你哥的表情好像不是这么觉得的。”

康盂树抬眼看她：“谁说的？”

“你的表情说的。”

“我是在替你那个学校遗憾。”他很认真地说，“我不是个能看懂画的人，但我敢说，你没有去那个佛什么学院，遗憾的不该是你，而是他们。”

明明内容听着挺感动，黎青梦却被那个“佛什么学院”搞得哭笑不得。

康嘉年一头雾水：“什么？佛学院？”

黎青梦一本正经地解释：“嗯，翡翠冷的佛学院。”

康盂树感到丢脸，悄悄瞪了她一眼。

不远处的女生见康盂树自起身后就没回座位，忍不住出声说：“能麻烦你再坐回去一下吗？”

然而，没等康盂树回答，黎青梦先一步开口说：“不能。”

女生蹙起眉。

黎青梦看着她微微一笑：“我们是一起的，你要画他我们还得等着，所以不太方便了，不好意思。”

说完，她直接拿着收拾好的东西出了画室。

康盂树从后面跟上她，听不出意味地叫她：“喂，你是不是有点儿不公平对待了？”

“什么意思？”

“你主动给康嘉年画画，不给我画就算了。别人想给我画你也不肯等一等，我什么都没有，不是不公平？”

黎青梦停住脚步，侧过身问：“你想让她画？”

他被这反问打得措手不及，但很快反应过来：“这不是我想不想画的问题，而是你没问过我的问题。”

“所以我现在不是问你了吗？如果你想画的话我可以啊，多花点儿时间等呗。”语气乍一听似乎很好说话，但细听有点儿阴阳怪气。

康嘉年在一旁抱着画不敢吱声。

康盂树定定地看了她几秒，说：“算了。”

黎青梦皱起眉，和他较真儿：“什么叫‘算了’？你想就是想，不想就是不想啊！”

康盂树被激得来气：“你这是诚心问的语气？你明摆着不想浪费时间，还问什么呢？柿子挑软的捏习惯了吧？”

“我什么时候柿子挑软的捏了？”

“上回周滨白那事你忘了？”

黎青梦突然嘲讽地笑起来：“哦，你还说你没在意上次，翻旧账倒是快。”

“我那是没跟你计较。本来就是你为了那个蠢货倒打我一耙，做事这么不地道，还不让说了吗？”

康嘉年完全傻眼，不懂两个人怎么突然吵起来了，刚刚不是还气氛超好吗？他想出言劝阻，却完全插不进这两个人中间，只能没什么用地说着“你们别吵啊”。

黎青梦闻言冷静了一下，说：“那件事我已经跟你说过对不起了，而且说到底我也不觉得你完全没错。你的出发点是好的，但用错了方式。”

康盂树被气笑了：“那你说说什么才是没用错方式，反过来请你的老情人吃饭、好好招待他们，你就开心了？”

“老情人？”黎青梦呆住，茫然地道，“谁？”

康盂树也一呆：“难道……除了周滨白，那里面还有别人也是？”

黎青梦完全混乱了：“你到底在说什么？没有人是我老情人！周滨白也不是！”

康盂树回忆着当时的场面：“那个叫石榴的女的不是说了吗？什么旧情难忘一长串的话。”

黎青梦无语地道：“那是周滨白的旧情，又不是我的。”

“嗯？”康孟树方才冷厉的神情霎时间有些呆滞。

“他是追过我很长时间，但我们什么都没有发生就结束了。我记得我说过我和他没有交往。”

“什么都没发生不代表心里没什么。”他脱口而出的瞬间，自己先愣了一下，脸上闪过很不自然的表情。

黎青梦也跟着怔住，然后斩钉截铁地回：“都说了没有！”

哪怕曾经是有过那么一点点感觉，但她不想在康孟树面前说出来。

康孟树仍旧有些不相信：“那我就不懂了，如果不是心疼，你当时冲我发脾气干什么？欺负那帮人你不该感到痛快吗？当时宰那个男人的时候你可没手软。”

黎青梦抿紧唇。喉头几次翻滚，她终于咬牙把石榴当时给她发微信的事说了出来，声音干巴巴的：“我就算当时已经被逼到可以为了一点点钱不择手段的地步，但也绝对轮不到他们来看我笑话！我知道……这是我的毛病，死要面子，就得活受罪。”

康孟树沉默了，一张脸好像一个被打翻的调色盘，表情十分精彩。

他好半天才挤出一句：“你今晚想吃什么？”这是十分突兀又带着示好意味的问句。

黎青梦知道他是感到愧疚了，可自己的本意并不是想讨要对不起。他只是在用他自认为的方式帮她，就算用错方式，也谈不上他亏欠她什么。

黎青梦摇头说：“你可别说要请我吃饭了。”

康孟树被她戳穿，一下不知道该说什么。

康嘉年见机推波助澜：“没事的姐姐，我哥的工资还行。他不谈恋爱都没地方花，那些钱都不知道干吗用呢，干吗不让他请？”

黎青梦的脸上闪过尴尬的表情，她很想坦白——你哥那些私房钱其实都借给我了。

想起借钱的事，她又一阵心虚，觉得自己刚才和他吵架真是毫无道理。

她叹口气说：“刚才是我不好，还是我请你们吃饭吧。”

康嘉年连连摇头说不用，让康孟树请。他已经被刚才的这幅画收买得服服帖帖，无论刚才是不是她的错，他都坚决支持黎青梦！

黎青梦却摇头，很坚决地说：“这里算是我的地盘，请你们吃顿饭应该的。”她盯着康孟树，“怎么样，赏脸吗？”

康孟树盯着她，言简意赅：“我请。”

她不退让：“你不让我请我就不吃饭了。”

康嘉年弱弱地说：“要不……我来请你俩？”

两个人齐齐看向他。

“你们是因为我才过来的，这顿饭就算我给你们俩赔罪了！我还有点儿压岁钱，你们俩也别争了吧！”虽然这笔钱目前是赤字状态，身上的钱还是跟黎青梦借的，他真的是借花献佛。

最后，康孟树拍板道：“那还是让康嘉年请吧，他这么折腾我们，让他出点儿血，长点儿教训。”

康孟树这样说着，却在背地里给康嘉年的微信上直接转了一笔钱。

三个人商量好后，决定还是由黎青梦挑地方。

她领着他们拐到大学城后面的街巷。暮色四合，某家居酒屋的红灯笼已经亮起，在胡同最深处摇晃，在夏日疯狂的知了鸣叫声中透出一种隐居世外的怡然氛围。

这是一家很平价的居酒屋，类似于深夜食堂那种。

“本来想带你们去另外一家店的。”黎青梦比画着说，“是一家水族馆餐厅，在京崎算网红店，比较贵。但我很喜欢那里，可以一边吃饭一边观赏热带鱼，有置身海底的梦幻感。”

“那我们怎么不去那家店？”康嘉年被吊起胃口。

黎青梦笑着摇头：“但那家店很贵哦，还是替你省点儿钱吧。这家日料店也很不错的。”

她说着移开竹门，熟门熟路地把两个人带进去。

店里的空间并不大，小桌已经满座，只有吧台的角落里还空着几个座位。

三个人只能挤到吧台边，在康嘉年的要求下，黎青梦坐到了中间，被两个人包围着。

与他们隔了一个人的位子，有两个还没来得及脱下西装衬衫换上常服的日本人，用日语放松地在店内交谈着。

黎青梦点完单，发现康嘉年正在竖起耳朵听他们的对话，小声说：

“这还是我第一次在街头碰到外国人！他们怎么这么热的天还穿这么多衣服啊？”

那两个日本人似乎察觉康嘉年正在观察他们，微微侧过头，叽里呱啦地说了些什么。

康嘉年神色紧张：“我讨论他们是不是被发现了啊？他们在骂我吗？”

康盂树看了那两个人一眼，大有他们敢我就上去削他们的气势。

那两个人摸了摸脑门儿，迅速转过头。

“你们放轻松……”黎青梦忍不住笑道，“他们其实在夸康嘉年很可爱。”

“啊？”康嘉年第一反应是黎青梦在骗他。

黎青梦板起脸：“我说的是真的啊，我能听懂一点儿日语。”

康盂树疑惑地问：“你不是要去翡翠冷留学吗？怎么又会日语了？”

“我日语学得比意大利语早多了，我刚上大学那会儿就学了。”

黎青梦波澜不惊地提起自己曾去日本游学的经历。

“那个时候我对日本的浮世绘很着迷，和我爸提了下，他就跟我说不妨去短期游学看看，如果喜欢到时候再考过去读研究生也不迟。所以十八岁，刚成年的那个暑假，我就自己报班去了。虽然也没有学得精通，但至少简单对话还是可以的。”

康嘉年托着下巴，艳羡又惊讶地重复：“刚成年，语言不通就跑到国外，还是一个人？”

“我爸当时和你的反应一样，担心得要死。但是我最后说服他了，我说我之后迟早也要出国，而且要生活很久，提早锻炼很正常啊。再说日本也不是第一次去，之前也去过很多回了，不算陌生。”

“那也很厉害……”

康盂树没有插嘴，静静地听着黎青梦继续往下讲。

桌上，菜品也陆续上来了，她还点了一壶梅子酒，把它推给康盂树：“试试这个，这是我第一次在日本喝到的酒。之前和我爸去玩，他不让我碰，所以游学的时候我就发誓我一定要喝酒。但其实在日本，以当时的年纪，我也是未成年人，不能喝的。不过谁叫我是中国人呢？”

她露出调皮的表情。

这还是第一次，康孟树在她的脸上看见如此生动的表情，大概是身处熟悉的地方，还有回忆双管齐下，才将她从前的那一面一点点还原。

这一面，是她还没有来到南苔前意气风发的样子，骄傲、活泼、肆意。

康孟树怔怔地盯着她的侧脸，忽然想起很多年前上语文课时，那个长着龅牙的语文老师曾教过他们的一句古诗——“春风得意马蹄疾，一日看尽长安花”。

如果是黎青梦，她不会甘愿做被人欣赏的花，安静地攀在枝头。她注定不平凡，想要周游四海，去做那个赏花人。

康孟树对此深信不疑。

黎青梦眼睛亮亮地继续说：“其实我本来也有点儿害怕一个人要待个把月，会不会有什么安全问题，会不会地震，会不会遇到坏人。但是事实上什么都没有发生，那反而成了我记忆里迄今为止最美好的一个夏天。”

康嘉年兴致勃勃地问：“遇上什么好玩的了？”

“很多，太多了。周末学校不上课，我就坐新干线从关东跑到关西，去京都玩了。京都一年四季都很好看，春天有樱花，冬天有雪，夏天的时候就是满目的绿，尤其是岚山。从龟岗的码头坐船可以顺着保津川漂流。”

其余两人安静地听着。

“同船的几乎都是日本人，三三两两的，只有我自己落单，那个艄公就招手让我坐到前排和我搭话。我告诉他我是一个人从中国来的，他就一路上都在和我聊天。但当时我只会最基本的对话，听得很费劲。然后我和他就开始教对方中文和日语。”

黎青梦回忆到这里，忍不住大笑。

“他开口就说，我知道‘窝爱泥’（“我爱你”的谐音），我回他说：我也知道，日文里叫‘阿姨洗铁路’（“我爱你”的日语谐音）。”

康孟树突然不爽地出声：“那老头不会是看你一个人，想占你的便宜吧？他怎么张口就说这种话？”

“你的思想别那么龌龊，没有！”黎青梦瞪他一眼，“艄公跟我说，他活了大半辈子，从来没对谁说过‘我爱你’。”

“为什么啊？”康嘉年猜测，“他是老光棍吗？”

“没有，他已经结婚了。”

康嘉年费解地道：“那他从来没对他老婆说过‘我爱你’？”

“艄公说，那是他的说话哲学，他从不直接用‘我爱你’表达爱，而是说‘今晚月色真美’。”

康嘉年恍然：“这我好像听说过，没想到是真的啊！”

黎青梦点头：“后来船到嵯峨野的终点站，要下船时，我跟他说再见。但他没说，只是挥了挥手跟我感叹了一句：夏天就快结束了。”

康嘉年总结道：“他好奇怪啊，不说‘我爱你’，说‘今晚月色真美’。也不说‘再见’，只说‘夏天就快结束了’。太抽象了。”

黎青梦早就思考过这个问题，说出自己的看法：“其实这两者的本质都是因为恐惧，恐惧不能在一起的事实，只好轻描淡写。”

康孟树没有参与到讨论中，康嘉年注意到他在沉默，对他说：“哥，你别光顾着喝酒啊，和我们一起聊天！”

康孟树的表情迅速一变，他吊儿郎当道：“我在回想我会的日语。”

黎青梦一惊：“你也会日语？”

“会啊！”他突然不怀好意地勾起嘴角，张口要说时，黎青梦突然意识到所谓的日语是什么——

“你闭嘴！”

她懊恼自己干吗去接他的话，这人真的没个正行。

康孟树哈哈一笑：“行，不能侮辱公主的耳朵，我自罚一杯。”

黎青梦暗自撇嘴：什么公主，他无非又是在讽刺她脸皮薄。

康孟树果真给自己斟了一杯梅子酒。

咝——

酒精沁到喉管的瞬间，像白酒一样呛人又浓烈，不怎么讨喜。但是那点儿刺激感过去之后，就剩下酸涩和清甜的味道，后劲让人欲罢不能。

黎青梦戗他：“公主推荐的这个好喝吗？”

他不得不承认：“是挺好喝。”

她嘟囔：“这个哪算惩罚？便宜你了。”

“怎么不算？”康孟树伸出舌尖，轻轻舔掉上唇的酒渍，“我说的自罚一杯，意思就是再怎么好喝，我都会忍住只喝这一杯。”

她冲他翻白眼：“那多浪费？我就是给你们点的。”

之后，黎青梦又陆续分享了一些自己在日本游学时候的事情，这顿饭吃得很漫长，却又好像很短暂，“嗖”的一下就过去了。

就在康嘉年要计划如何度过在京崎的最后一个晚上时，黎青梦表示自己得离开一下。

“我有点儿事，你们去吧。”她说过自己有点儿事要处理是真的，不是当时为了留下来和他们一起玩的托词。

康嘉年提议道：“那干脆我们陪你一起去啊，晚上你一个人行动多不安全！”

黎青梦摇头：“没事，我自己可以。”

康孟树直接道：“你约了人？”

黎青梦不知道该怎么回答，最后实事求是地说：“我没有约人，但我确实要去见一个人。”

康嘉年遗憾地“啊”了一声：“那我们确实不方便跟着去……”

她点头：“我完事了就来找你们。”

望着黎青梦离开的背影，康嘉年百爪挠心：“你说她会去见谁？我怎么感觉是个男的？不然她干吗要避着我们？”

康孟树面无表情地把账单拍在康嘉年面前：“不关你的事，去买单。”

黎青梦的确是要去见一个男人，只是一个老男人——她的那位大伯。

更确切地来说，她也不一定非要见到他。她的目的只是还钱。

她没有忘记自己曾经在地上捡起过他施舍的四百块钱。

黎青梦发短信问过他的银行账号，他没回。她试着添加对方的微信，对方没搭理她。她只能上门用最直接的方式还给他。

来京崎前，她还给他发了条短信说明来意，但是迟迟没有得到回复。

那就这样吧。黎青梦把五百块钱放进信封里，其中多出来的一百块钱算作利息，拜托小区里的物业代为转交。

整个过程很快，只是因为小区在郊外的富人区，她一来一回地折腾，浪费不少时间。

尤其是熟悉的堵车，黎青梦坐在出租车里，望着高架上一排静止的闪烁车流，忽然很不习惯，也觉得很烦躁。

在南苔的街头，她根本碰不到几辆四个轮子的车，一辆小电瓶车就能走街串巷，把小县城逛完。要论南苔的大小，可能也就京崎的一个区那么大吧。

在高架上堵了半天，黎青梦受不了计价器不停往上跳的数字，毅然提前下车，步行了两千米，给康嘉年发消息问他们在哪儿。

康嘉年回说："我们在逛街。"

黎青梦心里诧异，心想：早上还没逛够？

她问："你们又去哪个商场了？"

"没有啊，我们就是字面上的逛街！"康嘉年说着，发来了一个定位。

随即他回了一条语音："你不在，我们俩都不知道去哪里，就随便走走啦，你快来找我……"

"们"字没说完，语音到了十秒，估计是他手滑就发出来了。

她有时候发微信也是这样，明明按着语音键说话，不知道为什么就断了，且一定会断在十秒的时候。

康嘉年果然又补了一条语音。

黎青梦点开听，习惯性地还以为是他，耳边却传来截然不同的低沉声音："你不用动，来接你。"

在嘈杂的街头，康盂树的声音骤然钻进她的耳朵，顺着血液横冲直撞地跑进心房。

无法控制地，她的心在人来人往中突突地跳了起来。

"你不用动，来接你。"

短短的七个字，让黎青梦有了一种久违的归属感。

她在京崎已经不同往日，不会有人在这里期待她的到来，也不会有人在这里担心她。她现在走在这里，就像街头的一个孤魂野鬼。

但是这句话，一下子将她从阴风阵阵的窄道拉回吵吵闹闹的人间。

而且，说出这句话的人还是对京崎完全不熟的康盂树，他才来过这里几回，还装出一副万事我来罩的地头蛇样子。

黎青梦在街头对着手机傻笑起来，回了个“好”，把定位发给他们。

她刚才查看了一下康嘉年发来的定位，离她不远。但他们来得比预计的还要快。黎青梦刚在便利店坐下，点了碗关东煮，就在窗前看到了康盂树和康嘉年。

她看着康盂树抢过康嘉年的手机，给她发语音问她在哪儿。

黎青梦想着反正还没吃完关东煮，生出了逗弄的心思。

她把自己隐到他们的视觉盲区，接着发消息说：“我就在这里啊。京崎有两个栈桥路，你会不会导航错了？”

然后，她就看见康盂树的脸色一慌。他左右看了看，的确没发现人，连忙低头开始鼓捣手机，估计正在查。

黎青梦坐在窗边托腮看着他，燥热的夏夜，他不断伸手往后捋着头发，身体左右摆动着，背过身去看路牌时，她看见汗浸湿了他的白T恤，现出一圈背肌。

黎青梦突然意识到——他们为什么会来得比她预计的要快那么多。

在这闷死人的夏夜里还要走得这么快，他怎么会不流汗呢？

他干吗那么着急，是担心她久等吗？

一连串的念头争先恐后地涌出，黎青梦顿时无地自容：自己居然还优哉游哉地在这里耍人。

她扔下关东煮，买了两瓶冰水匆匆地向他们跑去。

“啊！姐姐来了！”康嘉年被抢走手机，只能无所事事地四处观望，第一时间发现了跑过来的她。

黎青梦有些心虚，不敢与康盂树对视，犹豫一番，还是诚实地道歉：“我刚才在便利店，其实看到你们了，想跟你们开个玩笑……有点儿过分了，对不起。”

她把两瓶水推过去：“你们快喝，给你们赔罪的。”

康嘉年傻乎乎地接过去，说着“这有什么，没事”。

康盂树却没接，漆黑的双眸盯着她。

于是，刚抬起头瞥他的黎青梦看到这双眼睛，立刻把头垂下了。

她暗恼自己怎么就这么失了分寸地开这种玩笑，不应该的。人家出于礼貌来找她，她怎么还得寸进尺，把从前的那股任性劲儿露出来？

在心里数落自己的同时，黎青梦忽然听到康盂树扑哧一声笑道：“被我吓到了？”

黎青梦惊讶地重新抬头。

康盂树一把接过她的冰水，拧开盖咕咚咕咚地往下灌，无所谓地道：“这样你也被我耍一次了，我们扯平。”然后他把冰水扔过来，“帮我拿着，给你的惩罚。”

黎青梦一声不吭地接过冰水握在手心里。

“这么乖？”康盂树挑眉，似笑非笑地道，“那下次随便开玩笑吧，还挺划算。”

“你真不生我气？”

“生气干吗？人安全就行。”他懒洋洋的，语气有几分莫测的意味，“怎么，你去见的人都不等我们到就走了，留你一个人？”

黎青梦摇头：“我没见到他。”

康嘉年不满地道：“什么人啊？你为了他都把我们甩下了，他居然还放你鸽子！”

黎青梦接收到康嘉年义愤填膺的眼神，余光瞄到康盂树蹙起眉的表情。她本不欲说话，突然有了开口的冲动。

这么久以来，她从没和任何人透露过一点点自己遭遇过的难堪。她以为自己万事都可以忍耐的。忍耐到最后，忘了最开始，她其实很希望能有一个出口。

但她知道，在成年人的世界里，没有人会愿意倾听这些。那些受困的情绪只是自己的，她讲给旁人听，说出去了还不如别说，只会得到匮乏的安慰话语或者转脸后自己成为流传的谈资被广为嘲笑，下场将会比沉默不语更加难堪。

这个过程就像她坐在一架正在向海面坠毁的直升机上，倾诉就是拿着伞降落，却摔在嶙峋的岩石上，那么还不如继续老实地坐着，坠进海平面，忍受着被海水淹没的那种窒息感。

但是这一刻，她看到康盂树的眼睛，情不自禁地站到了直升机的边缘，拿出蒙尘的降落伞，试探地往半空张望，有一种向下跳的冲动。

我可以跳吗？

你会接住我吗？

她在心里诘问着。

在和康盂树沉默的对视中，她似乎听见了他说的“当然”。

黎青梦长长地松口气，慢吞吞地开口：“我今天去见我大伯了。上次我爸查出病之后，我来京崎找过他，堵在门口问他借钱。我今天就是来还这笔钱的。”她从包里掏出那张来时就带好的欠款单，“但现在我不欠他的了。”

康盂树看清上面的数字，难以置信道：“四百块钱？他在搞笑吗？”

黎青梦摇头：“他也有自己的难处，能给我这些，我也要谢谢他。只是他没给我当面道谢的机会。”

“你还要谢他？你傻了吧？”

“到底谁傻呢？如果按照世俗的标准看，那个愿意把所有钱拿出来借给别人的人才是傻子吧。”黎青梦意有所指地看着康盂树，很轻地重复了一遍，“傻子。”

“喂！”他不是笨蛋，听出她的弦外之音，不乐意地嚷道。

康嘉年又一次听得一头雾水：这两人怎么有那么多小秘密？他有一种自己不是灯泡却胜似灯泡的多余感……

尤其是康盂树还把人拉到了一边，两人用他完全听不到的音量对话。

“还没问过你，我之前借你的那笔到底够不够还？”

黎青梦顿了一下，点头说：“够的，已经还清了。”

“真的吗？”

黎青梦“嗯”了声，转移话题：“你带打火机了吗？”

“干什么？”

她扬了扬手中的欠款条：“没用了，我要把它烧掉。”

康盂树在口袋里摸了摸，还真的摸出一只打火机。

他伸手说：“拿来，我帮你烧。”

“我自己来。”

“你来什么？你用过几次打火机？小朋友就别玩火了。”

称呼从公主又变成小朋友。黎青梦听到后一愣，手中的字条就被康盂树拿去了。他走到垃圾桶边上，单手捏着字条，另一只手按亮打火机，点燃欠款条的一角。

火焰开始蔓延，和着夏夜的热风卷起纸边，慢慢向上在空中变成星火。火光映在康盂树漫不经心的脸上，如同在他的脸颊前燃起了一场小型的淡黄色烟花。

黎青梦眼睁睁地看着康盂树烧掉了她的欠条。

随着灰烬纷纷掉落，内心深处，那些曾经的难堪感也熄灭了。

她陡然觉得自己变得轻盈，轻得几乎能像一只风筝一样飞起来。

烧掉最后的部分，康盂树拍拍手，和她擦身时撂下一句声音很低的话——

"你的债主只有我一个就够了，别人都给我滚蛋。"

三个人在栈桥会合之后，已经差不多快到晚上十一点。商场都已经关门，还开门的只有夜宵店、KTV 和酒吧。

康嘉年舍不得就这么结束，小心翼翼地提议："要不……我们去酒吧看看？"

"你皮痒了？"康盂树弹了下他的脑门儿，打断了他的想入非非。

"哥，你就不好奇大城市的酒吧吗？"

康盂树想也不想地道："去那种地方干什么？"

康嘉年撇嘴："你怎么就这么'佛系'啊？年轻人就是要有夜生活啊！"

"你不算年轻人，你是未成年人。"

"我说的是你！你这个年纪的！不然你问问姐姐，她有没有去过酒吧？"

两人探究的目光登时投向黎青梦。

她支吾了一下，点头："我去过。"

她也并不喜欢吵闹的地方，但在从前生活的艺术圈子里，同学、朋友过个生日、庆祝个节日，免不了包场或开卡座，动辄就开上万元的香槟，大家推杯换盏，玩酒桌游戏，喝得醉醺醺后去台上蹦三五个来回，还有人站上桌子，手中拿个钞票喷枪，转着圈地射击。刺激的尖叫声和轰鸣的电子乐中，金粉、彩带迷人眼。

“看吧！”康嘉年一副自己猜中的得意表情。

康盂树抿了抿唇，说了句“你们商量吧”，掏出了电子烟躲到一边开始抽。

剩下康嘉年还在追问：“姐姐，那你最喜欢的是哪家？等我成年了我再来！”

黎青梦思索片刻，说：“我最喜欢的……好像不在京崎。”

康嘉年面露疑惑之色，心想：难道在日本？

她不着痕迹地看了眼远处的康盂树，小声说：“我喜欢宝梦舞厅。”

“啊？”康嘉年傻眼了，“那个不是在南苔吗？”

“嗯。”

“你居然喜欢那个养生舞厅？！”康嘉年哭笑不得，“那都不算酒吧啦，我和我爷爷都能去，老少皆宜。”

“是吗？”黎青梦随口说，“那可能就是我最喜欢它的原因吧，我本身对酒吧的兴趣也不大。”

等康盂树抽完烟回来，康嘉年迫不及待地分享：“你猜青梦姐最喜欢的是哪一家？”

黎青梦想拦住康嘉年，让他别再提，已经晚了。

康盂树露出“猜个屁”的表情：“这我怎么会知道？”

康嘉年笑嘻嘻地道：“你肯定知道的。”

康盂树眉头一皱。

康嘉年如愿以偿地看到康盂树脸上迷惑的表情，终于揭秘：“噔噔噔——宝梦舞厅！没想到吧？！”

康盂树听到这个完全出乎意料的答案，着实愣了好几秒，看向黎青梦。

黎青梦把视线撇开，有点儿不敢看康盂树。

他旋即移开视线，摸了下鼻子。

康嘉年诡异地看着把视线分别转向别处的两个人，总觉得有一种奇怪的气氛在他们之间流动。这种气氛像暗巷里泄出来的霓虹灯光、雨夜倒映在水潭里的虚影，像一切不可明说但又能隐隐窥探到的、似有若无的东西。

黎青梦又迅速转移了话题，说：“接下来如果你们都没想法的话，我带你们去兜风吧。能走马观花地迅速看完这座城市，当作今天的收尾好像不错。”

康嘉年没明白：“兜风？观光巴士那种吗？这个点还有吗？”

黎青梦笑道：“坐观光巴士能叫兜风？”

她走到一边打电话，过了片刻后回来说：“我们就在这儿等着吧。”

康盂树和康嘉年都显得很迷茫，不知道黎青梦在卖什么关子。

她气定神闲地看着手机。十几分钟后，还在喧嚣但稍微有些安静下去的街道响起了令人头皮发麻的轰鸣声。

一辆银灰色的敞篷跑车从街道拐角现身，一眨眼就风驰电掣地停在三人面前的马路上。

车内的人走下来，穿着 Polo 衫，胸口印着一串英文。

黎青梦直接伸手说：“是我借的车。”

下来的男人，确切来说是工作人员，把车钥匙交到她的手上，用公事公办的语气说：“到时候您把车停的位置告诉我们就行，我们预计明天 12 点来收车，如果确认没有问题我们会给您退押金。”

黎青梦比了个“OK”的手势。

其余两人这才看明白——黎青梦不声不响地租了辆跑车。

她直接打开车门坐上去，对着还在街头发愣的两人扬了扬下巴：“愣着干什么？上来。”

康嘉年惊呼一声，激动地蹿上后座，嘴里念叨着“好酷”。

而康盂树还没动，盯着跑车上的女人。她站在橘黄色的路灯下，周身镀了层金色的暖光，眉眼飞扬地冲他道：“不上来吗？我搭了你那么多次车，现在还你一次。”

被这样邀请，谁能拒绝呢？

康盂树哼笑，拉开副驾驶座的门上车，吹了声口哨：“这车不错。”

黎青梦挑眉：“我就当你夸我了。”

“嗯？”

“这就是我之前那辆的车型。”她的语气里不自觉地染上一丝骄傲的意味，同时还有很难察觉的无奈。

毕竟，她如今只能用租的方式拥有它一晚，还是因为有康盂树和康嘉年在才咬咬牙肯花这笔钱。

但坐上驾驶座的那一瞬间，那种怦然心动的感觉让她觉得值了。她爱不释手地摩挲方向盘，一扫心中的落寞情绪，大声地对着他们说："准备好我就开始了！"

后座传来康嘉年振奋的回应声："我准备好啦！"

康盂树把手撑在车边，托着腮，点了下头。

黎青梦伸手摁开车载音箱，连上她的手机，点开一个她很久没有点开的歌单。

这个歌单是她之前开车特别喜欢听的，每首歌的节奏和旋律都特别提神。开车听的效果简直就是在大雪天里嚼薄荷，谁听谁知道。

当然，车没了之后，这个歌单也被打入冷宫。

黎青梦有种抑制不住的兴奋心情，手指微抖地按下随机播放。

从车载音箱中传出一声类似于鸣笛的短促声响，像是唱片被放到唱片机里，即将要播放时被卡了一下发出的声音，不刺耳，反而一下子将注意力全拉了过去。

同时，黎青梦的脚踩下油门，车身一下冲了出去。闷热的晚风将他们的发丝吹得扬起。车速过快，车道两边的景象连成一串流光。

车内，隐约的鼓点开始令人忍不住摇头晃脑，男嬉皮士的唱腔随即响起——

> Let's take a walk.（我们去散步吧。）
> Cos we're not getting any sleep tonight.（反正今晚也睡不着。）
> …………
> Let's go off the script.（让我们脱离剧本。）
> Scrap the final page.（撕掉最后一页。）
> …………

车速越飙越高，黎青梦熟门熟路地拐道，到了车辆稀少的高速上。

康嘉年的惊呼声传到耳中："这比小电瓶车爽太多了！"

康盂树没表现得像康嘉年那样夸张，甚至脸上还有点儿不爽的表情。但这种表情不是因为他不喜欢这种体验，恰巧，他太喜欢了，才显

出略微别扭的矛盾表情。

他虽然开惯了车，但都是笨重的大货车，而且都是因为工作。开车对他来说从来不是享受。

他从来没有体验过这种纯粹的、轻盈的、像是要飞起来的感觉。肾上腺素飙升，晚风扑上面颊，空气里灼热的温度在这种急速的摩擦下要将人点燃。于是他的心脏跟着燃烧。在他侧过头去看驾驶座上的人的瞬间，这把火燃烧到最旺，产生了灼痛的快感。

康盂树的视野里，黎青梦的长发在风中飞舞，她神色轻松地把玩着方向盘，有时候甚至还能抽出一只手捋掉碍事的发丝。

快速流逝的街景蜿蜒成一条琥珀色的河流，而她是浮在其中无法被浇熄的火焰。

车子绕着内环高速开了一圈，到了限速区域，黎青梦停下休息，问他们："还可以吧？"

康嘉年还处在高速的余韵里，整个人失魂落魄："我好像……有点儿晕车……"

黎青梦哭笑不得地看着他急匆匆地下车，拿着矿泉水蹲到一边缓缓。

康盂树则完全没事，还伸了个懒腰，问她："你经常飙车？"

黎青梦摇头。

"还行吧。"她用手点着方向盘，告诉他，"一般都是心情非常不好的时候才飙。"

"为什么心情不好？"

"那我都忘了……"她懒散地陷进车座里，眼睛微微眯起，像一只倦怠的猫，"我只记得第一次飙车，是因为有个人请我去她家吃晚饭。那餐饭很棒，饭菜很美味，全是她妈烧的。她妈也很照顾我，一直给我夹菜……你知道吗？她用筷子的手势特别像我妈，喜欢拿到顶端。"

黎青梦一顿，继续轻轻地说："然后莫名其妙的，因为那一个动作，我就很想很想我妈。"

康盂树从没听黎青梦提起过她妈妈，这还是第一次。

他斟酌语气，小心地问："离婚了吗？"

“不……她去世了，意外事故。”黎青梦很平静，“我早就已经接受她离开的事啦，就是偶尔会抽一下风。比如说刚才说的看到有人用筷子的方式像她，或者说听到有人跟她说一样的口头禅。她很喜欢说：‘啊，是这个样子吗？’。”

“这挺像我们这边的口音。”

“因为她就是南苔人。我和我爸现在住的筒子楼就是我妈长大的地方。”黎青梦自嘲道，“曾经……我妈还说会带我去南苔看看的，但没有兑现诺言。”

如果那个时候去，她应该会很喜欢那儿。可惜没有如果。

所以，后来只有她和黎朔两个人回到南苔的时候，她的抵触情绪有一部分来源于曾经有过的期待心理。

她期待见到母亲的家乡，期待和母亲创造共同的回忆。可这些在母亲逝去之后，在她好不容易逐渐接受母亲离开的事实后，全部成了戳痛自己的鲜明提示。

在她说完后，康盂树忽然弹了一下她的脑门儿。

黎青梦愕然地摸着额头，瞪他，说：“你干什么？”

“我代表你妈弹你的。”他神情严肃，“知道你难过，但如果你是在这种状态下飙车，很容易出事，知不知道？”

黎青梦被教训一通，却又无法反驳他的话，只能无力地说：“人难过的时候还不能发泄了吗？”

“当然可以。”他高深莫测地说，“我带你换种方式飙车。”

于是，半个小时后，黎青梦在康盂树非要来的游戏厅里极其无语。

他指着四驱赛车挑动眉头：“怎么样，我们俩比一场？”他伸手一指康嘉年：“你就负责围观吧。”

康嘉年觉得莫名其妙，不知道这两人怎么突然又要比赛。

黎青梦无所谓地在他旁边的位子上坐下，比就比。

屏幕上显示出对战模式，两人按下确定按钮。三、二、一，两台机器上的车同一时间冲出去。

她一边操控自己的车，一边偷看康盂树的屏幕，发现他居然领先自己一截。

好胜心被激起，她咬咬牙收回目光，更加专注地操控自己的车，避

开障碍物，努力去吃道具卡加速。其间，她还是控制不住去瞄旁边，一直差那么一点儿，追不上。

气人……这哪里是发泄？根本就是更加添堵。黎青梦把方向盘转得都快擦出火花了。

即将分出胜负的那一刻，她不抱希望地越过终点线，屏幕上却跳出一个“胜利”。

她赢了？

黎青梦表情茫然，赶紧转头去看旁边。

屏幕上，在康盂树的车临近终点线的那一刻，他的车吃到了一个糖果，那是一颗巧克力，可能是加速道具之类的。

结果他刚吃完，路边蹿出来两个警察，把属于康盂树的小人从车里带下来，铐上手铐带走了。屏幕上显示那颗巧克力是酒心巧克力，玩家不能酒驾！

“还能这样？”康嘉年目瞪口呆，反应过来后差点儿笑疯。

黎青梦也没绷住表情，倒在小车里捂着肚子笑出了眼泪。

“系统也没错，你确实也在酒驾！”她指的是他本身也喝了梅子酒这件事。

康盂树瞥了眼笑得一扫落寞情绪的黎青梦，有些哭笑不得地想：原来自己出糗会让她那么快乐，比预想的效果还要好。

这个糖果其实是酒心巧克力的彩蛋，他早就知道了。

在上次来京崎前，他和方茂送完货后无聊，方茂说要看电影，他不干，硬是将人扯到了游戏厅。

结果，方茂很幼稚地说那就比一把，如果他赢，就让康盂树陪他去电影院。

他们玩的也是这个赛车游戏，也在临近终点时，康盂树吃到了那颗伪装的糖果。

他当时气得都快把机子砸掉。

方茂笑得整个人都在发抖，说这俩警察太逗了。

他踹了方茂一脚：“笑什么笑？！有这么好笑吗？”

方茂说：“看你吃瘪当然好笑。”

康盂树怒而重开：“再来一把，我再吃到这颗破酒心巧克力我就是孙子！”

而如今……他用余光扫着黎青梦洋溢着快乐表情的脸，心想：就当自己无意手滑了吧。

反正方茂不在，他偷偷摸摸当一回孙子也没人知道。

康盂树很坦然地说：“输就输了，作为输家的惩罚，今晚的住宿我请。”

黎青梦和康嘉年这才突然想起来：他们今晚住的地方还没着落。

“不用这么认真吧？”黎青梦笑着想拒绝。

康盂树不以为意：“康嘉年请了饭，你请了车，这趟旅程我总得请点儿什么吧。怎么，你是替我心疼上钱了？”

话说到这份儿上，她翻了个白眼，也就随他去了。

大家一起挑选附近的酒店，黎青梦搜索快捷酒店的空房，但不知道是不是因为暑期来临，京崎也到了满房的旺季，居然很难找到空着三间普通客房的酒店，大多是一间两间。

黎青梦想了想，说：“我们分开住也行。我可以去住这家，这家有单间空着的。你们去住这家吧，有两间。”

她算盘打得很好，但被康盂树立刻否决。

“分开住不安全。”他出示手机上刚找的一家说，“我们住这个。”

待黎青梦和康嘉年看清界面上的酒店名称，都面露震惊之色。那是一家五星级酒店，最普通的房间一晚的均价就是上千元。

“你……是不是按错了？”黎青梦为避免戳到他的自尊心，很小心地问。

康盂树很肯定地说：“没按错，我刚才看了下，顶楼的套房还有。”

“你还要住顶楼的套房？！”她瞠目结舌。

“我们有三个人啊，只有套房住得下。”他面不改色。

他稀松平常的样子让黎青梦更觉得匪夷所思。

康嘉年的惊讶程度不比黎青梦小，他拉住康盂树说：“哥，你冷静一点儿！那一晚价格都快顶你半个月工资了，你钱没地方花也不要这样子吧？！”

康盂树不耐烦地道：“你替哥瞎操心什么？你难得来一次京崎，哥

还不能请你住好点儿的了？反正也就一晚，花了就花了。”

黎青梦尴尬地说：“那你们去吧。我在附近找一个。”

她以为只是昨晚那种价位的，那他要请就请了吧。但如果是这么贵的套房，她和他们非亲非故，怎么好意思接受？

而且他们还要在同一个屋檐下度过一晚，更不合适。

只是，她的内心却忍不住蠢蠢欲动。

因为那家酒店是她从前偶尔会去住的地方，看到图片的那一瞬间，她立刻就被勾起了对从前的眷恋。

康盂树端详着她脸上的犹豫表情，锲而不舍地勾她：“还多出一个房间，你不来，让它空着吗？”

“那你不订套房不就行了吗？”

“你不来我就不订套房吗？”康盂树嗤道，“我就是想在离开前让康嘉年享受一下。你来不来我都不会改变选择。”

康嘉年一下子感动得泪眼汪汪。

黎青梦还在酝酿回绝的说辞，康盂树直接将她的行李当作“人质”扣在手上：“别啰唆了，就这么定了。”

酒店离这里不远，他们大约走一千米就能到。

黎青梦被动地跟了上去，悄悄地自言自语：没办法，谁叫自己的行李箱在他手里，才不是她自愿想住。

不是吗？黎青梦泄气地想，可能自己还是有一点点想住吧，毕竟受够快捷酒店了。能有机会体验一回从前的生活，她比谁都想住。

但仅仅是因为这样吗？她没敢再深想，抬眼望着几步之外的康盂树，心头一团乱麻，对接下来的半个夜晚感到不安。

但有康嘉年在，他们又是住在各自的房间里，肯定不会发生什么的。

她的内心终于在一番梳理后平静下来。

三人走至高耸入云的酒店门口，迎宾的酒店人员立刻毕恭毕敬地上前拿过三人的行李，引导着他们到前台办理入住手续。康嘉年受宠若惊，走路的姿势都端正了三分。

康盂树回头问两人要身份证，黎青梦犹豫了下，又忍不住问他：

"我帮你负担一半吧？"

康盂树做了个噤声的手势，径自抽走她手上的身份证。

不一会儿，黎青梦看着他不慌不忙地回来，亮了亮手中的房卡，吹声口哨说："走吧，去顶楼。"

酒店的电梯是玻璃的景观电梯，随着数字逐渐增加，他们就像坐在正腾空的飞机上，把这座城市收入眼底。

京崎的深夜，街头还是能看到些许人影，不像南苔，过了九点十点就几乎看不到什么人。

此刻这些人像工蚁似的还在大厦和大厦之间穿梭，内环马路的街灯、车灯和格子间的白色格栅灯，把四周的一切照得亮堂堂的。

这是一座让人很难停栖的城市，不论是凌晨几点，该运转的人、物都还在照常运转着。

康嘉年自从进到电梯里，就拿出相机对准窗外。拍到一半，他拉着黎青梦和康盂树入镜，让两个人看向镜头："快合个影留念，这张照片可是值几千块。"

康盂树嘴上说着"麻烦"，头一偏，眼睛还是老实地看镜头。

黎青梦配合地比了个小树杈。

康嘉年为三人按下快门，心满意足地把相机揣在口袋里。但还没收起来一分钟，进入套房之后，他又拿出相机对着套房一顿猛拍。

在这方面康盂树淡定很多，黎青梦记得上次在素城时，他进套房的表现也和平常完全没差别。不知道的人还以为他也是套房的常客。

黎青梦踏进这个房间之后表现得也很平静，只是内心其实远没有表现出来的那么淡定。

她环顾着似曾相识的陈设，闻到空气里淡淡的香熏味，这种久违的感觉真的难以言喻。

待康嘉年把套房里里外外看了个遍，三个人比画着石头剪刀布分了一下房间，接着就各自回房。

康嘉年进房前，想起什么道："我们一会儿在客厅见吧！"

黎青梦真是佩服他的精力，诧异地问："还不睡吗？"

"这么贵的房间当然要好好享受一下再睡啦，不然跟睡几百块的不是一样吗？眼睛一闭，几个小时就过去了。"康嘉年一副心疼的表情，

“所以我觉得我们在客厅里看会儿电视、聊聊天什么的再去睡嘛，好不好？”

康盂树没意见，估计也是这么想的……黎青梦只得点头说“好”。

“但是……我想泡个澡，稍微会有点儿久。”

“啊，你这么一说我也想泡了！”康嘉年附议。

黎青梦笑着说：“那干脆都泡吧。”

这么敲定后，她一刻不耽搁地开始放水，趁着蓄水的空隙卸妆、刷牙、洗脸、敷面膜，一切准备就绪后，她探了探水温，觉得差不多了，小心翼翼地跨进一条腿。

脚趾浸入，然后是小腿、大腿，再是全身。温柔的水波盈盈荡开，将奔波了一天的酸软身体托起，黎青梦把脑袋枕在一边，毫不夸张地想：这就是极乐世界吧。

但是她没敢泡太久，心里记挂着刚才的约定，没有泡很久就赶紧起身，心里想：如果自己一会儿还不困的话，就再来泡，可不能浪费这难得的机会。

套房的客厅里，康盂树正坐在沙发上刷手机。

他习惯了冲冷水澡，因此速度特别快，哪怕换到了顶楼套房也是一样。他看都没看浴缸，甚至连酒店提供的那些高档洗护品都没用，拿的照旧是行李箱里自己带的那套洗护品——还是他妈“双十一”囤货的赠品。

听到开门声，康盂树抬起头，看见了头发还未完全吹干的黎青梦，她身上特意换了一条崭新的裙子。

他故意调侃：“怎么，这回不穿浴袍了？”

他显然是指在素城那一晚。

黎青梦听到他的话，不由得抱起双臂，瞪他一眼，问：“康嘉年呢？”

“还在泡吧，他肯定玩高兴了。”

“哦……”黎青梦转身握上门把，“那我继续去吹头发了，他好了叫我。”

“等一下。”康盂树手上拎着袋子起身，忽然朝她走来。

黎青梦注意到那个袋子就是上午在商场逛的那家，那应该是康盂树买给他妈的，他今天还拎了一路。

他把袋子递给她："你帮我看一下这件我妈会喜欢吗？"

"我连你妈都没见过呢，我怎么知道她会不会喜欢？"

"没关系，我参考下意见。"

黎青梦无奈，只好接过袋子，翻出上面的一件雪纺飞袖上衣，说实话……她还挺不知道该从哪里开始吐槽，憋着笑想放回去，却发现底下还有一件。

这件衣服……黎青梦呆住了。

那是她上午逛街时看中的，却压抑着自己没去试的那一件。

此刻，它就静静地躺在袋子底部，像掩埋在泥土里被无意间翻出来的廉价矿石，不如宝石值钱，却更加耀眼。

康盂树清了清嗓子，不当回事地道："那家店买两件打折，我就凑了一件。给你吧，我妈肯定不喜欢这个风格的。"

黎青梦一直没说话，但他观察着她的表情，察觉她的内心是雀跃的。

她开心的时候，眉梢会轻轻扬起，嘴角也是。但她又会下意识地咬住嘴唇，把那份雀跃的表情压下去。

果然，她又开始咬嘴唇了。

康盂树瞬间失神。

他并不是被勾魂了什么的，而是，忽然缠在心中某个不愿直面的结被打开。

这个似曾相识的顶楼、黎青梦脸上的这份雀跃神色……这些至关重要的细节连在一起，打通了他的任督二脉。

当时，从素城回来后，他有意疏远黎青梦，内心拼命告诉自己她是一个为了钱可以出卖自己的女人，这绝不会是他喜欢的类型。但原来不是这样的。

他其实不在意她是个虚荣的、爱慕钱财的女人。钱这东西多好，谁不想要呢？她要钻钱眼儿，他就拿斧子给她劈开。他从不怕这些。

他真正害怕的，是自己从没待过的顶楼。

当时他学着她的样子，表现得稀松平常，似乎这样能掩盖彼此的差距。然而，这掩盖不了他内心深处的认知。

那是他第一次明白：黎青梦和自己好像真的是两个世界的人。她不是那个和他在南苔相遇，情愿窝在沉船里教画的美甲小妹。

这个女人曾经习以为常的快乐和满足的生活，自己能不能给得起呢？

那一晚，康盂树站在素城顶楼的落地窗前，望着如此近的雷电，有一种自己即将被劈到却无力招架的预感，内心一片惶恐。

## 第六章

# 鸣枪靶场

这份惶恐的心情就像那日的闪电，他站在顶层，因为够近，所以那一下子的震撼感足够令人失语。

但那时还隔着一层隔音的玻璃，所以他没有感受到雷电真正的威力。就像他还是没有确切地明白自己和黎青梦的差距在哪里。

章子在最开始总和他说黎青梦是个特别不一样的人。

那时他总在心里觉得很不屑：她能有多不一样呢？大家不都是两只眼睛、一张嘴吗？

章子故弄玄虚地说——不是那种看得见的东西，而是那种看不见的。

看不见的东西，他现在可以感受到了。

而这一趟京崎的旅程，让他对于她那种模糊的感受越来越清晰。

他亲自去过她成长的学校，见证她拿下的成绩，听她谈论走南闯北的回忆，坐她飙的车，窥探到她不愿示人的伤痕，看到她的骄傲、她的肆意、她的软弱、她的过去种种……他确认自己重新认识了她一遍。

于是，那块挡在他们面前的隔音玻璃被拿掉了，他听见雷声隆隆而

至，不可抗地感受到自己在这道雷电下有多渺小。

黎青梦默不作声地把衣服抱在手中，说着：“你等一下。”

然后她跑进房间，又很快走出来，手上拿着那套下午从画室里拿回来的画具。

“我给你画幅画吧，作为回礼。”她别扭地说，“也算弥补下午你没画成的那幅。但你还赚了，我可比她画得好多了。”

康盂树定定地看着黎青梦好几秒，她看他表情严肃，心里一紧。

很快，他表情一变，回过神笑得轻佻：“你不会也垂涎我的肌肉，还想让我当裸模吧？”

黎青梦很想直接将手中的画具摔他脸上。

“你去沙发上坐着！”她语气不善地直接下命令，“随便什么姿势都行，唯一的要求就是不许换。”

“OK，OK。那我就恭敬不如从命了。”他故意扯着文绉绉的腔调，用惯常的姿势在沙发上坐下，插兜叠腿，散漫到家。

但是，他的双眼与之形成极大的反差，非常专注地望着前方——她的方向。

雷电是令人恐惧的，却也是迷人的。它是天空的异象，是并不常见的偶然景象，是一次具有爆发力的意外。所以在恐惧感越发加深的同时，那份感叹它与众不同的迷恋感也会随之加深。

因此，他很难控制自己看向其他方向。那么趁着可以正大光明地看的时候，他就看个过瘾吧。

黎青梦刚放置好工具，抬头去看康盂树时，和他猛然对视。

那眼神就是一个无底的黑洞，汇聚了所有引力，让人不受控制地被吸入。

她一边迅速低下头，一边说：“你要这么摆头吗？”

那岂不是画画的全程，她都要对上他的眼睛？她还画得下去吗？

康盂树扬了下眉：“这个姿势不行？”

“不行。”她搓着画纸平整的左上角，仿佛那里起了难以展平的褶皱，“你的正脸没有侧脸好看，你还是把头扭过去。”

闻言，康盂树大受打击：“真的？”

她一本正经地撒谎：“真的，所以我建议你还是侧过头！”

康盂树立刻掏出手机，打开前置摄像头，对着自己的正面和侧面各拍了一张，摸着下巴说："嘁，明明都这么帅。"

黎青梦见状，忍笑得快拿不起画笔，咕哝着："没见过这么自恋的。"

康盂树收起手机，不满地道："什么自恋？你教康嘉年那什么画线比例我也知道点儿。我这比例难道不是很标准吗？"

"标准？"黎青梦突然放下画笔，走到他身边。

她的手指虚虚地点上他的额头，慢慢往下、往下，点到山根上，往下，越过鼻尖，再往下……

"干什么？"康盂树被她的举动惊到。

她的手指根本没碰到他的脸，带起的气流却在浮动。被扫过的地方无一不发痒，痒得他轻皱了下鼻子。

黎青梦的视线停在他鼻尖皱起的两三层小褶皱上，她眨了下眼睛。

"我在……"

手指堪堪停在嘴唇上方的人中，没有再往下。

她蓦地撤回手，说："我在专业地测量你的脸是否标准，以此反驳你。"

康盂树下意识地舔了下刚才绷成一条直线的嘴唇："结果呢？"

她很严肃地回答："刚刚你皱起鼻子的时候，刚好短了一点点，那个比例最标准。"

"那我接下来就这样好了。"他说着，保持着皱鼻子的姿势仰脸看着她，"你这样画我是不是最帅？"

黎青梦忽然走了神。

他这个神情，近乎在冲她撒娇。

心脏又在寂静的深夜跳得飞快，她生怕离这么近心跳声就会被听到，赶紧后退两三步，佯装镇定地道："你不怕脸抽筋，随便你。"

"逗你的，这样我不会累死吗？"他放松表情，把脸转开看向窗外。

两边都沉默下来，黎青梦收拢思绪，盯着他侧脸的线条，在空白的画纸上开始下笔。

但其实，她发现自己根本不需要这么专注地盯着他，手上的动作就已经惯性地完成了每一根线条起承转合的走势，仿佛她已经画了他很

多次。

她试探性地闭上眼睛，康孟树蓬乱的头发、康孟树流利的眉峰、康孟树漆黑的眼睛、康孟树英挺的鼻梁、康孟树不笑时也会上挑的唇角、康孟树的每一个毛孔……都清晰地在她的脑海里浮现。

黎青梦一下子慌张地睁开眼。

庆幸的是，康孟树还看着窗外，没发现她贸然游离的思绪。

两人就维持着画与被画的姿态等着康嘉年从房间里出来，只是康嘉年还没来，画却已经快要完成了。

她取下画纸，拿到康孟树面前。时间紧张，她没像画康嘉年那样精细，也没有什么别出心裁的构思，只是很平实地把男人散漫地坐在铺着夜色的窗边这一幕如实记录下来。

因为在她看来，这已经是美到不需要修饰的画面了。

“给你。这不仅是回礼，也是谢礼。”她的声音越来越轻，“谢谢这次你带我来京崎。”

康孟树难以置信地摸了下耳朵：“我没听错吧？”

难道不是他有求于她？怎么在她的语境里，变成了他带她来呢？

黎青梦刚才一直是站着画的，此时脚有些酸，顺势在沙发上坐下，刻意在两人中间空出了可以坐一个人的距离。

她知道康孟树一定会惊讶，解释道：“其实这一次，我并不太想来京崎的。”

康孟树点头：“担心你爸的身体吧？”

“那当然是一部分。”黎青梦轻轻呼出一口气，“还有一个原因，说出来很可笑，其实是因为……我有点儿害怕来京崎。因为上一次来这里时……”

她语塞，不知道该如何说下去。

世情薄，人情恶，上一次来这里的经历，就像是失眠了很久的人终于能够入睡，却做了场让自己想要迅速醒来的噩梦。那种熟悉的东西突然面目全非时，崩裂的阵痛堪比龟裂的地缝，她一脚踩进去，再难全身而退。

以至于，她依然渴望回到京崎，却在要来的时候不敢来了。

“总之就是上一次……不是很愉快。”黎青梦用左手揉着右手的指节，垂下眼睛轻声道，“但这一次，我过得特别、特别、特别开心。”

她一连说了三个“特别”。

康盂树转过脸凝视着她。

黎青梦也抬起眼，回视他：“开心到，足够我把那段不愉快的回忆通通驱散。”

两人的视线在空气里静悄悄地交会，康盂树脸上没有任何表情，但脑子里装着一个鸣枪的靶场，在她话音落下的瞬间，一枚子弹轰地穿透鼓膜射中他的感官。

一个几乎从不示弱，总是把自己的感受藏在心里的人，骤然说出这样的话，虽然只是三言两语，却是她好不容易稍微袒露心声的难得时刻。

康盂树知道自己当下必须给予些反应，这就等于他买彩票，终于买到了那张大奖的彩票，兑奖窗口就在眼前了……

可问题是，他是一个从没抽到过大奖的倒霉人。

黎青梦在说完之后，得到的反馈就是康盂树的沉默，仿佛这一天不是和他一起度过的。

刚涌起的那种雀跃心情迅速冷却下来，她补了一句：“主要是康嘉年特别可爱，很捧场，和他一起玩很放松。”

康盂树却没顺着她的话，而是很认真地慢上一拍说：“我以前来京崎没觉得这里有多好。”他很笨拙地斟酌词汇，“但是这一次，也许是因为有你带着吧。”他看了她一眼，“玩起来果然很不一样。”

黎青梦又开始搓起指尖，压着声音问：“哪里不一样？”

“就是感觉挺好玩的。日料很好吃，飙车的感觉很爽，摩天大厦很高，顶楼的视野很好……”他细细碎碎地说着，看向窗外时，接了一句，“就连月亮看上去也格外漂亮。”

听到这句似是而非的话之后，黎青梦仿佛坐上弹跳机，晕头转向地被发射到太空，一部分灵魂被抽出去，飘浮在宇宙里观测月亮。

这很难不让人联想到那一句——今晚的月色真美。

康盂树转回头，看见她脸上吃惊的神色，痞笑道：“别误会啊，我的意思就是真的漂亮。”他撇嘴，“我可搞不来他们说话那套弯弯绕绕的。”

黎青梦当然猜到这不会是自己想的那个意思，但他真的没有几分刻意吗？

这是她猜不透的部分了。

她故作无所谓地耸肩，摆出嫌弃的姿态戗他："是吗？我看你说话就挺绕的。"

"有吗？"

"有啊。就比如说上次，我坐飞机飞过你头顶时你要说的话。你憋着不说，还故弄玄虚说什么等地球最后那个晚上。"

她还记得那茬儿，被吊着胃口，对此耿耿于怀。

康盂树拉长语调"啊"了一声："那个啊——"

她追问："你是不是根本没想说什么，随口糊弄我的？"

"怎么可能？当然有。"康盂树再度看向窗外的月亮，"只是怕你听了会失望，所以要留些神秘感。"

"为什么会失望？"

他顿了顿，避重就轻地接道："因为……是很无聊的话。"

康嘉年生平第一次在五星级酒店的顶楼套房泡澡，温热的水包裹着全身，那种感觉无比惬意，加上从早到晚奔波的疲累感，不知不觉就睡过去了。

他从浴缸中起身时，竟然都过去了一个小时。他慌慌张张地来到客厅一看，发现这俩人都在，似乎在聊天。

他们坐在沙发上，只是黎青梦好像快睡着了，耷拉着头，整个人摇摇晃晃的，最后倒在沙发靠背上。

康嘉年把想喊的话硬生生吞回去，怕吵醒她。

他转而想小声喊康盂树，却在看清康盂树的动作后愣住，继而收了声，默默地退回房间。

第二天黎青梦醒来时，发现自己正好好地躺在床上。

昨晚最后的记忆停留在客厅里，气氛太沉静，聊天的频率恰到好处地让她感到舒适，让人昏昏欲睡，于是她就真的睡着了。

所以……是康盂树将她送回来的吗？

看着身上仍是昨晚洗完澡后换上的衣服，她大概确认了这一点。

她起来脱下衣服，转而穿上一身黑色衣服，动作很迅速地出了门。

她记着自己要去趟墓地。

之前他们买的铃兰早就枯萎了，她把这些残花撤下，替换了新的。

“妈，跟你来汇报一下，爸爸的手术很顺利。”黎青梦看着墓碑上女人浅笑的照片，“所以你放心，他估计还得好久之后才会来陪你。”

她又絮叨了一会儿，看了眼快到退房的时间才离开。

她回到酒店房间时，只有康嘉年在。

“你哥呢？”

“啊，我还以为你们一起出去了……”康嘉年看见她，神色略不自然地回答。

“没有，我没和他一起。”

得知康盂树居然自己出门，黎青梦还挺意外。毕竟这人昨天还赖床到最晚，对京崎一副没什么兴趣的样子。难道真如他昨晚所说的，一天就对京崎改观了？他都能一反常态地抓紧时间出门了。

因此康盂树回来的时候，得到了一大一小两个人好奇的注目礼。

“你们干吗？”他一摸鼻子，避开二人的视线。

康嘉年眯起眼：“哥，你自己偷偷摸摸去哪里玩了？也不带我！”

“我去大人去的地方。”

“你就扯吧，大早上的哪里有大人去的地方？”

黎青梦没开口问，但也一直竖起耳朵听着，十分好奇康盂树会跑去哪里。

最后康盂树扯开话题，说：“你们都把东西收好了吧？收好我就去退房了。”

京崎，高铁站。

三人拖着行李来到检票口附近，康嘉年依依不舍地环视了一圈车站，拿起相机对着站牌上“京崎”的名字又拍下了一张照片。

接着，康嘉年又拉住路过的人，让他帮忙拍一下他们三个人的合影。

康盂树不耐烦地道：“太土了吧，这种游客照。”嘴上这么说，身体

还是老老实实地站到旁边摆好姿势。

康嘉年一边把黎青梦拉到中间，一边戗道：“现在不拍，下次我们三个在这里就不知道是什么时候了呀！”

其余二人闻言微怔。

康嘉年补充说：“我是说等我考来京崎，怎么着也得是两年之后的事了。”

康盂树拍了下他的头：“别说得你好像已经拿了录取通知书一样。”

“所以我说不知道是什么时候啊！最快也是两年后。”康嘉年拍掉他的手看向黎青梦，“姐姐，你到时候会回京崎吗？”

康盂树闻言，插在口袋里的手一紧。

他低下头，忽然拿出手机开始刷，手指滑得飞快，一目十行的速度。

黎青梦被这个问题问住：“两年吗？”

她正不知道该怎么回答这个问题，站内的广播提示 D341 次列车开始检票上车，打断了这个假设的答案。

康盂树刷着手机的速度终于慢下来，神色不自觉地放松，仿若有一个射过来的回旋镖，擦过他飞向了别的地方。但他心里隐隐知道，这个回旋镖终究还是会再度飞回来的，只是时间问题。

开往南苔的动车很空，三人的座位这回在一排，他们坐在一起，不像来时她和康盂树隔了一个过道。

这一次，被夹在中间的人是康盂树，他的座位号是 2B。

“……”对上号码牌的那一刻，他的脸色不怎么好。

黎青梦忍俊不禁。她在靠窗位置，先坐进去，拍拍旁边的座位，明知故问：“怎么不坐？你不是 2B 吗？”

他牙痒痒，从鼻子里哼了一声，坐下来时伸手敲了一下她的脑门儿，甩下两个字：“幼稚。”

康嘉年最后一个坐下，嘲笑道：“哥，你好意思说别人啊，你自己也老这样好不好？”他探头对黎青梦挤眉弄眼：“倒是没想到姐姐也会这样开玩笑，我还是第一次看见。”

黎青梦捂着额头，正想再次回嘴，却在听到康嘉年打趣后，想说的话被堵在喉咙里。

她好像一而再，再而三地在康孟树面前露出自己非常不冷静的一面。

像之前在便利店，她故意想看到他着急的样子，又或者是这次故意拐弯抹角地损他，想看到他恼怒的表情，本质上都有同一个目的。

她期待的，是康孟树除却冷淡和散漫之外的，会因为她而调动情绪之后生动起来的脸。

黎青梦怔怔地看着他的侧脸，脑子里只有一个念头：自己好像快完蛋了。

康孟树感受到她呆呆的视线，斜眼打趣："怎么，你也想坐 2B？"

她没接他的反击，匆匆塞上耳机看向窗外。

康孟树不懂她怎么就突然变脸了，这个玩笑不是她先开的吗？这个女人也太过分了，只许州官放火，不许百姓点灯？

他撇撇嘴，转到另一侧和康嘉年说话，暗暗告诫自己不能先低头。明明是自己先被调侃，这要是回嘴不成还热脸贴冷屁股，那可就是真傻了。

于是，两个人虽然是邻座，并且两个座位之间的把手坏掉了，抬在上面放不下来，他们的座位比其他的更没有距离，却诡异地形成了一条"楚河汉界"，谁都不搭理谁，比来时那个过道的距离还遥远。

然而最后，先打破僵局的人是黎青梦。确切地说，是睡着的她。

因为墓地离酒店很远，她早上起得非常早，天没亮就出门了。加之昨晚睡得晚，她在摇晃的车上睡着了。

康孟树正在和康嘉年有一搭没一搭地闲扯时，突然感觉肩头一沉。

话头猛地收住，康孟树很轻地扭头瞥向颈窝处那个毛茸茸的脑袋。

她那么轻的重量，在列车前进中无意间蹭着他，短袖下露出的那截胳膊挨着他同样在短袖下汗涔涔的皮肤。

车窗外是茫茫的一片原野，大片的阳光将原野涂成金黄色的保龄球道，而靠在他肩上的这个人，则是冥冥中有人随手掷向他的保龄球。

那人的技术过分精湛，"砰"的一下，他仰面被这颗圆滚滚的保龄球击倒，怎么逃得开呢？

即便这颗球轻如一根羽毛。

康盂树轻轻叹口气，认输般地扭向康嘉年，压低声音说：“把你的外套给我。”

“干吗？”

康盂树的右手指向靠着自己的人。

“嚯，这么贴心啊！”康嘉年挤眉弄眼，“不过车上这冷气和没开一样啊，没必要吧？”

“呵，我又不是担心她感冒。”

康盂树强硬地单手把康嘉年的外套扒下来。康嘉年以为他嘴硬，结果一看，他还真不是披到黎青梦身上，而是动作极轻地抬起她的身体，把衣服塞到她和自己的缝隙中，避免了直接的肌肤相贴。

康嘉年傻眼了：这是什么操作？

“她穿得太少了。”康盂树耸肩，“免得她醒来说我占她便宜。”

“需要这么见外吗？”康嘉年在心里想：你当初不还误闯沉船看到人家换衣服吗？把人看光的时候怎么没见你这么小心翼翼？

康盂树笑道：“怎么不需要？豌豆公主隔了四十层被子还能知道底下有一粒豌豆硌到她，我们青豆公主可比她娇贵。”

以往，他说到这种夸张的比喻时，都是用来讽刺人的，听着只会让人火大。但是这一句，和以往的语气都不一样。

活这么大，康嘉年第一次听到他哥用这种语气说话。

不是那种肉麻到掉渣的温柔语气，而是一种非常平淡的语气。

这种平淡的语气却让人更加相信——坐在康盂树一步之遥的位子上的黎青梦似乎真的是哪个小国的公主，容不得丝毫怠慢。

而这个小国，目前只有康盂树一个公民。

在只有他们两个人的小国里，她是唯一的公主。

如果谁怀疑这个事实，毫无疑问，这位暴躁的公民一定会抄起家伙和对方拼命，打到对方承认为止。

黎青梦这一觉，快到南苔才醒。

醒来时，整个人已经歪到了反方向，头堪堪要抵上窗框，脖子酸痛不已。

睁眼看见车窗外的低矮的平房、葱郁的农田还有蒙蒙的天空，她昏昏沉沉地竟然生出一丝很奇妙的感觉——她又回来了。

她还记得自己上次带着希望去京崎，最后却像条丧家之犬一样回来，那种感觉就像囚犯跑到操场上放了一会儿风，听到哨声后，就得被迫再被关回四四方方的阴沉牢房里，并且不知道刑期是多久。心中充满了窒息、无奈、绝望，以及恨不得绑上炸药包将整节车厢炸掉的那种愤懑情绪。

很难想象时隔不久，她再一次往返，那种压在心头沉甸甸的窒息感不知不觉就散了，取而代之的是一种平静感，不再厌恶这里的平静感。

而且，这种平静感并不是出于这大半年被折腾下来的麻木，自己不是那样轻易就可以被磨平棱角的人，她很清楚。

那么唯一的变量，是旁边坐着的这个人。

她看向康盂树，他此时也睡着了，但奇怪的是睡姿非常板正，尤其肩膀还一动不动地挺着，靠近她的这一侧放着康嘉年的那件新衣服。

他很冷吗？她在心里嘀咕。这趟列车不知道是不是制冷系统出现问题，明明热得不行。

康盂树该不会是体寒吧？

黎青梦想了想，翻出他给自己买的那件新外套，趁着康嘉年也睡着的时候，悄悄地盖到了康盂树空出来的那一边的肩头。

睡梦中的康盂树不自觉地皱了下眉，靠着椅背的后背上沁出了更多的汗。

但他绝不会猜到这是又加了一件外套的缘故——黎青梦在他醒来的前夕，就好像无事发生般又把衣服收回去了。

他们下车时已经是晚上九点，以往这个时间，小城的街道除了东邺町基本没什么人。但是这天很诡异，三人走出火车站，在街道附近看见了攒动的人头，多得很不正常。

康嘉年被康盂树打发过去侦察，接着，带着惊掉下巴的表情回来，兴奋又激动："你们肯定猜不到我们走的这两天发生了什么！"

康盂树直接道："别卖关子。"

康嘉年哼了一声："有十只大象跑到我们这里了！"

黎青梦和康盂树不约而同地露出听不太懂的表情。

黎青梦匪夷所思地问："这是什么意思？"

"就是字面上的意思！"康嘉年也是表情恍惚，"我听那些人说的，昨天有十只大象出现在我们隔壁市了，据说是从深山老林里跑出来的。不知怎么就跑到城里来了，现在好像已经到我们这里了。"

对此，康孟树言简意赅地只用了句粗话表达了他的情绪。

黎青梦也很想跟着惊叹一句，因为这实在是太魔幻现实主义了。

她不是没见过大象，但那是在动物园里，哪里见过野生的大象，还是出没在人来车往的街头。她不知道大象行进的路线会是什么，也许下一个转角，他们就会和它们撞上，上演史上最刺激的"转角遇上爱"。

这实在是……无法用语言描述的奇妙际遇。

全南苔的人估计都被这群野生大象勾起好奇心，因为南苔的动物园规模很小，没什么稀有品种的动物，也没有大象。因此从火车站出来的一路上，到处是好奇围观的人。这些人平常早就窝在家里准备睡了，这会儿全一撮一撮聚集着，嘴里碎碎地念着"在哪里在哪里"。

这让黎青梦不禁想起前不久在国外风靡的一款手机游戏，就是用手机 AR（增强现实）扫描街道，可以扫描出宝可梦精灵，鼓励大家都走上街头去捕捉小精灵。

谁能想到南苔的人民群众更狂野？

他们才不屑故弄玄虚的电子宠物，既然要看，那就要看货真价实的野象旅行团！

黎青梦三人本打算在火车站门口分道扬镳，但因为这个突如其来的意外，最后没有分成。

在康嘉年的唆使下，他们也打算去碰碰运气，看看能不能见到象群。

毕竟谁都不知道过了今晚野象是不是就会离开南苔，那就太可惜了，就像眼睁睁地看着一颗流星从眼前划过却没有许愿那样可惜。

纵然见到象群也不会有什么意义，许愿也不一定会愿望成真，但是，人不就是一种喜欢在奇怪的仪式感上较劲的生物吗？

就这样，一场毫无预兆的夜晚冒险就突如其来地开始了。

不论过去多久，这个略显疯狂的夜晚都是黎青梦脑海中烫金的回忆——边缘小城里的大半人不睡，在街头游荡，组成了一个热烈的原始庆典。平常冷清的角落里挤满了三三两两打着手电筒四处往黑暗里晃的人，野象没照到，反而把草丛里正在撒尿的醉鬼公开处刑。

夜市里，摊主蠢蠢欲动地提前收摊，推着车张望。有小吃摊的摊主还故意拿扇子把香味扇开，试图勾引野象现形。结果，野象没勾到，馋嘴的人倒是一勾一个准，勾得他们忘了目的，就着方凳在街边坐下，来了顿夜宵。

黎青梦身处在这些形形色色的“冒险家”之间，突然觉得比起看野象，观察这些人类“动物”更有意思，尤其是她身旁的这两位“冒险家”。

康嘉年很鄙视他们的食物勾引法，说大象一般都吃草或者庄稼什么的。那些小吃根本没用。

于是他在路边拔了一袋子的野草。

黎青梦哭笑不得：“那为什么我们不直接去农田里蹲点？”

他抱着满怀的草一愣：“对哦……”

康盂树作为哥哥就聪明很多。他一直低头在发消息，一双手从火车站出来就没停下来过。

黎青梦本来还不知道他到底盯着手机在干什么，结果发现自己被拉入了一个百人微信群，群主就是康盂树。

她一看群名，顿时解答了疑惑——“大家来找碴儿”。

排在他后面的就是章子、方茂，还有其他几个兄弟，这些人都成了他的眼线，被他从床上轰起来去街上逮象。而这些被轰起来的人又发动了其他人帮忙一起找，结果大家纷纷拉人，演变成了一个百人大群。

此刻，群里的消息跳得飞快，刷得黎青梦眼花缭乱。

“谁发现了赶紧在群里发坐标。”

“好像在南山路这边！”

“滚啊，我就在南山路，没有。”

“发布虚假消息的直接踢出去！”

最后群主本人出来平息混乱的局面：“谁第一个发现我奖励大红包，比我平常发的多十倍！”

黎青梦怀疑地道："你平常发的不会是一分钱吧？"

康嘉年哈哈大笑。

康盂树竖起眉毛："看不起人？"

黎青梦的手机一振，接着她收到了康盂树私发来的红包。

他得意扬扬地挑眉，示意她自己感受。

她好奇又期待地点开来一看……一分钱。

康盂树看着她无语的表情，跟着发出爆笑声。

黎青梦："……"

这场荒唐的冒险一直进行到半夜，街上群聚的人依旧没看到野象群的身影。总共就那么点儿地方，他们到现在都没找到，恐怕野象绕道了，根本没来南苔吧。

大多数人死了心，打着哈欠遗憾地散去。

黎青梦也觉得可惜。她本来还想着如果拍到可以带去给黎朔看看，让他也跟着开心开心，这些日子他躺在病床上，不知道该有多闷。但是有些事情也是强求不了的。

她定定神，开口说："那今天就这样吧，我得去医院了。"

康盂树叫了辆出租车。托大象的福，出租车也比往常多，他在原本拦不到车的大半夜居然也能轻松拦到一辆。

他抬手把黎青梦塞进去，紧接着自己也坐到她旁边，从车窗探出半个头对康嘉年道："你自己回去，我送完她就回家。"

康嘉年嫌弃地比了个"OK"的手势。

黎青梦轻轻推了推他："不用，你和康嘉年一起回去吧。"

他摇上车窗："你是我借去京崎的，当然要完璧归赵。"

一直以来三个人的旅程，骤然又恢复来时只有她和他的状态。他们之间比距离一条过道近得多，差一点儿就能腿贴上腿。

黎青梦没有刻意拉远距离，只是扭过头，盯着窗外飞速掠过的街景，仿佛还在试图找到野象的踪迹，虽然眼神完全没聚焦。

康盂树还在刷手机，猛然一拍大腿："群里有人看见了！"

黎青梦也精神一振，连忙点开群聊，发现不是虚假消息，连图片都发出来了，看样子似乎是在某处农田。

也许大象是怕人，躲在某处等人都散开了，才跑出来。

康盂树扬了扬手机，挑眉问："去看看？"

黎青梦不假思索地道："当然去！"

司机也喜上眉梢，听说有野象，连忙拐道。

车子火速驶到了群里发的位置，已经围了十来个人。但大家都只是远远地保持安全距离围观着，离得近了谁知道会不会被大象用鼻子抽，又怕又好奇。

两人和司机一起下了车，走到人群边上眺望，模糊地看到了象群，小象被大象围在中心，正在埋首吃农田里的粮食。

人和象就在这片没有任何围栏的野外，有种静谧的和谐感。

康盂树好奇地盯了半天，转头问她："你以前是在动物园里看的大象吗？"

"对，但只有一两只，第一次看见那么多的，而且还这么活泼。"黎青梦由衷地感叹，"在京崎根本看不到这样的。"

康盂树闻言，莫名得意地哼了声："太远了，它们跑不过去的。而且就京崎那个马路，这些象哪里走得了？"

那车多得会直接把这些大象冲散撞伤。

"是啊……"

康盂树原本以为黎青梦会为自己的家乡反驳两句，却听到她顺着他的话笑着说："京崎可能什么都有，但绝不会有大象跑上马路吧。"

如果真的有象群跑进城市，不等他们有机会寻找，早就冲上网络热搜，象群估计在第一时间就被带走了，怎么可能还有机会这么散漫地在田里吃夜宵？

康盂树闻言，脸上闪过一丝很不明显的雀跃神色，就好像高中时被表扬到的臭屁男生，终于把班里最出风头的对手比下去了，抑制不住高兴却还要装作满不在乎，淡淡地道："这点不是我吹，南苔可能缺很多东西，但你想象不到的东西这里反而有。"

只是那些东西是不是她需要的，就不一定了。

他上扬的嘴角又慢慢耷拉下去。

黎青梦怔了片刻，视线从大象身上移到康盂树的鞋子上。

"嗯。"她看着他驻足的那一小片土地呢喃，"除了大象，这儿还有

一样京崎没有的。”

“你说什么？”黎青梦说得太轻，以至于康孟树一时间并没有听清她的话。

“没什么。”她回过神，轻描淡写地把自己刚才的冲动行为掩过。

此时，田野的野象群慢悠悠地吃完了它们的夜宵，似乎要继续趁夜赶路。

而它们竟也不怕这些远处围观的人，大概是察觉这大半天他们只是安分地站在这里，没有伤害它们的意思，于是慢悠悠地朝着这条路上行进，也离他们越来越近。

众人见状，纷纷拿出手机准备拍下这一幕。

黎青梦也赶紧跟上，拿出手机对准象群。

庞大的影子越来越靠近他们，黎青梦不由得屏住呼吸，在即将擦身而过的瞬间，赶紧疯狂按下拍摄键。

康孟树本来也想拍的，但瞥到她拍照的架势觉得有趣，照片也不拍了，侧着头看她，揶揄道：“我给你手上塞俩荧光棒吧。”

“干吗？”

“你这架势多像演唱会趴在前排疯狂拍偶像照片的少女。”他忍俊不禁，“只不过你喜欢的偶像团体还挺特别。”

他把上臂内侧贴上鼻子，然后甩着身体和手臂晃来晃去，模仿大象的长鼻子。

黎青梦对准他，手疾眼快地拍下一张，晃着屏幕反击：“可不？这只大象挺特别。”

“赶紧删了！”

康孟树伸手来夺她的手机，她迅速把屏幕一锁，笑着后退：“不删。”

结果她忘了身后是农田，脚一下踩空，整个人重心不稳往后倒去。

康孟树一惊，伸手要来抓时已经晚了一步。

黎青梦栽进散发着粪便味道的农田里。

“……”

她躺在农田里，望着布满星星的夜空生无可恋，一时间不太想起来。

她并不痛。农田和路边的坡度不高，加上柔软的植物减震，倒没有受伤。只是泥泞的土地坑坑洼洼的，还有肥料的气味萦绕在鼻尖，她在众目睽睽之下显得非常丢脸。

康盂树看她躺在农田里装死，“喂”了两声：“你还不起来了？”

“我在感受自然。”她决定等上面这群看象的人散去后再起来。

康盂树轻笑了下。

接着，黎青梦听到他跳下来的动静。身边的庄稼一矮，他躺到了她的身边。

她侧过头，惊异地看着他：“这下面可都是……”

“屁屁”这俩字到了嘴边，她没好意思说出口。

康盂树不以为意，还趁机损她两句：“看你感受自然感受得那么乐不思蜀，我也来感受感受。”

黎青梦哼了一声，嘴角却轻轻勾起。

现在，她不是在感受自然了，而是在感受躺在身边的这个人的气息。夏夜的微风拂过鼻尖，飘来他身上那股很淡的榴梿焦油味。

他明明讨厌榴梿，为什么最后选择了这个味道呢？譬如此时此刻，他虽然没有明说，但黎青梦知道，大概都和自己有关吧。

黎青梦闭上眼睛，放任自己把刚才的那句话清晰地说出来：“我刚才说的是……京崎除了没有野象，还有一样也没有。”

“什么，啤酒节？”

她在庄稼地里轻轻摇头，草叶刮着耳朵。

康盂树看着她睁开眼，微侧过头，看向他的双眼在暗夜里闪烁，目光温柔，就好像两只萤火虫在草丛中飞舞，萦绕着浅浅的亮光。

没有人能在这样的注视下生还。

他受不了地伸手盖住她的眼睛，她的视线被他挡住，一片漆黑。

他手心里握过烟的味道充盈在她的鼻腔里，她深吸了一口气，也吸住了接下来的话，没有再挑明。

但是，他应该已经从她的眼睛里读懂了吧，不然为什么要遮住她的眼睛？

她想说的那样东西，就是他。

京崎不会再有一个叫“康盂树”的人了。

就像这群野象蓦然闯入这片土地一样，他也蓦然闯入她的人生，是

一种无法预料的奇迹。

当天晚上黎青梦本想去医院的，但被在农田里那一跤摔得满身脏污。她总不能带着粪味去医院，在康盂树的要求下被他送回了筒子楼。

隔天，她不放心地很早就起来了，直奔医院，发现黎朔的气色比之前她离开的那会儿好很多，这才放下心。

“看样子再过个两三天就可以出院了！”她笑嘻嘻地拿出手机，把昨晚拍到的照片给黎朔看，“爸你看，在路上走着的野象群！”

黎朔连连惊叹：“我今早也听护士说了，还真让你拍着了。”

黎青梦自豪地道：“我昨晚逮了它们一晚上。”

“胡闹，以后你要多注意身体，早点儿睡觉，别熬夜。”

黎朔开始一本正经地唠叨，被黎青梦打断：“你还是早点儿出院回家监督我吧，你现在说了我也不听。”

黎朔无奈地摇摇头，忽然转了话锋：“这两天中午医院里的饭都吃腻了，我能换换口味不？”

“当然啊，你想吃什么？”

“我想吃生煎包。”

“这么油，不行！”黎青梦立刻回绝，“要不吃花卷代替一下？”

黎朔还是死犟：“我就吃这一次，病也好得差不多了。”

黎青梦没辙了，只好妥协道：“行行行，最多只能吃两个，我去帮你买。”

黎朔口中的生煎包是筒子楼附近的一家包子铺做的，病没复发时黎朔偶然吃过一次就迷上了。但他在住院之后再也没吃过，馋嘴也是难免的。黎青梦心里不免感到一丝难过，心想：老天为什么要让黎朔受这么多苦？

好在苦尽甘来，这样的日子很快就可以到头了。

黎青梦折腾回筒子楼买了生煎包回来，在楼下意外碰到了康盂树和康嘉年，两人手上分别抱着一个大果篮和花束，在底下探头探脑地张望。

她意外地迎上去：“你们怎么突然过来了？”

康嘉年忙说：“不是突然呀，之前我不是说过要赶在叔叔出院前赶紧来看望一下吗？再不来，叔叔就真的要出院了。”

康盂树咳嗽两声：“把你借去这几天挺对不起他的，你爸这两天身体还好吧？”

“挺好的，我今天见他气色还变好了。”黎青梦有些无所适从地说，“谢谢你们来看他。”

这两人大概不知道，在他们之前，除了她自己还有护工，并没有人来看望她爸。她也不奢望有人能来。

这几个月以来，她已经习惯这种几乎与世隔绝的生活，这方孤岛是她和她爸相依为命的地界。突然有人扬帆登岛，尽管可能在他们看来，这只是一次普通的探望而已，但对她而言，是直接戳到心窝子里的会面。

黎青梦五味杂陈地把人领到病房，然而一开门，三人都蒙了——病床上的人不见了。

“去厕所了吧……”黎青梦把生煎包往床头柜上一搁，撇下两人打算去找护士问一下，结果自动合上的病房门突然被打开了。

是护士帮忙推开的门，黎朔在她身后进来，手上捧着小蛋糕，步伐很缓慢。

他手上的蛋糕上插着五支蜡烛，代表着黎青梦到来的二十五岁。烛光将黎朔笑起来时眼角的纹路照得尤为明显。

“祝我的宝贝梦梦二十五岁生日快乐！”他一边说着，一边将蛋糕递到黎青梦跟前，依然是她最爱的榴梿口味。

黎朔注意到黎青梦身后表情惊讶的康盂树和康嘉年，疑惑地道：“你们是……”

“他们是我朋友啦，来看您的。”黎青梦接过蛋糕，没出息地吸了吸鼻子，“干吗还偷偷订蛋糕？我说你怎么突然让我去买生煎包，原来是在这里等着我。”

她的尾音上翘，语气带着撒娇的味道。

边上的康盂树听得呆住了。这又是他从未见过的黎青梦的一面。原来……她也会如此软绵绵地说话，那么孩子气。

黎朔摸着黎青梦的脑袋，无奈地道：“这是我们小公主的生日啊，爸爸打死都不会忘的。”

一旁的护士插嘴打报告："没想到你会那么早来，他着急蛋糕送不到，差点儿要偷跑出医院取，被我揪回来了。"

刚才还尽显沉稳的黎朔顿时原形毕露，很㞞地缩起脖子。

黎青梦将人赶到病床上，严肃地道："我知道你关心我，但不能胡来。再乖乖待几天我们就能出院了。"

黎朔点点头："好好好，你先吹蜡烛，许个愿。"

黎青梦的愿望再简单不过，她捧着这个小蛋糕，闭上眼没三秒就睁眼吹灭了蜡烛——

她希望爸爸能赶紧康复。

最后，那个榴梿蛋糕的一部分被康嘉年和黎青梦瓜分，余下的部分两个人切成一块块的，拿去病房外分给护士和医生。因为另外的两个男人——黎朔想吃但吃不了，康盂树是压根儿不想吃。黎青梦和康嘉年出去分蛋糕时，剩他们在病房里大眼瞪小眼。

康盂树站在黎朔的病床边，整个人绷得紧紧的，就像在接受长官的审阅。

黎朔笑着说："小伙子怎么这么紧张？"

康盂树难得十分正经："我平常就站得这么直。"

"以前当过兵？"

"没。"

"那不错啊，精气神天生就这么足！"黎朔拍了拍旁边的椅子，"来，坐。"

康盂树拗不过，坐下来，背还是挺得笔直。

黎朔打量着他，很随意地问："你和梦梦什么时候认识的？"

"前两个月。"中气足得就差喊一声"报告班长"了。

黎朔顿了顿："你真的没当过兵吗？"

"真的没。"

黎朔点点头："一身正气啊！"

"叔叔过奖了！"

黎朔又想问了：这气势肯定是当过兵吧？他清了清嗓子，转而问："你和我们梦梦……真的就是朋友？"

康盂树心口一跳。

“对……她教我弟弟画画，就这么认识的。”

“哦……”黎朔若有所思地看着他说，“别介意我这么问，因为梦梦几乎没带过男孩子来我面前，我就是好奇。”

康盂树的背脊微微一松，他惊讶又小心地问：“我是第一个？”他一边问，一边开始嘚瑟地抖起腿来。

“是啊，我想梦梦是真心拿你当朋友的。”黎朔的神色忽而认真，“所以也拜托你，至少她还在南苔的时候，能不能多帮扶下？梦梦被我拖来这里，没有任何熟人，我这副样子都是拖她后腿，更别说照顾她了。”

康盂树毫不犹豫地严肃回答：“这点您放心，我肯定会。况且她也帮了我很多。”

“是吗？我还担心她脾气有时候不太好……想让你多包容包容。”

“她的脾气吗……”康盂树扯开嘴角笑道，“没，她脾气挺好的。”

黎青梦拿着空蛋糕盒回来时，就见病房里初次见面的两人相谈甚欢，立刻警觉道：“你们不会是在议论我吧？”

两人同时矢口否认，却没串好词——

“我们在说天气呢。”

“我们在说吃饭呢。”

“呵。”黎青梦冷笑一声。

康盂树和康嘉年坐了一会儿后便离开了病房，黎青梦也没追问黎朔刚才和康盂树说了什么，怕问起来反而会被黎朔看出些端倪。

黎青梦生日这天就在医院里平平淡淡地度过，黎朔还一直面露歉意，说委屈她了。

的确，可能在形式上，比起之前二十四年举办着盛大派对，各路人马把礼物堆满储藏室的盛况相比，这次的生日的确显得寒酸。但是，她已经觉得非常幸福了。

在现在的她眼中，那些堆满储藏室的礼物都不如黎朔亲手捧过来的那一小块蛋糕。

而唯一让她觉得失落的地方，大概是康盂树离开的时候，只是对她轻描淡写地说了一句“生日快乐”。

这一天她在医院里陪了黎朔一整天，直到晚饭的时候被黎朔强硬地轰走。他坚持让她在生日这天别在医院待太久，晦气，不如去外面好好吃一顿。

黎青梦拿他迷信的说法没辙，依言离开，但没有吃大餐的心思，想着回去煮碗方便面随便凑合下得了。

她盘算着走向医院的停车棚，脚步在抬头时停下，心脏怦怦地看向前方。

康盂树随意地坐在她的电瓶车上，正百无聊赖地刷着手机。

他身上换了件白色衬衫，干干净净的打扮，在黄昏下流露出某种略显青涩的气质，像个无事可做的少年。她也跟着时光倒退，体会了一把放学后不小心碰到喜欢的男孩子在车棚时那种怦然心动的感觉。

表面上，她还是若无其事地问道："你怎么又来了，还坐我车上？"

康盂树侧过头，捋了把头发："找你吃饭。"

"吃什么饭？"

"给你过生日啊！"他拍拍后座，"坐上来，我带你去个地方。"

她的心头不知何时被塞进了一个会到点报时的时钟。此刻，那只报时的小鸟呼啦啦地飞出来了。

黎青梦"哦"了一声，故作勉强地说"行吧"，身体却轻盈地坐上后座。

康盂树在她坐上来时，整个人恍惚了一下。

他还记得上一次载她时，她恨不得把身子同他隔出一个银河的距离，要不是他骑得慢，她早被甩下去了。

这一刻，她的手却似有若无地抓住他的衬衫一角。

他透过后视镜，她瘦削的身子被自己挡着，但不远不近的间隔处传来令人心悸的暗香。

康盂树盯着后视镜里根本看不到的人影，猛地抬手，把那只抓着衣角的手拉到自己腰上。

"抱紧。"他舔了下嘴唇，心不在焉地道，"这次我可不会刻意骑慢了。"

黎青梦被他的动作吓了一跳，被强制贴上他腰侧的双手开始发烫。

那是他的温度还是她的？她分不清，干脆放纵地将手贴得更紧一些，任由温度慢慢传入掌心。

反正是为了安全……没关系的，她可以再贴紧一些。

她抵着手下紧绷的肌肉，将两只手环在一起，这下彻底抱住了他的腰。

车子在下一秒飞驰而去。

橘红转深蓝色的天际线下，他们以一种若即若离的亲密姿势在风中环绕小城，最后停在了南苔那座小小的水族馆前。

黎青梦怎么也没想到康盂树会带自己来这里，附近也根本没有餐厅的影子。

康盂树熄掉引擎，下车说："我们进去。"

"不是已经闭园了吗？"

康盂树在口袋里掏了掏，接着用食指甩出一串钥匙，得意扬扬地道："我找章子借的。"

黎青梦还是一头雾水，不明白他打的是什么算盘。

南苔的水族馆她一直没来观赏过，没想到第一次来居然是在它闭园后。里面空无一人，让她产生一种包场的错觉。

这排场不知不觉间让黎青梦想起曾经周滨白追自己时，替自己包场过一家百年老字号的洋楼餐厅，还特意叫了管弦乐团演奏生日歌。

可当时的惊喜感，和现在的相比完全不值一提。即便他们走的是小门的员工通道，即便没有任何专人为他们服务——

因为康盂树给予的，是多少钱都代替不了的心意。

他将她领到了热带鱼馆内，幽蓝色的玻璃水箱中，无数条热带鱼在缓慢地游动着。

一张白色方桌贴着水箱，铺着干净的格子桌布，还摆了只花瓶，里面是一株仍沾着露水的红蔷薇。

桌子的中央则摆放着银色保温盒、两瓶酒以及还未拆封的六寸蛋糕。

这一切……就好像在海底王国。

黎青梦愣在原地，震惊得失去言语。

康盂树摸了摸鼻子。

"我不知道你口中那个喜欢的水族馆餐厅是什么样的，南苔也没

有……”他轻描淡写地道，“但没关系，我就亲手给你现造一个。”

时间倒回几小时前。

章子正准备计划着下班后的约会，就碰到康孟树突然来水族馆，打乱了他的计划。

他最近的感情进展很顺利，老天爷大概是给他关了一扇窗，但又给他开了一扇门。人嘛，就是不能死脑筋，不然就会沦落成一个阿树那样的老处男。

他正在心底嘲讽，结果却突然见到了嘲讽对象，搞得他十分心虚。

康孟树十万火急地说：“帮我个忙。”

章子立刻应声：“嗯嗯嗯，什么忙？尽管说！”

“你闭园后把钥匙给我，打扫我也帮你干了。怎么样？”

“你这么好心？”章子狐疑地道，“你别胡来啊，你胡来得我买单。”

“我还能害你？”

章子拧起眉头，为难地点头：“给你可以，但你得告诉我，你要干什么。”

康孟树露出万分不想说的别扭表情。

“你不说我可不能给你。”

见章子坚持，康孟树只好撇嘴道：“我想请黎青梦在这里吃个饭。”

“啥？！”章子迷惑地道，“跑到这里吃饭？你当是大排档呢，鱼还能现宰现杀？”

“赶紧把钥匙给我，我得开始布置了！”

章子一脸震惊地道：“布置什么？”

康孟树鄙夷地道：“你听说过水族馆餐厅吗？”

“没……”

“我就要搞个这样的。你这里可是货真价实的水族馆，不比那些噱头强？”

“这么异想天开是要干吗呢？”

“今天她过生日。”康孟树神色认真，“我不想她在南苔的生日成为她人生里最差劲的一次。”

章子“啧”了两声，而后低下头噼里啪啦地发消息。

“你干吗？”

“我把约会推了。”章子的手搭着他的肩，“兄弟帮你，不然光靠你一个人怎么搞得定？你只清理园区都够呛。”

康盂树什么都没说，拍了下章子的背。

两人撸起袖子，等最后一拨游玩的人离园，开始收拾。

章子熟门熟路地清理园区，尤其是被康盂树选定的那个热带鱼馆。他一改以往马马虎虎的模样，打理得特别仔细。康盂树就负责把想象的那个餐厅布置出来，搬桌子、搬凳子，还把沉船里的星星串灯拿来了。

章子看着他带来的保温盒，惊奇地道：“这里面的菜是谁做的，不会是你吧？”

“你说呢？”

章子看着康盂树的表情，笃定是他做的。

“我们认识这么久我都没吃过你做的饭，你居然会做饭？！”他蠢蠢欲动，“快让我尝一口！犒劳犒劳我！”

康盂树没拦着，嗤笑一声：“我是做给我老婆吃的，你想干吗？”

章子一激灵，默默地把筷子放下了，嘟囔着：“好家伙，那要是黎青梦吃了……”

康盂树做了个杀人灭口的手势，章子识时务地闭嘴了。

最后，一间只属于黎青梦的热带水族馆餐厅就在短短的时间内大功告成，变成了她现在所看到的样子。

康盂树把保温盒里的菜一样样取出来。他会做的菜不多，拿出来的是最平常的西红柿炒鸡蛋、芹菜炒肉，还有个凉拌木耳。

他拉开椅子，示意她入座。

黎青梦惊讶地看着这几道菜：“你做的吗？”

他没回答：“你先吃。”如果她说好吃，他再承认。如果不好吃的话……他就推说是桥头排档的老板做的外卖好了。

黎青梦拨了一筷子，先夹到了康盂树的碗里。

他神情一呆。

黎青梦笑着说：“让你先试毒。”

“喂！这怎么能有毒呢？”

他快一步说漏嘴，黎青梦抓住他的语言漏洞：“这么激动，还说不是你做的？”

康盂树无奈：“行，是我做的。”他补了一句，“你得全吃了，听到没有？”

黎青梦睨他：“那得看好不好吃。”

她第二筷夹到了自己嘴边，夹了很大一筷子，张大嘴吃下去，脸颊上鼓起两团肉，随着咀嚼一动一动的。

康盂树紧张地观察着她的神色。

黎青梦没有弯弯绕绕，很诚实地点头说：“好吃。”

他挑眉道：“真的？”

“你对自己的厨艺这么不自信？”

康盂树慢悠悠地嚼着芹菜：“毕竟我就没怎么做过饭啊。麻烦。”

黎青梦咀嚼的动作一顿，她没说话，低下头又吃了两口菜。

她的身旁，水箱里的热带鱼正欢快地游来游去。

两人吃到一半时，康盂树从桌子底下拖出来一个麻袋，轻飘飘地说：“给你的礼物。”

黎青梦不免受宠若惊。她以为这顿别出心裁的饭已经是礼物了，却没想到这只是前菜。虽然……她哭笑不得地看着这个大麻袋，心想：怎么会有人送生日礼物这么豪放？用麻袋装礼物，比直男还直男，明明他上次送得很精致。

她伸手拎过来，掂了掂，还挺重，会是什么呢？

在康盂树的注视下，她好奇地打开了麻袋的封口——居然是满袋的旺仔牛奶。

不一样的是，这些旺仔牛奶的包装五花八门。最原始的包装明明是一个穿着黄蓝肚兜的旺仔，但麻袋里面的这些旺仔则身着各式各样的衣服：医生、警察、律师、魔术师、潜水员、宇航员、消防员……

黎青梦诧异地道：“你是知道我喜欢旺仔，所以才买的吗？”

“猜的。”

他记得康嘉年是从来不喝旺仔牛奶的，但那次去美甲店回来后，康嘉年第一次带了一罐旺仔牛奶。

康嘉年很宝贝地说，这是那个美甲店的漂亮姐姐送给他的。

康孟树回忆起这个细节，就猜这大概是黎青梦喜欢的饮料。瓶身上的旺仔看上去和她一样傻，怪可爱的，果然什么样的人喜欢什么样的东西。

之后有一次去外地出车，他看见一家餐厅的货架上摆放着一排旺仔牛奶，但这个旺仔居然没穿肚兜，而是各种奇奇怪怪的衣服。

他问店员怎么回事。店员告诉他，这是新推出的“职业罐”，总共设置了二十五款不同的职业，其中十八款都能买到，但有七款是隐藏职业，需要抽盲盒才能集齐。

他当时怎么评价的来着？他说了一句：“这商家真会骗钱。”

当天晚上回去，他就在官网上偷摸下了一单。

他想抽中那些隐藏职业。因为他看了一圈，没在常规款里看到“画家”。

结果买了一箱又一箱的盲盒，把家里的阁楼都堆满了，愣是没看到“画家”。直到他把另外七款集齐，才知道根本没有“画家”这个设定的包装。怪他没玩过盲盒，不知道事先调查清楚。

但是，黎青梦在这个麻袋里面，依旧发现了一个拿着调色盘、穿着肚兜的旺仔。

她特意把这一罐拎出来，看了看，疑惑地说：“为什么这一罐的画风和其他的不一样呢？”

这一罐上的图案明显是人工画上去的……还画得丑了吧唧的。

康孟树淡定地说：“这一款是彩蛋。”

“其实是你画的吧？”

“不是，康嘉年画的。我又不会画。”他脸不红气不喘地说，“其余那些旺仔牛奶是我的礼物，这罐是他画的，拜托我转送你的生日礼物。他的意思是你一定会跟这个两毛仔一样，成为你想成为的人。”

此时，无辜的康嘉年在教室里打了个喷嚏。

黎青梦愣道：“两毛仔？”

康孟树指着旺仔头上的两撮毛：“就是它啊。”

黎青梦哭笑不得：“你别乱给人家取绰号！人家就叫旺仔！”

“这不挺可爱的吗？两毛仔，配你这个青豆。”

“你真的很喜欢乱取绰号。”黎青梦念叨着，语气却并不抗拒，用拇

指摩挲着罐身上的图案，心想：康孟树以为她不知道康嘉年的画画水平是怎么样的吗？她好歹也是亲自教康嘉年的老师。

他就是个乱甩锅的浑蛋哥哥。

“那你帮我转告康嘉年，我很喜欢这个礼物。”黎青梦将易拉罐收在手心里，“应该说，这是我这些年收到过的……最最喜欢的礼物。”

康孟树摆出夸张的表情：“不是吧你？这罐牛奶就几块钱。”

黎青梦无比笃定地道：“可它就是要比那些几千几万的礼物都要好。”

康孟树抿着唇说：“你别太宠康嘉年了，别因为是他送的你就降低标准。”

黎青梦偏过头看着水箱，淡淡地说：“那又怎样？只要是他送的，我好像就会喜欢。”

康孟树不知所措地抓了一把头发，野草般茂密的头发被他抓得更乱了。

黎青梦将视线转到水箱上面，本来是为了不直视康孟树，但在看见水箱里面的状况时，注意力是真的被吸引了。

她半起身，指着水箱深处的一条金鱼，不可思议地道：“我没看错吧，这里面有一条金鱼？”

康孟树也跟着探头：“怎么了吗？”

黎青梦曾经听一个养热带鱼的朋友讲过，这两者是不能混养的。

两者对水温的要求截然不同，一个炽热，一个温和。而且它们还有可能会打起来。至于打起来的原因嘛，她不知道，可能是它们互相看对方不顺眼吧。

康孟树听着黎青梦的解释，这才知道它们的习性，啧啧称奇。

“我问问章子。”康孟树拍了张照片发给章子，问他这金鱼怎么跑进去的，是不是得把金鱼捞出来，该放到哪个馆。

过了一会儿，他看着章子回复的消息，皱眉道：“章子说不用，这个金鱼好像是被误放进去的，已经在这个水箱里待很久了。这还是水族馆的一个特色……”

黎青梦难以置信地道：“它是怎么在这个水箱里生存下来的？”

“你仔细看，发现没有？有条热带鱼一直在它身边。”

"真的一直在身边游……"

康孟树开着玩笑，不正经地道："大概是它爱上这条热带鱼，所以舍不得走了。"

为了证明康孟树的菜做得真的好吃，黎青梦硬是把菜吃光了。康孟树没怎么吃，一个劲地喝酒，把本来是给她准备的酒也喝掉了大半。

这顿令黎青梦意想不到的生日晚餐到尾声时，她收到了康嘉年的祝福微信。

康嘉年："姐姐，生日快乐！我下晚自习了！"

康嘉年："有件事我要跟你坦白，我哥串通我说假装把一罐旺仔牛奶当作我送你的礼物，我表面答应他了，但是骗人的事我怎么能干呢？况且我自己给你准备礼物啦。"

黎青梦回道："谢谢，其实我也猜到了。"但是在事实得到确认之后，这份雀跃的心情就更加膨胀。

康孟树看着黎青梦低头发消息，嘴角露出很诡异的笑容。

谁的消息啊？他伸长脖子，不过距离太远，什么都看不到。刚刚她全程都没有露出这种表情，现在谁让她这么高兴？

康孟树忍了忍，还是没忍住，状似随口一问："收到谁的消息了，这么开心？"

黎青梦收起手机："是嘉年刚才给我发祝福了。"

"啊？他啊。"康孟树的表情顿时好转很多。

"他说有生日礼物要送给我。"

康孟树的脸色又急促地一变。

黎青梦故意不拆穿，打趣道："嘉年真的是很好的孩子，明明已经送给我礼物了，还要再送我一份。"

她意有所指地瞥过那罐被画得丑丑的旺仔牛奶。

康孟树干笑两声，转移话题说："康嘉年又要送你什么？"这个"又"字加得非常有灵性。

"我也不知道……"黎青梦出示康嘉年发过来的地址，"他让我去这里，你知道怎么走吗？"

康孟树当然知道，心里也猜到了康嘉年要送什么：“我带你去。”

康孟树将黎青梦带去的地方，是位于东邺町邻街后巷的一家店。

前街吵吵嚷嚷，这里却还挺安静，大部分店关门了。

因为两人都喝了酒，就并肩步行过去，所幸不太远。最后康孟树带着她停在一道半开的卷帘门前。

他伸手一拉，卷帘门就弹上去了，露出里面黑漆漆的陈设。黎青梦打开手电筒环视一圈，发现这是一家照相馆。

康孟树指了指尽头关着的门：“里面是暗房，他应该在里面洗照片。”

“这里是……”

“哦，这是方茂他哥开的店。方茂，你还有印象吗？”康孟树有点儿不太好意思地说，“就是……就是最开始我找来开车的那个同事。”

黎青梦恍然大悟：“那个被‘仙人跳’的不会也是……”

康孟树比了个噤声的手势，黎青梦心领神会地点头。

他重新将卷门拉下一半，带着黎青梦进到了暗房。

这还是她第一次来到暗房。她对摄影没有研究，平常用惯了数码相机，关于怎么洗胶片一窍不通。在京崎这种店也少，一般只有胶片爱好者才能找到这样很有仪式感的店吧。

康孟树推开暗室门的刹那，黎青梦站在门后，一瞬间仿佛回到了那个名叫“红蔷薇”的情侣酒店，回到那个名叫“血腥玛丽”的房间。

满目看到的，是比那个房间还要极端的红。

这种红色让黎青梦感到非常不安，仿佛在隐隐昭示着某种似曾相识却比当时还要浓烈的东西。

康嘉年背对着他们站在房间里面，正用镊子夹着一张感光纸在托盘中反复浸染，动作非常熟练。一些已经冲洗好的胶片像一件件小衣服似的晾在空中挂起的绳子上。

康嘉年听到开门的动静，转过脸来冲黎青梦挥手。康孟树没进门，站在门后面小声说：“你先进去，我抽支烟。”

黎青梦到这里时，也已经明白过来康嘉年要送给她的礼物是什么了——他们一起去京崎玩拍下的照片，被定格下来，成为一段实体化的记忆。

“厉害。”黎青梦赞叹着，凑上去看那些冲洗出来的照片。

红色的安全灯下，上面的内容略有失真，但每一幕都清晰得历历在目：写有“京崎”的站台，“红蔷薇”的霓虹招牌，气派的商场，穿着新衣服的康嘉年，内环的车流，大学校门口的雕塑，草地上的白鸽，贴有黎青梦照片的毕业生橱窗，日料店的灯笼、刺身和梅子酒，那两个萍水相逢的日本人，昏黄街灯下三个人的影子，拉风的跑车，坐在驾驶座上的她，还有一旁懒散坐着的康盂树……

好像，她又把那一天过了一遍。

康嘉年被夸得得意扬扬，说：“这些还不算礼物呢。我真正要给你看的是我正在洗的这张。”

回答他的是康盂树阴恻恻的声音：“洗了挺久吧，是不是没去上晚自习？”

“啊……哥你怎么也来了？”

康嘉年被吓了一大跳。康盂树抽完烟，悄悄地进来，露出兴师问罪的表情，抓着康嘉年后脖子咬牙切齿地说：“当然来看看你‘又’送了什么。”

“叛徒”被抓了个现行，康嘉年看着手上这张洗到一半的照片，这个意外让他略微不知所措。

他眼珠一转，突然“啊”了一声，说：“好像定影液不够用了，我去外面找一下。哥，你先帮我洗一下。”

说着，他把镊子往康盂树手上一塞，一溜烟地跑到外面，还顺便带上了暗房的门。

“喂！”康盂树捏着镊子，没好气地冲康嘉年的背影喊了一声。

黎青梦这会儿已经把挂着的照片全看了一遍，就差这张还泡在托盘里的没露出庐山真面目，也就是康嘉年卖关子说的、真正要给她看的这张照片。

她好奇地凑过去，只看到湿乎乎一团，显出了大致的轮廓，看样子像是康嘉年在那间顶楼的套房里拍的。

黎青梦记得他当时兴奋地在房间里拍了一堆。

她见康盂树不耐烦地摆弄着，诧异地道：“你也会洗照片吗？”

“不算会洗，就依样画葫芦呗，反正原理我也不知道，看过康嘉年洗几次就这么弄了。”他扬眉看着她说，“你想不想来试试？”

黎青梦在他的示意下，好奇地接过他的镊子，夹起浸在托盘里的照片：“这么弄就行了吗？”

“嗯。”康盂树冷不丁地托了一下她的手腕，“这么上上下下动就行了。”

他站在她的左边，因此托起她的右手时，身体下意识地从后方环绕过来，将她轻轻拢住。

暗房的隔音并不好，隔着一道墙，她能听见屋外的东郲町传来隆隆的轰响。

在他触碰她那一下时，声浪正好被推到最高。

心脏宛如一只漂浮的水母，在一瞬间剧烈地收缩又张开，透明的触须随着神经传遍全身，过电般地敲击着每一根神经。

她慌张地盯着托盘，张口胡扯了一个问题掩盖无措的心情：“这里面泡着的是水吗？”

这是什么鬼问题？

康盂树松开手，站在她背后说：“肯定不是啊。我也不知道叫什么，反正是能让照片慢慢出来的东西。”

她机械地抖了几下，心却完全不在这上面。

只是随着照片慢慢现出端倪，黎青梦不由得睁大眼睛，死死地盯着托盘。

照片上的确是那间顶楼套房，在客厅的沙发上，康盂树僵硬地坐着。

照片是从斜后方拍的，她隐约能看到他旁边还坐着一个人，被他的身形遮挡住，只露出一截瘦白的小腿。

可不就是当时睡着的她吗？

暗房没有任何窗户，密闭的房间没有流通的空气，将夏夜的闷热感放大。一墙之隔的东郲町喧嚣不已，声音穿过薄薄的墙壁，将这里安静的空气搅得分外混乱。

然而，她的心跳声就算藏在这摊浑水般的声响里也分外鲜明，就在看到照片的这一刻——

康孟树一手扶着沙发背，另一只手放在她的脸颊边，像是碰到但又没完全碰到的一个位置。

他的头贴着她的，低垂着，嘴唇悬在上方，有一种即将吻下去的趋势。

但照片只锁住了那向下的一秒，她无法穿越回到那一刻，用另一种视角看清他到底吻下去没有。可是，即便只有这无果的一秒也足够了。

黎青梦回过头，看向身后的康孟树。

康孟树的表情无比僵硬。他想去遮掩那张照片时已经晚了，视线对上她的目光时，眼中有显而易见的慌乱之色。

她迎着他的视线，动了动嘴唇，却没发出声音。

两人游离的视线被困在一起，没有了金鱼和鱼缸的阻挡，那些眼神里藏着的情绪也无法再被折射，分明又清晰地传递到彼此的眼中。

桌上，水中现出一半的照片正在浮沉，照片里的两个人波光粼粼的，像是一则只属于两人的电影预告，昭示着一旁站着的他们即将会发生的情节。

黎青梦上抬着眼睛，微不可闻的音量慢慢变大：“我脸上有什么吗？”

康孟树一怔，没有明白她的话：“什么？”

“我说照片。”她轻轻吐气，“你靠那么近是要帮我拿掉脏东西吗？”

康孟树没有回答，眼睫轻抖，覆盖在睫毛下面的视线从她的眼睛扫到嘴唇上。

他抿着唇说：“是。”他回答间，酒气和烟味喷在她的额头上。

黎青梦笑了一下，没憋住，张口说：“骗子。”

她不应该这么回答的。

明明刚开始，她本来打算给他一个台阶，让两个人在这张尴尬的照片面前都能往下走。就像那一晚在红色的“血腥玛丽”，他们在彼此的危险边缘游走后依然能相安无事。

可这次，自己搭好了台阶，眼看着他就要走下去，她却不乐意了。

她甚至还一翻身爬上了钢索。

也许是酒精在身体里发酵，也许是那张照片的催化，也许是那间只为她搭建的水族馆餐厅，也许是那罐丑了吧唧的旺仔牛奶……太多太多

了，那些东西堆成了钢索下的安全床，让她觉得掉下去也无所谓。

比起安全行走，此时此刻她更渴望拽着他在钢索上相拥。

“你靠近，难道不是为了这个吗？”

她终于放任自己抓住康盂树的胳膊，踮起脚，趁着燥热的酒意凑近他。

康盂树一直睁着眼，看着她紧闭眼睛，眼角都紧张到发抖。她吻上来的电光石火间，他如同下雨天经过屋檐下，滑下来的一滴雨打湿他的唇畔。

而他的唇边，是干旱了太多年的土地，缝隙都在龟裂。她的吻就这么一直顺着缝隙掉进他震颤的心脏。

这短短的一个蜻蜓点水，已经消耗了黎青梦所有的勇气。她飞快地退开，却撞到身后的台子，整个人缩了一下，发出一声闷响。

康盂树弓下身，紧张地将双手撑在冰凉的漆面台子上，低声问：“撞疼没有？”

她咬住下唇，压低脑袋轻轻一摇。她缩的那下根本不是因为痛，而是因为羞耻，这个笨蛋还非要问。

康盂树环在她两旁的手紧了下，在要松开的当口儿，出乎意料地趁着退后的劲头，反手撑了一下，整个人顺势向前。

涌动的暗流像一架晃动的秋千，越是拼命向后，往前时就荡得越凶。

他身上浑浊的酒味先一步缠上来，将黎青梦包围。

她愕然地微抬起眼，注视着他来势汹汹地靠近。

红色安全灯洒下的光在他起伏的动作间明灭，投下的阴影映在地上，将放着托盘的台子拉成一个深黑色的鱼缸。好比这间密闭的暗房，也酷似一个装了红色观赏灯的鱼缸。

鱼缸里，仅有的两条鱼正呼吸粗重地纠缠在一起。

再没有迟疑，一切都失去控制，康盂树一把抚上她的脸，抵住额头，毫无章法地嗅着她，鼻尖掠过她的发梢，嘴唇颤巍巍地贴着她的眼皮、脸颊，最后落到嘴唇上，有一秒的空白。

下一秒，他吻了上来。

那一瞬间，一墙之隔的吵嚷声倏地消失，连带着夏日所有的喧嚣。

他们交换着被灯光染成红色的汁液，炙热的气流化成一根绷紧的线，发出似乎是金色的颤动，在她耳边响起。

“嘀——”

那声音好似她的心脏跳动高频到快要死去，心电监护仪放弃探测后宣告的声响。

也是某间病房内，此时此刻真实发出的声响。

第七章

# 开向黎明

那一晚，康孟树无法描述自己最后是怎么回去的，如果非要用一个词语来形容，那大概就是“落荒而逃”。

在康嘉年推开暗房的门进来时，康孟树撒开手，胡乱扯了一个借口，甚至没好好看清她的表情，慌不择路地冲出暗房，走着走着，最后在窄小的巷子里跑了起来。

这完全是一个出乎他意料的吻，一个具备天时地利，人却压根儿没有准备好的吻。

自己就如同一个不会开飞机的白痴，觊觎一架飞机好久，蠢蠢欲动，终于在这一晚不受控制地爬进机舱，拧动开关，一飞冲天。

他飞起来了，却因为不会开，一颗心摇摇欲坠。

康孟树跑了一路，最后汗流浃背地停在自家那幢老楼前，没有进门，就这么蹲在一旁的路灯下抽烟。

藏在暗处的蝉鸣声比往日更响亮，都是从他的胸口跑出来的嘶吼。

康嘉年回来的时候，就看到他周围的空气雾蒙蒙一片，不知道他抽了多少烟才会这样浓重。

康嘉年不知道刚才在暗房里发生了什么，但从他哥提前离场，以及黎青梦紧接着离开，已经感到了异样，而且恐怕和自己那张照片脱不了干系。

“哥。”康嘉年走到他跟前，有些忐忑地问，“你们刚才……”

康盂树抬起眼，疲倦地发问：“那张照片是怎么回事？”

“我泡完澡出来看见那一幕，顺手拍下的。”

那张照片，是他当时目睹那一幕，退回房间后，又偷偷摸摸地拿了相机出来，拉开一条门缝拍的。

他本来打算以此笑话他哥，并不打算把这张照片洗出来给黎青梦，只是意外地在自家的垃圾桶里发现了一样东西之后，他才改变了想法。

至于那样东西是什么……

“哥，那张京崎车队的宣传单，是你扔的吧？”

康盂树表情一僵。

“我大概知道你那天早上一个人跑出去干什么了。”康嘉年继续逼问，“你是不是看车队去了？”

康盂树抿嘴：“没有，我在路上随便逛逛，被人塞的。”

“你少诓我，这又不是新店开业随便拉客。你的脑门儿上也没刻着‘我是司机’，人家干吗塞给你？”

康盂树心烦意乱地摸了一把头发，最后泄气地说：“对，我是去看了一圈那边的车队。还不准我看了吗？”

“怎么还嘴硬啊？你好端端的，跑去看那边的车队干吗？不用我再说了吧？”康嘉年叹了口气，“所以我才想帮你一把啊，是个男人干吗只敢偷偷摸摸的？”

康盂树没说话，满头大汗地低下头，很闷的声音从底下传来。

他一字一顿地问：“康嘉年，你是不是觉得我就是个胆小鬼？”

康嘉年微怔。

刚才康盂树那死鸭子嘴硬的架势看得人来气，但是现在他这副示弱的样子，让康嘉年反而不敢说重话了。

最后，康嘉年蹲下身拍了拍他哥的肩头，笨拙地说：“你要是想练

胆子，大不了我把衣服借给你穿上街。”

“……”

“我开玩笑的。”康嘉年神色认真地说，“哥，你回头看看院子里的花。”

康盂树瞥了眼，表情不解地道：“怎么了？”

“语文老师教过我们，莫待无花空折枝。”他略略停顿，意味深长，“不要错过花开啊，花季只有一次。”

康盂树呆愣片刻，神色复杂。

不要折下空树枝，那赏花人折下花就是好事吗？这句诗只是站在赏花人的角度来评判，或许是这样的。可是对于那朵花而言呢？明明高高地攀在枝头才是它最好的宿命，落于某人之手，就是一种夭折的结局。

但又或许……花不是那么想的呢？

自己不能这么武断，至少……至少不能再装作若无其事。这个吻不能这么不明不白地过去，男人该有担当，他既然吻下去了，就不要再做缩头乌龟。

那个晚上，康盂树思索着这些乱七八糟的事，破天荒地失眠了。

他翻来覆去地摁亮手机屏幕，看着微信里黎青梦的头像，抽完了一个烟弹，做了一百个俯卧撑，打了无数盘斗地主，最后精疲力竭地一头栽倒在床上。

等醒过来时已经日上三竿，他睁开眼，第一反应就是去拿手机。

他看着微信里的数条消息，就是没有她的，他莫名地松了口气。毕竟现在脑子里还是一团糨糊，他没有想清楚到底该怎么做。她沉默的态度抚平了一些他无措的心情。

领导在车队群里直接 @康盂树，让他拉趟货。康盂树犹豫了一会儿，选择接下这个单子，下午随便拾掇了下就去了车队。

他在心里给自己设了一个期限——这趟货拉完回来，他就鼓起勇气去找黎青梦。

那个吻虽然是冲动的，但他的感情不是，他必须得经过深思熟虑之后给出答案才可以。这一路，足够他好好整理心情。

于是，拉着货的这一路，康盂树都像个神经病似的念念叨叨。

他在练习自己回去之后，面对黎青梦时该如何表达。

虽然他很不想承认，自己其实是个挺不会好好说话的人，特别是一些肉麻的话，他更加开不了口。哪怕现下一个人都没有，说着说着，他也开始结巴、脸红，懊恼地瞥一眼后视镜，对着镜子里露出的傻脸骂了一句“没出息”。

在车子开过路程的一大半时，他终于能够顺溜地把心中藏着的话说出来，没有卡壳。

啊！这简直是他的一小步、人类的一大步！康孟树得意忘形地敲了一下方向盘，整个人春风满面。

手机在这时候响起，打断了他的沾沾自喜。

他紧张地斜眼看向屏幕……还好，打电话的人是康嘉年。

“怎么了？我正开车呢。”

康嘉年的语气着实奇怪，他说话异常吞吞吐吐：“哥……有件事我不知道该不该现在告诉你。”

康孟树心头一紧：“是爷爷出什么事了？！”

“没有没有，爷爷没事。”

“那是爸妈出事了？”

“也不是……”

“那是怎么了，你穿裙子跑到街上被熟人看到了？”

“没有！”

最担心的事情都被康嘉年一一否定，他松了口气，懒散地道：“那有什么不能说的？”

这一秒的他，还以为没有什么能够吓到自己了。他未能预料到，接下来的这个答案是多么令人难以承受——

“青梦姐的爸爸走了，就在昨天晚上……”

康孟树微眯眼睛，神色阴沉：“这个玩笑不好笑啊，康嘉年，当心我回去揍你。”

回应他的，是康嘉年的沉默。

康孟树捏着方向盘的手指紧到发白：“怎么可能呢？不是说都可以出院了吗？”

“他撒谎了。”康嘉年说着刚打听来的消息，“其实上次做完手术后，黎叔叔的癌细胞已经开始转移了。但是他死活拜托医生瞒着，所以青梦

姐一直被蒙在鼓里，还以为他快好了。”

“……”康盂树一个急刹车，隆隆的引擎顿时熄火。

他干涩地吞咽一下，难以想象自己听到这个消息都如此震惊，那黎青梦呢？

他根本不需要多此一举地问康嘉年，黎青梦现在怎么样了，她肯定不好，非常非常不好。那种不好是他清楚地知道，恐怕自己的安慰也起不到任何作用的不好。但他也必须去她身边。

康盂树当机立断：“人要拉去殡仪馆了吗？我现在过来。”

“现在？！”康嘉年一惊，“你不是还拉着货吗？”

“没关系，我找个人接手就行。”

他挂断电话，立刻给方茂打电话：“茂哥，你上趟货拉完了没？我现在在往临城走，在112国道上。你要是正回来离得近帮我接下盘。我这里有一车水果，不好耽搁。”

“你小子连哥都叫出来了。”方茂觉得稀奇，问道，“没拉完呢，有事拜托我？”

“对……我有点儿急事要回去一趟，这趟拉不了了。”

“你疯了吧，再开一段路不就到临城了？现在要脱手？”

“不行，我等不到去那儿交完货再回去了。”

听出他确实心急如焚，方茂没有再问，直接道：“那我帮你联系看看附近有没有可以接你的。你自己也找找。”

“谢了。”

康盂树在群里发了个求助消息，又打开通讯录把有交情的司机都骚扰了一遍，但因为这事情太过着急，就算最近的司机过来，也不如他直接将车子开到临城快。

最后一线希望就是方茂，但他也表示没找到人。

“你能有什么急事啊？我看你就老实把剩下这段路跑完吧，这是眼下的最优解了。”

“算了，那就不要了。”

“什么不要了？”方茂大惊，“你疯了吧，这车货你不拉了，也不找人接手了？”

“嗯。”康盂树重复，“我不能再等下去了。”

他再多等一分钟，那个人该怎么撑得下去呢？这把焦虑的火快把他烧穿了。

方茂觉得康盂树一定是疯了，还在劝他："兄弟，你冷静，这一趟得多少钱你心里清楚吧？货款你都得赔！"

康盂树骂了一句："赔就赔吧。"

"你到底怎么了？"

"没怎么，我就是有更重要的货要送。"

他要把自己送到她身边去。

康盂树拉着满车的水果返回南苔时，已经是午夜。

康嘉年说黎青梦还待在殡仪馆里，因为火化仪式安排到了明天，尸体得在殡仪馆里存放一晚。

他直奔殡仪馆，车厢里的水果在炎热的天气下开始有了腐败的趋势，甜腻到腐烂的气息充盈在这个被死亡覆盖的夏夜里。

门口的电子屏上，刺眼的红色字幕显示着今日被送进来的名单，康盂树抬头搜寻，果不其然在其中看到了黎朔的名字。

他停在这块屏幕前，长长地吐了一口气。

康嘉年正站在其中一个房间的门前，略感恐惧地抱臂等着康盂树。深夜这里没什么人，像黎青梦这样守着尸体过夜的是少数。以自己这个胆子，他咬咬牙陪她等到这个点已经是破天荒了，内心期盼着他哥赶紧来。

死寂的夜里，康盂树的货车声响一传来，他松口气，赶紧跑到外面冲康盂树招手，内心安定许多。

康嘉年注视着康盂树走过来，极小声地说："青梦姐一个人在里面。"

康盂树点点头，拍了一下康嘉年的肩，又吐了一口气，抬步走进屋里。康嘉年没有跟进去，选择给他们两人留出空间。

此时，狭窄的房间内，正中间摆放着一具殡仪馆专用的棺材，透明的罩子下还能看清黎朔发青的脸。

黎青梦坐在角落里的椅子上，低着头一声不响地摆弄手机。

她戴着耳机，因此似乎没意识到他来了，头都没有抬一下。

康孟树本以为她可能是在联络亲戚。但是靠近她，看清了手机屏幕上显示的画面之后，他顿时语塞，不知道该怎么开口了。

她居然在非常、非常、非常投入地玩游戏，而且玩的还是很弱智的切水果。

康孟树没打扰她，静静地站在一边，等黎青梦结束这一局。然而这一局进行得非常漫长，她的心思尤为集中，手指不停地上下翻飞，屏幕上各种水果被切得支离破碎，汁液四溅。

看到最后她打出来的分数，康孟树发誓，这绝对是他认识的人里面打出来的最好的成绩。

黎青梦摘下耳机，抬起头，脸色平静地先开口："你怎么过来了？康嘉年不是说你出车了吗？"

康孟树含糊地道："没，单子被别人接了。"

"哦。"

康孟树端详着她平静得可怕的神情，几度张口又闭上。黎青梦冲他笑了一下，说："不用安慰我，我没事。"她盯着他的脑门儿，"你的额头上怎么出了那么多汗？给，擦一擦。"

说着，她掏出口袋里的一包纸巾递给他。

康孟树喉头一滚，伸手去接纸巾。

指尖碰到薄薄的塑料包装时，他顺势张开手，连着纸巾将她的手一起包进手心里。

黎青梦对这个触碰没有任何反应，仍旧是麻木地笑着。

他用一只手小心翼翼地握住她的手，蹲下来，在她跟前仰头看着她："不要笑了，笑得很难看知不知道？"

黎青梦僵着脸道："那总比哭好吧？"

"为什么不能哭？女孩子可以哭，哭多大声都没关系。"

她拼命摇头，视线挪向中央的那具棺材："离别的时候不能哭，不然我爸会以为我舍不得他的，走得不安定怎么办？"

康孟树抓着她的手紧了紧。

黎青梦话锋一转："虽然我还是很生他的气，我特别想质问他为什么总是这样，当初家里出事的时候瞒着我，现在也瞒着我，我永远都被蒙在鼓里。"黎青梦仰起头，眼睛快频率地眨动着，"他就这么自以为是地帮我划分了什么是该被丢下的包袱，他觉得他很伟大吗？”

这些听着像是责怪的语句，每个字都化作飞镖，最后扎回了她自己的身体里。

“可是，最该死的那个人应该是我。”她自嘲地扯着嘴角，抬起没被他牵住的那只胳膊遮在眼睛上，喃喃，“是我的错……是我不够关心他，没有发现他一直在强撑，是我害怕再听到病变的噩耗，忽略了本来可以发现的信号。是我自私，我真的很自私……这些日子……我到底在干什么啊？”

康盂树不知所措地沉默着。

他一路上练习的那些长篇大论在此刻成了最不合时宜的话，因为那一晚的吻在此刻已经变得无足轻重。

而安慰的话呢？那也显得过分苍白，他不如不说。

如果让方茂知道他败家地烧掉好几万块钱的货款，紧赶慢赶地开车回到她身边，却连屁都崩不出一个，一定会骂他有病。

但他脑子里的确只有这么一个莽撞的念头：哪怕此刻他回来是毫无意义的，可如果往后，她想起这个痛失至亲的夜晚，能够想起有一个人默默地陪在自己身边，会不会就没那么难受？

如果是这样，他觉得值了。

康盂树站起身，一把揽过黎青梦的脑袋，轻轻地往自己身上靠。

她遮在脸上的胳膊顺势滑下去，转而用手抓住他的衣角，把脸深埋进他的衣服里，闻到了一股潮湿的汗味。

那是很久以后，黎青梦回忆起这个黑色的夜晚时都不会忘掉的味道。

就是因为那股潮湿的味道代替了她没流出来的眼泪，她才能在最后都保持微笑，哪怕目睹黎朔冰冷的躯体在焚化炉内再度变得炽热，变成骨灰。

尸体在第二天被火化了。黎青梦捧着骨灰盒准备打车离开，康盂树把一直停在不远处的货车开过来，打开车门一扬下巴：“还用叫别的车吗？上来。”

黎青梦抿着唇：“你也熬到现在了，不要疲劳驾驶。”

“这有什么？我三天三夜都不会困的。”

最后黎青梦拗不过他，小心翼翼地抱着盒子坐上副驾驶座。

这天的南苔天气阴沉，刚过正午，依旧笼罩着一层灰蒙蒙的云，却没有雨，空气很闷。两人凝视着前方一团白色的雾气，康盂树开口问：“回筒子楼？”

“嗯。得赶紧收拾一下，我买了傍晚的车票回京崎。”

“哦……对，你爸的墓地应该在京崎。”他似是才反应过来，自言自语了一句。

这个意料之中的信息再度砸得康盂树不知所措。

黎青梦点头：“他早就买好了，就在我妈旁边。”

他说了一句废话：“那时间挺赶的，我开快点儿，你应该还要回去收拾吧。”

黎青梦沉默了很长时间，而后说：“是有很多东西要收拾，毕竟也住了挺长一段时间。”

这话背后的深意让康盂树手里的方向盘差点儿打滑。

他直愣愣地看着前方，没有打破砂锅问到底——她收拾那么多东西，是要搬走了吗？

他害怕得到那个确切的答案。毕竟，南苔确实没有值得她再留下来的理由了。

他不是没有预料到这一天，只是这一切都来得太突然了，突然得和第一次梦遗没什么区别。

一张湿掉的床单宣告他无忧无虑的孩提时代结束。而黎青梦一句轻描淡写的话语，也宣告了他没心没肺的过去到此为止。

如果这也是一种发育，那他的身体里必然有什么东西被抽走，把他变得再也不完整。

车子在沉默的氛围中前进，开到筒子楼下，康盂树一把拉住即将下车的她。

她回过头。

他盯着她说：“把票退了。”

黎青梦听清他说的四个字之后，这两天来几乎已经缓慢到不会活动的心脏忽然又剧烈地跳动了那么一下。

她重复问："你说什么？"

她总觉得，一定是自己听错了。

康孟树斩钉截铁地重复："把票退了。"

"……"

这是她想的那个意思吗？

结果，康孟树说的却是——

"我送你去京崎。"

她愣住。

良久，黎青梦露出一个微笑，很得体地拒绝他："不用吧，你不是说你一个人开不了吗？而且这一次只有我自己，不用非坐你的车了。"

情况和上次完全不同，但是康孟树坚持。

"我开得了。"他言简意赅地说，"我去把车子洗一下，我们干干净净地送你爸回家。不要让他挤全是人的火车。"

这句话一下子就戳到黎青梦的心坎里，令她顿时失语。

"而且……"他顿了顿，"你应该要带走挺多东西吧，坐火车多不方便，发快递还贵。用我的车子装正好。"

最后，黎青梦点头说"好"，转身上了楼。

她答应他，并不完全是因为那层表面的意思。她听懂了藏在那番话里的深意，恰和自己刚才所想的完全相反。

那并不是挽留，而是送别。他送的不仅仅是黎朔，还有她。

这就像那天在吹着晚风的露台上，只有他们两人坚持看到最后的电影。他们一直坐到了片尾的字幕滚动到最后一行才起身。

这次回京崎的旅程，就等同于滚动的字幕，他邀请她坐下，看到最后。她又怎么能不看呢？

这已经成为他们之间心照不宣的默契，有始便有终，他们总该好好告别的。

黎青梦来到洗车厂时，康孟树还没洗完车子。确切地说，是他根本还没开始洗。

因为他突然想起来，自己还有满车的货物没有卸。于是他临时回了车队，把这堆棘手的货物卸下，烂的、没烂的，不管三七二十一都堆在仓库里，急匆匆地开着空车来到洗车厂。

黎青梦差不多在他后脚到的，两手空空，出现在他的车前。

康盂树手忙脚乱地道："你怎么过来了，收拾好了？"

她一边摇头，一边撸起袖子说："还没，先来帮你一起洗车。"

"不用，你忙你的。"

"你是为了帮我，我不该参与进来吗？没有让你一个人洗的道理。"她二话不说地也拿过一根水管，拍了拍车身，"毕竟这大家伙之前也帮过我忙啊，我帮它洗个澡是应该的。"

她现在的样子、说话的语气，让人完全想象不到这个人刚刚经历了什么。

她好像什么都没发生，特别轻松。可她越是这样反常，康盂树越觉得胸口发闷。

他宁愿看到她蹲下来号啕大哭，或者提不起劲，什么都不做，好过她没事人似的，井井有条地安排这一切。

或许她真的已经强大到能在短时间内消化那种苦痛，又或许她只是在伪装，为了让接下来的道别不那么沉重。

好比毕业旅行的时候，没有人会一脸沮丧，再难过也要漂漂亮亮地离场。

于是，他也强打精神配合她的步调，跟着扬起嘴角，拍了拍车身说："你还记不记得你第一次开它，开得跟过山车似的？我当时就想：怎么会有人那么离谱？"

黎青梦反击："还不是因为你先装过头，我只能剑走偏锋。"

"怎么怪到我头上？当时我就应该给你塞块镜子照照自己，明明是求人，表情可没有一点儿求人的样子。"康盂树夸张地比了一个她当时的冷脸。

黎青梦扬起手中的水管一挥："你扯淡，我才没那样。明明是你。"

康盂树哈哈一笑："你看，翻脸就不认了。"

黎青梦翻了一个白眼，回忆着当时，说："我那个时候真的觉得你很臭屁，我好声好气地和你商量，你怎么是那样的态度？见第一面的时候我真的很讨厌你。”

“巧了，其实我当时也看你很不爽。”康盂树漫不经心地说，“毕竟你曾经对章子说过一句浑话，说什么让他去投胎。”

“你怎么会知道？”

“我当时也在现场，那是我第一次见你。”康盂树耸肩，“我当时很生气，就在小本本里给你记了一笔。”

黎青梦愕然：“所以……那次你在车队是故意针对我的了？”

“差不多吧……”他含糊其词，擦着车头，低下头说，“其实我欠你一句‘对不起’。”

黎青梦消化了一下，半晌后摇摇头：“没关系，是我态度恶劣在先。”她语气一顿，“所以……你不是天然地讨厌我，对吗？”

他挑眉：“那也不一定。”

黎青梦差点儿把手中的水管往康盂树的脑门儿上挥过去。

气氛在他们都做了伪装的前提下变得松快，好似他们只是洗完车准备去郊游。

她拿着水管慢慢移动到副驾驶座的窗户上，水珠溅满窗户，滴滴答答落下去的时候，露出了车内摆放位置明显的那个彩虹杯子。

黎青梦微怔，抿了下唇说：“这个杯子……你在用啊？”

康盂树“嗯”了一声：“果然比易拉罐好使。”

“天底下也没有几个人会用易拉罐当牙刷杯的。”

自然，天底下也没有几个人会选择送一道彩虹给她，没有几个人会傻乎乎地拿出所有的积蓄借给她，没有几个人会临时搭一间海底餐厅给她……而集这些于一身的，天底下唯有康盂树一个人。

一个会开着夜车听整夜恐怖案件解说、看恐怖电影却会紧张，说话总是没个正形、却一定会在关键时刻出现在她身边的人。

康盂树擦完车头，就见黎青梦一直呆站在车门处，举着水管，反复冲刷着同一片车窗。

“那里冲得够干净了，该换地方了。”他出声提醒。

黎青梦突然回过神，冷不丁地说：“要不要词语接龙？”

“什么？”康盂树傻眼了。

“谁接不下去了，谁就包了剩下的洗车工作。”

“那么麻烦干什么？我来就行啊！”

“不行，要公平起见。”

“行行行，接就接。”

“不许故意输。”

康盂树刚打算这么做，就被她发现了，只好投降：“同音词就行吧？”

黎青梦点头，起头说：“飞鸟。”

他立刻接上：“鸟叫。”

“鸟叫不算正经词汇！给你次机会换一个。”

“啧……鸟鸣，这总行了吧？”

“行。”她满意地道，“鸣响。”

“响雷。”

“雷雨。”

“雨水。”

两人速度越来越快，一人说完一人迅速接上。

“水平。”

“平庸。”

“庸医。”

“医生。”

“生煎。”

“坚强。”

“强健。”

“健康。”

黎青梦顿了一下，忽然说：“康盂树。”

“嗯？”他应声。

黎青梦笑道：“我在接‘康’的词呢。”

康盂树不服气：“这哪算词汇？你刚才还那么严格，说我那个‘鸟叫’不算。”

“我知道。”她蓦地轻轻吸了下鼻子，又很固执地念叨着这三个字，“康盂树。”

“……”

她抬眼，无比克制地望向他，满腹的话语到最后，只是轻飘飘地化作这三个字——康盂树。

他捏紧手上的抹布，在和她对上眼的瞬间，抓着抹布的手指上全是暴起的青筋。

“康盂树。”她又徒劳地叫着他的名字。

“我在。”他回应她。

“康盂树。”

“我在。”

“康盂树。”

“我在。”

只要她呼喊他的名字，他就一定会回应。

…………

那一个天气惨白到像是过曝的下午，一场好好的词语接龙，到最后变成了两个复读机你来我往的对白。他们和藏在树梢上声嘶力竭的知了一起，不知疲倦地循环往复，仿佛只想活在这个夏天。

洗完车后，黎青梦才回到筒子楼收拾东西，这一去就是很久。其间，她还去美甲店和老板娘辞职，和康嘉年还有章子道别。

这个下午，她把和南苔有关联的痕迹一点点抹去。

一切都妥当收尾时，已经过了黄昏，天色呈现出一种深沉的蓝。黎青梦走在暮色里，似乎有要融入里面的错觉。

车子被康盂树洗得崭新发亮，那色泽是黎青梦之前都没见过的，不禁让她怀疑这是不是这么久以来康盂树第一次洗车。

货车最后用来送她，其实有些大材小用，因为她装上车辆的行囊真的少得可怜，统共也就两个二十八寸的箱子，还有两个小纸箱。

康盂树看着她拿出来的行李，眼神闪烁，还藏了一抹不易察觉的希冀之色：“就这么点儿？”

黎青梦点头：“因为我来时也就只带了一个箱子。”

“哦……”他点点头，垂下去的眼睑遮住了黯然的双眼，“不都说女孩子的东西很多吗？你还真是异类。”

“大部分东西是可以取代的，没必要带来带去。我带走的都是对我

来说最重要的。”她的视线落在其中一个封好的小纸箱上，“而重要的东西，无非就那么几件了。”

她视线所及的箱子里装的东西，恰和眼前的人相关——那里有他送的彩虹报纸、他送的一整套旺仔牛奶、他替她组装的旧电风扇，还有那张在暗房里洗出来的相片。

她把这些东西妥帖地整理在一起，特地用了一个箱子装它们。

其余的东西，还是和来时一样。除此之外，她随身带着的，就是黎朔的骨灰盒，还有他给她的信。

黎朔最后走得很匆忙，根本来不及留下只言片语，代替他开口的，是监测心脏的仪器那一声尖锐的长鸣。

生命的最后一刻，他只来得及动弹一下手指，努力伸向床头柜。然后一切戛然而止。

在床头柜里，黎青梦发现了一封他早就写好的信，寥寥半页，他写道——

“梦梦，我决定写下这封信，是因为我清楚我的身体大概好不起来了。所以我私自做了一个决定，一个对我们彼此的人生都是最优解的决定。

你肯定会生气，但请原谅爸爸。拖累着你苟活在这个世界上，精神上的创痛远比身体上的痛苦还要折磨我。活了大半辈子，最后却留下这样的烂摊子，爸爸真的觉得很对不起你。

实在是让你陪我耗在这个地方太久了，爸爸多希望能亲眼看见你飞去佛罗伦萨，这是我这辈子唯一剩下却没能完成的心愿。

以后要多多照顾自己，好好吃饭，早点儿睡觉，不要熬夜，身体是最重要的本钱，知道吗？

我很快就要去找你妈了。她走之后，死亡对我来说不再是件可怕的事情，而是圆满。所以不要替我难过。

记得她离开的那天，是个好天气呢。

希望我的也是，那一定是她来接我了。”

那短短半页，黎青梦在殡仪馆等待的过程中花了一整天的时间才看完。

每看完一行，她都要忍着眼泪拼命深呼吸，才能继续往下看，但没读几个字，整个人的情绪又在崩溃的边缘游离。

她看到最后，情绪反倒平静了。

她要践行黎朔在信中所写的——不要替他难过。

而接下来她要践行的，就是黎朔唯一未能实现的心愿，也是她自己的——不再被这里束缚，她可以完完全全试着闯一闯，去走自己的路。

毕竟黎朔已经不在这里了，她和南苔之间的关联还剩下什么呢？她要继续待在这里，做一个流水线上的美甲小妹吗？

并且，她身上还背着债务。

黎朔的那部分债务从法律上来说，失信被执行人死亡，从财产上和儿女是可以分割的，她不继承黎朔的遗产，也不必继承他的债务。

黎朔的遗产早就分毫不剩，意味着她也可以不再受制于那些银行的债务。

可她自己欠了康盂树的。

不只是康盂树的，还有高利贷的那部分。上次康盂树在京崎问起她的时候，她撒谎了，其实还剩下一期的钱需要还。

所以无论在感性还是理性层面，她都有不得不离开南苔的理由。

只是，只是……她侧头看向驾驶座的人，看着他绷紧的侧脸，鼻子传来一阵酸涩感。

如果她穿越到几个月前告诉巴不得离开此地的自己，有朝一日会根本不舍得离开，一定会被当作滑天下之大稽的笑话吧。

明明那些日子，她闭上眼睛都会做梦，梦到坐上摇摇晃晃的火车，祈求着和这座污糟的小城再无瓜葛。但她目视车的后视镜，标注南苔的路标被甩在身后渐行渐远的这一刻，她居然有了压住康盂树的手，让他掉头回去的冲动。

当然，她没有这么做。

人就是这么一种无法预料的古怪动物。也许几个月后，她会庆幸自己现在做的这个决定，再多的不舍心情都像一场仓促的阵雨，蒸发完就结束了，什么都不剩下。

货车开上了高速公路，两旁的景象逐渐变得单调：山、树、护栏、充满灰尘的天空，还有康盂树。

只是因为他在，这些沉闷的景色都和世界第八大奇迹没差别，让人想深深地记住这一幕。

她盯着车窗上映出的康盂树的轮廓，在心里计算着到达目的地的时间。

虽然他们才开出南苔，距离京崎还很远，还有漫长的车程。算上途中小憩和睡觉的时间，大约是二十个小时。

可对他们而言，这是彼此人生还能够亲密重叠的倒计时。

相对于人生漫长的数十年，这浓缩的数十个小时就变得尤为短暂，她哪里还舍得浪费一分一秒呢？于是一路上，她一直在找话题和康盂树聊。

他们从各自孩提时代的往事开始，把能记得的糗事和快乐的事都说到口干舌燥、讲无可讲之后，开始胡侃古今中外、国内国际的事，把世界和地球的未来操心了个遍，却分毫不提他们自己的未来。

她不习惯这样没日没夜地坐车，即便只是坐着。好几次眼皮都打架到耷拉下去了，她又强撑着掀开。康盂树无奈地把眼罩扔给她，让她快睡，分明自己眼睛里的血丝也已经多得吓人。

此时，距离京崎还有不到十二个小时的路程时，两个人都熬不住，停在一个服务站准备小憩。

康盂树说着“等我”就下了车，黎青梦以为他去上厕所，也没在意。

原本热闹的车内突然只剩下她一个人，弥漫着令人不安的沉默气氛。

她随手扭开了车载音箱，音响自动播放起了上一回康盂树未听完的歌。她以为，大概会是他喜欢的张学友的歌之类的吧。

只是当那个熟悉而迷幻的前奏响起来的时候，她整个人都傻了——*Bloody Mary Girl*。

车门此时被打开，康盂树双手捧着一碗东西回来了。

他听到歌声微怔，略尴尬地解释：“你之前说过喜欢听，我就好奇下载来听听看，觉得还蛮好听的就没删。”

原来……真的会有人记下她随口提起的喜好，不声不响地靠近她。

这个认知再次惹得黎青梦鼻腔发酸。她紧紧咬住牙关，用力吞咽了一下，尽量语气平静地问：“是还不错吧？”

“没我学友哥的歌好听。”说着，他就快速地切了歌，换成了张学友的。

他跳上车，把手上端着的东西递给她：“上次和方茂开这条线时路过这个服务站，吃了这家的茉莉茶冻，觉得不错，后来总想起这家店。你试试。”

黎青梦接过小吃，笑道：“怪不得说要送我来呢，别是冲这个来的吧？”

“被你发现了。”他也笑着，语气嫌弃，“不然我才不来。”

两人故意说着玩笑话，黎青梦打开茶冻盖，回击道：“那你怎么还只拿了一个勺子啊？”

她说到句末的时候，声音毫无预兆地哽了一下。

这个人，嘴上说着就是为了茉莉茶冻长途跋涉，却只记得拿一个给她的勺子。

这个玩笑彻底开不下去，她偏过头，干脆地舀起一大口，往自己嘴里塞。鼓起的两颊适时地掩饰了有些失态的语气。

康盂树看着她光顾着自己吃，揉了一把她缩起来的脑袋：“没良心，那你就一口都不分给我啊？”

她含混地说：“谁叫你只拿了一个勺子？”

这当然不是真相了——

刚才她偏过头去的时候，茶冻里承载了好几滴这一路上悬而未落的眼泪。又咸又苦的茶冻，可千万千万不能让康盂树发现。

两人吃过晚饭，车子停在了服务站的停车场里，康盂树怕她感冒，关掉了车内的冷气，降下半边窗户。

深夜，车辆很少，这儿只停了他们的这辆车，没有人声，夜间的虫鸣很吵闹。

但她已经太困了，什么声音都阻止不了她入睡。

隐约间，她还能听到车门开关的声音。是康盂树下去抽了电子烟又回来了吧，她虽然闭着眼睛，却能闻到他身上那股淡淡的、古怪的榴

椎味。

“喂，青豆，睡了吗？”忽然，她听到康盂树吊儿郎当地喊她。

睡意瞬间跑光，她下意识地噤声，猜想有些话、有些事，是不是他只有在她不知道的时候才敢说、才敢做，就像那张照片里那样。

因此她没出声，假装已经睡着。

然而，康盂树没有如她预想的那样说出她所期待的话。

她只是感觉到他轻轻地碰了下她的脸，轻声说：“晚安。”

她的一颗心终于慢慢、慢慢地沉下。

几乎是最后的关头了，他依然什么都没说。

这一路上，她都在设想一种可能性——如果……如果康盂树挽留自己，她会动摇吗？

可他竟然真的连一个为难的机会都不给她。

而她也没脸开口问他——你有没有想过来京崎呢？

这个问题太难问出口了，尤其是在他的缄默之下。

南苔是他出生和成长的地方，是他的爸爸、妈妈、爷爷、弟弟维系着的家园，是他迄今为止一直好好生活的地方。

她一个背了满身债又前途未卜的过客，拿什么立场去问他，让他打破现有的一切为自己做出让步和牺牲呢？太可笑了。

她也根本不舍得。

她希望他永远是那个雨天初见时的样子，双眼明亮，没什么烦心事，开一辆货车游走在大江南北，最后回归他熟稔的小城，闲来无事时抽两支烟、打一盘游戏、和兄弟插科打诨、睡到日上三竿，一切优哉游哉。

如果有可能，他在万分之一的空隙里能想到她，就够了。

她轻抖睫毛，在心里和康盂树道晚安。

倒计时十个小时，车厢内剥去一路的聒噪声，前所未有地安静。

两个人都合眼休息，抵挡不住生理的极限，真的睡着了。身体在地心引力的作用下惯性地倾斜，一个朝左，一个朝右，恰好都是倒向对方。

无奈货车座驾相隔遥远，他们的身体始终没有碰上。

就像这一路，他们一个没有开口说挽留，一个也没有开口说不想走。

周围的一切昏昏沉沉的，最先醒过来的人是黎青梦。

似乎是她心里的计时器一直不曾停止运作，催促着她所剩的时间不多，不要浪费在无用的睡眠上。所以没睡几个小时，她就迷迷糊糊地睁开了眼。

手机上显示现在是凌晨四点二十分，车窗外的天色虽然还是黑的，但很远很远的天际线隐隐有了一抹亮色。

她坐直身体，在黑暗里摸索着拿出湿纸巾擦了一把脸。

窸窸窣窣的动静吵醒了康盂树，他还处在半梦半醒中，整个人靠在椅背上懒懒地没有动，半眯着眼，看着昏暗的车厢里黎青梦的轮廓，她微微弯腰去掏包时，长发落满她的肩头。

他情不自禁地伸出手将滑下的长发拢起，轻轻别到她的耳后。

她立刻侧过脸："我吵到你了吗？"

康盂树摇了下头："我平时出车就睡不了多久。"

"你要不要？"她把手里的湿巾递给他。

他失笑着摇头，再度下了车，回来时满脸湿漉漉的，大概是直接在服务站的卫生间粗略地冲了下。

他拿袖子随意一擦，发动引擎道："你不睡了吧？不睡的话我就继续开了，天亮前估计能开进京崎。"

黎青梦神情微愣："要赶得这么急吗？"

"我刚查了下，今天早上八点后京崎市区内就限外地牌照了，所以我得赶在八点前将你送到那里。"

原本仅剩不多的时间，骤然又缩短了，现在距离八点还有三个小时四十分钟。

她真真切切地感受到那个终点线已经近在眼前。

黎青梦恍惚地点头，很轻地说："那走吧。"

车前灯被打亮，他们驶上并不算拥挤的国道。

康盂树伸手按开了刚才暂停的音乐，又是张学友的歌——《冷树叶》。剩下的时间，他们没再聊天，任由音箱一曲接一曲地往下放。

她不知道康盂树为什么沉默。至于她，则是出于一种补偿的心理，为了回报那一首他悄悄下载的歌，也想把他平常会听的歌都认真

听完。

毕竟这是最后的，她能听到他的歌单的机会了。

天色越来越亮，国道上的车辆也多得像贪吃蛇吃下的豆子。当车子到达收费站时，天色已经大亮了。

黎青梦第一次目睹沿路的路灯一盏盏熄灭。

同时，车内轮播到一首康盂树曾经唱过的歌——《离人》。

悠悠的口哨声响起，他下意识地想切掉，被黎青梦制止："别切，听听原唱。"

他大言不惭地道："我这不是想给学友哥留个面子？"

黎青梦撇嘴："怎么，你唱的还吊打他了？"

"可不。"

当然，张学友的声音出来的第一秒，是个正常的耳朵都能听出来谁吊打谁。

康盂树突然说："这是这张专辑里我收藏的最后一首了。"

"刚才放的歌都是一张专辑里的吗？"

"对，一张1998年发行的专辑。"他顿了一下，"专辑名叫《不后悔》。"

黎青梦微怔，跟着点了下头："很好听……不后悔。"

车子开进了城区，此时距离八点还有二十五分钟。

黎青梦长长地深吸一口气，蓦地说道："你在前面把我放下吧。"

康盂树没说话，还在置若罔闻地往前开。

"还有二十多分钟，你的车子就不能动了，还不如赶紧开出去。"她的语速很慢，语气很认真，也很严肃，"剩下的路我可以自己走了，你总不能一直送下去。"

康盂树的侧脸像是咬了一下牙关，隐隐突出下颌骨。

他开的速度逐渐慢下来。

倒计时十五分钟，车子停在一座高架桥下。

黎青梦抱着骨灰下了车，康盂树把行李从车厢里拿出来，又替她在路边拦了一辆出租车，帮她把行李全搬进后备厢，拉开车门注视她坐进去，又沉默地替她合上车门。

这一切都静默无声。只有不远处，他的大货车大敞着车门，车内，被调成单曲循环的《离人》又播放到了尾声，敞开的车门悠悠地泄出来自二十世纪的歌声——

“离人挥霍着眼泪，
回避迫在眼前的离别。
你不肯说再见，
我不敢想明天。”

黎青梦眼睁睁地看着车门从外合上，康盂树的脸快速地消失在她的视线中。

出租车师傅开始问黎青梦要前往的地点是哪里。她瞬间失神，没有回答——换了车，换了座椅，也换了车内的人。

“去哪里？”司机又不耐烦地催促她。

黎青梦没搭理他，心急如焚地按下车窗。看见康盂树还站在原地的刹那，她再次有了流泪的冲动。

“你不和我说一句再见吗？”

康盂树双手插着口袋。不知道是不是为了故意搞笑，他居然说了一句：“这个夏天好像结束了。”

他模仿的，是她模仿老艄公的语气和话。

黎青梦顿时哭笑不得，一直萦绕在心头浓重的哀伤感在此刻都消散了。

她一字一顿地道：“康盂树，钱我一定记着，会全部还给你的。还有……谢谢你，真的。我本来以为这会是我二十多年来的人生里最糟糕的一个夏天……”她扬起微笑，“虽然糟糕的程度超出我的想象，但快乐也是。”

康盂树一呆，露出想笑的表情。下个瞬间，那个笑又仿佛是哭，来回拉扯，他像是患了面部神经失调症的患者。

“我之前说，那个十八岁的夏天是我记忆里最美好的夏天。”黎青梦还是笑着，眼睛里有水光，“我也没想到，二十五岁的这个夏天，压倒性地盖过它了。”

康盂树干脆低下头听着，再次抬起头时，神色很轻松地回道：“挺不巧的，对我来说呢，就是被一个麻烦鬼闯入的夏天。只能说……不算

无聊吧。”

“浑蛋。”她鼻尖通红地笑道，“现在麻烦鬼真的要走了。”

“等等。”这简短的两个字又让黎青梦心尖一颤。

康盂树一直插在口袋里的手动了动，摊开一张已经被刮开的彩票，上面的数字是09131820270708。

如果黎青梦没记错……

“这是不是你中过奖的那一张？”

“对。”

黎青梦一头雾水：“这张废彩票还有什么用吗？”

“它是我唯一抽中过的一张彩票，我人生里迄今所有的好运都在这里了。”

康盂树弯下腰，从车窗把彩票紧紧地塞进她的手心：“送给你。”

他退后两步。司机不耐烦地再度催促了一声，以防这两人再缠缠绵绵，耽误时间，强制将车窗合上。

随后，那张攥着彩票的手和她愣怔的侧脸被黑色的车窗逐渐覆盖。

车窗即将完全合上时，她又面向他，张口急急地说了句：“我也留了礼物给你！”

“什么？”

“我留在南苔了。”她故作神秘，“至于在哪里又是什么……我先不说，你找找看吧。”

康盂树失笑：“你这是在和我玩寻宝游戏吗？”

“你给过我那么多次惊喜了，我也想给你一次。”

她用力挥手，车窗彻底合上了。

“有人说一次告别，
天上就会有颗星，
又熄灭。”

明黄色的出租车终于开出去了，瞬间模糊的视线里，他看不清她到底有没有回过头。

货车还孤零零地停在气派的高架桥下，传来张学友唱的最后几句歌词。车灯在黎明的天幕下显得微不足道，但他固执地开着它，仿佛在和天上熄灭的星星接力。

倒计时清零，那抹明黄色消失在街角。

一个叫黎青梦和一个叫康盂树的人——世界上很平凡的两个人，就这么在一个平凡的夏日早晨分别，街头依旧车水马龙，人来人往。

第八章

# 夏日永恒

康盂树赶在八点前的最后一刻将车子开出京崎，宛如一条被驱逐出境的落水狗。

他带着满眼的血丝，马不停蹄地开回南苔。

只有这样，疲倦和困意才能席卷大脑，让他几乎没有余力思考有关黎青梦离开这件事。他神经麻木，知觉开始迟钝，开车成为一种身体下意识的动作。

当南苔的车标在前方若隐若现时，康盂树几乎觉得自己快猝死了。

他把车子往车队一扔，回到骑楼老街，把房门一关，这一睡就是两天两夜。其间可把康爸康妈给气坏了。

两人刚乐呵呵地旅游回来，就听闻车队风言风语，说康盂树脑子犯浑，砸了一单生意，赔了不少钱。结果还没收拾残局，他就开着车子出去鬼混。

他们差点儿要闯进房间把康盂树拉出来，拎着康盂树的耳朵痛骂一顿，被康嘉年死命拦下。

作为唯一的知情者，他猜想他哥此刻应该是不想被任何人打扰的。

他含糊其词地告诉爸妈，康孟树是为了帮一个朋友的忙才会这样。康妈的直觉突然敏锐："朋友？哪个朋友？男的女的？"

康嘉年没辙，硬着头皮回答是女的，但是她已经离开南苔了。

黎青梦离开，让康嘉年也很难接受。他早已不只把她当作教画的老师，从某种意义上来说，她更是他人生的启蒙者、最亲近的朋友。

那么他哥应该就更难以接受吧，不然怎么会把自己关在房间里那么久？

康妈一愣，似乎隐隐明白了什么，放弃了追问，转头回厨房把冷掉的饭菜热了热，嘱咐康嘉年等康孟树醒了就叫他吃，便出门打麻将去了。

康嘉年信誓旦旦地说保证完成任务。他都已经做好了等他哥开门就好好开导的准备，却发现自己好像预估错误。

康孟树可能真的只是太困了，才睡了那么久而已。

他睡醒打开门时，脸肿得像个猪头，都不用康嘉年催，就吃掉了三碗饭一桌菜，胃口好得完全不像一个伤心人。

康嘉年小心翼翼地试探道："哥……晚上要不要去看个电影？"

康孟树打了个饱嗝，摇头说："哥很想陪你去，但最近这阵子估计得很忙。"

"啊？"

"我得加班加点跑货，至少得把上个单子捅的娄子先补上一些。"

他说得轻松，给了康嘉年一种那个好几万块钱的单子很容易被填完的错觉。

然而，接下来一个月的暑假，康嘉年都几乎没在家里和康孟树碰上面。

康孟树不是在外头出车，就是回来倒头就睡，醒来后就骑着他的小电瓶车去外头乱转，也不知道瞎转什么，回来之后总是皱着眉头。

终于在夏天快进入尾声的时候，康孟树休息了两天，主动提出要带康嘉年和爷爷去街上转转。

三人吃完晚饭准备去就近的海滩散步，结果康老爷子走到一半非说方向不对，要往反方向走。

康盂树和康嘉年没辙，只好顺着他往反方向走。

结果走着走着，康老爷子就带着两人一本正经地走到了宝梦舞厅。

康嘉年无语，偷偷地和康盂树抱怨道："老流氓肯定是故意的。"

康盂树却只是反应迟钝地"嗯"了一声。他的视线微微上抬，飞至那块坏了的霓虹灯牌上。

这块招牌依旧是原来的样子，没有人来修它，其余三个字依旧隐在黑夜里，突出那唯一的"梦"字。

只是如今，那个"梦"字也慢慢有些黯淡了。大概不久之后，这个字上挂着的霓虹灯也会灭掉。

但老板已经懒得再大费周章来装点门面了，反正南苔还有谁不认识宝梦舞厅吗？

顾客也是固定的那一批人，三人进去时，红色幕布后头的舞池里都是叫得出名字的面孔。

康盂树去柜台买了啤酒回来，康嘉年紧紧盯着舞池里正在和别人跳舞的康老爷子，防止他乱走。

"不用盯那么紧。"康盂树把额外的一瓶果汁贴到康嘉年的脸上，"舞伴是老头儿喜欢的，他舍不得乱走的。"

"哪有啊？他上次找的舞伴可不是这个类型的。"

康盂树笑得神秘，指了下鼻子。

康嘉年懵懂地问："鼻子怎么了？"

"这些人都是鹰钩鼻。"

康嘉年恍然大悟："奶奶……也有一只很漂亮的鹰钩鼻。"

"嗯。"康盂树早就发现了这一点，视线投到舞池里的康老爷子身上，"不过也许老头儿就是喜欢鹰钩鼻，谁知道呢？他估计连奶奶长什么样都忘了吧。"

"那应该是后者，他肯定不记得了。"

"你好像很不相信老头儿还记挂着奶奶。"康盂树抿了口酒，含含糊糊地说，"上次大扫除的时候你也说他是找借口故意发呆。"

康嘉年摇了摇头："与其说我是不相信，其实是我希望。"他鼓了鼓嘴，"如果爷爷还对奶奶念念不忘……念念不忘一个已经回不来的人，这太难过了。"

“不一定是难过。”康盂树仿若随口猜测，“对于知道回不来的人，想念是一种必不可少的……还能让人做梦的幸福。”

康嘉年闻言微愣，小心地看了一眼康盂树。

而康盂树只是平静地喝完了一瓶啤酒，眼睛被舞池扫过来的霓虹灯的红光一盖，看不出任何情绪。

康老爷子的舞伴到了八点就下了场，康老爷子看了一圈，也悻悻地从舞池里回来。

康嘉年早就坐得哈欠连天，忙不迭地蹦起来说：“可以回家了吧？！”

康盂树指着拿来的筐里还剩一半的啤酒，扬着下巴道：“我把这些喝完，你先带爷爷回家。”

“嘁……你少喝点儿吧哥。”康嘉年碎碎念，没辙地领着康老爷子出了宝梦舞厅。

原本就冷清的舞池里，人陆续离开，只剩下了康盂树。

他放下空了的酒瓶，在最后一首黑灯舞曲响起时，悄无声息地走到了舞池里。

死寂的木板上只有一双靴子的响声，低沉的、寂寥的声音。

今晚的运气不错，舞厅随机放的居然是他最喜欢的张学友的歌，粤语的《李香兰》。

他听过无数遍，甚至都能跟唱：

> “恼春风，
> 我心因何恼春风。
> 说不出，
> 借酒相送……”

前奏响起来的刹那，康盂树就轻轻地跟着哼了起来，甚至一边哼，还一边摆好了手势，像是真的轻揽着谁的腰准备翩翩起舞。

黑暗中，偌大的空旷舞池里，男人高大的身影在舞池中轻晃着、旋转着。

“照片中，

哪可以投照片中。

盼找到，

时间裂缝。”

康盂树跟唱到这一句，停下乱晃的舞步，仰起头盯着黑黢黢的天花板。

笛声悠悠，学友哥的声音依旧深情，不会因为谁的停滞而逗留。

“夜放纵，

告知我难寻你芳踪。

回头也是梦，

仍似被动，

逃避凝望你，

却深印脑中……”

康盂树在黑暗中缓慢地深呼吸，恍惚中，又闻到了山茶花的芬芳，浓郁悠远。

千里之外的京崎，黎青梦踮起脚，够到货架上的那瓶山茶花沐浴露，把它放进了推车里。

里面已经放了一些食材，有挂面、西红柿和鸡蛋，她打算回去简单地煮一碗西红柿鸡蛋拌面当作晚餐。

虽然在现在这个时间点，这几乎可以当作夜宵了。但没有办法，现在找到的工作太忙，她几乎每天都要忙到这个点才下班。相应的，她拿到手的钱也多。

她在京崎找一份专业对口的工作并不难。回来的第二周，她就入职了一家私人的艺考机构当老师。她是名校出身，又是优秀毕业生，还曾经拿到佛罗伦萨学院的 offer，这些履历足够她辅导高中的孩子们如何过校考。

只是艺考机构没有底薪，完全按课时算钱，多劳多得。因此她特别拼，几乎从早上带到晚上。没有课的时候，她就在网上找商稿接，通宵达旦地画。

反正一个人的日子，怎么样过都是过，她有时候觉得连吃饭都是在浪费时间，直接三餐合作一顿。

一方面是她还债心切。高利贷最后一笔还款的期限快到了，她还没凑到钱。

虽然她已经搬离南苔，那拨人应该暂时找不到她，不会再出现上次被他们围堵的局面。但这笔钱总归是要赶紧还上的，她总不能当一个畏首畏尾、提心吊胆躲债的阴沟老鼠，那就是真的“老赖”了。

另一方面，只有这样高强度地运转，她才能把自己保持在情绪放空的稳定状态。

她重新融入京崎的生活节奏并不难，毕竟这是她长大的地方，身体的本能很快就适应了这片土地。

她租了间很小的房子，比当时在南苔住的房子要小多了，但胜在很新，没有老房子的那股潮味，也不再有动车和火车隆隆交会的声音。

但她的生物钟已经刻上了南苔的印记。她依然七点四十五分准时醒来，去学校上课，课余时间计划第二天的教案，回到家接画稿，周而复始。

某天晚上醒过来时手腕还隐隐作痛，她怀疑是得了腱鞘炎。她抽不出时间去医院，挂号难，所在的机构也没有医保，看一次病很费钱。而且……现在的她害怕去医院，只要闻到那个味道就会心悸。所幸症状不是很严重，疼的时候她就热敷一会儿，再吃几片止痛药了事。

每到觉得自己快要支撑不下去的时候，她就会点开手机银行查询里面的余额，那些不断上涨的数字比任何止痛片都有用。毕竟这是她牺牲了一切的娱乐活动换来的。

手机里也没有任何聊天闲谈的对象，哦，除了偶尔康嘉年会主动给她发些消息，问起她在京崎的近况。

至于康盂树，他们再也没有联络过，谁都没有找过谁。

似乎……这成了他们之间心照不宣的、延续下来的默契。

她曾经想过找康盂树，想问他有没有找到她给他的“礼物”，以此

为契机开口，或许他们还可以聊聊别的琐事。但她最终没有开口。

每当有找他的冲动时，她都会告诫自己，成熟的大人应该平静地接受别离，无论是生离还是死别。

但成熟的大人并不等同于完美的机器人，能够用程序控制所有情绪。有的时候，情绪崩溃得完全出乎意料，在某一个让人完全无法预料的点上。

比如就在今晚，她拎着从超市买好的一堆东西回到家，准备煮面时，切番茄意外切到了手指。

她并不精通厨艺，这已经不是她第一次切到手指了。

黎青梦放下刀，泄气地摁着流血的伤口翻箱倒柜地找创可贴，却不小心翻出了从南苔带回来的一条领带。

那是四年前她去意大利的时候特意给黎朔买的。

如今这条领带依旧包装完好，连封条都没有撕开，让人疑心是不是被黎朔完全忽略了。

但黎青梦收起它的时候，是在黎朔的床头找到的。那个他触手可及的位置又挤又窄，除了他平常不能离身的药，根本放不下多余的东西。

可她看见它的时候，没用的它端正又漂亮地放在那里，那些重要的药罐子反倒杂乱地挤在一起。

如今，靛色的外壳上也落了一层灰。就像当初那个收到领带的人，再也不会开口同她说一句："干吗买这么花里胡哨的给爸爸？"他说完，眼角却浮现出两道笑纹。

这一刹那的黎青梦被回忆痛殴，打倒在地，大滴的眼泪混着手指上的血砸在地板上。

她很想、很想、很想黎朔，很想亲手拆开这条领带为他戴上，很想画下他戴着领带的样子——一定是世界上最帅气的爸爸。

可她没有机会了。

时隔一个月，她后知后觉地意识到：黎朔真的已经离开她了。

原来告别的当下能保持平静，并不是她有多冷静、多能自控，而是潜意识里，她根本还没认为那是别离。

她想掩耳盗铃，可生活偏偏要警铃大作，将她抽醒。从今往后，她是真的一个人孤孤单单地活在这个世界上了。这种阵痛将持续下去，就像她妈妈离开之后的日日夜夜，从此，这种痛苦将变成双倍。

黎青梦用手背抹掉眼泪，慢吞吞地起身，处理完伤口，继续把刚才随意切好的番茄和鸡蛋混着面条煮好，盛出锅。

她面无表情地夹起一筷子，面条在嘴巴里嚼了半天都咽不下去，脸上还挂着未干的泪痕。她已经迫不及待地去看网上新的招聘启事，看是否有更好的出路。这已经成了她每天必做的功课。

搜罗大半天，她终于在这么多天无果的努力后刷到了一则引人注目的消息——是一个画家助理的招聘启事。

而这个画家，是意大利的华裔画家 Warren，在国外艺术圈德高望重。他有一个去佛罗伦萨学院举办讲座的视频，她还翻来覆去看过好几遍。

他将会在秋季来国内举办画展，并且在京崎逗留相当长的一段时间。大概是这个缘故，除了本身就有的生活助理，这次他需要一个能用双语沟通的工作助理来帮助他处理一些国内的相关工作，工作助理会英语即可，当然，会意大利语更好。

黎青梦瞬间心思一动，把简历投了过去。

虽然只是助理的琐碎工作，但给大佬打杂就不叫打杂了，那叫偷师。

若她真能进入 Warren 的画室，在他身边工作一段时间，绝对是一次难能可贵的经历，她将受益匪浅。运气好的话，她说不定还会有一些意想不到的机会。

她刚刚投出简历，微信里跳出来几则提醒，是康嘉年发来的，是几行文字和一张照片。

“姐姐，跟你讲个好玩的！

“你最喜欢的那个宝梦舞厅！招牌前几天被人偷了！虽然只是被偷了个‘梦’字，但被偷之后，招牌上唯一亮着的字都没了，感觉跟倒闭了似的，哈哈哈哈。

“不过今晚我去看，那人居然已经还回来了！”

黎青梦点开照片，令人怀念的宝梦舞厅，依旧只亮着“梦”字。

只是，那个“梦”像是被翻新过。

红色的外漆被“小偷”重新刷过一遍，灯泡也加亮了瓦数，还缠上

了……一圈星星灯。

无边的深色黑夜里，一切都已蒙尘。小偷却偷走了“梦”的尘埃，留下满身鲜艳的模样。

黎青梦看得泪意汹涌。

这张莫名其妙的照片，忽然就让她从这个被悲痛截断的夜晚挣脱，有了继续好好吃饭、好好生活的勇气。

她存下这张照片，把手机里用了很久的佛罗伦萨的屏保壁纸换掉，换成了这张照片，然后张大口，将已经变凉的面努力咽下。

这个夏天，大概真的是一个属于离别的季节。

立秋的前一天，也就是夏天的最后一天，康盂树意外收到了一条很久没联系过的人发来的消息。

发来这条消息的人是程菡。从前她总有事没事给自己微信里发个“早安”“晚安”的，即便他不回也很坚持。但似乎从某一天开始，大概是啤酒节那天起，他惊觉再也没收到过来自她的消息。

而他再次收到消息，居然是她要离开。

微信里，程菡问他有没有空，她在桥头排档请大家吃饭。因为她准备去京崎发展了。

康盂树看到“京崎”这两个字，瞳孔猛缩。

他回了个“好”，当晚如约而至。

程菡看见他来，拍了拍旁边的位子说：“阿树，坐这儿！”

他犹豫了下，选了隔着的一个空位。

程菡笑了笑：“干吗坐这么远，怕我吃了你啊？”

“不是，那不得给你小姐妹留个位子？我坐这里就行。”康盂树推托，“说起来，你这是要去很久？搞这么大阵仗。”

“我也不知道，反正短期内不回来了。”程菡甩了甩头发，很潇洒地说，“我报名了个在京崎很有名的化妆培训课程，得学好几个月，然后我就打算留在那边一阵子试试看。”

“化妆还有课程？”

“当然了，别小看化妆！更准确一点儿来说是造型。”程菡正儿八经地说明，“发型也包括在内的，我不想一直给人洗头发了。等学出师，我可以去更大的美发沙龙！说不定我还能去娱乐圈呢，给明星化妆什么的。”

其他人闻言起哄：“那记得帮我要张签名啊！我喜欢那谁，你知道的！”

“我们菡菡这么漂亮，说不定到时候自己就成了大明星呢。”

“那到时候我给你们签名，签名管够。”程菡嘻嘻笑道。她转头看向康盂树时，他在这欢闹的人里显得格外沉默。

“怎么了呀，现在舍不得我了？”她故意开他玩笑，笑容却有些酸涩，“那也晚了！”

康盂树认真地说：“是舍不得你啊！”

程菡一愣。

“是作为朋友的那种不舍。”康盂树开了一瓶啤酒，伸手碰了碰她的杯子，“去外面加油，不开心了就随时回来。”

程菡一时没吱声，低下头稳了稳情绪，而后才抬起头，继续没事人似的笑。

“好啊！如果在外面我被人欺负了，我一定会告诉你的。”她的声音哑哑的，“不过远水救不了近火，你也帮不了我。”

康盂树一下子喝掉一整瓶啤酒，打了个酒嗝，像是猛灌之后醉了，大着舌头喃喃：“谁说的？我亲自冲到京崎去，你信不信？”

程菡定定地看着他。

人声鼎沸，大家各聊各的，程菡隔着一个空位小声冲他说：“阿树，真没想到你是个胆小鬼呢。”

“你说什么？”不知道是他没听清还是不肯承认。

“我前阵子去美甲店发现她已经不在了，是回京崎了吧。”程菡干脆直接挑明了说，“你不敢光明正大地去找她吗？”

“找她？”康盂树拨弄着一次性筷子上的刺，漫不经心地反问，“为什么要找她？”

程菡露出费解的神色。

“你不是……”她很不想承认这一点，但还是开口，“你不是喜欢她吗？别说不是，你骗不了我，一个眼神我就知道了。”

“我是喜欢啊……”他无奈地后仰，看着满天星星，忽然提到了一

个风马牛不相及的东西，“你还记得路过我们这里的那群野象吗？”

“当然啊，整个南苔都不会忘记吧。那天我还被你们拉到群里来着。”

“那你喜欢那群野象吗？”

“喜欢啊，大象很可爱！”

两人一问一答，程菡不明白话题怎么突然偏到这里，自己喜欢大象和他喜欢黎青梦有什么关系？

康盂树点点头说：“我也很喜欢那群野象，但你要知道，那群野象不是真的来旅游路过我们这里的。它们的栖息地被破坏，为了寻觅食物，为了活下去才无奈来到这里的。这里不会成为它们的栖息地。

“所以……对于它最好的喜欢，就是不要牵绊它，帮助它离开。”

程菡懵懵懂懂的，似乎有些听懂了，但反驳道：“这不代表你不可以一起离开啊！”

康盂树没有再回答，喝光了手中的另一瓶酒。

他回到骑楼老街时，已经过了半夜。其他家里人都睡了，静悄悄的，只有康嘉年还醒着，在熬夜赶开学要交的暑假作业。

他听到上楼的动静，出来看了一眼康盂树，嫌弃地道：“怎么又一身酒气回来啊？”

康盂树言简意赅地解释：“给程菡饯别。”

康嘉年惊讶地问：“程菡姐要去哪儿呀？”

“京崎。”

康嘉年听到这个目的地，沉默下来。

康盂树越过他直接回了房间。好半天，房门被轻叩两声。

康盂树正无所事事地脑袋枕着双手躺在皮沙发上发呆，门被敲了好久，才后知后觉地问：“怎么了？直接进来。”

门外的人自然是康嘉年，他拎着一瓶冰矿泉水进门，直接贴到康盂树的脸上。已经有凉意的夏末夜晚，这份冰冷感冻得康盂树一哆嗦。

“给你醒醒酒。”康嘉年笑嘻嘻地把一旁的椅子拉到沙发边，坐下，开门见山地说，“哥，你就没想过也去京崎吗？我知道你肯定想过，毕竟之前连传单都拿了。现在就这么不了了之了？”

康盂树仍旧盯着天花板，反应平平地说："那是随便想想的，我怎么可能真的离开南苔？"

"为什么不能？"

"我们家有你出去就够了。"康盂树无奈地笑了，"总得有人留在这里啊，爸妈年纪越来越大了，还有爷爷，他们都需要人照顾。我是大哥，我有这个义务和责任。而且我也习惯了。"

康嘉年的表情变得有些难过："可是哥，你在是哥哥这个身份之前，不要忘记你是康盂树。"

康盂树微怔。

"你就是你自己，其次才是我哥、爸妈的儿子、爷爷的孙子，不是吗？！你这样为我们付出，其实是一种自大的表现。你怎么知道我们不想你活得开心呢？至少我希望你能更自私一点儿。你好不容易有了渴望的、想要追求的人，那就去！作为康盂树这个人好好地为自己活一回。"

康盂树半晌没说话，然后不知所措地笑了下说："你个小屁孩儿，还教训起我来了？"

"我说得没道理吗？"

"很有道理。"康盂树懒洋洋的，"但你还是估计错你哥了，我真没这么伟大，为了你们牺牲我自己。对你来说，被绑在南苔可能是件很可怕的、需要付出很多的事情，但对我来说真不是。我说过了，我习惯了这样的生活。"

康嘉年凝视着康盂树不和自己对视的眼睛，很认真地道："哥，你知不知道你一旦不说真心话的时候，说的话就特别欠揍？"

"……"

"即便你已经习惯了在这里的生活，这和你现在想离开也不冲突啊！为什么不敢面对呢？这又不丢人。"

"丢人。"康盂树终于把目光从天花板上挪开，看向康嘉年，一字一顿地重复，"很丢人。"

"……"

"程菡可以试着去京崎闯荡，是因为失败了也没有关系。但我如果去了，就一定要成功。但是你知道吗？你哥我平生第一次感到特别挫败，就是和你还有她一起去京崎的那一次。那天上午我一个人坐电梯从

顶层下来，那种惶恐的感觉到落地才消失。我才觉得——哦，原来底下这个位置我待着才不那么难受。

“其实我也不知道到底要去哪里，我就是想把京崎好好看看，看看这是不是我能够驾驭的地方。我去了车队，看了那里的工资，虽然比南苔高，但也能看到头。我还能做什么呢？转行去一个我从来都不知道的领域吗？我可以吃苦，但最无语的是，吃完苦就真的能万事大吉吗？哈哈，我的能力我自己清楚。”

他苦笑了两声。

“我一个人在这个位置上不要紧，可我不能把她也拉到这个位置上来。如果我去京崎还让她来迁就我，我办不到。我要去，就要给她好的生活。”康盂树无奈地道，“这些东西是你在这个年纪不会考虑的。”

所以，康嘉年才可以那么轻描淡写地怂恿自己。

康嘉年听出他的潜台词，气鼓鼓地说：“哥，我对你是真的有点儿失望了。难道爱只有一种形式吗？男人必须去养女人，给她更好的生活？就像男人必须留寸头，不准哭？”

康盂树突然哑声。

“是你曾经跟我说过的，做自己就好。男孩子也可以穿裙子，没关系。那么爱的定义也不该是狭隘的。这和年纪多大也没有任何关系，敢不敢爱这件事情，八十岁或十八岁都可以去做，口袋里有八十块或八十万块也都可以。不要给自己戴上枷锁，我从接受自己的那一刻起，就这么告诉自己了。”

康嘉年豁出去似的大声说：“如果你觉得我说的都是胡话，我现在就上街，不戴口罩穿裙子给你看。我现在一点儿都不害怕了！”

他冲动地起身，推开门往楼下跑。

康盂树被他的动作一惊，还没来得及消化他那段话，就听到最后那句，惊得康盂树一骨碌从沙发上起来，匆忙地套了件T恤追下楼。

康嘉年骑着小电瓶车就出了骑楼老街，看样子是玩真的。康盂树一边追上去，一边朝前大喊：“你赶紧给我停下来！康嘉年！”

康嘉年置若罔闻，一路疾驰到他们的秘密基地。

康盂树追上来的时候，就看到康嘉年的电瓶车被扔在岸边，人已经朝着船里跑去了。他也把车一扔，追上去。

康嘉年在船舱里大喊：“我准备换衣服呢，你别进来！”

这下轮到康盂树置若罔闻，直接到了船舱里，黑着脸说：“在南苔就别胡闹了。”

“我不是胡闹，我就是想证明给你看，也证明给我自己看，一成不变的世俗是可以被打破的！需要的只是勇气！”

少年随手取下衣架上的一件衣服，仿佛攥着一面改革的旗帜。

然而，随着他取下衣服的动作，原本被衣架挡住的船身空了一块，露出了一块红色的图案。

背对着船壁的康嘉年未发觉，只是突然看到康盂树的神色变得怔然，这才转过头去看身后。

这个图案，原本沉船的船壁上好像是没有的吧？

康盂树忽然大步走过来，把衣架整个挪开，露出完整的船壁。

他好像终于找到了，那份快翻遍南苔都寻不到的，黎青梦留下的礼物——

被挡住的船壁上，有一块小小的壁画，画的是那条他们曾见过的，被误放进热带水族箱里的红色金鱼。

它被重现在这个拥挤的船舱里，逗留在一尾热带鱼身边。

“它是怎么能够在这个水箱里生存下来的？”

“大概是它爱上这条热带鱼，所以舍不得走了。”

他们的对话犹在耳畔。时隔多日，他呆呆地站在这幅隐蔽的壁画前，听到了她迟来的回答——

没错，是这样的。

我唯一不忍离开的原因，就是我爱你。

她不能亲口说出来的告白，如同憋气的金鱼藏在这里。满藏着爱意的气泡咕嘟咕嘟地浮出平静的水面，卷起滔天巨浪，瞬间将他淹没。

秋天，第一片黄叶从枝头飘落时，黎青梦长了整个春夏季的湿疹终于好了。

也许是京崎气候干燥的缘故，又大概是康盂树嘱咐她买的那管药膏

果真有用。湿疹一片片结痂脱落，只剩下略深的块状阴影，昭示着这里曾经有过伤口。

这个伤疤被同事看到，还疑惑地问她是不是某种胎记。黎青梦哭笑不得地摇头说不是，是湿疹留下的色素沉积。

结果两人就莫名其妙地以湿疹为开端，开始发散地聊了些有的没的。

同事叫段晓檬，比黎青梦小两岁，也是从知名的美院毕业的，做这份工作只是刚毕业不知道做什么，听人家说做这行赚钱便也来分杯羹。

段晓檬说黎青梦看着外表总是拒人于千里之外的样子，下班也一声不吭就走，从来不参加他们的活动，还以为她是个怪胎。在他们这个圈子里，这种性格的人也很常见。

结果聊完天段晓檬才发现，她其实根本没看上去那么不好接近。

因此这次聊天后，段晓檬就会拉着她一块儿吃饭。一来二去逐渐熟稔，段晓檬成了黎青梦回到京崎后交的第一个朋友。

十月末，黎青梦得知段晓檬的生日快到了，很费心地准备了一份礼物给她。

段晓檬惊喜不已，没想过会从她那里收到礼物，而且不是那种敷衍的礼物，虽不昂贵，却是能一下子看出是用心准备的。

作为回报，她邀请黎青梦必须来参加她的生日派对。

生日派对，这四个字真是黎青梦久违的名词，陌生又熟悉。

她本来想拒绝，但在段晓檬的再三邀请下还是答应下来，打算待一会儿再走，毕竟必要的社交礼仪也是成年人世界的一部分守则。

段晓檬在生日这天包了个场，邀请了一帮她大学的朋友，还有机构里其他几个玩得好的同事。

大家玩了一下午桌游，黎青梦因为赶一个画稿耽误了时间，来的时候正好赶上他们吃饭。理所当然地，她被段晓檬催着自罚喝酒，无论认不认识她的人都跟着起哄。

这个熟悉的场面，让黎青梦一下子很恍惚，有种中间的那几个月从不曾存在过的错觉。她依然是从前那个游走于各个社交局的、无比光鲜亮丽的自己。

踏入这个闹哄哄的场子，喉间滚过“野格”的一刻，黎青梦才有一种“啊，我是真的回来了”的真实感。

而关于南苔的那些记忆，开始不再那么鲜明。潮湿的落雨、总是阴干的裙子、夹杂着塑胶味的甲油……这些东西从她的生活里抽离，她也的确不想再回忆。

连带着，那些她怀念的东西也一并被包裹住，被压抑在内心深处。

因为她隐隐觉得，“南苔”两个字就像被封印住的月光宝盒。一旦打开，灵魂就会穿越回去，那么丢了一魄的自己又该如何若无其事地生活？

她放下杯子，要去抽纸巾擦嘴时，一张纸巾已经更快一步地被递到她跟前。

黎青梦顺着手指看去，入眼的是一个年纪看上去比她小一些的男生。他大概是段晓檬的同学，头发打理得非常精致，额头饱满光亮，掉下来的每根碎发都是设计好的造型。

他扬起嘴角，一边示意黎青梦接，一边说：“酒量很好啊！”

黎青梦礼貌地说了句“谢谢”，但没有接他的纸巾。

男生有些尴尬，转而和其他人攀谈，没有再来刻意搭讪。

黎青梦跟这些人都不认识，自然没什么聊的。他们打成一片，热火朝天地聊着天，她就很安静地吃东西。

只是，在这帮人突然意外聊到了一个话题时，黎青梦忍不住竖起了耳朵。

“哇！那群环游的野象终于要回家了！”

“人不如象啊，我也想说走就走，随便去哪儿。”

野象离家出走这件事，在这些日子里逐渐成了网络上的热门话题。对在座的这些人而言，这只是个茶余饭后的谈资。但对于亲自寻找过野象的黎青梦，它的意义截然不同。

野象回到家。这几个字轻易地勾起了她在南苔那一夜的回忆，一个这些人这辈子都碰不到，但曾切实发生在她身上的回忆。

黎青梦立刻打开手机，点开热搜页面，果不其然看见“大象回家”这个词条目前排在第一位。

她有种非常久违的冲动，继而点开微信，往下滑动，翻到那个已经被压到很下面的头像，很想发一句——你看见了吗？大象回家了。

它还会路过南苔吗？

你还会去找它吗？

你还会像个傻瓜一样陪一起找象的人跌进满是肥料的农田里吗？

太多无聊的问题涌上心头，打字框里呈现的却是一片空白。

“咦，你的手机壳好特别。”对面的男生见她盯着手机发呆，以为她被冷落，再次示好地主动和她搭话。

他指着她的手机壳，那是一个透明的硅胶壳，里面夹着一张刮开的彩票。

“你有买彩票的习惯吗？这张中奖了？”

黎青梦摇头又点头，简单地说：“是我的护身符。”

“我也有护身符哦。”他以为终于找到了共同话题，乐不可支地从领子里抽出一块系着红绳的玉，“这是我妈从九华山给我请来的，开过光，很灵的，所以我这人从小运气都很好。”

黎青梦笑了笑说：“是吗？我这个护身符是朋友送的，他和你刚好相反，运气特别差。买过那么多彩票只中了这么一次。”她点了点手机壳里夹着的这张。

“那还真是挺惨的……这么多年就中了这一张啊？”

“嗯。可就这么点儿运气，那个人居然还送给我了。”

“哇，那人一定是你很好的朋友吧！”

黎青梦抿了下唇，没有回答。

最后吃完蛋糕，大家准备玩酒桌游戏。黎青梦起身准备和段晓檬告辞，被她强硬地摁回原位：“你都晚来了还要早退！不行！怎么说也得玩两轮再走！”她哼哼唧唧的，“今天我最大，你得听我的！”

黎青梦无奈，说那就再玩两轮。

刚踏进来那一刻的熟稔感彻底烟消云散，那种错觉才是真正的错觉。她的知觉无比清晰地意识到：自己的的确确和之前不同了。大学时代习以为常的酒桌游戏，这些纵情声色的玩闹，她现在只觉得是在浪费生命。

她强撑着坐下来，没有驳寿星的面子，打算找个时机偷偷溜走。

段晓檬提议了个转酒瓶的游戏，被瓶底指到的人可以问一个瓶口对准的人一个问题，多大尺度的都可以。

醉翁之意不在酒，大家的问题自然都十分不雅，却好像这已经成为一种习以为常的酒桌规矩。

令人作呕。

黎青梦一直祈祷着别问到自己，手指藏在桌底下，烦躁地摩挲着手机壳。

护身符大概眷顾她，下一回合时，啤酒瓶转到了她，不过是瓶底，她是发问的那个人。

然而运气又不算太好的是，被转到瓶口的人正在她对面。那个男生显然很惊喜，一副“你要问什么随便问”的雀跃表情。

黎青梦沉吟半天，问了一个和所有人画风截然不同的问题。

她问道：“如果今晚是地球最后的夜晚，你会想做什么？”

男生脸上的笑容消失了，他露出迷惑的神色。其他人也跟着迷惑，但又觉得这个问题好像还挺有意思的。

男生一转眼珠，盯着黎青梦娓娓道来：“我想要到我对面这个人的微信。”这是他自以为无比撩人的答案。

黎青梦很想笑，大部分男人大概就是眼前这人这样的吧，总是能把话说得无比漂亮，仿佛她是他的电、他的光、他的末日信条。

即便他们才认识了不到四十分钟。

可和她纠缠了从春到夏的男人，恰是一个八竿子打不出一个屁的笨蛋。他只知道傻乎乎地等着飞机从自己的头顶上飞过，大喊一句她根本听不见的话，誓要带到棺材里去也不让她知道。

这个对比难免让人发笑。

但既然问了，黎青梦还是很得体地回道：“那恐怕不行了。我的手机那天应该没信号。”

男生的脸色不是很好看，他听出这是一种变相的拒绝。

但并不是，黎青梦只是诚实地复述了一遍自己曾经脱口而出的答案：“因为那一天，我应该正坐在去往国外的飞机上。”

他一愣：“所以，你在这一天最想做的事是旅行？”

黎青梦点头：“我会搭一架去意大利的飞机，然后……”

等她完整地说出答案，这个男生的脸色彻底黑下来。

直到黎青梦离场，他都识趣地没再凑上来。

她坐在回去的地铁上，摇摇晃晃地塞着耳机，提示音冷不丁地响了两下，一条是邮件提醒，另一条是康嘉年发来的微信消息：

“姐姐，你收到我寄给你的东西了吗？！”

黎青梦赶紧去看快递提醒，果然有个包裹放入了快递柜，昨天放进去的，被淹没在一堆其他的消息里。

“对不起，才看见！我马上回家取。”

她心里犯嘀咕，也不知道康嘉年寄了什么。前几天他突然问她要了在京崎的地址，说是有东西要给她。

她转而去查看邮箱，发现前阵子投给 Warren 画室的那份简历有了回音，对方约她明天下午去面试。

黎青梦在地铁上瞬间坐直，整颗心扑通扑通地狂跳，下地铁时走路都是飘的。

她怎么能不兴奋呢？如果她面试成功，这种机械的、没有发展的工作终于能告一段落。

她抬头看向马路上的红绿灯，漫长的红灯也在此刻转绿，如同人生的信号灯变亮。

她提起步伐，向前奔去。

一路兴奋过头地回到家，她将康嘉年的快递忘在脑后，想起来后又急匆匆地跑回一楼的快递柜取。

柜门弹开，一个不大不小的包裹静静地放在里头。

她一边拆着包裹一边上了电梯，隐约看到了露出来的画框一角——啊，原来是他这些天练习的画作。

能够看到康嘉年交上来的作业，黎青梦有一种身为人师的欣慰感。

她用手臂夹着画，迫不及待地掏出手机，想好好表扬一下康嘉年，动作间，包裹里有一样小东西冷不丁地掉了下来。

黎青梦一愣，蹲下将它捡起——是个卡包。

她拉开拉链，卡包里只有一张卡，是一张银行卡。

卡的背面，某人用透明胶带粘着一小片白纸，写着三行字：

“小骗子：

密码是你的生日。

我说过的，你唯一的债主只能是我。”

歪歪扭扭的、丑丑的字迹，那个“你”字，和当时在钱花旁的纸片上写下的“还你”的字迹一模一样。

可笑的、幼稚的、温暖的，在这个世界上，只有康盂树会拥有的字迹。

康盂树知道黎青梦高利贷没还完这件事，是偶然，也是一种必然的结果。

自从黎青梦告诉他在南苔给他留了礼物，他第一个去找的地方就是那栋筒子楼。大门紧闭，他掀开门口的地毯，心想她会不会留下钥匙，又在犄角旮旯搜寻了一遍，什么都没找到。

看来，这个显而易见的地方并不是礼物的藏身之地。

尽管如此，他还是会固执地经常来筒子楼附近转一转。他明白这里已经没有他想见的人，但不喜欢她在南苔待过的这个家死气沉沉的，带着仿佛这个人永远消逝的灰败感。

于是，他在她家门口那个空荡荡的牛奶箱上插了一束玫瑰花。每隔几天，他就会买一束新鲜的玫瑰重新插上。

在终于找到礼物——沉船那幅画的时候，康盂树得到了无比汹涌的回馈。

那些插在牛奶箱上的玫瑰，并没有白白枯萎，也没有被送入太空中的黑洞。

它们分明被她确认签收了，这不是一厢情愿的花束。

他已经顾不得康嘉年还要不要跑上街，飞奔向筒子楼，好像她就在那里等他。

然而他来到筒子楼，触目所及的是一片狼藉——

牛奶箱上来不及换的玫瑰花被扔在地上，满地都是零落的，被撕裂的殷红花瓣；门锁有被砸的痕迹，墙壁上写满血淋淋的大字：还钱。

康盂树一刹那反应过来：黎青梦当时在京崎骗了他。

高利贷根本没还清，现在他们找上门来了。只不过人去楼空，他们才制造了那么声势浩大的动静，这都是催债人的惯用伎俩。

康孟树立刻抽出手机，想拨出电话时，动作一停。他猛然想起刚刚赔完的货款，此时卡里已经不剩什么了。他又该怎么解决她的燃眉之急？

康孟树把手机揣回口袋，脸色阴沉地回了家。

过了几天，康爸康妈发现康孟树居然戴起围裙破天荒地下了厨，主动做了一桌子菜。

毕竟他是自己生的，他那点儿脾性康妈门儿清，指不定又是在外面闯了什么祸。

她冷冷地道："你有话就先憋着，等我们把饭吃完。不然我怕被你气得吃不下饭。"

康孟树尴尬地道："妈，我没做错事。"

康爸打圆场说："既然有事就先说事吧。"

康妈哼了一声："行，说吧。"

这下康孟树反倒沉默了。

他憋了半天，低下头含含糊糊地问："爸，妈，你们能不能借我一笔钱？"

二老的表情一惊。

康妈惊呼一声，气急败坏地嚷嚷："你小子还说没有犯错！居然开口向我们借钱了！这些年你存的那些钱呢？！那么多钱都不够，还要向我们借？！"

康爸也猛地冷汗直流，忧心忡忡地说："跟爸老实说，你不会背地里把钱都拿去赌了吧？这个东西你千万沾不得的！"

康孟树一拍桌子，把他们镇住。

他拧着眉头说："我怎么可能去赌？！我就是……就是……"他清了清嗓子，"我就是拿去投资了。"

"骗鬼呢？"康妈恶狠狠地嚼了口米饭，用眼神示意康爸赶紧接上。

"是这样的啊……爸妈不是心疼钱。但是呢，钱也不是大风刮来的，你总得让我们知道这笔钱的真正去向、能不能还回来。你说投资，那好，投到哪里去了？你之前已经投入多少了？"

"投……"康孟树卡了壳，想维护黎青梦的颜面，又被逼问杀个措手不及，不上不下地无法回答。

康妈冷不丁地问："是不是和你那个朋友有关？"

康盂树被戳中死穴，头皮一麻："哪个朋友？"

"就是你现在心里想的这个。"

她轻描淡写地点出这个事实。康盂树心虚地埋下脑袋，嘴巴还胡乱地扯着"没有的事""和别人没关系"。

康妈摸清了大概，给康爸又使了个眼色。康爸得令似的点头，起身拍了拍康盂树的肩，语重心长地道："知道了，那你就拿去投资吧。"

康盂树再次愧疚地低下头，认真起誓："你俩放心，我肯定努力赚钱还给你们。"

康妈翻着白眼："得了吧，就你那点儿破工资，别给我惹事就行了。"

"靠现在这点儿工资当然不够。"康盂树彷徨的神色蓦然严肃起来，"所以我决定了。"

康嘉年此时恰好从玄关处进来，听到他郑重其事地宣布——

"我要去京崎闯一闯。"

康嘉年脱掉的鞋子骨碌碌地滚到一半，他啊地大叫了一声，拖鞋都来不及穿，迎头给了他哥一个兴高采烈的鼓励拥抱。

康盂树皱着眉，嫌弃地躲掉，嘴角却如释重负地翘起，扬了扬下巴："赶紧穿好鞋，还有重要任务交给你。"

康妈嘴上咕哝着"兄弟俩没一个省心的"，起身去厨房给康嘉年盛饭。

这边闹哄哄的动静惊动了二楼的康老爷子，他从楼梯间探出脑袋，向下张望，不期然和康盂树对上眼。

"爷爷，您睡醒了，下来吃饭不？"康盂树喊了一声。

康老爷子竖起眉毛一瞪眼，呵斥他："康成邦，你疯了啊？！怎么喊你老子的？！"

得，爷爷又把他认成他爸了。

真正的康爸很缺德地"哈哈"笑出声。

康盂树脸一抽，又听见康老爷子问："怎么就你们这几个臭小子在？我儿媳妇呢，去哪里了？"

康嘉年刚想回答“在厨房”，被康孟树摁下。

“儿媳妇啊……”他笑着，回答爷爷，“这就去找她了。”

黎青梦收到那张银行卡后，没有向康孟树求证到底是怎么回事，也没有动那笔钱，默默地把卡收了起来，好像无事发生过。

一周之后，她向机构提出了辞职。

段晓檬很舍不得她走，但听说她去面试了 Warren 的工作室，很理解她的选择：“换我肯定也会去，虽然是助理，但是这机会也很难得了，有点儿脑子的人都不会放弃这个机会。”

黎青梦附和着说“是啊”，从包里抽出一本书送给她：“临别礼物。”

“不至于吧，你这都要送礼物给我？”段晓檬惊讶地接过书，“你只是辞职了，但咱们还可以经常出来吃饭啊！”

“你刚说，有点儿脑子的人都不会放弃这个机会对吧？”

“对啊！”

黎青梦抿了一口咖啡：“那我恰好就属于没脑子的那个。”

“什么意思？”

“我辞职不是为了去 Warren 的工作室。”她的话让段晓檬大跌眼镜，“我是打算离开京崎了。”

“我记得你明明面试成功了啊！”

“对。”

“那你为什么不去，还要离开京崎？”

“因为……我碰上了一个比我还没脑子的。有他陪衬，我这个没脑子的行为似乎也可以被允许吧。”

黎青梦沉吟半晌，咽下去的苦咖啡在口腔里弥漫出一点点回甘。

“况且，当我们不用大脑思考的时候，不就意味着做出来的选择是最贴近心脏的吗？”

段晓檬似懂非懂：“那你打算去哪里？我之后也可以去找你玩！”

“好啊！不过我要去的是一个很远的地方。”她用充满怀念的语气说出那两个字，“南苔。”

段晓檬诧异地问：“南苔在哪儿？”她甚至连听都没听过。

黎青梦失笑，调出地图，指着那个很小很小的点给她看。

“这么远……你是去那边散心一阵子？”

黎青梦摇头，说：“我只买了张单程票。”

“你……”段晓檬吃惊地看着她。

随时会有人离开这座城市，段晓檬对此并不奇怪。毕业季这几个月，她身边很多人离开了京崎，去了其他地方发展。

有的回了老家，有的去了和京崎差不多繁华的大都市，还有的去了压力没那么大的新一线城市。无论去哪儿，大家都是奔着更好的前程去的。

但段晓檬知道黎青梦是京崎本地人，因此，她对黎青梦选择去这么一座小城感到费解。

黎青梦又不是混不下去了，明明有了去 Warren 工作室的机遇，这个选择在段晓檬看来毫无疑问是自毁前程。

黎青梦知道她心里怎么想的，平静地笑道：“没事，你不用担心。我最近这段时间不是一直在网上画商稿吗？我也逐渐有些稳定的人脉了，就算离开京崎也可以继续画下去。画画这件事我不会放弃的。

“但是眼下，我有一个这辈子更不想放弃的存在。”

南苔比起翡冷翠当然不值一提，聪明人都会选择后者。但不巧的是，她在这个堪堪过去的夏天，在和一个笨蛋相处的过程中学会了如何去做一个把自己往后放一放的笨蛋。

几个月前，她坐上离开南苔的车，心里盘算着人是那么善变的动物，不要为了一时之快把人生搅得不成样子，忍住了留下的冲动。

的确过了一段时间，她的日子也开始要蒸蒸日上。不是都说人过得好就不会回头看吗？可为什么，她在竭力遏制自己的同时，仍会在深夜想起微不足道的车前灯、光线昏暗的沉船、海风、甜腻的榴梿烟味……它们躺在梦的河流里，能被人随手打捞起来，在她的心室里不断翻涌起潮汐。

落潮后，她只想回到起点，在雨刷刷出康盂树的脸的刹那，拉开车门给他一个不问以后的吻。

于是，在看到银行卡的那一刻，她知道，过不去了。

如果每种选择都注定会让人后悔，那么就留着以后后悔吧。

黎青梦起身，同段晓檬告别，说自己得回去收拾行李，赶傍晚的火车。

段晓檬挥手说得空就来找她玩，目送黎青梦的背影坚定地推开咖啡馆的玻璃门，扬长而去。

她摊开黎青梦送的那本书，随手翻开一页，头两行字映入眼帘——

有些时光就像深吸一口气然后憋住，整个地球都在盼着你的下一步。

有些夏日拒绝结束。

黄昏，六点二十分，黎青梦拉着二十八寸的行李箱，吃力地上了开往南苔的动车。

动车上依旧是熟悉的冷清模样，她靠窗坐着，满目望去皆是空荡荡的。

这种空旷的环境却消磨不了她的满足感。

她剥开橘子，手指滑动着微信界面，再一次停在康盂树的头像上。

在康盂树的语音电话打过来的前一秒，黎青梦还不敢相信这个世界上真的会有这种心有灵犀的事情。

他的通话请求跳出来的刹那，她是真的被吓到了。令人难以置信的默契磁场，就这么发生在他们之间。

她定了定神，接通电话。阔别多日，两人的开场白竟是几秒的沉默。不是尴尬，她只是觉得，这种时刻太难能可贵了。

“喂，青豆。”久违的称呼被久违的不正经声音念出来。

她“嗯”了一声，回叫着他的名字：“康盂树。”

电话那头闹哄哄的，她猜测道：“你现在是在桥头排档吃饭吗？”

“哈哈。”他蓦地笑出声，“你猜。”

“我猜了啊，桥头排档。”

“不是。”

他没有再说话，她“喂”了好几声都没应答。

就在她差点儿以为是动车上的信号不好时，听到了他手机里传来的机械播报声：“开往金荷桥方向的列车即将进站……”

播报声夹杂着地铁的风声，含混地刮到了黎青梦的耳边。

她茫然地眨了下眼睛，动车的玻璃上映出一张难以置信的脸。

金荷桥，那是京崎地铁开往她家那个方向的终点站名。

康盂树把举起的手机收回来，她重新听到了他得意扬扬的声音：“青豆，我来找你了。”

黎青梦咬住嘴唇，脸上的喜哀之色混杂在一起，无奈地挤出几个字：“怎么办？我也正在去找你的路上。”

一列地铁呼啸着进站，飞驰的列车窗上，映出一张同样呆若木鸡的脸。

两个人又是好半天没说话，彼此的心里都百转千回，语言成了此时此刻最无力的表达形式。

他听见她在那头忽然笑出声，于是也情不自禁地跟着她笑，变成这场乌龙的终点。

“康盂树。”

“我在。”

“我要不现在跳车吧，好不好？”

“你发什么疯？”

“真的。你知道吗？之前去参加一个生日聚会，我问了一个人，关于地球最后那个晚上，他最想做的是什么。他说他想要我的微信号。”

康盂树顿时忍不住骂出声：“哪个不要命的？”

“这不重要。”她笑得弯起眼睛，“我已经告诉他了——不行，因为我当时应该在飞机上。”

“嗯……对。”

“但其实，我要做的事情还没有完成呢，你不知道了吧？”

康盂树傻眼了：“还有后续？”

“那架飞往翡冷翠的飞机，将会在飞过一个叫康盂树的笨蛋头顶时，跳下来一个叫青豆的公主。”她大言不惭地自夸，“你看，我连飞机都敢跳，车我怎么不敢？”

总之，我会跳到你身边的。

回应她的，是康盂树漫长的沉默。

而后，他轻描淡写地发问：“跳下来，是为了听清我在底下喊的那

句屁话吗？”

“对啊。你说不说？”

“说，当然说。”

人潮汹涌，偌大的地铁像一个杂乱的鱼缸，鱼群拥挤着游入某节车厢。他们目睹着没有上车的康盂树捧着手机，隔着车门用力地呼喊着什么，吐出的气泡在地下通道里震荡着。

他似乎是在说——

黎青梦，我爱你。

金鱼也好，热带鱼也罢，我们何必效仿它们憋气，在岁月里无疾而终？

在我们被这个世界溺死成伥鬼前，爱是唯一的自救。

番　外

# 如梦般的私会

## （一）

黎青梦挂断了这通意想不到的电话，在空荡的列车上呆坐了好一会儿，拧开矿泉水瓶，咕咚咕咚灌了好几口，依旧平息不了心底正在熊熊燃烧的火焰。

她依然难以置信：康盂树居然和自己做了相同的选择。

她抬起手，将并不冰的矿泉水瓶贴在自己的脸上，缓缓吐出一口气。

她闭上眼睛，大脑已经被“我爱你”三个字飞速占满，声音甚至盖过隆隆的列车声，让她无法思考更多。

身体的本能催促着她快点儿下车，她迫不及待地想见到他。

电话的尾声，两个人都不知道该怎么办。到底是她继续乘坐火车到南苔等着康盂树回来，还是她现在下车再搭火车回到京崎。

无论是哪一种答案，她的潜意识都在叫嚣着：不够，太久了。

多一分一秒的延迟，对于此刻的自己来说，都漫长得像一个世纪。

于是，在挂断电话前，她对康盂树提议：“这样吧，我现在下车，

你也上车，我们一起到某个中间的站点下车，怎么样？”

康盂树听着这个提议，愣住了，而后笑了笑，她几乎都能想象到他弯起眉眼点头的样子。

“好啊。”他逼近话筒，“等我。”

他们就这样盲目择定了线路上的一个地点，福桥，一座他们都没有去过的城市。

这样未知的目的地让黎青梦更有一种莫名的兴奋感。当火车停在下一个站点时，她拎上行李，小跑着下了车，跑出站台，去售票窗口临时买了一张票，急匆匆地再度跑进站台。

她在阳光下举起那张崭新的车票，拍下来发给了康盂树。

紧接着，康盂树回了一条气喘吁吁的语音：“你已经上车了？”

黎青梦回了个“还在等”，想了想，又回他：“你别着急，我们还有很多的、很长的时间。”

她知道他一定是和自己一样的心情，喘气声已经泄露了他跑动的剧烈程度。想到这里，她又拉下来把那条语音听了一遍，在心里偷偷默念——

这个傻子。

再过两个小时，他们就可以见面了。

从她这里到福桥会比京崎过去更远一些，但她考虑到康盂树还要去火车站的时间，算下来两个人到那里是正好的。

这两个小时，黎青梦不断把车窗边一闪而逝的风景拍下来发给康盂树，像是某种倒计时。而他也同样给她回照片：到手的车票、拥挤的站台、坐下后前排的人脑袋上露出的呆毛、车子启动后车窗外飞逝的风景。

所有不需要言语说明的枝节，都在宣告着，他也正在奔向她的路上。

## （二）

两个小时后，黎青梦乘坐的火车在福桥站停下。

她早在五分钟前就拎着箱子停在了车门前，看着并不算干净的车窗外疾驰的景色越来越缓慢，小腿却止不住地开始轻轻抖起来，越抖越快。

风景完全静止的一刻，车门一开，抖动的小腿也在原地忍耐到了极限。她一瞬间飞奔了出去。

她一边小跑，抬头看了眼指示牌，一边给康孟树发微信：“我下车了，北口见。”

康孟树回了个“好”，说他那边大概有十分钟的时间差，让她稍等一会儿。

但她的脚步并没有因此变慢，她只是拐了一个弯，冲向卫生间。

她早上是化了妆出门的，到此刻已经有些花了，这十分钟正好可以用来补一下妆。

拍完粉饼，补上口红，黎青梦凑近镜子，仔细审视自己，长长地深吸了一口气，扬起嘴角，尽量让自己看上去非常淡定从容，不肯泄露出刚才下车时的一丝丝心急如焚的模样。

然而，到点了，约定的地点却没有熟悉的人影。

不应该啊，康孟树坐的那班车应该也到了。

她疑惑地看了眼时间，又给康孟树发了条消息：“还没到吗？”

微信没有动静。奇怪，难道是他的手机突然没电了吗？

她放下手机，开始四处环顾、搜寻。大批的人随着刚到的那趟列车不断拥出出口。逐渐地，人慢慢少了。

没有一个人是她等待的那个。

黎青梦内心涌起不安，打开手机又看了遍刚才他发过来的车票，确认是同一车次无误。

那么，人去哪里了？

她直接打了语音电话过去，他没接。

人流过后的车站出口前略显空旷，黎青梦茫然地站在其中，突然不知道该怎么找他。

这个意外完全在她预料之外。

突然，她感到某种逼近的感觉，猝然转过身。

那个刚才还在脑海里百转千回的身影就在离她几步之遥处，逆着光，乱糟糟的头发在光晕下分外扎眼。

但比这更扎眼的，是他手上捧着的一束玫瑰花。

康盂树尴尬地抓了一把头发，舔了下嘴唇，有些结巴地解释："在车上就订了束花想送给你，结果那人送到南出口去了。"

那束每天都插在老房子信箱口的玫瑰，他想亲自送到她手上，却因为不了解这个陌生的福桥，所以也不知道该送到哪个出口准确，干脆赌博似的胡乱填了个南出口，到最后还是弄巧成拙了。

他只能绕了一大圈，捧着玫瑰，穿越整个南北线。

他小心翼翼地观察着黎青梦的脸色："青豆，没生气吧？"

黎青梦一言不发地接过他手中的玫瑰，下一秒，整个人顺势扑进他的怀中。

刚才伪装出来的矜持模样在这杳无音信的十来分钟等待中被消磨殆尽，眼前站着的这个人，比她自认为的还要牵动她的神经。

康盂树愣了下，而后抬手将她紧紧地拥住。隔着一层风衣，他几乎能摸到她嶙峋的肋骨。

他小声喟叹："怎么那么瘦了？"

"你也好不到哪里去。"黎青梦没什么底气地反击，额头抵在他的黑色夹克的胸前口袋上。

这是他们认识那么久以来最亲密无间的一个姿势，明明是第一次做，且隔了那么多天，他们却自然得仿佛这样做过千次万次。

他们在这座从未来过的城市里相拥，脚下踏着的水泥地仿佛是一片冰原。相拥的热度将这片冰原融化出裂缝，而相拥的恋人还不肯逃脱，干脆一起下坠，变身两条游鱼，一起在水中漫游，而氧气是你。

## （三）

两个小时前，黎青梦头脑发热地决定要来福桥会合。可真的会合了之后要做什么，她完全没有考虑过。

但国内有句万能的俗语——来都来了。既然他们来了这陌生的福桥，干脆就在这里逛一逛。

谁叫两个人都为了奔赴对方辞了工作？他们现在最不缺的就是时间。

康盂树打开手机搜了搜，很快挑了一家评价不错的火锅店，拉着人直接去吃饭。

一路上他都嘀咕着：“你肯定没有好好吃饭，我必须监督你多吃点儿。”

黎青梦掐了一把自己的肉：“真的那么瘦吗？”

他伸手过来也跟着掐了一把：“可不是？再瘦下去就要从小青豆变成小瘪豆了。”

黎青梦笑着打掉康盂树的手：“乱讲。”

此时不是饭点，火锅店里没什么人，两人进去入座，痛快得像包场。

康盂树把菜单直接丢给她，一边说“你先看着点”，一边用热水给她涮碗筷，然后才拆开自己的碗筷开始涮。

黎青梦低头勾完菜品，把菜单递给康盂树，示意让他点他喜欢的。

康盂树拿到菜单，却不急着点，反而把她勾选的菜品仔仔细细地看了一遍。

黎青梦以为自己点的某种菜可能踩到他的雷区了，便说：“有你不喜欢吃的就画掉好了，不然我一个人也吃不完。”

他抬起眼瞥了她一下，随意道：“我是在记你爱吃的菜，下次我就能帮你点了。”他笑了笑，声音渐低，“这还是我们第一次一起吃火锅呢。青豆，差一点点，我们就没有这样的机会了。”

黎青梦闻言一怔，没有接话。

锅底最先被端上来，飘起的雾气弥漫在两人之间。

黎青梦透过雾气凝视着康盂树，仔仔细细地看了他半晌，才说：“但你没有放弃我。”

他回望着她：“你不也是吗？”

所以他们没有差一点点，这是一种必然的结果。

他们一定会游到对方身边的，不管需要奔赴的路途是否隔着山海。

黎青梦挥手驱散横亘在中间的雾气，康盂树英俊的眉眼再度清晰起来。

他望着她的眼神那么纯粹而热烈，不再刻意遮掩之后，那其中的热度足以将她烫伤。

她不自觉地感觉到脸颊发热，维持着用手挥散雾气的姿势嘟囔：“这火锅好热啊！”

他傻傻地伸手调节按钮："那我把火调小点儿，反正菜还没上。"

动作间，黎青梦放在桌沿的手机被他的手扫到，不经意落地。康盂树手忙脚乱地把手机捡起来，却在看清她的屏保界面后惊讶地卡了壳。

"你怎么会有这张图？"他顿了一下，即刻反应过来，"康嘉年发给你的？"

黎青梦不太好意思地把手机夺回来，含糊地点头："他说那段时间有人偷了宝梦舞厅的'梦'字招牌，结果擦干净又还回去了。他觉得好玩就和我分享了这件事。"

这下子轮到康盂树不太好意思地点点头，支吾着说："哦……好像是有这么回事。"

黎青梦观察着他的神色，内心深处一直以来的猜想此刻越发笃定，干脆道："这个'小偷'是你。"

除了他，整个南苔都不会有第二个这么无聊的人了，居然会去关心一块招牌。

只因为那块招牌是"梦"，是镶嵌在她名字中的一个字，所以他看不得这个字被冷落。

康盂树十分生硬地转移话题，对着沸腾的锅嚷嚷："快点儿，可以下东西了。"

注视着他笨拙的默认姿态，黎青梦只觉得自己的心烫得就像这个噗噗往外冒泡的火锅。

## （四）

他们吃完火锅时，福桥已暮色四合。

黎青梦打着饱嗝，和康盂树从店里出来，摸着自己圆滚滚的肚子，深感这是几个月以来吃得最满足的一次。

康盂树手疾眼快地拍了下她凸起的小肚子，有些欠地说："这音色，都快赶上非洲鼓了。"

黎青梦瞪他一眼："还不是你一直一个劲儿地给我塞东西？"

他把手贴在胸口上，做了一个鞠躬的姿势，假模假式地道："给我们公主喂食，当然要尽心尽力。"

黎青梦轻哼一声，不再纠缠这个话题："我们接下来先找个地方住？”

“行。”

黎青梦抢先说：“这次不要找五星级酒店了，我们找个就近的吧，一路散步过去，我正好有点儿撑。”

康盂树犹豫片刻，点头说好。

他打开导航软件，找到了附近一家评价还不错的酒店，一手各拎着一个行李箱，在黎青梦面前替她开路。

至于她，只需两手空空地跟着他。

两旁是从未踏足的陌生街道，她走在其间却没有任何不安感。大约是她只要往前一探就可以牵到康盂树的手的缘故吧。

她想到这里，手下意识地伸出去，扯住了他皮夹克的一角。

康盂树一顿，回头看了一下她的动作，嘴角不可遏制地轻轻翘起，弧度和天际线处升起的弯月何其相似，溢出的温柔却连月亮都比不上。

他干脆松开行李箱，停住脚步，反手将她的手指包住。

“牵手吗？”他这么问。

“你不都牵上了？”

“嗯。”他点点头，“这叫先斩后奏。”

黎青梦轻笑着晃了晃手：“那你把行李箱给我，这样就能继续走了，这样停着拉手是怎么回事？”

“不着急。”他垂下眼睫，手指轻轻一勾，搔过她的手心，“是你说的，我们还有很多、很长的时间。”

他的声音微微一顿：“现在呢，我只想用这些时间和你牵手。”

黎青梦不争气地因为这一句话彻底红了耳朵。

## （五）

两人就真的呆呆地站在街头，牵了十分钟的手，牵到彼此的手汗都沁出又在空气中蒸发，这才依依不舍地松开。

他们居然可以这么傻……

黎青梦怎么也想不到自己居然有一天会沦陷于这种黏人的举动，并且还觉得不够。

他们辗转到目标酒店时，天已经完全黑了。这座城市在夜幕下亮起

霓虹灯，展现出另一种鬼魅般的样子。

两人即将要进酒店的时候，黎青梦往对面那栋楼望了一下，突然顿住。康盂树顺着她的视线看去，看见了一个似曾相识的暧昧招牌。

他们不约而同地联想到曾经在京崎逗留过一晚的红蔷薇情人酒店。

对面的那家，显而易见也是不正经的那一类。

两人不自然地双双转过脸，视若无睹地继续往原定的酒店走，直奔前台办理入住手续。

前台的服务员看了他们一眼，很自然地问："一间大床房？"

康盂树立刻回答："不是！"

黎青梦的心在刹那间被吊了一下。

尽管彼此已经互通心意，但这仅仅是第一天。他们的关系都还没彻底转换过来，这个答案是意料之中的。

康盂树如果能厚脸皮地直接开一间房，就不是一句"我爱你"能憋这么多天的他了。

但她还是失落了一下。

当然，她绝不可能说出来……其实在当下，她在暗自盼望着他过界。

拿完房卡，两人之间气氛有些诡异，随即他们上了楼。康盂树一路跟着她走到房间，把她的行李放进去。

他放下行李后就显得非常手足无措，清了清嗓子问："还要出去走走吗？肚子还撑不撑？"

黎青梦摇了摇头："有点儿累了。"

"行，那就休息吧。"他指着门口，"我就在隔壁，你有什么事就喊我。"

"好……"黎青梦顿了一下，目送着康盂树出去。

房间在他离开后变得非常冷清。她一下子无事可做，环顾房间，最后拉开阳台的门，走到外面吹风。

瞬间，她的视线再度被对面那幢楼的招牌吸引。

招牌闪烁着粉色的光，在路灯都照不到的昏暗角落里滋生着某种招摇的欲望。

她屏住呼吸，注意力又被隔壁阳台门的开关声打断——是康盂树跟着走了出来。

他的脸在夜色下忽明忽暗，隔着不长不短的距离冲她挥手：“刚才忘了问你，我们明天怎么办？”

黎青梦若有所思地望着他，发梢被风吹起，背后是一轮弯弯的月亮。

他看见她冲自己笑了一下，那是一个难以言喻的笑容，漂亮得惊心动魄。

黎青梦指着对面那块在楼下被他们故意忽视的暧昧招牌，鼓起勇气道：“明天，我们换到那家旅馆怎么样？”

康盂树的呼吸一窒。他把手插进口袋，喉头轻轻一滚，依然目不转睛地望着她。

他开口，声音沉沉的：“你在原地别动。”

“干吗？”

他没回答，猛地拉开阳台门，大跨步走进房间，身影消失在阳台上。

接着噼里啪啦一阵声响，然后她听见自己的房门被剧烈地敲响。

她的心跟着怦怦作响。

其实，黎青梦知道康盂树那句话背后的真正含义。

不是我们明天要去做什么，而是——之后我们去闯荡京崎吗？还是我们一起回南苔？

可是，未来在这一刻太遥远了，相见才是凌驾一切之上的事情。

既然如此，那就不要扫兴，让他们尽兴私奔吧，在这座陌生的城市继续这场如梦的私会。

她压下门把，拉开房门，被卷进那个热烈的怀抱里。

毕竟，离天亮还有好久呢，对不对？

**—全文完—**